흙흙청춘

대한민국에서 청년으로 살아남~~기~~記

흙흙청춘

대한민국에서 청년으로 살아남기記

초판 1쇄 인쇄 2016년 6월 15일
초판 1쇄 발행 2016년 6월 20일

–

지은이 최서윤 · 홍덕구 · 안혜연 · 구자준 · 송치혁 · 최은혜 · 허민 · 김희원 · 최병구 · 한영인
펴낸이 이방원
기 획 인문학협동조합 · 김민균
편 집 김민균 · 김명희 · 이윤석 · 안효희 · 강윤경 · 윤원진
디자인 박선옥 · 손경화
마케팅 최성수

–

펴낸곳 세창미디어
출판신고 2013년 1월 4일 제312-2013-000002호
주소 03735 서울특별시 서대문구 경기대로 88 냉천빌딩 4층
전화 02-723-8660 | 팩스 02-720-4579
이메일 sc1992@empal.com | 홈페이지 http://www.sechangpub.co.kr

–

ISBN 978-89-5586-437-3 03800

이 도서의 국립중앙도서관 출판시도서목록(CIP)은 서지정보유통지원시스템 홈페이지(http://seoji.nl.go.kr)와
국가자료공동목록시스템(http://www.nl.go.kr/kolisnet)에서 이용하실 수 있습니다. (CIP제어번호: CIP2016014570)

흙흙청춘

대한민국에서 청년으로 살아남기記

인문학협동조합 기획

최서윤 · 홍덕구 · 안혜연
구자준 · 송치혁 · 최은혜 · 허민
김희원 · 최병구 · 한영인

세창미디어
MEDIA

프롤로그

◆ 엉덩국

내가 떠올릴 수 있는 가장 어릴 때의
기억, 아마 유치원 때로 기억한다.

아무것도 모르던 그 시절에도
분명 그런 말을 들었었다.

그 이후로 내 어린 기억에 주입되었었던 것은 공부, 공부, 공부
'학생이라면 참고 공부를 해야 한다. 대학교 가면 여자친구도 생기고 인생이 핀다.'

초등학교, 중학교, 고등학교로 업그레이드 되어 가는 과정에서도
한 번도 잊어본 적 없는 저 '진리의 말'을 난 맹신하고 살았다.

물론 난 어른들의 기대만큼 멀쩡한 녀석이
아니었기에 공부를 잘하진 않았지만…

그래도, 어찌어찌 떠밀리다시피 해서
대학교에 입성하는 것은 성공했다.

그럼 이제 핑크빛 캠퍼스 라이프만 남은건가? 라고 생각했지만,
찡긋—
음…
결론부터 말하자면 어른들은 달콤한 말로 날 속였다.
내가 이딴 걸 왜 하고 있지?
이 공부만 하다 보면 정말 내 인생 입에 풀칠은 하고 살까? 하는 생각만 자꾸 들고…
가끔씩 술을 먹던 자취생 형은 방 값에, 등록금에 집안 돈을 거덜 내는 식충이가 된 것 같다며, 취해서 울곤 했다.

차라리 같은 과 선배가
기르던 고양이가 더 부러웠다.

고양이는 고민할 필요가 없다.
걱정거리도 없다.
그게 난 너무 부러웠다.

그래 놓고는 또 문득 불안해져서
자괴감에 빠지는 애매한 일상의 반복.

뭐 먹을지 고민하고, 주문하거나,
만들어 먹을 필요 없이 집사가
가져다주는 밥을 먹기만 하면 되니까.

아무것도 해 놓은 건 없는데
놀기만 좋아하고,

그저, 나랑 비슷한 사람이 많다는
것 정도가 가장 큰 위안이었다.

그래도 언제까지고 푸념만 하고 있을 수는 없기에, 열심히 하는 척이라도 해보자고 생각했다.

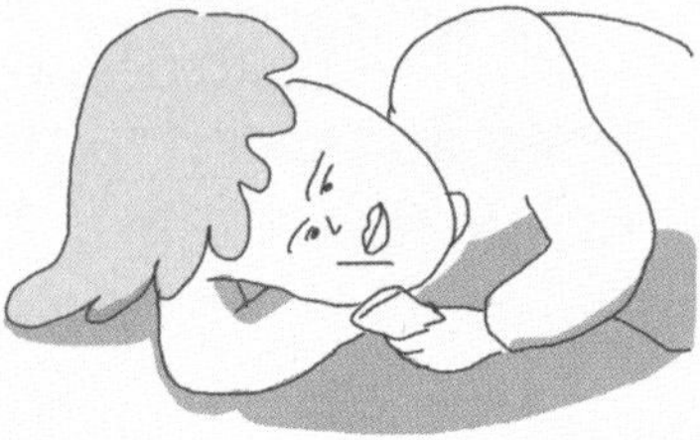

과제도 꼬박꼬박 했고,
시험기간이 되면 공부도 했다.

썩을 대로 썩은 정신머리를 가지고는
그 정도의 노력에도 힘에 부쳤다.

그런데 신기하게도 뭔가 노력하는 척이라고 하니까 진짜 내가 하고 싶은 걸 해야겠다는 결심이 생겼다.

처음으로 정식으로
만화를 연재하게 된 것도 그 무렵이었다.

그렇게 나름 청춘의 노력이란
것을 하며 살아가고 있던 그때.

내 인생은
커다란 난관에 부딪쳤다.
으악!!!!!!

건강한 신체구나…
우리 육군에서 활동하기
딱이야!
뭐… 뭐라고요?
육군

활동하기 편하게
머리를 빡빡 밀란 말이야!!!
위잉윙
후두두둑
안돼!!!!!!

내 인생은
이제 끝이야…!

군대에 가게 됐을 때,
내 인생은 끝났다고 생각했다.

하지만 군대는 끝난게 아니고
새로운 고통이 시작되는 곳이었다.
와우!!!
이 X발 이등병
새끼가 얼타고 있네
니 맞선임 누구야

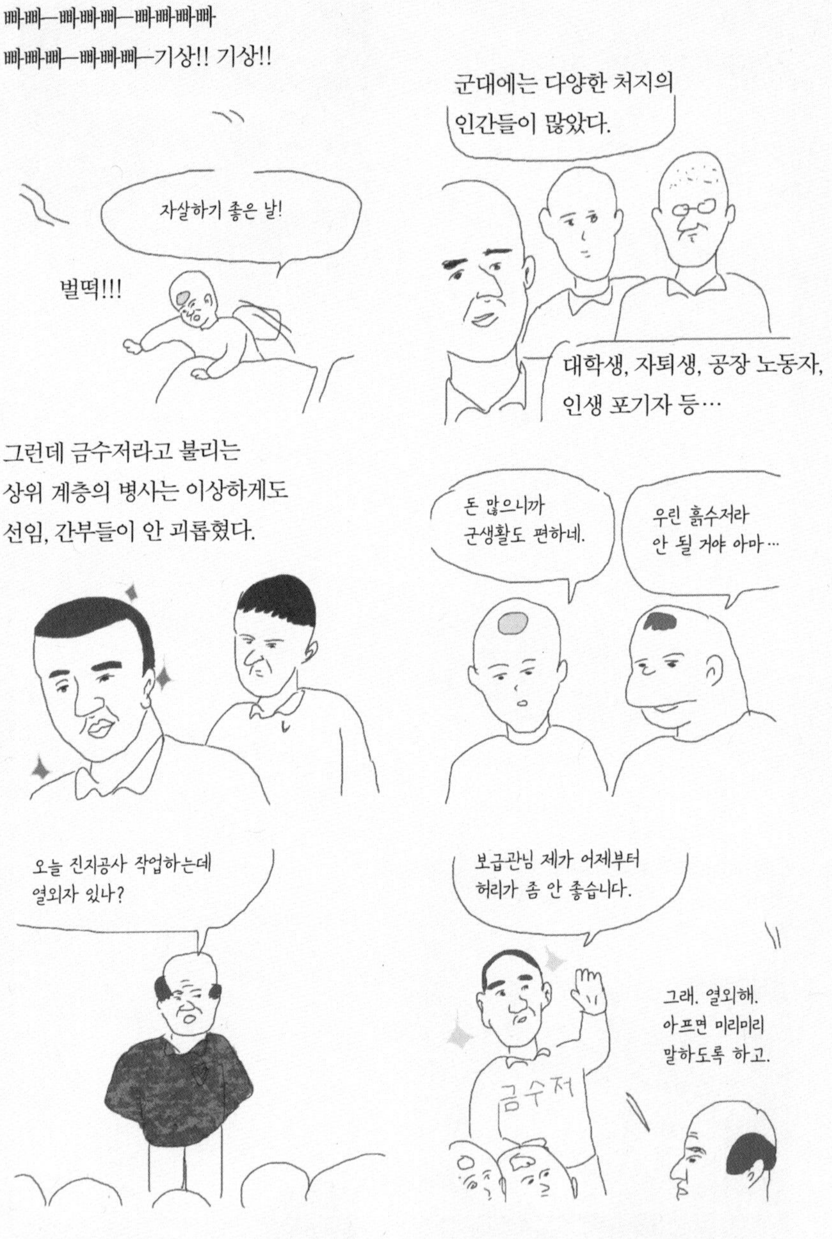
빠빠—빠빠빠—빠빠빠빠
빠빠빠—빠빠빠—기상!! 기상!!
자살하기 좋은 날!
벌떡!!!
군대에는 다양한 처지의 인간들이 많았다.
대학생, 자퇴생, 공장 노동자, 인생 포기자 등…
그런데 금수저라고 불리는 상위 계층의 병사는 이상하게도 선임, 간부들이 안 괴롭혔다.
돈 많으니까 군생활도 편하네.
우린 흙수저라 안 될 거야 아마…
오늘 진지공사 작업하는데 열외자 있나?
보급관님 제가 어제부터 허리가 좀 안 좋습니다.
금수저
그래. 열외해. 아프면 미리미리 말하도록 하고.

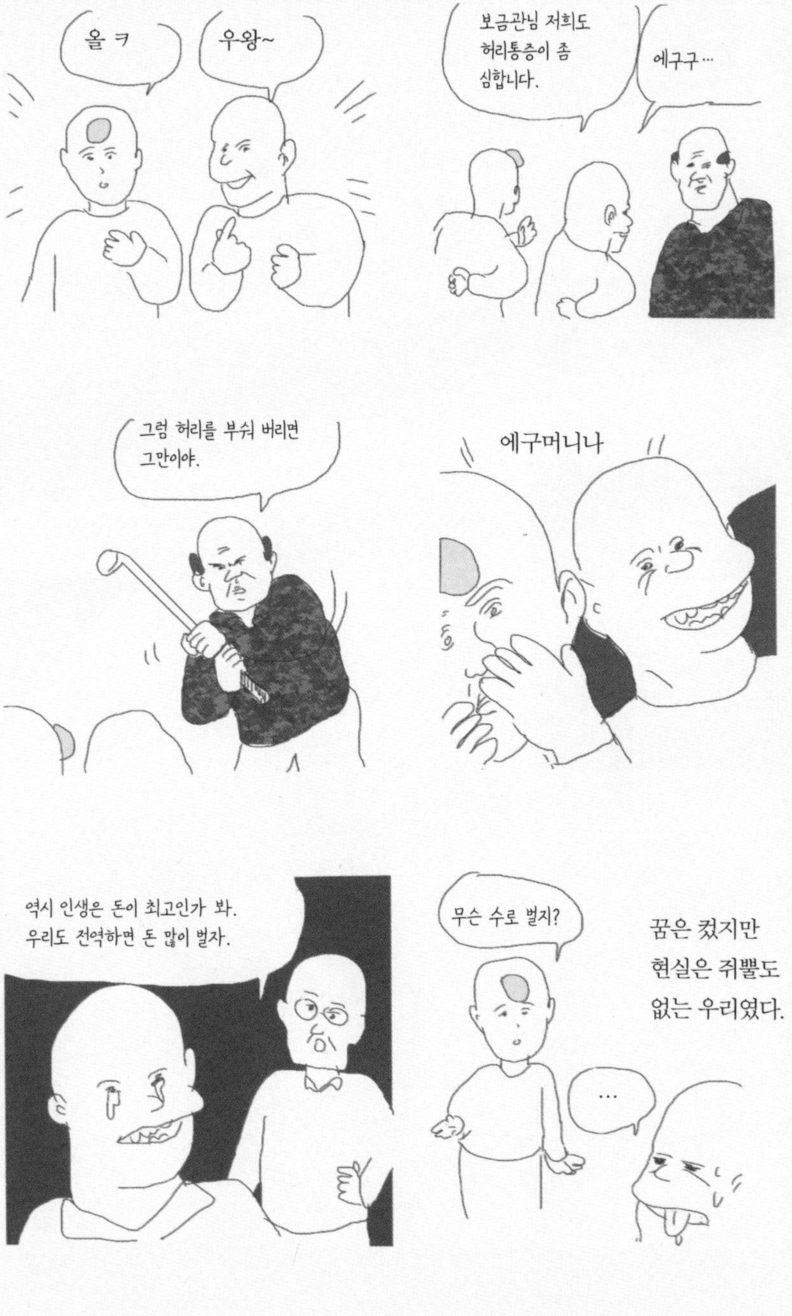
올 ㅋ
우왕~
보금관님 저희도 허리통증이 좀 심합니다.
에구구…
그럼 허리를 부숴 버리면 그만이야.
에구머니나
역시 인생은 돈이 최고인가 봐. 우리도 전역하면 돈 많이 벌자.
무슨 수로 벌지?
꿈은 컸지만 현실은 쥐뿔도 없는 우리였다.
…

결국 군인 친구들은 해답을
찾지 못한 채 뿔뿔이 전역했다.

하지만 다들 꼭 열심히는 살자고
다짐을 했다.

전역 후엔 열심히 살겠다고
꼭 다짐했지만, 결국 입대 전과
달라진 게 하나도 없었다.

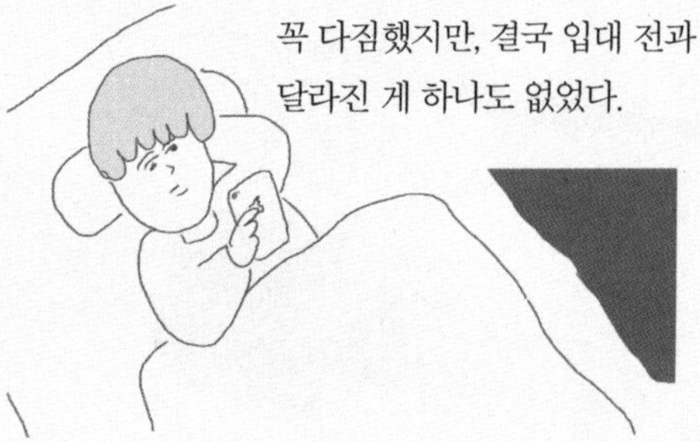

오늘 뭐해
오후 2:34
나 오늘 알바 ㅠㅠ 가기 시루당…ㅠ
오후 2:45
오후 2:45
ㄲㅈ
뭐야!! 이 녀석 인생 망한 줄 알았는데 열심히 살고 있네.
열심히 살자고 했었잖아!! 이 거짓말쟁이
하지만 난 뭘해야 될지도 모르겠고, 해서 될 거 같지도 않아. 난 쓰레긴가봐.
그럼 당분간 여기 처박혀 있어!!!
쿵!!
쓰레기통
무엇을 해야 할지 모를 땐 그냥 가만히 있는 것도 괜찮은 것 같아.
쓰레기통
끝.

목차

흙흙청춘×세번째

공부도 해봤다

일러두기

1. 본문 중 영화, 드라마, 만화, 방송, 노래, 게임, 포털 사이트 내 온라인 커뮤니티 등은 홑화살괄호(〈 〉), 신문, 잡지, 사이트는 겹화살괄호(《 》), 논문은 홑낫표(「 」), 저서는 겹낫표(『 』)로 표기했다.
2. 본문 중 등장하는 신조어는 최대한 풀어쓰되, 불가능한 경우는 '흙한사전'에 따로 뜻을 풀이했다. 자세한 내용도 이 항목에서 확인할 수 있다.

흙흙청춘×첫번째

생활이 문제다

흠흠청춘×첫번째

자취생 렙업기

—한 잉여의 '먹고사니즘'

최서윤

× 자취인 LV0*

* Level의 줄임말로 게임에서 사용된다. 경험치를 얻음으로써 LV은 높아진다.

HP
LV

2015년, 내게 일어난 가장 큰 변화는 혼자 살게 됐다는 거다. 연초에 부모님이 나와 동생과 함께 살던 집을 팔고 두 분이 거주할 작은 집을 새로 계약하셨다. 자산구조를 생각하면 잘 된 일이다. 일전에는 부모님의 자금 대부분이 일가족이 살고 있던 대형 아파트에 묶여 있었고 대출금은 상당했다. 결국 부모님이 더 작은 집으로 이사하는 과정에서 나와 동생을 쫓아낸 셈인데, 다행인 점은 부모님이 퇴거명령을 내리며 기존의 집을 팔고 부모님의 새집을 구매한 뒤, 차액을 나와 동생에게 쥐어 주셨다는 거다. 이걸로 결혼을 하든

뭘 하든 알아서 살아라, 앞으로는 뭐 더 없다고 신신당부하며.

5월이었다. 서울 마포구 노고산동의 한 원룸으로 이사 왔다. 살 동네로 노고산동을 선택한 이유는 언론사 입사준비 당시 스터디 모임 장소가 있던 곳이라 퍽 익숙했다는 것, 또한 예전부터 업무 관련 사람들을 만날 때 홍대입구역, 합정역에서 만나는 경우가 많았기에 그곳에 걸어갈 수 있을 정도로 가까운 동네에 살아 보고 싶다는 욕망이 있었다는 것이다. 〈네이버 부동산〉을 통해 홍대, 합정, 상암, 신촌 근처의 원룸을 검색하다가 예산 내에 가능한 물건을 발견했던 게 지금 사는 집이다. 전용면적이 5평 정도 되는 방이다. 가진 돈에 맞춰 방을 구하다 보니 그렇게 됐다.

혼자 살다 보니 매달 새나가는 돈의 규모가 부모님과 함께 살 때의 그것보다 훨씬 커졌다. 일단 건강보험 액수가 생각보다 컸다. 매달 관리비도 4만 원씩 내야 한다. 수도세와 인터넷 비용이 포함된 가격이다. 약간 '미니 월세'를 내는 기분이다. 주인댁이 관리비 명목으로 용돈 벌이를 하시는 것은 아닌지, 의혹을 품고 있다. 주인댁이 전혀 건물을 '관리'해 주지 않는다. 복도가 너무 더럽다…. 가스비와 전기세는 별도다.

혼자 살면서 떠안게 된 것은 경제적 부담뿐이 아니었다. 좀 더 유기적이고 조직적인 가사 노동을 해야 할 책무가 주어졌다. 밥, 빨래, 청소 등 살림살이를 도맡으며 한 사람의 몫을 오롯이 책임지는 것의 무게를 실감했다. 시행착오를 많이 겪었다. 특히 끼니와 관련한 착오가 많았다.

'자취'의 사전적 의미는 '가족을 떠나서 혼자 지내는 사람이 손수 밥을 지어 먹으면서 생활하는 것'이다. 혼자 사는 사람을 일컫는 말로 '1인 가구', '독거인' 등도 있지만 여전히 혼자 사는 청년을 지칭하는 말로 가장 빈번히 쓰이는 것은 '자취생'이다. 이는 혼자 사는 것에 있어 '먹는 것'이 가장 중요하며 혼자 밥 해 먹고 살기 녹록지 않다는 것을 넌지시 알려 준다.

나는 회사에 소속되지 않은 채로 미디어 활동을 하고 있다. 일종의 자영업자인 셈인데, 스스로는 정체성을 문화·예술인으로 규정한다. 그리고 비슷한 정체성을 가진 대부분의 이들과 마찬가지로, 월 소득은 매우 적다. 그나마도 들쭉날쭉하다. 생존을 위해서는 매달 고정 지출을 줄여야 한다. 내게 가장 많이 줄일 수 있는 고정 지출은 음식과 관련된 생계비였다. 사람들을 만나 먹고 마시고 놀다 보면 하루에 먹는 걸로 1인당 5만 원도 우습게 쓸 수 있다. 반면 말초적인 즐거움과 포만감을 포기하지 않으면서도 홀로 저렴하게 식사하면 하루 6000원으로도 가능하다. 일주일에 한 번 정도 친구들을 만나 함께 먹는 상황에서의 지출액은 내가 통제하기 어렵지만, 혼자 먹을 때는 최대한 식비를 아껴 보기로 결심했다. '식'과 관련해 '한 달에 28만 원 미만 지출하며 생존하기'가 내 미션이었다. 28만 원은 6000원(평소 집에서 식사할 때 하루 소비하는 비용)에 30을 곱하고 25000(적어도 일주일에 한 번은 돈에 구애받지 않고 밖에서 사 먹고 친구와도 교류하자는 맥락의 외식비)에 4를 곱해 합한 액수이다.

× 자취인 LV1: GS25 PB 상품(feat. 혜자)과 봉구스

HP
LV

회사에 출퇴근하지 않기에 집에서 일할 때가 많고, 따라서 혼자 집에서 밥 먹을 때가 많다. (뜬금없이) 내가 거주하는 노고산동 자랑을 해보자면, 근방에 서강대학교가 있어 대학가 특유의 상권이 형성돼 있다. 1500원에서 4000원 사이의 금액으로 혼자 한 끼를 때울 수 있는 가게가 많다는 뜻이다. 맥도날드, 이삭토스트, 서브웨이, 봉구스밥버거, 한솥도시락 등의 프랜차이즈 패스트푸드점과 현대 자취인의 성지, 편의점 말이다.

특히 맥세권(맥도날드 + 역세권), 봉세권(봉구스 + 역세권)에 내가 거주한다는 것이 퍽 자랑스럽다. 나는 맥도날드의 2000원짜리 버거를 좋아한다. 그중 맥더블이 '가성비'(가격 대비 성능비)가 제일 좋게 느껴졌다. 2000원으로 고기를 먹고 있다는 진한 만족감을 느낄 수 있다니! 하지만 슬프게도 맥더블은 2016년 2월 11일 '행복의 나라'(2000원짜리 햄버거들은 이 분류에 속한다)에서 탈퇴했고, 무려 80%나 가격 상승이 이뤄졌다. 안녕, 맥더블, 그동안 고마웠어….

한솥은 당연히 치킨마요다. 돈까스 도련님 도시락도 괜찮다. 이삭은 햄스페셜토스트를 좋아한다. 서브웨이는 에그마요 콤보를 3900원에 파는 행사를 할 때 자주 찾았다. 서브웨이 샌드위치에는 제법 풍성하게 채소가 들어가는지라 패스트푸드점 중 그나마 건강식을 먹는 기분이 든다. 그래서인지 가격대가 높은 편이다.

CU, GS25, 세븐일레븐 등의 편의점도 모두 집에서부터 5~10분이면 당도할 수 있다. 나는 특히 GS25를 좋아한다. '갓혜자', '마더혜레사'의 존재 때문이다. 넉넉하고 푸짐한 인심을 보며 '혜자롭다'[1], '완전 혜자다'라고 표현하는 것이 낯설지 않아졌다. 어감부터 넉넉함이 느껴지지 않나? 지혜롭고 자비롭다는 '자혜롭다'는 말을 뒤집은 것 같기도 하다.

GS25 도시락의 PB(Private Brand) 상품 '김혜자 도시락'에서 유래된 말이다. 어느 유통점에서나 살 수 있는 NB(National Brand) 상품과 달리 PB 상품은 유통점이 경쟁사와의 차별화를 위해 자체적으로 기획 개발하여 유통하는 상품이다. GS25는 PB 상품 개발 및 출시에 가장 적극적인 유통사 중 하나다. 그들이 신상품을 내놓을 때마다 SNS에서는 파란이 일어난다. "믿고 먹는 GS25!"라는 말이 있을 정도다.[2] 김혜자 도시락은 2010년 처음 출시된 이래 가성비가 매우 훌륭한 것으로 정평이 났다. 현재까지 그 명성을 지켜 오고 있다는 점은 놀랍다.

비싼 레스토랑의 음식이나 명품 패션을 통해서만 자신의 식생활을 전시해 공감이나 부러움 등의 '관심'을 받을 수 있는 시대는 지났다. 누구보다 빠르게 PB 상품을 먹는 것으로도 적지 않은 수의 사람들로부터 부러움 혹은 유용한 정보에 대한 고마움을 담은 피드백을 받을 수 있다. 편의점 PB 상품은 한 끼 밥을 먹는 수단뿐만 아니라, '따봉'(페이스북의 '좋아요'를 한국적으로 일컫는 말)을 수집할 수 있는 거리가 되는 것이다. 인터넷에는 편의점표 음식들을 조합하는 레시피도 떠돈다. 그 중 불닭볶음면과 참치마요 삼각김밥, 치즈를 섞어 전자레인지에 돌려 먹는 것은 가장 고전적인 레시피다.

'김혜자의 맘 도시락'은 GS25의 PB 상품 신화의 출발주자였다. 제육 불고기 도시락은 2000원대였고 풍성한 고기가 들어 있는 6찬 도시락은 3000원대였다. 가격 대비 알찬 구성과 맛은 시대를 앞선 것이었다. 그 덕에 2014년 누적 판매량 4600만 개에 이르렀다. 요즘에는 바싹 불고기 도시락, 진수성찬 도시락, 등심돈까스 도시락, 떡갈비 도시락 등 GS25의 도시락 모두 전반적으로 SNS에서 인증 사진을 찾기 어렵지 않은 인기 상품이다. 최근 내가 애용하는 GS25의 PB 상품은 '별미밥상'이라는 3800원짜리 도시락이다. 잡곡밥, 연두부, 삶은 고구마, 샐러드, 닭가슴살 반찬으로 이루어진 영양소의 균형에 신경 쓴 저칼로리 도시락인데, 편의점 도시락을 먹으면서도 건강을 챙기는 느낌을 줘서 좋다. 무엇보다 간편하다.

김혜자 도시락 이후 편의점 간 'PB 상품 전쟁'이 시작된 것으로 체감한다. 세븐일레븐에서는 '혜리 도시락'이, CU에서는 '백종원 도시락'이 출시됐다. 밥이 모자랄 정도로 푸짐한 반찬, 고기 필수 탑재, 저렴한 가격이 특성이다. 특히 '백종원의 한판 도시락'은 3500원이라는 가격에 시금치, 감자조림, 볶음김치, 계란말이, 햄, 떡갈비, 불고기, 닭튀김 등 다양한 반찬을 담고 있어 '가성비'의 측면에서 만족감을 주는 상품으로 입소문이 났고, 출시 한 달 만에 누적 판매량 216만 개를 돌파했다. 또한 백종원 도시락의 출시 직후 한 달 간 CU의 전체 도시락 매출은 전년 대비 3배나 신장됐다고 한다. 역시 백종원…. 백종원에 대한 신뢰와 애정은 추후 다시 설명하도록 하겠나.

다만 편의점 도시락이나 한솥도시락에는 한 가지 단점이 있다. 집에 가지고 와서 먹고 나면 쓰레기 처리가 은근 귀찮다는 것이다. 회사에 다니는 지인 역시 "점심시간에 편의점 도시락을 사와 먹는 것이 눈치가 보인다"고 고백했다. 집에서 도시락 싸오기엔 번거롭고, 점심시간에 밖에 나가서 사먹기도 부담될 때, 편의점 도시락은 간단히 사 와서 회사에서 먹을 식사 수단으로서 선뜻 도전하기 어렵다는 것이다. 회사에서 뒤처리하다가 부끄러운 상황을 맞이할 수도 있다. 포장 용기의 부피가 크기에 먹고 나서도 흔적을 감추기 어렵다. 무엇을 먹었는지 너무 적나라하게 드러난다.

반면 햄버거나 머핀 같은 종이 포장 제품은 먹고 난 뒤의 처리가 간편하다. 뒤처리가 간편하면서도 쌀로 구성된 식사를 하고 싶을 때는 밥버거도 선택지에 포함시킬 수 있다. 밥버거는 삼각김밥보다 확연히 많은 양에 따뜻한 상태로 제공된다. 봉구스밥버거에서는 갓 만든(다기보다 사실은 '조립'한다는 말이 더 적확한) 따뜻한 음식을 판다. 2300원에 밥과 고기를 씹을 수 있고(제육밥버거), 1800원에 다양한 식감을 느끼며(1800원짜리 봉구스밥버거에는 참치, 마요네즈, 김치, 단무지가 들었다. 단무지가 신의 한 수) 배를 채울 수 있는 따뜻한 음식을 파는 곳은 드물기에 가성비의 제왕으로 꼽힌다.

× 자취인 LV2: 면식수행과 '쿡방'(최근 유행하는 요리 방송)

나 역시 애정을 가지고 1일 1봉구스를 섭취하던 때가 있었다. 거의 모든 메뉴를 섭렵했다. 그러다 점점 실망의 지점을 발견하기 시작했다. 밥과 내용물의 균형이 맞지 않는다든가 밥의 상태가 차지지 않고 퉁퉁 불었다든지, 첨가된 김가루에서 비릿한 맛이 올라온다든지. 재료비를 낮추고 작업 시간을 빨리하기 위해 부실해진 건지 우리 동네 봉구스 지점이 변한 건지, 내가 봉구스밥버거에 질린 건지 아리송했다(하지만 몇 개월 휴지기를 가지고 찾았더니 다시 맛있게 느껴졌다는 것을 밝혀야 할 것 같다. 봉구스, 애정합니다).

게다가 마감시즌에는 히키코모리가 되는데, 봉구스밥버거를 사 먹으러 나가기조차 귀찮아진다. 이런 내게 '면식수행'은 쉽고 빠른 선택이었다. 불가에서 수행시 한 가지 종류의 행동만 고집할 때가 있다. 면벽수행, 삼천 배, 일만 배 등을 예로 들 수 있다. 면식수행 역시 수행하듯 면 종류만 먹는 나날을 보내는 것을 말한다. 다만 이를 통해 정신적으로 얻을 수 있는 것은 거의 없을 것 같다…. 당연히 불가와는 관련 없는 수행이다.

면식수행이 보장하는 것은 '가성비'와 간편함이다. 라면으로 한 끼를 때우면 약 1000원도 안 한다. 파스타 역시 2000원 내외의 파스타면, 3000원대의 소스만 있으면 몇 끼는 해결할 수 있다(물론 여기에 재료를 더 첨가하는 것이 더 맛있게 먹는 길이지만…). 조리 과정도 간편하고 여러

만들어 먹은 샐러드 파스타. ⓒ 최서윤, 2016

조리도구도 필요치 않다. 특히 라면은 냄비 하나만 있으면 되니 얼마나 편한가!

요즘엔 라면 역시 SNS에서 '따봉'을 수집할 수 있는 저렴한 아이템이다. 2015년에는 짜장라면과 짬뽕라면 대란이 있었다. 농심의 짜왕, 팔도의 이영복 팔도짜장면, 오뚜기의 진짜장은 기존의 짜장라면보다 좀 더 짜장면에 가까운 소스와 면발을 제공한다고 홍보하며 사람들의 도전 욕구를 자극했다. 맛짬뽕, 갓짬뽕, 진짬뽕 등도 불맛 나는 소스와 좀 더 해물의 질감을 살린 풍성한 건더기 스프, 두꺼운 면발을 앞세워 홍보했다(개인적으로 진짬뽕이 제일 좋았다). 올해에는 비빔면류인 농심 '드레싱 누들'이 주목 받고 있다.

하지만 슬슬 건강이 걱정되기 시작했다. 영양 불균형, 나트륨 과다

섭취, 탄수화물 중독 등의 키워드가 머릿속에 떠다녔다. 라면에 양배추, 양파 등을 첨가해서 먹거나 파스타면을 식혀 샐러드와 통조림옥수수, 어린잎, 발사믹과 스윗칠리소스, 파마산 치즈를 곁들인 '샐러드파스타'를 해 먹기도 했다.

때마침 백종원이 〈집밥 백선생〉이라는 방송프로그램을 시작했다. 찌개 특집과 카레 특집을 보자 따라 하고 싶은 욕구가 자극됐다. 방송과 인터넷의 레시피를 참고해 찌개와 카레를 완성해 냈다. 무언가 '연성'[3]해 내는 연금술사가 된 기분을 느낄 수 있어 재밌었다. 성취감도 느껴졌다. 재료를 사고, 보관하고, 음식 부산물을 처리하고, 뒷정리하고 설거지하는 일들이 번거로울 뿐 요리 자체는 참 재밌는 것이었다.[4]

백종원은 〈집밥 백선생〉에서 '쉽고 빠른' 요리를 만드는 노하우를 전수하며 초보자에게 요리 세계의 문턱을 활짝 개방했다. 특히 '파볶음밥'은 신세계였다. 대파를 기름에 볶아 파기름을 만드는 것만으로 요리의 절반은 해냈다 싶을 만큼 간단한데 결과물은 그렇게 맛있다니! 민트 대신 깻잎을 넣어 모히토를 만드는 식(그가 자주 하는 말이 "괜찮아유~" "없어도 돼유~" "대충해유~"이다)으로 구하기 어려운 재료를 대신해 집에서 흔히 볼 수 있는 재료를 사용하는 레시피를 개발해 왔다는 것도 반가운 대목이다. 단 한 번의 요리를 위해 조미료와 식재료를 한가득 사야 하는 레시피는 따라 하기도 전에 포기하고 싶어진다. 가계경제에 부담되기 때문이다.

또한 백종원은 여러 요리에 범용적으로 쓸 수 있는 아이템을 만드는 레시피를 전수했다. 그중 갈린 돼지고기, 간장, 설탕을 이용해 만든 '만능간장'이 대표적이다. 만능간장을 한 번 만들어 놓으면 두부조림, 감자조림, 꽈리고추, 어묵볶음 등 다양한 밑반찬을 쉽고 빠르게 만들 수 있다.

이런 레시피를 가르쳐 주는 프로그램 이름에 '집밥'이 들어간다는 것은, 집밥이라는 개념 자체가 변화하고 있는 것을 보여 주는 것 같다. 과거 집밥은 '엄마가 차려 주는 정성 가득 영양 만점 한상차림'으로 인식됐다. 손이 많이 가는 음식은 남이 해 줄 때만 맛있는 법, 1인 가구 구성원에게 집밥에 대한 인식은 '집에서 저렴하고 간편하게 만들어 먹는 밥'으로 바뀌었다. 그러니 쉽고 빠르게 만들 수 있는 음식일수록 선호도가 높다. 백종원은 설탕이 많이 들어간 높은 칼로리의 음식을 만든다는 이유로 비판받기도 했지만 그런 지점에서 그의 요리를 비판하고 싶은 마음이 내겐 없다. 빠른 시간, 저렴한 가격으로 따뜻하고 든든한 '요리'를 먹었다는 만족감이 이긴다.

또 다른 브라운관 스승님은 김풍이다. 〈냉장고를 부탁해〉에 출연 중인 김풍의 레시피는 별식을 먹고 싶을 때 참고한다. 김풍은 오랫동안 방송 안팎에서 레토르트 음식을 적극적으로 이용한 창의적인 요리를 선보여 왔다. 신선한 해산물 대신 가공된 맛살을 듬뿍 넣은 '연복풍 요리'는 〈냉장고를 부탁해〉에 그와 함께 출연하는 셰프 최현석으로부터 "바다 향이 난다. 맛있다"는 (헛웃음이 섞인) 찬사를 받아 냈다. 참고로 내가 제일 좋아하는 김풍의 레시피는 '치즈 듬풍 토스트'이다.[5]

내가 마트에서 재료들을 하나둘 구비하기 시작한 것은 쿡방의 도움이 컸다. 이제 내 부엌에도 거의 대부분의 조미료가 구비됐으며(소금, 설탕, 올리고당, 간장, 굴소스, 국수장국, 소고기 볶음 고추장, 된장, 참기름, 식용유, 마요네즈, 고춧가루, 후추, 팟타이 소스, 카레 분말 등) 라면, 우동면, 당면, 스파게티면, 쌀국수면 등 다수의 면을 찬장에 두었고 참치캔, 김, 즉석밥도 항상 구비해 둔다. 냉장고에는 두부, 양배추, 감자, 양파, 계란, 샐러드 드레싱, 마요네즈, 주스, 우유를 항상 넣어 두려고 한다.

× 자취인 LV3: 냉동식품의 세계

HP
LV

그런데 말입니다(feat.김상중), 신선식품은 빨리 상한다. 싹이 잔뜩 난 감자를 보며 왠지 모르게 소름이 돋아 칼을 든 채로 몇 초간 공포를 느껴야 했고, 맛이 이상해진 볶은 양파를 씹다 뱉어 한동안 양파를 먹는 것이 두려워지기까지 했다. 냉장고에서 물러진 숙주가 내뱉는 어마어마한 수분에 질겁하며 수분을 털어 내 숙주를 내다 버린 것도 인상을 찌푸렸던 경험이다.

1인 가구일 때, 특히 그가 아침부터 밤까지 밖에서 노동하는 자일 때 냉장고 속 신선식품은 평일 동안 상하기 쉽다. 집에 있는 시간이 긴 프리랜서라도 '혼자 산다'는 것은, 계획성 있게 밥을 차려 먹지 않으면 썩어나 물러지는 식재료가 생기기 쉬운 조건이다.

소량 묶음으로 판매하는 채소. ⓒ 최서윤, 2016

애초에 적은 양을 구매하는 것이 답이 될 수 있다. 대기업에서는 롯데마켓 999, 홈플러스 365 등 1인 가구를 타깃으로 유통점을 열었다. 낱개 세척 채소, 볶음용 모듬 채소, 된장찌개 채소 등 990원으로 한 끼~두 끼를 해결할 만큼의 채소를 포장해서 판다. 시장에서 거대한 파 한 단을 사는 가격이나 세척된 파 한 팩을 사는 것이 비등한 것을 보면 가성비는 좋지 않다. '규모의 경제'를 이루지 못하는 1인 가구의 원죄인가…. 그래도 싸다고 많이 사서 방치했다가 끔찍한 뒤처리를 하느니 그냥 적게 사서 다 먹어 치워 버리는 게 낫다는 생각이 들었다.

가성비에 대해 고민하는 나날을 보내던 중 냉동식품의 기쁨을 아는 몸이 되는 것은 시간문제였다. 냉동식품은 보관기간 면에서 레토르트 식품[6]과 비견되게 길지만 맛은 훨씬 나았다.

시장에서 채소를 구매한 뒤 1회 요리 분량으로 손질해서 냉동실에 넣어 두는 것이 소분 포장된 채소를 그때그때 사는 것보다 가성비가 나은 일이었다. 군만두, 만둣국 등 활용도가 높은 냉동 만두 역시 냉동실 필수품이 되었고 냉동 닭고기,[7] 냉동 해물의 세계에도 빠져들어 갔다. 마트에서 식빵을 990원에 파는 행사를 할 때 사 와서 냉동실에 넣는 것도 유용했다. 토스트 역시 간편하면서도 가성비 좋은 한 끼 식사다.

예전에 철학자 강신주가 《경향신문》에 자본주의의 상징인 냉장고를 비판하며 '냉장고를 버려라'라는 주장을 한 적이 있다. 그는 "행복한 공동체를 원하는가? 재래시장을 살리고 싶은가? 생태문제를 해결하고 싶은가? 가족들의 몸을 건강하게 만들 수 있는 안전하고 싱싱한 식품을 원하는가? 그럼 냉장고를 없애라! 당장 냉장고가 없다고 해보자. 우리 삶은 급격하게 변할 수밖에 없다. 직접 재래시장에 들러서 싱싱한 식품을 사야 한다. 첨가제도 없고, 진공포장 용기에 담겨 있지 않다. 식품을 사가지고 오자마자, 우리는 가급적 빨리 요리를 해야 한다. 싱싱하다는 것은 금방 부패할 수도 있다는 것을 의미하니까 말이다. 또 우리는 먹을 수 있을 만큼만 살 것이다. 혹여 어쩔 수 없이 많이 살 수밖에 없었다면, 바로 우리는 그것을 이웃과 나눌 수밖에 없다. '고등어자반을 샀는데요. 조금 드셔 보시겠어요.' 처음 냉장고가 없어졌을 때, 몹시 불편할 것이다. 어떤 습관이라도 고치기는 무척 힘든 법이니까. 그러나 어느 순간 재래시장에 들러 싱싱한 식품을 적당량 사서 바로 요리해서 먹는 생활이 반복되다보면, 우리는 곧 냉장고가 어떤 존재인지 알게 된다. 냉장고는 인간을 위한 것이 아니라 자본을 위한 것이었다는 사실을 알게 될 테니까. 냉장고와 대형마트는 공생 관계에 있다. 그리고 그 이면에는 냉장고를 대량생산하는 거대한 산업자본, 대형마트를 운영하는 거대 자본, 그리고 그곳에 진열된 식품들을 대량으로 만드는 또 하나의 산업자본이 도사리고 있다. 묘한 공생 관계 아닌가. 냉장고는 대량생산된 식품들을 전제하고 있고, 대량생산된 식품들은 냉장고가 없다면 아무런 의미가 없기 때문이다. (중략) 냉장고를 없애라! 한 번에 없앨 자신이 없다면, 냉장고의 용량이라도 줄여라! 가족 건강 문제, 생태 문제, 이웃 공동체 문제, 재래시장 문제가 그만큼 해결될 테니까 말이다"[8]라고 썼다.

이 글을 처음 읽은 당시 나는 부모님과 함께 살고 있었다. 그때 나는 '맞는 말이지만 너무 과격하네' 정도의 반응을 보였던 것 같다. 그러나 '자취생'이 된 지금 다시 읽으니 강한 반감이 든다. 배우자와 자식이 있는 '정상 가족'이거나 자신이 선택한 이웃들과 함께 사는 주거공동체가 아닌, 대다수의 자취생들은 매일매일 서로의 소음을 들으며 분노하는 부박한 일상을 살아가고 밤늦게 5평 내지 8평의 공간으로 비척거리며 돌아와, 홀로 식사를 준비하고 밥상을 뜬다. 그렇기에 냉장고를 없애고 매일 장을 봐 이웃과 함께 식사하는 삶은 도시의 자취생들에게 실천하기 어려운 모델이다. 오히려 현대 자본주의의 수혜자만이 도시 내에서 느리고 여유로운 삶을 누릴 수 있다는 역설이 존재한다.

대략 다음과 같은 유형이 떠오른다. 높은 문해력과 개발된 취향을 공유하며, 인격적으로 성숙한 이웃과 더불어 살고, 재래시장과 텃밭이 근거리에 있어 큰 노력을 기울이지 않아도 냉장고 없는 성찬을 누릴 수 있는 소수의 '집값 비싼 동네'에서 살거나, 자산 수익이 있기에 장시간 노동하지 않아도 돼 넉넉한 여유 시간을 누릴 수 있거나, 혹은 둘 다거나. 어쨌거나 현대 자본주의 체제에서 크게 벗어난 삶은 아니다. 강신주가 정말 냉장고 없는 삶을 사는지는 알 도리가 없지만, 만약 그렇다면 그도 앞선 유형에 속하는 사람은 아닐까? 큰돈을 벌기에 한 끼 식사로 지출할 수 있는 비용의 제한이 적고, 그의 식사를 책임지는 이들의 노동력을 마음껏 소비할 수 있기에 냉장고가 필요 없는 것은 아니었을까? 만약 그가 바쁜 노동의 틈틈이 밖에서 음식을 사 먹는 것으로 대부분의 끼니를 해결한다면 그것 역시 그가 비판한 자본주의적 삶이 아닌가? 또한 나는 그가 스스로 요리하여 밥을 먹는 횟수가 얼마나 될지, 자신이 요리한 음식을 정말 이웃과 나눈 적이 있는지 궁금해진다.

이 모든 것이 유아적이고 치졸한 반문일 수 있다는 것은 잘 알고 있다. 저렴한 식재료를 대량 구매한 뒤 소분하여 장기간 냉동고에 넣어두는 것은 자본주의적 '탐욕'의 결과가 아닌 자본주의 구조 속의 저가 부품으로 좀 더 오래 '살아남기 위한 필살기'라는 것을 경험으로 절감했기에 나온 감정적인 반응이다….

X 자취인 LV4: 아이허브 입문기

HP
LV

그렇게 하루하루를 연명하던 중 점점 건강이 걱정되기 시작했다. 주변에서 "너 그러다가 훅 간다"고 악담인지 걱정인지 모를 말을 해 주었다. 그러다 보니 오기가 생겼다. 내 건강이 안 좋아지면, 그건 내가 잘못된 생활 방식으로 살아왔다는 것을 입증하는 것 같았다. 나의 패배로 게임이 끝나 버리는 것이다. 살려야 한다! 그때 불현듯 내가 떠올린 것은 '치트키'였다.

그리고 나는 이때쯤 충격적인 소식을 접했는데, 떡갈비나 햄 같은 육가공 음식이 발암 원인이 될 수 있다는 것이었다. 조금 절망적이었다. 엄청나게 먹었는데…. 패스트푸드점에서는 거의 다 육가공품을 쓰지 않는가? 육가공품과 밀가루 섭취를 줄이고, 운동을 시작하며, 영양제도 먹기로 결심했다. 의지를 발휘하며 동네 발레학원을 등록했는데 몇 달 다니다 그만뒀다. 저소득 1인 가구에게 운동비로 15만 원을 매달 지출하는 것은 사치였다. 안 그래도 밥값으로 한 달에 28만 원 이하만 지출한다고 깝치고 있는데…. '꼭 돈을 써야 운동 하나? 의지를 발휘해 동네 산책을 하자!'라고 마음먹었다. 그러나 머지않아 그만두게 되었다. 돈을 지불하지 않아 동기부여를 덜 받았던 탓일까? 역시 나는 자본주의의 노예인가…. 어쩌면 규칙적으로 함께할 사람이 부재했기 때문일지도 모른다…고 변명해 본다….

그러다 《아이허브》를 접했다. 여성들이 구성원의 다수를 차지하는 온라인 커뮤니티[9] 게시판에는 직구사이트《아이허브》이용 후기가 지속적으로 올라온다.《아이허브》를 통해 미국에서 제조한 영양제를 '직구'할 수 있는데, 게시판 유저들은 자신이 먹는 영양제를 공개하고 함께 성분을 분석하며 복용 후 효과에 대한 간증까지 올리는 등 활발한 담론을 형성했다.

나 역시 게시물들을 탐독하며 내게 필요해 보이는 영양소를 추리기 시작했다. 종합 비타민제, 아미노산 생성제, 오메가3 등을 먹으며 조금 안도감이 들었다. 위약 효과일지도 모르지만 아침에 일어날 때 더 가뿐하고 잔병치레도 덜하게 됐다. 재미도 느꼈다. 게임에서 '포션'을 먹는 것 같기도 했고, '마크 위트니 놀이'[10]를 하는 것 같기도 했다.

끼니는 간편하게 대충 때우면서 영양제는 꼬박꼬박 챙겨먹는 이유는 그게 더 싸게 먹히기 때문이었다. 신선한 유기농 채소와 정성으로 직접 요리한 건강식으로 매 끼니 잘 차려 먹는 것은 많은 금전적 비용의 지출을 야기할 뿐만 아니라 시간적으로도 상당히 소모가 크다. 영양을 생각하며 식단을 짜고 음식을 준비하는 시간 말이다. 자본주의 사회에서는 시간도 거래의 대상이다.

다른 자취생들은 뭘 먹고 살까?

처음부터 혼자 사는 사람은 없을 것이다. 자취 생활을 하다 보니 다른 사람들의 사는 모습도 궁금해졌다. 다른 사람들은 어떻게 처음 혼자 살게 됐는지, 어떤 계기로 동네를 골랐고 어떻게 방을 계약하게 됐는지, 어떻게 방을 꾸몄는지, 혼자 사는 데 어려운 점은 없는지, 뭐 먹고 사는지 보고 듣고 싶었다. 그래서 나와 SNS 관계망이 있는 사람들의 동네에 놀러 가 직접 궁금한 것을 물어보는 인터뷰를 진행하기로 했다. 이른바 '자친가'(자취하는 내 친구의 집은 어디인가) 프로젝트다. 그중 일부는 2015년 9월부터 《캠퍼스씨네21》에 연재하고 있다.
현재까지 서울 신대방삼거리, 왕십리, 서촌, 염창동, 연남동, 아현동, 홍은동, 합정동, 흑석동, 제주의 한림, 함덕에 사는 친구들을 만났다. 그렇게 만나서 식생활에 대해 이야기를 나누었다. 여러 이유로 밖에서 사 먹는 친구들이 많았다.

사례 1

왕십리에 사는 권경덕 씨(28)는 고시원에 산다. 자신의 호실 위층에 공동 주방과 세탁실이 있다. 그곳에서 라면 외 무언가를 조리해 먹기 불편했다. 그래도 왕십리가 사 먹는 음식이 저렴한 동네라 다행이다. 서울에서 드물게 3500원에서 4000원대의 알밥, 경양식, 한식류를 아직까지 판매하는 동네다. 주변에 한양대가 있어 가끔 '학식'도 이용한다. 학식은 심지어 2000원대이다.

사례 2

염창동에 사는 권창섭 씨(34) 역시 동네에 등촌시장이 있어 저렴한 음식이 많다고 자랑했다. 대학강사인 그는 수업 전후 학교 식당에서 밥을 사 먹거나 동네 재래시장 내 식당에서 밥을 사 먹는 것을 즐긴다. 그가 제일 즐겨 찾는 메뉴는 제육덮밥이다.

사례 3

합정동에 사는 회사원 양인모 씨(28)도 마음에 드는 동네 식당을 두 곳이나 찾았다고 자랑했다. 그는 집 근처의 일본 가정식 음식점과 파스타 집을 꼽았다. "집에서 파스타 해 먹을 때도 파스타 소스 사용을 안 하는 편이다. 조미료와 방부제를 지양하기 위해서다. 생토마토를 뭉근하게 끓인 토마토 파스타를 집에서 해 먹으려면 시간도 많이 걸리고 피곤한데 밖에서 사 먹으면 요리할 에너지도 아끼면서 영양적으로나 맛으로나 내가 하는 것보다 나은 음식을 먹을 수 있다. 동네 일본식 가정식 집은 반찬도 골고루 나오고 간도 슴슴하며 매일 메뉴가 바뀌어서 좋다. 차려 먹는 게 중요하다고 생각하지만 회사 다녀온 뒤 해 먹고 치우면 거의 잘 시간이라 집에서 요리를 안 하게 되는 것 같다."

사례 4

냉동식품을 즐겨 찾는 것은 나뿐만이 아니었다. 흑석동에 사는 김진 씨는 두 달 내내 냉동 고등어를 구워 먹었다. "온라인 마켓에서 노르웨이산 냉동 고등어를 왕창 사 두 달 동안 그것만 먹은 적도 있었다. 싸고 맛있었고, 뼈가 발라져 있어서 편했다. 고등어의 고향이 노르웨이다 보니 고등어를 씹을 때 왠지 북유럽 감성도 느껴졌다. 그런데 두 달 내내 고등어를 먹었더니 집에 생선기름 냄새가 배는 것 같아서 요즘엔 자중하고 있다."

사례 5

슬로푸드와 로컬 브랜드의 명소 제주에도 GS25와 혜자의 명성이 뻗쳤다는 점은 의외였다. 그곳의 맛집이 관광지 특유의 높은 물가를 형성한다는 것이 하나의 이유인 것 같았다. 제주 한림리에 사는 장세준 씨(26)는 "GS25(제주에서는 25시간 열리지 않는다)에서 3개짜리 바나나 묶음과 '김혜자 도시락'을 즐겨 찾는다"고 말했다. 하긴, 제주의 3차 산업에 종사하는 1인 가구라면 육지 도시 빈민과 비슷한 상황일 수 있겠다는 생각도 든다. 그는 제주의 협동조합에서 박봉을 받으며 일하고 있었다. 그래도 귤은 돈 안 내고 원 없이 얻어먹을 수 있는 것이 제주의 장점이라고 한다. 주변에서 자꾸 귤을 줘서 사 먹을 틈이 없다고. 여름에는 아이스크림 대신 귤을 얼려 먹었다. 듣자하니 제주에 살면 적어도 굶어 죽을 가능성은 낮아 보였다. 바닷가에 미역이 엄청나게 널려 있는 것도 자주 목격했고… 수렵채취의 삶!

✕ 자취인의 만렙*은 어떤 모습일까?

* 레벨의 최고치를 찍은 상태, 고수를 뜻한다

자취인의 '만렙'은 어떤 모습일까? 언뜻 잡지 《킨포크》의 화보가 떠오른다. 집 앞 텃밭에서 따온 채소, 집에서 키우는 암탉이 낳은 달걀, 이것을 요리하는 고급 린넨 앞치마를 입은 나, 넉넉한 부엌 공간과 원목으로 만든 큼직하고 근사한 식탁, 예쁘고 비싼 그릇 위에 '플레이팅'한 음식들….

하지만 없다. 집 앞 텃밭도, 넉넉한 부엌도, 근사한 식탁도. 또한 내가 사는 건물에는 앞마당이 없고, 같은 건물 옥상은 옥탑방에 사는 이의 사유지이다. 5평 남짓한 원룸은 부엌과 작업 공간, 생활공간, 휴식 공간의 경계가 뚜렷하지 않다. 그리고 가장 중요한 지점은 대다수 도시인에게 그런 라이프스타일을 이어 나갈 시간적 여유가 없다는 것. 과중한 업무에 치이는 회사원과 자기계발에 대한 부담과 알바에 허덕이는 대학생에겐 킨포크식 '웰빙'은 사치다. 상대적으로 시간이 많은 나는 돈이 없다…. 시간이 있으면 돈이 없고, 돈이 있으면 시간이 없고. 돈도 시간도 다 가진 이는 건물주밖에 없는 것 같다.

한국사회에서 금수저나 은수저를 물고 태어나지 않은 이상 HP*와 LV를 두루 높이는 자취인이 되는 것은 불가능에 가깝다. 서울시의회가 서울연구원에 의뢰해 작성한 '서울시 1인가구정책 연구 용역보고서'에 따르면 서울 거주 1인가구는 약 98만 가구(2014년 12월 말 기준)로 서울 전체 가구의 27%를

* Health Point의 줄임말로 주로 게임에서 사용된다. HP를 모두 소진시 죽음에 이른다.

차지한다. 2030년에는 30.11%, 2035년에는 30.76%를 기록할 것으로 전망됐다. 중요한 점은, 1인 가구의 절반 정도가 월평균 소득이 93만 원 이하로 조사됐다는 것이다. 조사 결과는 시험준비를 하거나 비정규직으로 일하거나 시골에서 올라와서 서울에서 일하는 젊은 세대들이 많고, 실직한 청년도 있으며, 아예 사회 활동을 못 하는 은퇴한 고령인구도 많기 때문이라고 말한다. 이를 통해 서울 지역 1인 가구는 사회로부터 고립되고 육체적·정신적 건강의 악화가 우려되는 집단이라고 진단받았다. 하지만 1인 가구는 앞으로도 늘어날 전망이다.

소위 '정상 가족'을 이루지 않고 혼자 사는 사람들이 늘어나고 있는 이유는 우선 결혼 자체가 너무 고비용을 수반한다는 데 있다. 결혼을 두 사람이 함께 하는 삶을 위한 첫걸음으로 보기보다는 '양가가 결합하는 성스러운 자리'라고 생각하는 기성세대가 많고, 이는 보여 주기식 결혼식과 과한 혼수를 요구하는 문화를 지속시킨다. 이 때문에 결혼준비 과정 중 헤어지는 커플도 적지 않다. 또한 고용률이 줄어들고 양극화가 심해지며 전통적 결혼 과정에 요구되는 자원을 갖춘 이들은 희소해졌고, 이는 한국사회의 결혼율도 감소시켰다.

어차피 출산과 육아도 하지 않을 텐데 굳이 결혼해야 하나 싶기도 하다. 한국사회는 경쟁이 심한 사회이다. 자식을 낳아 '경쟁력'을 갖추도록 교육시키기 위해서는 돈과 시간이 많이 필요하다. 하지만 대부분의 한국인에게는 돈도 시간도 부족하다. 설상가상으로 앞으로 양질의 일자리가 더 줄어들 것이라는 전망이 있다. 앞으로 인공지능 및 기계의 영역은 더욱 확대될 것으로 예측된다(Do you know 알파고?). 이미 정보 통신, 로봇 기술, 자동화 설비 등의 발달로 인간의 일자리가 많이 줄었다, 기술발전으로 새로 늘어나는 일자리도 있을 거라 전망되지만 줄어드는 일자리 수에 비하면 턱없다. 기계를 돌려 획득한 이윤을 인류 전반에 환원하는 시스템의 도입과 자원을 적절히 배분하는 정치의 유능함이 더욱 필요한 시점이다. 기존의 방식이 아닌 완전히 새로운 모델을 만들어 내야 할 과도기에 우리는 서 있다.

× 쪼렙*이지만 연민은 사양합니다

* 만렙과 대비되는 단어로 저렙의 변형

이 척박하고 불안정한 토대 위에서, 그래도 우리는 어떻게든 살아가고 있다. '제대로' 사는 법 같은 것은 학교에서 배우지 못했다. 하지만 시행착오를 겪어 가며 생활 속에서 나름대로 각자의 삶을 버텨 간다. 결국 자취인으로 렙업을 거듭해 봤자 '기성세대가 규정한 한 사람의 몫'을 다하는 것은 어려울 것이다. 나는 결혼해서 자식 낳고, 집도 사고, 차도 사며, 효도하는 삶 같은 것은 욕망하지 않는다. 다만 얼마 없는 선택지를 뒤적이고, 차선이나 차악을 가늠하며 분투할 뿐이다. 이렇게 분투하는 사람을 대하는 적절한 태도는, 적어도 '연민'이어서는 안 된다고 생각한다. 어쩌면 HP와 렙업 사이에서 균형 맞추며 생존을 이어 가는 것만으로도 우리는 인생이란 게임에서 갈채 받아야 마땅한 플레이어일지도 모른다.

언젠가 내가 봉구스밥버거를 애용하고 있는 걸 아는 친구 중 하나가 "봉구스가 SNS에서 까이고 있다"고 제보했다. 어떤 문화평론가가 봉구스를 일컬어 "이걸 먹고 있는 저 자신이 불쌍해졌어요. 이건 그냥 맛이나 재료의 문제가 아닌 거 같아요. 뭔가 다른 게 있어요"라고 트윗한 것을 전해 줬는데, 좀 상처가 되는 표현이었다. 나는 개인들이 자신의 취향을 밝히고 논쟁하는 문화는 좋다고 생각한다. 다른 시선을 주고받는 것을 통해 새로운 발견이 이뤄질 수 있고, 사회의 진보도 이런 과정을 통해 이뤄지니까 말이다. 다만 이유나 근거를 함께 말했으면 좋겠다고 생각했다.

대략 음식에 대한 비평은 그 음식에 반영된 사회·문화·경제적 요소, 역사적 맥락, 맛을 내는 방식과 영양학적 관점 등의 프리즘을 통해 이뤄지는 것 같다. 즉 음식과 관련해 사회·문화·경제적 비평을 할 때는, 어떤 관점에서 비롯된 비평인지와 그것을 뒷받침하는 논거를 탄탄하게 들 필요가 있다. 특히 저가의 음식일 때는 좀 더 주의할 필요가 있다고 생각한다. 이것은 계급과 밀착된 사안이기 때문이다. 음식은 어떤 문화 상품처럼 현금투자없이 시간투자와 노력만으로 취향을 개발할 수 있는 영역이 아니다. 모두가 폭넓은 선택지를 가질 수 있는 것도 아니다. 취식이란 행위는 쾌락적이지만, 생존을 위해 끊임없이 입안에 무언가를 밀어 넣어야 한다는 점에서 때론 비애감이 깃들 수도 있다. 이런 맥락에서 '불쌍함'의 이미지를 음식 자체에 덧씌우는 것은 그 음식을 '대안 없이' 소비하는 사람들을 비참하게 만들 수 있는 언사이다. 그것이 친구들끼리 농담으로 한 이야기가 아니라 모두가 볼 수 있게 쓴 문장이라면 더더욱.

그런 글에 대한 불편함을 표하고, 이미 이 글에서도 언급한 봉구스의 장점을 언급하며 그것을 소비하는 사람들의 맥락을 설명한 글을 페이스북에 올렸다. 그러자 어떤 이가 '인생은 짧다. 그렇기에 한 끼 한 끼는 매번 소중하다. 매 순간 질 좋고 맛있고 다채로운 음식을 먹지 못하고 봉구스 같은 약식으로 인생의 많은 부분을 흘려보내는 사람들의 상황에 연민을 느낀다'는 맥락의 글을 썼다. 나는 더욱 큰 불편함을 느꼈다. 정말, 끝까지, 연민의 시선을 거두지 않는구나.

오히려 봉구스를 일상적으로 먹는 사람은 먹을 때 비감함이나 서글픔을 느끼기 쉽지 않다. 그게 자연스럽고 익숙한 일이며 가성비 쩌는 '합리적인 선택'이라고 스스로 여기기 때문이다. 한 달 동안 식비로 쓸 수 있는 비용, 식사를 준비하는 데 쓸 수 있는 시간과 노력은 각자가 처한 입장에 따라 다르다. 그리고 내가 가진 예산으로는 일주일에 6일은 약식을 먹고 한 번쯤 정찬을 즐기는 것이 효율적인 '전략'이라는 결론을 내렸다. 한 달 내내 약식을 먹고 한 달에 한 번 정찬을 먹을 수 있는 경제적 상황에 놓인 사람도 있을 거라 생각한다. 어쨌든 각자가 각자의 상황에 맞는 계획을 세워 하루하루 먹고살아 가는 것이다. 그렇게 각자의 몫을 안고, 각자의 전략을 세우며, 스스로를 연민하지 않(으려고 애쓰)는 사람을 연민의 대상으로 보는 시선을 드러내는 것은 실례라고 생각한다. 남들과 비교하기보다 자기 삶에 집중하고 있다면, 주어진 상황에서도 나름의 만족할 지점을 찾아내 살고 있다면, 할 수 없는 것에 주목하기보다 할 수 있는 것을 찾아 애쓰고 있다면, 그렇게 '살아 내고' 있다면, 그런 이를 불쌍하게 여기는 시선을 드러내는 것 자체가 폭력이 될 수 있다는 것이다.

연민을 '느끼는' 것과 '드러내는' 것은 또 다르다. 약식으로 대다수 끼니를 때우는 이를 연민한다고 스스로 밝히는 이가 글을 쓰는 목적은 무엇인가? 혹시 일말의 우월감을 느끼려는 것은 아닐까? 누군가에 대해 연민을 느끼는 것은, 자신이 누군가에 비해 좀 더 나은 입장이라고 여긴 덕분은 아닐지 나는 의심한다. 또한 그것을 굳이 글과 말로 표출하는 것에 대해서는, 연민을 '범하는' 것이라는 동사를 사용하고 싶을 정도로 반감이 든다.

나는 같은 입장에서 같은 곳을 바라보는 공감과 공분이 반갑다. 연민보다는 연대의 대상이고 싶다. 그럼에도 불구하고 연민을 '느끼게' 된다면 그것을 굳이 상대에게 말로써 드러내지 않고 직접적인 도움을 주는 것이 내가 그리는 성숙하고 멋진 어른의 상이다. 예를 들어 '꿀알바'[11]를 소개해 주거나 내가 만드는《월간잉여》나 〈수저게임〉을 후원해 주는….

이 글을 읽은 이들도 마찬가지다. 이 글을 읽고 편의점 음식, 패스트푸드 등 대다수의 끼니를 약식으로 때우는 자취생들에게 연민을 느낀다면, 그런 연민을 온라인 공간에 손쉽게 전시하는 것이 아니라 크게는 개인을 그렇게 만든 사회적 시대적 모순들을 직시하고 구조적 대안을 모색하는 것, 작게는 주변 후배들에게 밥을 사거나 나눠 먹거나 저렴하게 맛있는 음식을 먹을 수 있는 정보가 생기면 널리 공유하는 실천이 더 윤리적이라고 생각한다. 특히 나는 "요즘 젊은 애들 불쌍하다"고 나불대기만 하는 어르신들에 이제는 염증을 느낀다.

× 개인적 렙업*을 그만 둔 이들의 과업

* Level Up의 준말. 만렙으로 나아가기 위한 필수 과정

지금까지 이 글에 공감하고 많은 부분 자신의 삶과 닮았다고 느낀다면 무엇을 할 수 있을까? 일단 당장 '냉장고를 없애자'는 주장은 무리라고 생각한다. 나 역시 자본주의 쩌는 서울을 떠나, 좋아하는 사람들(그러니까 많은 취향을 공유하며 어느 정도 커뮤니케이션 능력이 있어 개인주의와 공동체주의의 경계를 함께 조율할 수 있을 것 같은 사람들)과 떼거지로 임야를 매입해 직접 건물을 짓고 함께 텃밭을 가꾸며 함께 문화적 활동을 도모하는 일상을 꿈꾼다. 그러나 당장 실천하기엔 준비된 것이 없다. 그날을 준비하며 이 비정한 도시에서 버텨야 한다. 물론 냉장고와 함께….

개인적 차원에서 할 수 있는 소소한 실천은 소셜다이닝 플랫폼을 이용해 인근 주민들과 공동 밥상을 정기적으로 가지며 관계에서 오는 따뜻함과 행복을 실현하는 것이다. 그러나 이것 역시 일시적으로나마 공간을 확보해야 가능하다는 문제점이 있다.

서울 마포구 아현동의 ‘아현동 쓰리룸’은 매주 목요일 밤마다 소셜다이닝을 열어 왔다. 3인조 북유럽 감성 밴드 ‘피터아저씨’의 멤버들은 아현동의 방이 세 개 딸린 집에 함께 거주하게 됐다. 재건축이 예정된 공간이라 비교적 월세가 쌌다. 방 세 개짜리 집에서 월 50만 원에 살 수 있었다. 이들은 《집밥》(zipbob.net)이라는 소셜플랫폼을 통해 ‘목요일엔식당’이라는 모임을 운영해 왔다. 집밥을 대접한 뒤 공연도 보여 주는 셈이다. 일상을 좀 더 풍요롭고 즐겁게 만드는 실천이다. 그런데 쓰리룸이라 가능했다는 생각도 든다. 5~8평 남짓한 공간에 여러 명이 다글거리며 식사하는 것은 갑갑할 것이다. 당장 내 집을 열고 소셜다이닝의 호스트가 되는 것을 실천하기 어려운 이유다. 혼자 사는 집은 소셜플랫폼에 집 주소를 공유하는 것도 부담된다.

대신 나는 근처 망원동에 자주 놀러간다. 망원동에서 5평 남짓의 요리 주점을 운영하는 사장님과 친해졌기 때문이다. 그 사장님은 이웃과 함께 밥을 지어먹고, 동네를 산책하고, 서로 가게 리모델링과 인테리어를 도와준다. 그런 일상에 간접적으로나마 발을 담구니 흐뭇했다. 마을공동체가 이런 거구나 싶어서. 하지만 망원에 젠트리피케이션 광풍이 몰아칠 기미가 스멀스멀 보이고 있다…. 가까운 미래에 마을공동체가 깨져 버릴 것이 우려되고, 그렇게 되면 너무 아쉬울 것 같다. 이번 20대 국회에서는 영세 자영업자가 장사하고 싶은 만큼 한 곳에서 오래오래 장사할 수 있게 임대료 상승폭을 제한하고 더 긴 임대기간을 보장해 주는 법이 꼭 통과되면 좋겠다.

지방자치단체의 정책 기조도 중요하다. 나는 2014년 노들섬에서 텃밭을 가꿨다. 내가 심고 키운 채소들이 알알이 영글어 수확했던 순간, 텃밭 옆 오두막에서 다른 텃밭 운영자들과 함께 막걸리를 마시며 웃고 떠들고 노래 불렀던 순간들. 그것은 현재 서울 시장의 정책 기조 덕을 본 것이다. 그와 겨루었던 다른 서울 시장 후보는 그의 공보물에 "4만여 평 노들섬을 텃밭으로 놀린 것은 심한 것 아닌가요? 노들섬에 오페라 하우스 건립을 하지 않은 것은 잘하신 일입니다. 그런데 3년간 텃밭은 심한 것입니다. 이곳에 시민들이 즐기는 문화 여가시설을 건립하겠습니다"라고 썼다. 나는 그가 당선되지 않아서 다행이라고 생각한다. 텃밭도 '문화 여가시설' 아닌가? 꼭 눈에 보이는 무언가를 세금 들여서 건축하고 세운 뒤, 시민들의 돈을 쓰게 만들어야 문화여가시설인가? 그런 식의 보여 주기식 행정, 토건 행정으로 삶이 나아지는 사람들은 소수에 불과할 것이다. 반면 빽빽한 서울에서 텃밭을 비롯한 여백을 주는 공간을 통해 행복해진 서울 시민들은 적지 않을 거라고 생각한다. 그런 공간이 더 많이 생겼으면…. 특히 내가 사는 노고산동에도 공용텃밭 생겼으면 좋겠다. 텃밭은 집 가까운 데 있는 게 장땡인데 원룸 주택 밀집 지역에는 그런 녹지 공간을 발견하기 어렵다.

현재 서울 시장이 강조하는 생태 도시, 녹색 서울은 일각에서 강한 비판을 받기도 한다. 그러나 나는 도시에 산다고 기형적으로 극대화된 특정 공간적 기능만을 누리고 살아야 한다고 생각하지 않는다. 그것은 어쩌면 사육당하는 가축의 삶과 흡사한 것일지도 모른다. 자본주의는 분업생산을 선호한다. 그게 '효율적'이라고 판단했기 때문이다. 하지만 이런 체제는 자기가 소비하는 것들이 어떻게 생산됐는지 모른 채 소비하고, 그저 소비하기 위해 돈을 버는, 소비만 할 줄 아는 이들을 대거 양성한다. 우리는 입는 옷, 사용하는 전기와 물, 우리가 먹는 식료품이 어떻게 생산되고 어떤 과정을 거쳐 우리에게 오는지 알지 못한다. 이는 정서적인 부분에도 영향을 미친다. 전체적인 과정을 인지하지 못하고 일부분의 일만 수행하다 보니 거대한 체계의 부품이라는 감각을 느끼게 되고, 그러다 보면 삶이 공허하고 무의미하다고 느끼기 쉽다.

최대한 오감을 자극하고 몸을 움직이며 손끝에서 무언가를 만드는 삶이 더 인간다운 삶이고, 내 삶에 쓰이는 많은 것들이 만들어지는 과정을 알고 개입하며 참여하는 것이 더 삶의 주인다운 태도일 수 있다…고 쓰다 보니 찔린다. 나 역시 어디서 만들어지는지 모를 육가공품과 편의점 음식과 대기업에서 운용하는 유통업체의 세척 채소들과 냉동식품을 애용하지 않았는가! 이것이 바로 효율성과 가성비의 함정이다. 하지만 이것이 개인의 노오오력으로 극복할 수 있는 문제인가? 충분한 생활임금을 받지 못하니 가성비에 지나치게 연연하게 되는 것 아닐까?

X 개인의 '노오력'만으로는 어려운 '흙성탈출'(feat. 혹성탈출)

먹고사는 문제는 임금, 주거 이슈와 유기적으로 연결돼 있다. 여기서는 특히 (홍덕구님 글에서 더욱 본격적으로 나오겠지만) 주거 문제에 주목하고 싶다.

한국의 1인 가구의 경우 법이 정한 최저 주거 기준은 14㎡(약 4.24평)이다. 서울에서 적은 보증금으로 최저 주거 기준에 준하는 창문 달린 방에 살기 위해선 적어도 월 30만 원이 필요하다. 보증금은 500만 원이 최소다. 헌법 제34조 1항은 "모든 국민은 인간다운 생활을 할 권리를 가진다"로, 동법 제35조 3항은 "국가는 주택개발정책 등을 통하여 모든 국민이 쾌적한 주거 생활을 할 수 있도록 노력해야 한다"고 명기됐다. 그런데 최저 주거 기준을 충족하지 못하는 곳에 사는 청년 수는 오히려 늘고 있다. 4.24평도 안 되고 방에 부엌도, 화장실도 없는 고시원과 같은 주거 공간은 기존의 주택을 '리모델링'하며 증식되고 있다. 이렇게 돈벌이로 고시원을 활용하는 건물주들에 사회적 제재를 가하는 것도 시급하다고 본다. 기본소득에 대한 요구의 목소리가 점점 커지는 것 같은데, 내친김에 '기본 공간' 운동도 함께 벌이는 것은 어떨는지. 최소 4.24평의 공간에 대한 지분은 청년들, 아니 모든 국민이 기본적으로 가지는 권리가 되는 사회를 상상해 본다. 적어도 1인당 4.24평에 해당하는 공간은 무료로 이용할 수 있도록 국가가 지원하고 그 이상 평형이 커질 때에는 추가 공간만큼만 국민이 비용을 지불하는 방식 말이다.

지방에 일자리가 없으니 청년들은 서울에 몰려드는데, 그렇게 일해서 버는 돈은 쥐꼬리만큼이다.[12] 월세를 내고 나면 남는 돈이 없다. 현재 노동하는 이들의 임금 중 대단히 큰 액수가 부동산에 빨려 들어 간다.[13] 몸 하나 누일 단칸방에서 단출하게 사는데도 그렇다. 주거비가 높은 대신 최저임금도 높아서 주거비에 돈을 쓰더라도 식비로 융통할 수 있는 자금이 어느 정도 높든지, 혹은 일자리가 적고 최저임금이 적다면 적어도 주거에 드는 비용이 0에 수렴하도록 국가가 보장하든지, 적어도 둘 중 하나는 해야 할 것 같은데 한국은 아직도 '마른걸레도 쥐어짜면 물기가 나온다'는 속담을 신봉하나봉가. 이런 배경 때문에 '한 달에 28만 원 미만 지출하며 생존하기' 같은 미션을 수행하는 흙수저가 범람하는 것이며, 사람들과 관계 맺고 교류하는 밥상도 사치처럼 느껴지는 것이다.

그러다 보니 '불행 배틀'이 횡행하기도 한다. 불행 배틀은 누가 더 가난하고 불행한지 사진이나 '썰'로 인증하며 경쟁하는 행태를 말한다. 이때 가장 불행하다고 인정받은 사람들만이 위로와 관심, 수혜의 대상이 된다. 불행 배틀을 통해 가장 불행한 자만이 '징징댈' 수 있는 권리를 부여받는다. 그렇지 못한 이들은 계속 노력하기를 강요받는다.

올해 초 벌어진 해프닝이다. 모 방송에서 월급 196만 원으로 살기 빠듯하다며 지출 내역을 공개한 비혼 여성이 등장했다. 그중 식비 지출 내역이 가십에 올랐다. 그녀는 한 달 식비로 65만 원을 지출한다고 했다. 그러자 온라인 게시판과 소셜 네트워크 서비스에서는 "식비는 더 줄일 수 있겠네"라며 오지랖 부리는 이들이 무시할 수 없는 숫자로 등장했다.

삼시 세끼 간장계란밥과 라면으로 버틴 결과 한 달 식비를 20만 원 이하로 지출할 수 있었다며, 65만 원보다 충분히 더 줄일 수 있다는 말을 던진 사람은 차라리 애잔했다(이 또한 불행 배틀이다). 내가 발끈했던 이유는 자신이 겪어 보지도 않은 일이기에 쉽사리 던진 것으로 보이는 말들 때문이었다. 식비를 줄이라는 근거로 "혼자 살면서 우리 가족 식비와 비슷한 수준이다"라고 말하는 이는 자취해 본 적 없는 것이 분명해 보였다. 이 글에서 이미 말했듯 4인가족에 비해 1인가족은 가성비 떨어지는 식단을 꾸릴 수밖에 없다. 게다가 그 글을 쓰는 사람이 그의 어머니가 식단을 짜고, 장을 보고, 요리하고, 요리 뒤처리까지 하는 노동력을 '공짜'로 누리며 그런 훈수를 둔 것은 아닐지 의심됐기에 얄미움까지 느꼈다. 인생의 무게를 오롯이 짊어지는 것이 어른이라면, 장성했는데도 '엄마'라는 존재에게 기대는 유아적인 태도, 자신의 안락함을 위해 희생하는 사람이 있다는 것에 눈감는 이기적인 태도를 덜어 내야 한다고 믿는다. 그런 맥락에서 배우자의 경제력이나 엄마의 가사 노동력에 기대지 않고 혼자서도 꿋꿋이 잘 사는 만렙 자취인이야말로 진정한 '어른'이 아닐는지! 하지만 기댈 수 있는 사회제도는 원한다. 임금은 낮고 생활비는 많이 들기에 서울에서 사는 것이 힘들다는 점은 모두가 알고 있는 일이고, 여러 지표에서 증명된 팩트다.

이런 상황 속에서 이미 충분히 분투하고 있는 사람에게 노력이 부족하다고 채찍질하는 풍경이 기괴하게 느껴진다. '나도 건강을 고려하기보단 값싼 음식을 먹으며 연명하고 있으니 너도 그렇게 살라'는 개인에 대한 요구보다는 '모두가 더 나은 삶의 질을 누릴 수 있게 해 달라'고 사회적으로 요구하는 것이 옳다고 생각한다. 언제까지 20만 원으로 한 달 식비를 해결하는 생활을 지속할 수 있을 것인가? 평생은 지속할 수는 없는 식습관이다. 어쩌면 이렇게 적은 식비로 '연명'하는 우리는 구조를 기다리며 화성에서의 삶을 버텼던 마크 위트니의 신세와 다르지 않을지도 모른다. 그러나 국가와 동료에 대한 신뢰로 자신이 구조받을 것이라는 믿음을 잃지 않았던 그와 달리, 우리가 사회에 대해 가지고 있는 신뢰의 토대는 허약하다.

그동안 헬조선(Hell-朝鮮)은 개개인의 렙업에만 의존했다. 이제는 사회 '시스템'을 렙업시킬 때가 왔다. 저녁이 있는 삶을 제공하는 고용문화, 불시에 해고되어도 사회의 비용으로 재교육 받은 뒤 노동시장에 흡수될 수 있는 체계, 매일 장을 봐도 걱정하지 않아도 되는 호주머니 사정과 넉넉한 시간, 쫓겨나지 않고 오래 머물 수 있는 삶의 터전, 식자재를 가꾸고 요리하는 도시 속 여유 공간을 우리는 사회에 요구할 수 있을 것이다. 이 밖에 다른 사회적 요구들은 다른 장에서 계속될 것이다…(라고 다른 저자들에게 떠넘겨 본다).

미주

1) 반대로 '창렬스럽다'는 말은 '가성비'가 나쁘다는 것을 뜻한다. 2010년, 김창렬이 이름을 빌려준 모 회사 냉동식품의 내용물이 부실했던 데서 유래됐다. 김창렬은 이름만 빌려줬을 뿐이라고 억울함을 호소하며 식품업체 사장을 고소했다고. 공교롭게도 옹졸, 졸렬 같은 부정적인 단어의 어감과 비슷해서인지 '창렬스럽다'는 현재까지 활발히 쓰이는 말이다. 이와 비슷한 뜻으로 '민아스럽다'라는 말이 있다. 여성 그룹 '쥬얼리'의 전 멤버 조민아가 차린 가게의 베이커리류가 가격은 비싼데 생김새가 조악하고 식감이나 맛은 그냥 그렇다는 사실, 팬들을 상대로 '열정착취'로 오인받을 행위를 했다는 사실이 온라인에 알려지면서부터다. 그러나 '민아스럽다'는 '창렬스럽다'는 말처럼 어감이 찰떡 같지 않아 쓰이는 빈도는 높지 않았다. 이런 일련의 사건은 이름이 독특한 사람이 혹시라도 먹을 것으로 박하게 굴면 두고두고 야박함의 상징이 될 가능성이 높으니 조심해야 한다는 교훈을 우리에게 안기는 듯하다.
2) 이 글은 GS25로부터 어떤 금전적 대가도 지불받지 않고 작성되었습니다….참고로 홍석천 매운볶음라면, GS25 죠스떡볶이 역시 내가 개인적으로 추천하는 GS25의 자식들이다.
3) 만화 〈강철의 연금술사〉에 등장하는 행위로 물질을 변화시키는 연금술을 발동하는 행위를 뜻한다. 연성진에 힘을 순환시킴으로써 물체를 이해→분해→재구성하여 변화시킨다. 무언가를 연성해 내려면 그것과 동등한 질량의 재료가 필요하다.
4) 서울 시내 원룸 중에는 부엌이 부실한 곳이 굉장히 많다. 화구 또는 인덱스가 하나인 경우, 조리대가 없는 경우, 냉장고가 작거나 없는 경우 등은 요리에 열악한 환경을 조성한다. 그나마 우리 집 가스레인지의 화구가 두 개이고 냉동실과 냉장고가 멀쩡히 돌아가고, 냉장고 높이가 냉장고 위를 조리대로 활용할 수 있는 정도라는 것은 감사해야 할 부분이다. 그렇지 않았다면 내가 요리에 취미를 붙이기 어려웠을지도 모른다.
5) 준비물은 식빵 두 장, 체다 슬라이스 치즈 두 장, 피자 치즈(스트링 치즈로 대체

가능), 호두와 아몬드('하루 견과'로 묶어 파는 견과류를 쓰면 편하다), 설탕(혹은 시럽)이다. 물 세 큰술, 설탕 세 큰술을 1:1 비율로 넣고, 약한 불에서 졸여 준다(시판용 시럽이 있다면 직접 만든 설탕시럽 대신 사용해도 좋다). 설탕 시럽이 졸여지면 견과류를 적당히 으깨 넣는다. 이와 동시에 버터 한 스푼 두른 프라이팬에 식빵 두 개를 올린다. 역시 약한 불이다. 하나의 빵 위에 체다 슬라이스 치즈 한 장, 피자 치즈 한 줌을 올린다(스트링 치즈도 괜찮다). 그 위에 설탕 시럽에 졸인 견과류를 적당량 얹고 다시 체다치즈와 약한 불에 구운 나머지 식빵을 얹는다(그러니까 체다 치즈를 총 두 번 얹는 것). 그 뒤 치즈가 녹을 때까지 약한 불에 둔다(식빵 겉이 너무 타는 것이 걱정되면 전자레인지를 이용해도 된다). 카페에서 팔 것 같은 브런치 완성! 치즈의 풍미, 달달한 시럽, 고소한 견과류, 바삭한 빵이 어우러진 '고급진' 맛이다.

6) 내열성 플라스틱 필름 단독 혹은 금속박을 여러 층으로 접착하여 만든 재료로 봉지를 만들고 식품을 넣은 후 밀봉하여 살균하는 식품. 개인적으로 멸균 가열 과정에서 맛도 손실되는 것처럼 느껴진다.

7) 살코기만 발라져 포장돼 굽거나 찌기만 하면 되는, 그것이 원래 생명체였다는 것을 잊게 만드는 마트 내 돼지고기나 소고기와 달리 한 마리의 포장된 닭은 온전한 생명체의 시체를 마주하는 감각을 상기시킨다. 좀 더 죄책감이 드는 것이다. 그래서 닭고기를 재료로 요리하게 된 것은 다른 고기들에 비해 비교적 최근의 일이다. 마트에서 700g 닭 한 마리를 세일하는 것이 눈에 들어와 충동 구매했는데, 그 한 마리로 깔루아 치킨, 오야꼬동, 닭고기 카레 등 알차게 여러 끼니를 해결할 수 있었다. 닭은 정말 가성비 훌륭한 재료였다. 단점은 있다. 뼈가 나온다는 것. 손질하기도, 발라먹기도, 쓰레기 처리하기도 귀찮았다. 그래서 이것저것 검색하다가 냉동 닭고기의 세계와 영접했다. 뼈 없는 닭고기를 부위별로 팔고 있었다! 내가 가장 좋아하는 넓적다리 부위도 껍질 있는 버전, 없는 버전을 나누어 살 수 있었다. 나는 전자를 구매했는데 다음에는 후자를 구매할 계획이다.

8) 강신주, "[철학자 강신주의 비상경보기] 인간다운 삶을 가로막는 괴물, 냉장고," 2013년 7월 22일, 《경향신문》.

9) 《다음》의 〈삼국카페〉, 〈여성시대〉, 〈쭉빵〉, 《네이버》의 〈레몬테라스〉, 〈82쿡〉, 웹사이트 《인스티즈》, 《외커》 등이 여초 커뮤니티로 꼽힌다.

10) 영화 〈마션〉은 근미래를 배경으로한 SF 영화이다. 화성을 탐사하던 NASA 아레스3 탐사대의 팀원 마크 와트니는 모래폭풍에 휩쓸려 팀에서 이탈되고 팀은 그가 사망했다고 판단해 그를 남기고 화성을 떠나 지구로 간다. 극적으로 살아남은 마크 와트니는 자신의 생존을 지구에 알리기 위해 노력한다. 중요한 것은 구조대가 올 때까지 버텨 내는 것! 마크 와트니가 부족한 우주식량에도 불구하고 화성에서 1년 반 동안 생존할 수 있었던 것은 직접 재배한 감자와 영양제 덕이라고 생각한다.

11) 시간 대비 임금이 높은 아르바이트를 뜻한다. 참고로 저는 인터뷰, 취재, 자료정리, 행사 패널 같은 알바 맡기면 잘할 수 있습니다, 여러분.
알바문의 monthlyingyeo@tistory.com

12) 한국의 최저임금은 2016년 기준 6030원. 일본의 최저시급 9.16달러(2014년 기준)에 한참 못 미친다. 호주와는 더욱 차이가 벌어진다. 호주의 최저시급은 13.7달러.

13) 2015년 10월 기준 전국 주택 평균 월세는 56만 원, 서울은 81만 원에 달했다. 서울의 평균 월세 보증금은 1억 200만 원에 달했다. 한국감정원, 2015년 10월 기준 주택가격동향조사.

흙흙청춘×첫번째

지방 청년 상경분투기

— 여러분의 코는 안녕하십니까?

홍덕구

X 서울, 코만 베어 가는 줄 알았더니

만만치가 않네 서울 생활이란게
이래 벌어가꼬 언제 집을 사나
답답한 마음에 한숨만 나오네

월세내랴 굶고 인해본게 없네
이래 힘들라꼬 집 떠나온 것은 아닌데
점점 더 지친다 이놈의 서울살이

_ 장미여관, 〈서울살이〉 중에서

위: 구 서울역사. 서울로 통하는 주요 관문.
아래: 현 서울스퀘어(구 대우빌딩). 구 서울역사에서 나오자마자 보게 되는 랜드마크. ⓒ홍덕구, 2016

천만 명 가까운 사람들이 살아가는 메트로폴리스 서울. '서울 시민'이 되기 전, 내가 생각한 서울은 '시내'로만 이루어진 도시였다. 백화점과 버스터미널이 있는 도시 중심에서 차를 타고 십여 분만 달리면 논밭을 볼 수 있던 지방 소도시(충남 천안) 출신인 내게 서울의 고층빌딩과 대규모 아파트 단지들은 외국만큼이나 낯선 풍경이었다. 당시 내게 서울의 랜드마크는 남산타워도, 63빌딩도 아닌 서울역 맞은편의 대우빌딩(현재의 서울스퀘어)이었는데, 기차에서 내려 역사 밖으로 나오면 제일 먼저 시선을 사로잡는 건물이었기 때문이다. '서울은 눈 뜨면 코 베어 가는 곳'이라는 말은 당시에도 우습게 들렸지만, 잠시라도 방심하면 코보다 더 소중한 것을 잃어버릴 듯한 불안감만은 진짜였다.

초등학교 몇 학년 땐가, 혼자 불광동 큰집을 찾아가는 길에 목숨보다 더 아끼던 '미니겜보이'를 그 동네 노는 형들에게 빼앗긴 일이 있었다. 지하철 안에서 '슈퍼마리오'에 지나치게 열중했던 것이 화근이었다. 불광역에서 내려 큰집을 찾아가던 도중, 누군가가 매우 자연스럽게 내 어깨를 감싸며 나를 음습한 골목으로 유도했다.

"×새끼야, 조용히 해."

한두 번 해본 솜씨가 아니었다. 대낮이었음에도 빌딩과 빌딩 사이의 좁은 골목에는 지나가는 사람 하나 없었다. 골목에는 이미 일당 두엇이 담배를 꼬나물고 대기하고 있었다. 그들은 모두 마치 유니폼처럼 당시 유행하던 '기지바지'를 입고 있었다. 기껏해야 중학생 나이 정도였겠지만 당시 내 눈에는 어른이나 다름없이 크고 무시무시해 보였다. 그들은 대로 쪽에서 보이지 않도록 나를 둘러싸고 된소리를 유독 강조해 가며 '미니겜보이를 내놓으면 곱게 보내 주겠다'는 내용의 말을 장황하게 늘어놓았다. 이미 전의를 상실한 나는 사랑하는 게임기와 마음속으로 작별 인사를 나누고 있었기에 그들의 협박은 사실 에너지 낭비에 가까웠다. TV에서나 듣던 정확한 '서울말'로 뱉어진 그

욕들은 그 자체로 두려웠다기보다는, 생소해서 더 공포스러운 것이었다. 결국 나는 게임기와 게임팩, 그리고 용돈 이만 원을 고이 바치고서야 놓여나올 수 있었다. 집에 돌아갈 차비가 없다고 하소연해 봤지만 아무 소용이 없었다. 햇볕이 내리쬐는 대로로 나오자 사람들이 제각기 어디론가 바삐 걸어가고 있었다. 나는 하릴없이 큰집으로 걸음을 옮겨야만 했다.

중학생이 된 후에는 게임을 좋아하는 친구들과 함께 용산전자상가에 드나들기 시작했다. 천안에도 게임 전문점이 몇 군데인가 있었지만, 상품이 다양하지 못하고 무엇보다 최신 게임을 구하기가 어려웠기 때문이다. 당시 용산역과 도깨비상가를 잇는 '굴다리'에는 코흘리개들의 용돈을 노리는 무서운 형들이 다수 서식하고 있었으므로 우리는 항상 네 명 이상 무리를 지어 그곳을 돌파하곤 했다. 용산전자상가라는 신세계에 대한 매혹이 '삥뜯김'에 대한 두려움보다 더 컸던 것이다. 그러나 진정으로 우리의 용돈을 위협했던 것은 게임 매장 점원들의 투철한 프로 정신이었다. A라는 게임을 찾으면 재고가 없다며 B게임(악성재고)의 재미를 과장해서 팔아먹는 것이 그들의 주된 수법이었다. 게임 전문 잡지들이 몇 종류인가 나오기는 했지만 절대적으로 정보가 부족하던 시절이었기 때문에 가능한 일이었다. 어지간히 정신을 바짝 차리지 않으면 최신작 '슈퍼마리오'를 사러 갔다가 '마리오, 루이지, 데이지 공주, 쿠파가 사이좋게 둘러앉아 판을 벌이는 마작게임'을 사 들고 돌아오기 일쑤였다.

고등학생이 되자 동대문 쇼핑타운까지 활동 범위를 넓혀 '두타', '밀리오레' 매장 점원들과 티셔츠 한 장, 청바지 한 벌을 놓고 치열한 홍정을 벌였다. 맘에 드는 옷을 발견하면 일단 가격을 물어본 뒤 '한 바퀴 돌고 올게요'를 던진다. 그러면 매장 점원들이 못 이긴 척 조금 더 낮은 가격을 제시한다. 그래도 비싸다 싶을 경우 '다음에 다시 올게요'로 대응한다. 이런 실랑이를 몇 차례 반복하다 보면 제법 흡족한 가격에 거래가 이뤄지곤 했다. 물론 점원 측의 대응법도 있다. '얼마까지 알아보고 왔어?', '얼마 있는데? 너희 가진 돈에 맞춰 줄게'가 가장 일반적이지만 종종 '만져 봤으면 사야지 이 새끼야!'를 사자후로 외치는 무서운 점원을 만날 때도 있었다. 그러다 보니 쇼핑 시간이 길어질 수밖에. 이만 원짜리 청바지를 삼천 원 깎아 구입하기 위해 장장 세 시간을 소비한 뒤, 동행한 친구에게 기분 좋게 오천 원어치 햄버거며 핫도그를 사곤 했다. 당시에는 서울 사람, 어쩌면 세상과의 코 베기 대결에서 승리했다는 뿌듯함이 훨씬 더 컸다. 세상에 밑지는 장사란 없다는 걸 알게 된 것은 한참 더 나이를 먹은 뒤였다.

대학 입학 직후, 학생 식당에서 저녁을 먹고 자취방으로 돌아가던 중이었다.

"죄송하지만 딱 1분만 시간 좀 내 주세요."

회색 정장을 깔끔하게 차려입은 미모의 여성이 나를 불러 세웠다.

한국 대학생의 외국어 구사 능력 실태에 대한 리서치 중이라며, 간단한 테스트에 응해 달라는 것이었다. 테스트는 그리 어렵지 않은 영어 문장 몇 개를 해석하는 것이었다. '대학생이 되니 이런 일도 있구나', '역시 서울은 달라' 따위의 생각을 하며 흔쾌히 질문지를 받아들었다. 그녀는 천사 같은 미소를 지으며 날이 추우니 차에 들어가서 작성하자고 했다. 나는 무언가에 홀린 듯 옆 골목에 주차된 승합차에 올라탔다. 승합차 뒷좌석에는 정체 모를 상자들이 잔뜩 쌓여 있었고, 중년 남자 하나가 음흉한 미소로 나를 맞이했다. '뭔가 잘못됐군, 여기서 나가야겠어'라는 생각이 든 찰나, 천사가 차에 올라타며 나와 문 사이를 가로막고 차 문을 닫아 버렸다. 이십 분 뒤, 나는 30만 원짜리 영어회화 테이프 한 세트를 신주단지 모시듯 끌어안고 내렸다. 국제화시대에 걸맞게 영어를 능숙하게 구사하는 인재가 되겠다는 포부와 함께. 당시 30만 원이면 내 한 달치 생활비였다. 그 테이프 세트는 이후 몇 년 간 방구석에서 먼지만 뒤집어쓰고 있다가 버려졌다. 이미 휴대전화에 MP3 플레이어 기능이 들어가기 시작했던 시절이었다.

이렇게 서울은 코를 노리는 척하며 그보다 더 비싼 것들을 털어 가고 있었지만, 나는 그저 안도의 한숨을 내쉬면서 두 손으로 코만 소중히 감싸 쥐고 있었다.

✕ 자취생, 여관주인이 되다

골목 구석구석에 쌓인 눈이 덜 녹은 2002년 2월 말, 정시 '다'군으로 동국대에 합격한 나는 자취방을 구하러 중구 장충동과 필동 일대의 부동산을 돌아다니고 있었다. 2월 중순이 돼서야 합격자 발표가 난 탓이었다.

동국대 원룸촌은 캠퍼스에 둘러싸인 형태로 남산 북쪽 비탈에 자리 잡고 있다. 3호선 동대입구역 6번 출구로 나와 앰배서더 호텔 약간 못 미쳐 팔각정을 끼고 왼쪽으로 돌면 가파른 오르막길이 나오며 원룸촌이 시작된다. 말이 좋아 원룸촌이지 드라마에서나 보던 달동네에 가까운, 주거지로 전혀 적합하지 않은 산비탈에 조성된 마을이었다. 내가 자란 천안에서는 이렇게 가파른 산비탈에 지어진 집을 본 적이 없

당시 살던 자취방 복도 창문에서 바라본 원룸촌 풍경.

학교(동국대)에서 내려다본 원룸촌. ©홍덕구, 2016

었다. 경사가 어찌나 심한지 영하의 날씨였음에도 불구하고 중턱에 있는 부동산까지 올라가는 동안 등짝에 땀이 배었다.

남아 있는 방들은 약속이나 한 듯 크기며 형태, 구조, 월세까지 비슷했다. 부동산 아저씨는 '곧 개강이라 남은 방이 거의 없다', '그나마 있는 방들도 금방 나갈 거다', '이 동네 방값은 어딜 가나 다 거기서 거기다' 등의 말로 현혹했고, 귀 얇은 나는 학교 쪽문에서 제일 가까운 원룸을 덜컥 계약해 버리고 말았다. 학교 갈 때 편하겠다는 지극히 단순한 생각이었다. 화장실 겸 욕실과 싱크대가 딸린, 비교적 깨끗하고 널찍한 방이었다. 보증금 천만 원에 월세 오십만 원. 관리비와 공과금을 합치면 매달 거의 육십만 원에 가까운 돈이 나가는 셈이었다. 전세로 따지면 6000만 원. 당시 우리 가족이 천안에서 살던 20평대 아파트 매매가와 얼마 차이도 나지 않는 가격이었지만, 당시 내게는 그런 경제 감각이 전무했다.[1]

이후 입대를 앞두고 방을 빼기까지 약 2년 동안 나는 이 방에서 살았다. '욕실과 주방을 갖춘, 벽과 문으로 둘러싸인 공간'이라는 '집'의 정의에 따르자면 나는 이 '집'에서 2년을 산 셈이지만, '내 집'이라는 말이 쉽게 입에 붙지 않았다. 지금 생각해도 '집'보다는 '방'이 더 적절한 표현인 듯싶다. 아마도 '집'이란 말에는 '관계'의 문제가 포함되어 있기 때문일 것이다. 한집에서 살아가는 사람들의 관계. 한 골목, 한 건물에서 맞닿아 있는 집과 집 사이의 관계. 무엇보다도 집이란 사람이 소속감을 느끼는 장소일 텐데, 월세방에는 그런 소속감을 느끼기가 어려웠다. 내가 매달 50만 원의 월세와 교환한 것은 '머무를 권리'이지 '정착할 권리'가 아니었던 것이다.

그 건물에는 20여 개의 원룸이 있었지만 그중 얼굴을 익히고 지내는 사람은 단 한 명도 없었다. 방음이 신통치 않아 조금만 주의를 기울이면 옆방 사람들의 대화 내용마저 알아들을 수 있을 지경이었지만, 정작 복도나 계단에서 마주쳤을 때는 황급히 스쳐 지나가기 일쑤였다. 윗집에는 여학생 두 명이 살고 있었는데, 무슨 학과인지 그 방에서 종종 선배들이 얼차려를 주는 모양이었다. 낮은 기합소리와 억누른 비명, 쿵쾅거리는 소리가 일주일에도 서너 차례씩 들려왔고, 조용해진 뒤에는 이내 서러운 울음소리가 이어지곤 했다. 복도 맞은편 방에서는 커플이 동거하는지 가쁜 숨소리가 매일같이 들려왔다. 동네에서 유일하게 내 인사를 받아 주는 사람은 구멍가게 주인뿐이었다.

학교 근처 자취방의 숙명으로 내 방은 곧 친구들의 아지트가 되었다. 첫 학기의 절반 정도가 지나자 동기 놈들의 절반이 도어락 비밀번호를 알게 되었고, 새벽이면 생면부지의 선배나 후배가 재워 달라며 찾아오기도 했다. 라면 두 봉지, 생수 한 병으로 숙박비를 대신한다는 자발적 규칙이 생겨났다. 술과 안주를 사 들고 찾아오는 녀석들도 많았다. 때는 2002년, 술 마시기 참 좋은 해였다. 한국 축구가 꿈만 같았던 월드컵 4강에 진출했던 그해, 우리는 무엇이든 될 수 있을 것 같기도 했고 아무것도 이루지 못한 채 당장 죽어 버릴 것 같기도 했다.

치킨 안주에 맥주도 곧잘 마셨지만 돈이 없을 때는 과자 부스러기도 감지덕지했다. 커다란 주전자에 소주와 탄산음료를 섞어 마시면 안주가 필요 없어 좋았다. 왠지 방 한 구석에 놓여 있던 20리터 생수통은 담배꽁초로 절반 넘게 채워졌다. 정말 돈이 귀할 때는 방구석에 쌓인 빈 술병을 슈퍼에 갖다 주면 소주 두어 병은 가뿐하게 떨어졌다. 자주 재웠던 친구의 어머니가 김장 김치, 오징어 젓갈, 게장 따위를 보내 주셔서 안주 삼기도 했다. 그 방은 분명 2층이었음에도 창문이 옆 건물 벽과 밀착해 있어 햇빛이 전혀 들지 않았다. 건축법상 일조권이라는 것이 있다는 사실조차 모르던 시절이었다. 고주망태가 되도록 퍼마시고 난 다음날이면 오후 늦게까지 세상모르고 곯아떨어지기 일쑤였다. 방은 언제나 딱 좋게 어두컴컴했다.

1학년 여름방학이 거의 끝나갈 무렵, 서울이 태풍의 영향권에 들어 비바람이 몰아치던 밤이었다. 그때 나는 입대를 몇 주 앞두고 하숙집에서 나온 지방 출신 친구와 함께 살고 있었다. 우리가 한창 게임에 열중해 있을 때 다른 친구에게서 전화가 왔다. 근처에서 술을 마시다 막차가 끊겼으니 재워 달라고. 여느 때처럼 술이나 몇 병 사 들고 올 줄 알았던 그는 만취한 여자친구를 부축하고 있었다. 어떤 부탁도, 요청도 없었지만 우리는 그와 그녀에게 방을 내주고 말없이 근처 피시방으로 자리를 옮겼다. 정말 이게 전부라며 그가 끝끝내 쥐어 주던 (여관비에는 한참 못 미치는) 돈으로 사 먹은 컵라면의 맛, 피시방에서 밤새 모기떼에 시달렸던 종아리의 가려움, 피시방까지 걸어가는 동안 몇 번이나 우산을 뒤집어 놓던 그날의 비바람이 지금도 생생히 기억난다.

돌이켜 보면 그곳에서 사람과 사람 사이의 관계는 적당한 끈끈함을 유지했고, 이 끈끈함이 갓 상경한 나를 서울 한복판에서 그럭저럭 살아갈 수 있게 했다. 그 방에서 2년을 사는 동안 내가 서울 시민, 중구 구민, 장충동 동민이 되었다는 느낌은 단 한 번도 받은 적이 없었다. 그럼에도 나는 분명 그 '방'이 중심이 된 어떤 공동체에 속해 있었다. 10년 이상이 지난 지금까지도 그 공동체의 기억은 무한정에 가까운 향수와 애틋함을 불러일으킨다.

✕ 종로에 살어리랏다

2006년 전역 후, 새로 자취방을 구해야만 했다. 이번에는 학교에서 조금 멀더라도 더 저렴한 방을 구하고 싶었다. 온라인 공인중개 사이트에서 정보를 검색했다. 종로구 익선동에 있는 신축 오피스텔 월세가 비교적 저렴하게 올라와 있었다. 보증금 500만 원에 월세 48만 원. 직접 방문해 보니 지하철역과 가깝고 멀지 않은 곳에 시장도 있었다. 무엇보다 동네 분위기가 맘에 들었다.

종로에는 독특한 정취와 활력이 있다. 번화한 대로를 벗어나 골목길로 조금만 들어서면 옛 느낌을 간직한 주택과 상점들이 즐비하다. 낙원상가에서 멀지 않던 그 오피스텔 바로 옆에도 고색창연한 한옥

한 채가 자리 잡고 있었다. 매물로 나온 방은 4층이어서 기와지붕과 잘 가꿔진 마당을 한눈에 내려다볼 수 있었다. 그 풍경에 매료된 나는 망설일 것도 없이 계약을 진행했다.

사실 그때까지 나는 오피스텔이라는 주거 형태에 대해 약간의 환상을 품고 있었다. 영화나 드라마를 통해 본 오피스텔은 그야말로 '서울스러운' 라이프 스타일이 실현되는 공간이었기 때문이다. 복층구조가 아닌 것이 아쉬웠지만, 내가 오피스텔에서 살게 되었다는 사실 자체만으로도 묘한 흥분감이 있었다. 능력 있고 인물 좋은 드라마 속 '실장님'들이 사는 곳이 대개 오피스텔 아니던가.

하지만 직접 살아보니 불편한 점이 한두 가지가 아니었다. 우선 창문이 반쯤만 열리는 여닫이문이라 도통 환기가 되질 않았다. 여름에는 잠시라도 에어컨을 틀지 않고서는 견딜 수가 없을 정도였다. 라면이라도 하나 끓이면 그 열기가 한참을 방안에서 맴돌았다. 바닥 난방이 아닌 공기 가열식 난방이라 겨울에는 엄청나게 건조했고 난방비도 원룸과 비교할 수 없을 만큼 많이 들었다. 베란다가 없어 빨래를 말릴 곳도, 잡동사니를 수납할 곳도 마땅치 않았고 가스레인지 대신 설치된 인덕션은 화력이 흡족지 못했다. 경비실이 있어서 택배를 받아 주는 것은 좋았지만, 관리비 부담이 만만치 않았다. 관리비와 공과금을 합쳐 매달 15만 원 가까운 지출이 있었으니 원룸에 살 때보다 주거비 부담이 더 커진 셈이었다.

옆에 있는 한옥에서는 일주일에 두어 번, 풍악과 술주정이 섞인 소리가 들려왔다. '홍도야 우지마라 오빠가 있다'라든가, '이 풍진 세상을 만났으니' 하는 노래들이 주를 이뤘다. 워낙 시끄러워서 창문을 걸어 닫아도 소용없었다. 내려다보면 연분홍 한복을 곱게 차려입은 묘령의 여성 종업원들이 쟁반을 들고 분주히 오가는 모습이 보였다. 나중에야 알았지만 그 한옥은 '오진암'이라고 알 만한 사람들은 다 아는 유명한 요정이라고 했다. 그런 날은 새벽 두 시 넘어서까지 꽤 시끄러웠다. 야행성인 데다 대학생이었던 나로선 별 상관없었지만 이른 출근을 해야 하는 다른 입주자들에게는 상당한 스트레스였을 듯하다. 시세에 비해 저렴했던 임대료에는 이유가 있었던 것이다. 새벽 세 시가 넘어서 담배 한 대 피우러 건물 앞길로 나가보면 평상복으로 갈아입은 여성들이 솟을대문 앞에 줄줄이 서서 택시를 기다리고 있었다. 하나같이 탤런트나 슈퍼모델 뺨치는 미모의 소유자들이었다. '저런 데서 술 한잔 하려면 얼마나 들까?' 친구에게 물었더니, '우리 같은 사람은 예약도 안 받아 줄 거다'라는 대답이 돌아왔다. 둘 중 누군가가 신춘문예에 당선되면 상금으로 꼭 저기서 한잔 하자며 키득대던 기억

자주 산책하던 종로 어딘가의 골목길 풍경.
ⓒ홍덕구, 2016

이 생생하다. 몇 년 뒤, 근처를 지나가다 들러보니 집터만 휑하니 남아 있었다. 요정은 문을 닫고 한옥 건물만 해체해서 부암동인가로 옮겼다고 했다. 우리도 이제 소설을 쓰지 않는다.

나는 이 오피스텔에서 꼬박 2년을 살았다. 학교 앞과는 달리 찾아오는 사람도 많지 않았지만, 그다지 쓸쓸하지는 않았다. 근처에 자주 가던 해물칼국수집이 있었다. 삼천 원인가 삼천오백 원인가 하는 저렴한 가격과 푸짐한 양, 시원한 국물 맛 덕에 항상 손님으로 붐볐다. 심한 감기에 걸려 코를 훌쩍이던 어느 날, 몽롱한 정신에도 저녁은 먹어야겠다는 생각에 그 칼국수집으로 갔다. 냅킨에 코를 잔뜩 풀어 가며 한 그릇을 그럭저럭 비워 가는데, 주인아주머니가 뜨끈한 국물 한 국자를 더 부어 주셨다. "이거 다 마시면 감기 뚝 떨어져." 요즘도 찬바람에 코가 맹맹해지면 그때의 국물 맛이 혀끝에 맴돈다. 종종 친구가 찾아오면 낙원상가 옆 포장마차에서 삼천 원짜리 빈대떡에 소주를 마셨다. 아침 해장은 송해가 즐겨 찾는다는 천오백 원짜리 해장국집에서 국밥 한 그릇이면 족했다.

젊음과 늙음, 새로움과 낡음, 가난함과 부유함이 큰 위화감 없이 뒤섞인 이 동네에서 사는 동안 산책하는 습관이 생겼다. 어느 골목, 어느 건물에 들어가도 비슷비슷한 모양을 한 대학가 원룸촌과는 달리 종로 일대의 풍경은 다채로웠다. 이 집은 칼국수가 맛있고, 저 집은 해장국이 끝내주고, 요 모퉁이를 돌면 빈대떡에 소주 한잔하기 딱 좋은 포장마차가 나온다는 것. 저 골목 끝에는 주말마다 헌책 파는 리어

카가 자리를 잡는데 잘 고르면 소설책 따위를 싸게 득할 수 있고, 이 골목 끝에는 단돈 오천 원에 평양냉면을 그럴듯하게 말아 내는 식당이 성업 중이며, 어딘가로 찾아가면 이천오백 원에 따끈한 청주를 대포 가득 마실 수 있는 선술집이 나온다는 것. 그럴싸한 오피스텔에 살게 되어서가 아니라, 내가 사는 동네를 조금쯤 '알게' 됨으로써 나는 비로소 조금쯤 '서울 사람'이 되었다.

✕ 전셋집 일병 구하기

이후 몇 년간 나는 매년 오르는 월세를 피해 원룸에서 원룸으로 이사하며 살았다. 그간 사 모은 책들 탓에 원룸이라고 해도 어느 정도 넓은 방을 구해야만 했고, 이는 곧 월세 부담으로 이어졌다. 전세 한번 살아 보는 것이 소원이었으나 몇천만 원이나 되는 보증금을 마련할 길이 없었다.

대학원 박사과정을 수료함과 동시에 나는 비정규 계약직 학문 노동자에서 실업자로 전락했다. 조교 월급과 장학금이 동시에 끊겼기 때문이다. 학위논문이 통과되고 안정적인 강의수입이 생길 때까지는 생계 비용을 최소화하며 버텨야 했고, 그러자니 매달 월세로 나가는 지출부터 막아야만 했다. 적금과 보험을 깨고, 아끼던 사진 장비를 내다 팔고, 월세 보증금에다 부모님이 어렵게 지원해 주신 돈까지 합쳐 간

신히 5500만 원을 만들었다. 전세대란이 아파트에서 주택으로 번지기 직전인 2014년 겨울이었다.

그간 서울서 최저 40만 원, 최고 55만 원 월세로 10년을 살았으니 대략 6000만 원 이상을 쓴 셈이다. 이 돈만 모았어도 그럴듯한 전셋집 하나는 얻었으리라. 하지만 집안 사정상 목돈을 만들기가 불가능했기에 불가피한 일이었다. 월세 소득공제제도조차 생기기 전이었다.

인터넷으로 대략적인 시세를 파악해 보니 서울에서 5500만 원으로 전셋집을 얻을 수 있는 지역은 극히 한정되어 있었다. 2호선 신대방-낙성대역 지역과 6호선 대흥-상수역 지역을 중심으로 발품을 팔기 시작했다.

"이 가격에 이런 집 또 없어."

부동산 아저씨, 아줌마, 할아버지, 할머니들의 대사는 매번 어찌 그리 똑같은지. 공인중개사 시험에 '저렴한 전셋집 구하는 손님 대하는 법'이라는 과목이라도 있나 보다. 문제는 이 멘트가 곁들여지는 집은 하나같이 '이 가격'만 아니면 절대 살고 싶지 않은 집이라는 것이었다. 내가 가진 보증금으로 구경이라도 할 수 있는 전셋집은 세상에 이런 집이 또 있을까 싶을 정도로 기괴하고 희한한 곳뿐이었다.

벽지 무늬로 착각할 만큼 현란하게 곰팡이가 피어 있는 반지하방이나 불법으로 증축한 것이 분명한, 외풍이 솔솔 스며들어 월세보다 난

방비가 더 걱정되는 옥탑방 정도는 그나마 양호한 편에 속했다.

> 주윌 둘러보면 온통 네모난 것들 뿐인데
> 우린 언제나 묻지 잘난 어른의 멋진 이 말
> 세상은 둥글게 살아야해
>
> 지구본을 보면 우리 사는 지군 둥근데
> 부속품들은 왜 다 온통 네모난 건지 몰라
> 어쩌면 이건 네모의 꿈일지 몰라
>
> _ 화이트, 〈네모의 꿈〉 중에서

대흥역 근처, 언덕 경사면의 택지 모퉁이에 지어진 낡은 주택이었다. 한 채의 집을 두 가구가 나눠 쓰는 구조였는데, 매물로 나온 방의 형태가 삼각형에 가까운 사다리꼴이었다. 그것도 이등변사다리꼴이 아니라 한쪽 빗변이 기형적으로 긴 형태라서 방 가운데에 침대를 놓고 나면 나머지 살림들을 도저히 배치할 방법이 없었다. 이곳에서 나는 깊은 깨달음을 얻었다. '〈네모의 꿈〉이 실은 이상향을 노래하는 곡이었군!', '역시 어른들이 하는 일에는 다 까닭이 있다니까' 등등.

역시 서강대 근처로 기억하는데, 욕실이 없어 보일러실에 샤워기를 달아 놓은 집도 있었다. 보일러실 바로 옆에는 현관과 신발장이 있어 샤워할 때마다 신발을 모두 신발장에 올리고 샤워커튼을 쳐야 했다.

샤워커튼은 이전 세입자가 달아 놓고 간 듯했다. 저 샤워커튼을 치고 샤워를 하며, 그 세입자는 무슨 생각을 했을까? '내가 더러워서라도 돈 벌어서 이사 간다'였을까, 아니면 '이렇게까지 하면서 살아야 하나…?' 였을까? "이렇게 샤워커튼을 치면, 짠! 하고 보일러실이 샤워실로 변하는 마술!"을 자랑스럽게 시연하고 있는 집주인을 보며 나는 전 세입자의 행복을 빌었다.

내가 봤던 집 중에는 다른 곳은 다 멀쩡한데 화장실로 통하는 문 높이가 내 가슴께에 불과해서 림보 자세로 드나들어야 하는, 유연성 강화에 좋을 듯한 집도 있었다. 이렇게 괴상한 집들을 잔뜩 보여 준 뒤, 마지막으로 비교적 멀쩡한 매물을 보여 줘 계약을 유도하는 것이 공인중개사들의 수법이었다. 모처럼 괜찮다 싶은 집은 전세금이 오백만 원이나 천만 원쯤 부족하거나, 근저당이 발목을 잡았다.

이렇게 두 지역에서 부동산 십여 곳 정도를 돌고 나니 좌절과 회의가 몰려왔다. '룸펜 주제에 전세를 꿈꾼 것이 죄인가. 평생 월세 살다가 첫 전세는 납골당이 되겠구나.' 세상 모든 집주인들이 나를 비웃는 듯했다. '월세 내는 건 마음대로지만 전세 얻는 건 아니란다.' 은행에서 전세자금 대출을 받으려 해도 일정한 수입이 없는 대학원생 신분으로는 단돈 백만 원도 빌리기 힘들었다. 그런 내가 어지간히 딱해 보였는지 한 공인중개사 아주머니가 LH 대학생 전세임대주택 신청을 해보라고 조언해 주셨다. LH 공사에서 전세금을 대납해 주고 임대인은 그에 대한 이자만 납부하면 된다니? 최대 7500만 원까지! 지옥에서

부처를 만난 격이었다.[2] 하지만 알아보니 대학원생은 해당사항 없음. 그럼 그렇지, 좋다 말았네.

'홍덕구님의 전세자금이 +2000만 원 되었습니다.'

포기하고 월세로 돌아가야 하나 싶었는데, 어떻게 아셨는지 친척들이 어렵게 목돈을 마련해 주셨다. 아마 부모님이 부탁하셨겠지. 이제 가용자금은 7500만 원. 선배의 도움으로 동대문구 이문동에서 맘에 드는 전셋집을 발견했다. 한동안 재개발이 추진되다 사업 자체가 백지화된 상황이라 전세가가 비교적 저렴한 지역이라고 했다. 상가주택 3층 투룸, 전세 7500만 원, 근저당 없고 서류 클리어. 십만 원짜리 가계약부터 걸어 놓고 커피 한 잔 마시며 고민한 끝에 계약하기로 결정. 처음 해보는 전세 계약이라 긴장도 되고, 뭔가 복잡하기도 하고. 평생 처음 만져 보는 목돈이 오가는 일이라 생각하니 손이 덜덜 떨렸다. 말로만 듣던 전세 사기의 피해자가 되는 건 아닐까? 인상 좋은 집주인 아주머니가 돌변해서 내 전세금을 떼먹으면 어쩌지? 등등. 하지만 복잡한 서류 작업은 부동산 아저씨가 일사천리로 처리해 주니 월세 계약과 크게 다를 것도 없었다. 집주인이 잔금을 수표로 받길 원해서 액면가 6750만 원짜리 수표를 발행해 본 것 정도가 특이한 경험이랄까.

그렇게 입주한 전셋집에서 나는 1년 반째 살고 있다. 매달 고정적으로 나가는 비용은 전기요금, 가스요금, 수도요금 등을 종합해 5~10만 원 남짓. 월세 살 때와 비교하면 생활이 눈에 띄게 안정되었다. 그간 월수입이 30만 원에 불과한 학기도 있었지만 월세 부담이 없으니 아르바이트 대신 학업에 집중할 수 있었다. 그러나 경제적 안정성보다 더 중요한 것은 삶의 안정성이다. 월세 살 때는 매달 방세를 낼 때마다 나는 세입자이며, 이 집에 잠시 '머물고' 있을 뿐이라는 사실을 자각하게 된다. 전세는 이 자각의 간격을 한 달에서 2년으로, 비약적으로 늘려 준다.

월세를 살다 보면 별별 일을 다 겪는다. 6호선 보문역 근처 원룸에 살 때의 일이다. 원래대로라면 세입자가 부담해야 하는 형광등이나 백열전구 따위의 소모품을 집주인 할아버지가 손수 교체해 주곤 했다. 이 사실만 놓고 보면 좋은 집주인이라고 하겠지만, 문제는 이 할아버지가 세입자 집에 허락 없이 드나들었다는 것이다. 한번은 레포트를 쓰느라 밤을 꼴딱 새운 뒤 자려고 누워 있는데 잠가 놓은 현관문이 스르륵 열리는 통에 기겁했던 적이 있다. 새 형광등을 든 집주인 할아버지가 마스터키로 현관문을 열고 들어온 것이다. 나름의 선의에서 나온 행동일 수도 있지만, 세입자의 사생활 보호라는 측면에서는 부적절했음이 분명하다. 만약 그때 여친과 같이 있기라도 했다면… 생각만 해도 아찔하다.

물론 아무리 전세라고 해도 '내 집'을 마련해서 사는 것의 안정성에 비할 수는 없을 것이다. 문제는 지금의 청년들에게 '내 집 마련'이 사실상 가능하지 않다는 점이다. 많은 전문가가 주택임대시장에서 전세제도가 곧 사라지고 월세가 보편화될 것이라고 예측한다. 전세라는 제도는 주택에 대한 투자를 통해 확실한 재산 증식이 가능했던 고도성장기의 유물이다. 하지만 전세제도의 역사나 현 주택시장 상황에 대한 분석은 나의 몫도 아닐뿐더러, 청년 세대의 주거 문제를 해결하는 데에 유의미한 동력을 제공하지도 못한다. 중요한 것은 현행 주택제도 및 급속히 변화하는 주택시장과 주거문화 속에서 청년 세대가 실질적으로 겪고 있는 실제적 어려움을 공유하고 공감대를 형성하는 일이다.

X 청년에게 신음소리를 허하라

2014년 크리스마스, 신림동 원룸촌에서 너무나도 웃픈 사건이 발생했다. 성관계 도중 새어 나온 신음소리 탓에 이웃 간에 주먹다짐이 발생한 것이다.

> "대학생 A씨는 지난 4월 새벽 2시쯤 서울 신림동 원룸으로 자신의 여자친구를 데리고 왔다. 함께 애정행위를 하면서 신음소리를 낸 게 참극을 불렀다. 옆방에 살던 사회복지사 B씨는 이 소리를 참지 못하고 "조용히 하라"며 옆 방문을 두드렸다.
> 한껏 예민해져 있던 서로는 다툼을 피할 길이 없었다. A씨가 B

씨를 밀어 넘어뜨리며 머리를 수차례 가격했다. B씨도 A씨의 귀를 잡아당기고 턱을 한차례 가격했다. 둘은 나란히 전치 2주의 상해를 입었다.”[3]

대학생 A씨와 여자친구의 애정행위는 — 월세인지 전세인지는 모르겠지만 — 개방된 장소가 아닌 ‘집’에서 이루어졌다. 문제는 그 ‘집’이 그들의 사생활을 충분히 보호해 주지 못했다는 것이다. 물론 소음 문제가 원룸에만 국한된 것은 아니지만, 아파트나 빌라 등의 경우 ‘층간소음’이 주된 이슈로 떠오르는 반면 방과 방이 밀착해 있는 원룸의 경우 ‘층내소음’부터 문제가 되는 경우가 많다.

“1cm 두께의 베니어로 나뉜 칸칸마다 빼곡히 남자나 여자들이 들어차 있다. 그 속에서 다들 소리를 죽여 가며 방귀를 뀌고, 잠을 자고, 생각을 하고, 자위를 한다. 살아간다.”

_ 박민규 ,「갑을고시원체류기」 중에서

‘층내소음’의 원인은 다양한데, 대표적으로 ① 벽체가 너무 얇게 설계되었거나 차음 처리가 제대로 되어 있지 않은 경우, ② 설계상 존재하지 않는 벽체를 간이로 만들어 세대를 구분한 경우(불법개조원룸), ③ 현관문이나 창호의 차음 기능이 떨어져 복도 등을 통해 층내 다른 세대로 소음이 전파되는 경우 등을 들 수 있다. 이러한 문제들의 원인은 명료하다. 원룸, 고시원, 오피스텔 등의 공간을 '집'이 아니라 임대 사업의 '수단'으로밖에 보지 않는 건축주나 건설사들의 태도가 그것이다. 임대 수익의 극대화를 위해 한정된 건물 공간에 최대한 많은 세대를 배치하다 보니 구조적으로 소음 문제가 심각해질 수밖에 없으며, 벽체 등을 가능한 한 얇게 설계하고 기준미달의 싸구려 건축재를 사용하니 차음성이 극도로 떨어지는 건물이 될 수밖에 없다. 불법개조 원룸의 경우에는 소음뿐만 아니라 안전상으로도 큰 문제가 된다.

이윤의 극대화만을 추구하는 사회 분위기 속에서 청년들의 열악한 주거 문제는 무시될 수밖에 없다. 임대 사업주의 탐욕만이 원인의 전부는 아니다. 청년들에게 생존경쟁을 강요하는 사회에서 이 문제는 영원히 해결 불가능할지도 모른다. 치열한 스펙경쟁 속에서 '젊음' 자체가 이미 미래에 저당 잡혀 있는데, 젊은이가 어떤 환경에서 살든 그게 뭐가 중요할까. '헬조선'에서 청년의 열악한 주거환경은 그들의 '노오오력' 부족으로 치부되기 십상이다. 열악한 청년 주거는 더 이상 '젊어 고생은 사서도 한다'는 말로 미화될 수 없다.

우리는 순순히 인정하는 것에서부터 시작해야 한다. 어이없이 비싸고 허술한 원룸에서, 고시원에서, 단칸방에서 셋방살이를 하고 있는 지금의 내가 곧 '나'이며, 지금의 내가 겪고 있는 고통은 '와신상담' 따위가 아니라 '나'라는 존재가 겪는 고통임을. 인간은 절지동물이 아니므로 성충이 되기 위한 번데기 시절 따위는 필요 없다는 것을.

국가, 정부, 사회, 기성세대를 향해 당당히 주장하자. 진정 저출산이 심각한 문제라고 생각한다면, '모든 젊은 연인에게 신음소리가 새어 나가지 않는 집을 제공하라!' 아니면 임시방편으로 반값 모텔, 반값 대실이라도 시도해 보시든지.

✕ 청년, 따로 또 같이 살아가기

어렵게 구한 전셋집의 전세 계약이 이제 6개월 남짓 남았다. 동네 부동산 앞을 지날 때마다 유리창에 붙어 있는 주택 시세에 자연스레 눈길이 간다. 그새 많이도 올랐다. 반년 뒤 나의 주거는 어떻게 될까? 2년이라는 유예기간을 더 얻을 수도 있고, 그렇지 않으면 이사할 집을 구하러 또다시 부동산 순례를 시작하게 될 수도 있다. 모든 것은 지엄하신 집주인의 뜻에 달렸다.

"집으로 들어가지 그래?"

내 주거 고민—을 빙자한 술주정과 신세 한탄—을 들어 주던 친구가 무심코 던진 말이다. 서울에서 태어나 결혼으로 분가할 때까지 가족과 함께 살았던 그 친구에게 '가족과 함께 산다'는 선택지는 지극히 자연스러운 것일 터이다. 하지만 이런저런 사정으로 고등학교 때부터 집을 떠나 살아온 내게 가족과 함께 산다는 것은 결코 익숙하거나 자연스러운 일이 아니다. 서울 생활을 오래 한 지방 출신 친구들과 얘기해 보면 다들 비슷한 말을 한다. 오랜만에 고향집에 돌아가도 뭔가 어색하고 불편해서 오래 머물지 못하고 도망치듯 서울로 돌아오게 된다는 것이다.

다른 주거환경에서 살게 된다는 것은 삶의 내용과 형식 모두가 달라진다는 것을 뜻한다. 피로 맺어진 가족이라 해도 별수 없다. 한국의 주거문화는 지난 백여 년 동안 집단주의에서 개인주의로 변화하는 사회 분위기와 함께 변화해 왔다. 전통적 마을공동체의 결속이 약해지고 가족의 규모 또한 축소되면서 '집', 즉 '주택'의 구조 또한 외부와의 단절과 내부 공간 사이의 분절을 강조하는 형태로 변화된 것이다.

전통가옥은 대가족의 생활을 전제로 설계된 구조다. 전통가옥에서 대부분의 공간은 가옥의 다른 공간들에 대해 개방된 성격을 지닌다. 이는 개인보다는 '가족'이라는 공동체적 질서가 중시되었던 사회·문화적 질서를 반영한다. 반면 현대식 주택은 3~5인 규모의 핵가족 생활에 최적화된 구조를 지닌다. 부부가 방 하나를 함께 사용하고 자녀 1인당 방 하나, 혹은 2인 1실을 사용하는 구조다. 공간 하나에 생활공간과 욕실, 주방을 모두 집어넣은 '원룸'에 이르면 애초에 '가족'은 사용자로서의 고려 대상이 아니다. 최근에는 '셰어하우스' 용도로 사용할 것을 감안하여 거실 공간을 줄여 방의 면적을 확보하고 방마다 욕실과 화장실을 배치한 구조의 아파트나 주택도 선보이고 있다. 앞으로는 미드 〈프렌즈〉에 나온 것처럼 청년들이 경제적 이유 때문에 타인과의 공동생활을 선택하는 경우가 점차 증가할 것으로 보인다.

청년이 모여 살면 당장 경제적 이득이 있다. 월세 50만 원의 원룸에 혼자 사는 것보다 월세 120만 원의 아파트에 세 명이 함께 사는 것이 경제적으로나 삶의 질 측면에서 한결 더 낫다. 물론 아파트나 빌라의 경우 월세라 해도 보증금이 비싼데, 이 보증금은 사회적으로 지원해 주면 된다. 이러한 아이디어를 실천하는 단체들이 있다. '민달팽이 주택협동조합'에서는 서울 시내 세 곳에서 '민달팽이 하우스'라는 공동 주거를 운영하고 있다. 조합이 주거용 건물을 구입하거나 임대하여 공동 주거에 적합하도록 개조한 뒤 입주자를 모집하는 시스템이다. 입주자들은 자치 조직을 구성해 공동생활에 필요한 모든 사항을 스스로 결정한다. '큰바위얼굴 협동조합'에서도 '모두의 아파트'라는 이름으로 공동 주거 실험을 시작했다. 조합에서 아파트를 임대하여 매우 저렴한 월세(월 20~25만 원)로 서울대학교 학생들에게 제공하는 프로젝트이다. 대전에서는 '셰어하우스 꿈꿀통'이 청년 공동 주거를 시도한다. 이 밖에도 다양한 공동 주거 실험들이 각지에서 일어나고 있다.

'청년 모여 살기'는 머지않아 커다란 사회·문화적 변화의 시발점이 될 것이다. 본래 셰어하우스를 비롯한 청년 공동 주거는 도심의 비싼 임대료를 감당하기 힘든 청년들이 경제적 필요에 의해 만들어 낸 주거 형태다. 하지만 일단 물리적 접점이 생겨나면, 즉 한 공간에서 함께 거주하게 되면 정서적 접촉이 자연스레 뒤따르게 된다. 〈프렌즈〉에서 레이첼과 로스가, 모니카와 챈들러가 그랬듯 하우스메이트끼리 열렬한 사랑에 빠질 수도 있겠지만, 그렇지 않더라도 셰어하우스의 입주자 사이에는 어떤 정서적 공감대가 곧잘 생겨난다.

나는 잠시 해외에 머물렀을 때 셰어하우스에서 산 적이 있다. 하우스메이트는 한국인 여성 둘과 일본인 남성 한 명으로 모두 나보다 연상이었다. 욕실과 주방은 공유하고 침실만 각자 사용하는 형태였다. 생판 모르는 남과 한집에서 산다는 것도 어색한데, 이성과 욕실까지 공유한다는 것이 처음에는 무척 불편하게 느껴졌다. 하지만 셋 다 유쾌한 사람들이었기에 금방 친해졌고, 욕실 공동 사용 또한 곧 익숙해져서 아무렇지 않게 되었다. 만화에 자주 나오는, 다른 사람이 목욕 중일 때에 욕실 문을 벌컥 열어젖히는 일도 몇 번인가 있었지만 샤워 커튼 덕에 알몸이 노출된 적은 없었다.

각자의 생활 패턴이 달라서 모두 함께 모이는 일은 드물었지만, 저녁시간에는 두 명 이상이 집에 있는 때가 많았다. 그런 날이면 간단히 요리를 하거나 돈을 걷어 피자나 중국요리 따위를 포장해 와서 함께 먹었다. 한 달에 한 번쯤 요리를 하고 가까운 친구들을 초대해 작은 파티를 열기도 했다. 작은 방 누나는 불고기를 자주 만들었다. 내가 자취 경력을 발휘해 끓인 된장찌개도 대체로 호평이었다. 일본인 형에게서는 교자 굽는 법과 야키소바 만드는 법을 배웠다.

그 셰어하우스에서의 생활을 한마디로 표현하면 '구속하지 않는 친밀함'이 될 것이다. 사람들과 어울리는 일조차 피곤하게 느껴질 때면 방에 들어가 문을 꼭 닫으면 그만이었다. 이는 그 셰어하우스의 불문율 같은 것이었는데, 문을 완전히 닫지 않고 살짝 열어 놓으면 '나 방에 있으니 재미있는 일 있으면 불러 줘'라는 뜻이고, 문을 완전히 닫아 놓으면 '나는 지금 혼자 있고 싶으니 방해하지 말아 줘'라는 뜻이었다. 굳이 잠그지 않더라도 문이 완전히 닫혀 있으면 아무도 열어 보려 하지 않았다. 이 '닫아만 놓은', 혹은 '살짝 열어 놓은' 문의 미묘한 상태는 내가 그때껏 경험하지 못했던 것이었다. 내가 호흡하며 자란 한국사회에서 문은 활짝 열려 있지 않으면 굳게 잠겨 있는 것이었기 때문이다. 내가 이 셰어하우스에서 살았던 기간은 고작 4개월여에 불과했지만, 이 짧은 기간 동안 나는 내 문을 '아주 살짝 열어 놓는 법', 그리고 '잠겨 있지 않다고 해서 닫힌 문을 함부로 열어서는 안 된다는 것'을 배웠다.

나는 이 '미묘한 거리의 확보'가 이 사회에 만연한 갈등과 혐오의 총량을 줄이는 데에 크게 기여할 것이라고 믿는다. 많은 사회적 갈등이 '우리', '전체'를 강조하는 태도와 '나', '개인'을 우선시하는 태도 사이의 대립으로 인해 발생하기 때문이다. '가족'이라는, 너무나 당연시되는 모둠살이를 떠나 스스로의 선택으로 타인과 함께 살아 보는 경험을 통해 우리는 '나'와 '세상' 사이의 적당한 거리를 확보하는 법을 배우게 되지 않을까?

또 한가지, 일정 주기마다 집주인의 처분에 운명을 맡겨야 하는 삶으로부터 벗어나 나의 주거를 주체적으로 결정하고 싶다. 예컨대 나와 비슷한 주거환경에 놓인 사람 여섯 명(혹은 1억 5천만 원 정도의 전셋집에서 살고 있는 커플 세 쌍)이 모이면, 그것만으로 4억 5천만 원의 자금이 확보된다. 이를 이용하여 적당한 부지를 매입하고, 공동 공간과 개인 공간이 적절히 조화된 집을 지을 수 있지 않을까? 나아가 이러한 시도들을 국가가, 사회가 제도적으로 연결하고 보완해 줄 수 있지 않을까? 유휴지를 저렴하게 장기임대 해 준다던지, 공동 주거에 관심 있는 사람들을 연결해 준다던지 하는 일들 말이다. '모여 살기'에 관심 있는 분들, 연락 주시라.

미주

1) 한 조사에 따르면 원룸이나 고시원 등 단독 주거의 면적당 월세 부담은 아파트나 빌라 등의 일반적 주거 형태보다 오히려 높다. 서울 시내 대학가 원룸의 3.3㎡당 평균 임대료가 약 10만 9천 원인 것에 비해, 서울 시내 아파트의 3.3㎡당 평균 임대료는 4만 6천 원에 불과하다고 한다. 허은선 기자, "타워팰리스보다 고시원이 비싸다,"《시사인》 280호, 2013년 1월.

2) 전세금 7500만 원을 전액 LH 공사 등에서 대출받는다고 쳐도 매달 이자 부담은 10만 원 미만에 불과하다. 월세로 지출하게 되는 비용에 비해서는 엄청나게 저렴한 셈이다.

3) 《국민일보》, "시끄러워 못 살겠다 애정행위가 부른 끔찍한 신림동 참극," 2014년 12월 25일.

흙흙청춘×첫번째

참을 수 없는 존재의 귀여움 vs 무거움

— 작고 보드라운 것과 함께 살아가기

안혜연

× 당신은 반려동물에 대해 어떤 생각을 갖고 있나요?

위 질문에는 가치판단이 내재해 있다. '애완동물'이 아니라 '반려동물'이라 부르는 것은 동물을 귀여운 장난감 취급하는 것이 아니라 평생을 함께하고 그 죽음까지 책임지는 존재로 받아들이겠다는 의미이기 때문이다. 예전에 반려동물은 '사치' 또는 '여유'의 영역에 자리하고 있었다. 내가 어렸을 때만 해도 집 안에서 개를 키우는 것은 부의 상징이었다. 마당에 살면서 식구들이 먹고 남은 밥을 먹는 백구나 황구 같은 똥개만 보고 자란 내가 고급 실크 홈웨어를 입은 부잣집 사모님 품에 안긴 말티즈나 요크셔테리어 같은 작고 귀여운 강아지를 보았을 때의 충격이란.

개가 부의 상징이라면 고양이는 악의 상징이라 할 수 있을까. 내가 길거리를 배회하는 길고양이가 아닌 '실내에 사는' 고양이를 처음 본 건 만화 〈가제트 형사〉에서였다. 항상 의자에 앉아 있는 모습으로만 묘사되는 악당 두목은 악의 무리에게 명령을 내리면서 고양이를 쓰다듬는다. 두목이 나쁜 짓을 하라는 명령을 내릴 때 옆에서 함께 웃는 고양이의 쭉 찢어진 눈은 악당을 더욱 악당처럼 보이게 만들어 줬고, 악당이라면 기본적으로 개가 아니라 고양이를 키우는 법이란 생각을 갖게 했다.

이처럼 '애완동물'은 일종의 장식품이기도 하다. 부잣집 사모님의 개는 우아하고 풍요로운 삶을 나타내는 수단이며, 만화 속 고양이는 악당 두목의 잔인함과 냉혹함을 한층 강화하는 수단이다.

언제부턴가 내 주변에 고양이를 키우는 사람들이 부쩍 늘었다. 물론 그들은 악당이 아니다. 개를 키우는 집도 늘었다. 그들 역시 실크 홈웨어를 입는 사람들이 아니다. 동물을 키우는 이유가 다양해졌고, 동물과 인간이 관계 맺는 방식이 달라졌으며, 그에 따라 동물을 기른다는 것에 대한 인식도 바뀌었다. 대표적으로 '반려동물'이라는 용어가 등장하고 사람들 사이에서 널리 쓰이게 됐다. 용어의 의미를 엄격히 적용하자면 '동물을 기른다/키운다'는 표현도 다른 표현으로 대체되어야 할 것이다. '반려동물'이란 단어 자체에 내 삶의 동반자(반려자), 내 가족의 일원이라는 뜻이 들어 있기 때문이다. 애완동물이 기르고 키우는 대상이라면 (그래서 언제든 기르고 키우는 것을 그만둘 수 있는 대상이라면), 반려동물은 삶을 함께 일궈 나가는 동반자이다. 내가 키우고 돌봄을 베푸는 애완동물이 내게 종속된 존재라면, 반려동물은 독립적인 존재다.

하지만 대부분의 경우 우리가 동물을 키우려고 마음먹는 이유는 그 동물이 귀엽기 때문이다. 즉 감정적인 면에서 즐거움이나 위안을 가져다주리라 기대하기 때문이다. 그 결과 많은 동물이 더 이상 귀엽지 않다는 이유로 버려진다. '그래서는 안 된다'는 생각, 동물은 단지 인간의 보살핌의 대상이자 귀여움의 대상만이 아니며 그 자체로 살 권리를 존중받아야 하는 존재라는 생각이 '반려동물'이라는 용어에는 담겨 있다. 이것은 물론 원칙적인 얘기다. 반려동물에 대한 인식이 사회 보편적인 것으로 자리 잡기에는 아직 갈 길이 멀다. 아니 사회 보편적 인식을 논하기에 앞서, 나의 인식과 태도부터가 문제다. 나는 과연 내 고양이들을 키우고 돌보고 귀여워하는 대상이 아닌 내 삶의 동반자로, 가족공동체로 대하고 있을까?

과거와 달리 반려동물은 더 이상 부의 상징이 아니다. 그럼에도 동물을 키운다는 건 뭔가 '먹고살 만하다', '삶에 여유가 있다'는 이야기처럼 들린다. 물질적 여유는 반려동물을 키우는 전제조건일까? '먹고살 만한' 사람들만이 동물을 기를 자격, 누군가 다른 존재와 함께 가족을 이룰 자격이 있는 걸까? 현실의 시선에서 볼 때 월세 고시원을 전전하는 학생들, 알바나 계약직 신세를 벗어나지 못하는 청년들에게 반려동물에 관한 이야기는 사치스러운 것임이 틀림없다. 반려동물은 취업, 스펙, 돈과 아무 관련이 없다. 그럼에도 많은 이들이 자신의 현실적 처지와 상관없이 반려동물과 함께 하는 삶을 살고 있거나 꿈꾼다. 바로 내가 그랬듯. '왜?'

✕ '냥줍'과 '간택'

2010년 봄, 내 나이는 서른을 향해 가고 있었다. 대학원 진학을 위해 집을 나와 자취를 시작한 나는 늘어나는 학자금 대출을 갚기 위해, 월세와 생활비를 벌기 위해 끝없이 아르바이트를 하고 있었다. 안정적인 수입이 없고 미래에 대해 확실히 결정된 것도 하나 없는 상태에서 나는 만성적인 불안감에 시달렸다. '휴대폰 할부금이라도 다 갚고 죽어야지, 안 그러면 민폐'(영화 〈내 아내의 모든 것〉 중)라는 마음으로 하루하루를 넘긴 적도 있었다. 재밌는 책을 읽거나 내가 쓴 글이 좋은 평가를 받았을 때는 자신감에 넘쳐 '뭐 어떻게든 되겠지'라는 낙관적인 생각을 했다. 하지만 그런 낙관적 태도는 아주 사소한 일로 '뭘 해도 안 될 것'이란 비관적 태도로 돌변하곤 했다. 그때 나는 지쳐 있었다. 서른이 다 된 여자가 구할 수 있는 아르바이트 자리는 많지 않았고, 어렵게 구한 일을 하면서 대학원 수업을 듣고 과제를 하고 논문을 쓰는 것이 힘에 부쳤다. "그래도 너는 네가 좋아하는 일(공부)을 하고 있어서 부럽다"는 주변 친구들의 말은 나를 더 몰아붙일 뿐, 정말 내가 좋아하는 일을 하며 살고 있기는 한 건지, 이른바 '꿈을 좇는' 이런 삶을 유지하는 게 과연 언제까지 가능할지 알 수 없었다. 그렇게 이유 없는 희망, 근거 없는 자신감과 무력감, 침울함이 공존하던 그때 갑자기 고양이가 키우고 싶어졌다. 인터넷에서 작고 귀여운 고양이 사진들을 보다가 저렇게 귀여운 생명체가 집에 존재한다면 내 삶도 즐거워질 거고, 하여튼 뭔가 좀 더 나아질 거라는 막연한 기대가 일었다.

내가 세 들어 살고 있던 곳은 다세대 주택 1층이었다. 빌라라는 이름을 달고 있지만 빌라와는 거리가 먼 낡은 다세대 주택. 아파트 단지는 없고 오래된 다세대 주택들이 많다는 게 그 동네의 특징이었다. 그래서인지 길에서 고양이를 심심치 않게 볼 수 있었다. 무더운 여름밤 에어컨 없는 방에서 잠을 청하기 위해 활짝 열어 놓은 창 밖에서는 거의 항상 아기 울음소리와 같은 고양이 울음소리가 들려왔다. 때로는 영역 다툼을 하는지 날카로운 고양이들의 울음소리가 들리기도 했다. 그 소리에 잠을 설치면서 이렇게 많은 길고양이 중 한 마리만 나를 따라와 준다면 그 고양이를 키우리라는 생각을 하곤 했다.

나와 우리 두 고양이와의 만남은 그리 특별한 사건은 아니었다. 드라마틱한 구조 과정이 있었던 것도 아니고, 구조한 아이들이 큰 병에 걸려 생사를 넘나들었던 가슴 아픈 일이 있었던 것도 아니다. 또 그들이 나에게 왔을 때 내가 심사숙고 끝에 결단을 내려 평생의 반려로 그들을 맞이한 것도 아니었다. 나는 고양이를 키운다는 것에 대해 심각하게 생각해 본 적이 없었다. 고양이라는 다른 생명체와 함께 산다는 게 무엇을 의미하는지, 그로 인해 내가 포기해야 할 것들이 무엇인지, 나에게 어떤 책임감이 주어지는지, 나의 생각들이 어떻게 바뀔 것인지 등에 대해 오래 고민하거나, 누군가와 상담하거나 따로 준비한 게 아니었다. 나와 우리 고양이들의 만남은 그냥 우연한, 그리고 어떻게 보면 무책임한 '냥줍'(고양이를 줍는다)으로 시작되었다.

나의 첫 고양이이자 우리 집 첫째 치무를 만난 건 집 앞 주차장에서였다. 치무는 앙상하게 마른 몸으로 길에서 사람들을 따라다니며 먹을 것을 동냥하고 있었다. 보통 길고양이는 사람이 다가가면 도망가거나 숨는데 이 녀석은 한 할머니에게 오징어 쪼가리를 얻어먹고 있었다. 사람을 따르는 길고양이를 처음 봤던 터라 신기해하며 머리를 살짝 쓰다듬었는데 고롱고롱 기분 좋은 소리를 냈다. 자세히 보니 다른 고양이에게 물린 건지, 개에게 물린 건지 뒷다리에 선명한 이빨자국과 함께 빨간 속살이 그대로 드러나 있었다. 다쳐서 아플 텐데도 쓰다듬어 주니 기분 좋은 표정을 지으며 고로롱거렸다. 가엾다는 생각이 들었다. 먹을 거라도 좀 주자는 생각에 집에 들어와서 무심코 '고양아-' 하고 불렀더니 녀석은 별 거리낌 없이 집으로 들어왔다. '날 따라오는 고양이가 있으면 키워야지'라고 생각은 하고 있었지만, 막상 진짜 고양이가 집으로 들어오니 그것은 또 그것대로 당황스러운 일이었다. 급한 대로 참치 캔을 따서 뜨거운 물로 기름기와 소금기를 제거한 후 앞에 놓자, 녀석은 허겁지겁 먹어 치우고는 현관문 근처에서 편

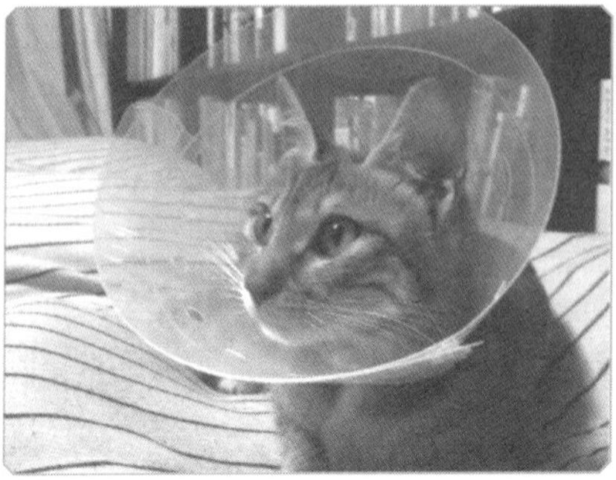

뒷다리 상처를 치료하기 위해 한 달 정도 엘리자베스 칼라를 해야 했던 첫째 치무. ©안혜연, 2016

구조 당시 감기에 걸려 코찔찔이였던 둘째 앙또. ©안혜연, 2016

하게 누워 자기 시작했다. 그렇게 치무는 나와 함께 살게 되었다.

그로부터 2년 후인 2012년 겨울, 지인이 길에서 아기 고양이 한 마리를 구조했다고 연락을 해 왔다. 그날은 상당히 추운 날이었다. 사람이 많이 지나다니는 인도 한가운데 웅크리고 앉아 있었던 아기 고양이를 보고 처음에 지인은 네 다리가 없는 줄 알았단다. 2년 동안 치무를 키워온 덕에 나는 나름 베테랑 '집사'가 되었지만, 치무는 이미 출산 경험이 있는 1살에 나와 함께 살게 되었기에 아기 고양이를 가까이서 본 건 처음이었다. 감기에 걸려 연신 재채기를 하고, 콧물이 계속 흘러 코가 헐어 있는 손바닥만 한 아기 고양이를 모른 체할 수 없어 나는 임시보호를 자청했다. 그리고 결국 그 고양이도 '앙또'라는 이름을 얻고 우리 집에 눌러앉았다. 그렇게 나는 두 마리의 고양이와 함께 살게 되었다.

고양이를 키우는 사람들은 '냥줍'도 '묘연(猫緣)'이 있기에 가능하다고 말한다. 묘연은 글자 그대로 고양이와 인연이 있다는 말인데, 나 역시 우리 고양이들과 어떤 인연이 있다고 믿는다. 고양이를 키우는 사람들은 스스로를 '주인'이 아니라 '집사'[1]라 부른다. 이 표현에는 고양이가 단지 내가 키우는 동물이 아니라 '내가 기꺼이 정성을 다해 모시고 싶은 존재'라는 의미가 포함되어 있다. 또 고양이에게 '간택당했다'는 표현도 있는데, 이 역시 비슷한 맥락의 표현이다. 이 '집사'라든가 '간택'이라는 표현은 개나 다른 동물에 대해서는 쓰지 않고 오직 고양이에 대해서만 쓰이는데, 재밌는 상상을 불러일으키는 표현들이기도 하다. 고양이가 요리조리 나를 보고 나서는 "좋아, 너 정도면 합격" 같은 대사를 내뱉는 것 같은 상상 말이다.

그래서 고양이가 좋았던 것 같다. '묘연'이라든가 '집사', '간택'과 같은 단어들이 불러일으키는 상상과 느낌 때문에. 사실 고양이들과의 동거는 우연히, 그리고 무책임하고 대책 없는 충동에서 시작된 것이었다. 돌이켜 보면 불안정한 삶과 계속되는 패배감에 지쳐 있던 내게 필요했던 건 작고 귀여운 동물이라기보다는 누군가 혹은 어떤 다른 존재가 반드시 나라는 존재를 필요로 한다는 당위, 내가 다른 존재를 책임질 수 있는 꽤 괜찮은 사람이라는 증명이었을지도 모른다. 우리 두 고양이가 나를 의탁해도 괜찮을 사람, 평생을 함께해도 괜찮을 사람이라고 선택해 주었다는 생각 같은. 물론 당시에 이런 생각을 의식적으로 했던 것은 아니다. 하지만 "두 마리의 고양이가 나를 간택했다"는 표현을 쓰거나 머릿속에 떠올리면서 매 순간 흔들리고 선택받지 못할까 봐 불안해 하는 처지였던, 패배감과 냉소에 차 있던 나는 무의식적으로 어떤 위로를 받았던 것 같다.

✕ 참을 수 없는 존재의 귀여움

처음 치무와 함께 잘 때 나는 잠을 설쳤다. 날카로운 발톱으로 자는 동안 갑자기 나를 공격하지 않을까, 내 다리나 몸을 물어뜯지 않을까 두려웠고, 불을 끈 방에서도 빛나는 고양이의 눈이 너무 무서웠다. 한밤중에 잠을 자지 않고 무언가를 염탐하듯 구석구석을 걸어 다니는 모습이 수상하게 느껴졌고, 에드거 앨런 포의 「검은 고양이」의 고양이처럼 내가 무심코 한 행동에 원한을 품고 나에게 저주를 내릴지도 모른다는 두려움을 갖기도 했다. 좀 우습다는 생각을 할지도 모르겠지만 처음엔 그랬다. 고양이에 대해 아는 게 아무것도 없었기 때문이다. 물론 이 공포심과 두려움이 귀여움으로 바뀌는 데는 그리 오랜 시간이 걸리지 않았다.

그렇다. 세상에는 그런 존재가 있다. 그냥 귀여운 존재, 그냥 그 자리에 있는 것만으로도 제 몫을 하는 존재 말이다. 치무의 연녹색 눈

정수리 냄새가 구수한 치무. ©안혜연, 2016

조잘조잘 말이 많은 앙또. ©안혜연, 2016

을 바라보면 마음이 편안해지고 머리와 귀를 쓰다듬다 작은 머리에, 폭신한 배에 얼굴을 파묻으면 달콤하고 구수한 냄새가 난다. 또 앙또의 얼룩덜룩한 털 무늬와 핑크색 코, 쉴 새 없이 뭔가 조잘거리는(앙또는 말이 많다) A자형 입을 보고 있으면 '귀여워!'를 연발하며 꼬옥 껴안고 방을 데굴데굴 구르고 싶어진다. 그뿐인가. 고양이 화장실에 몸을 반쯤 집어넣고, 마치 좌변기를 사용하듯 배변한 후 모래로 배설물을 덮는 야무진 모습도 사랑스럽다. 또 앞발에 연신 침을 묻히고 그 앞발로 간단한 세수를 끝낸 후 온몸 구석구석을 그루밍하는 모습은 그냥 보는 것만으로도 마음이 느긋해진다. 맞다. 고양이는 무엇을 하지 않아도 귀엽다. 그냥 배변을 하고, 드러누워 있고, 밥을 먹고, 물을 마시고, 방을 걸어 다니고, 털을 고르고만 있어도 그 모습을 보면 잠시나마 복잡한 마음이 정리되고 세상과 나 자신에 대한 냉소로 가득 찼던 마음이 따뜻해진다.

> "고양이가 사라진 세상에서는 쥐가 천적을 잃는다. 개 천하가 도래한다. 헬로키티도 도라에몽도 〈이웃집 토토로〉에 나오는 고양이 버스도 사라져 버린다. 나쓰메 소세키의 책 제목은 '나는 개로소이다'로 바뀌고, '오늘의 네코무라씨' 만화는 '오늘의 이누야마씨'로 부득이 변경된다. 우리 주위에는 생각했던 것보다 고양이가 많다."
>
> _ 가와무라 겐키, 『세상에서 고양이가 사라진다면』

가와무라 겐키의 소설 『세상에서 고양이가 사라진다면』의 주인공인 '나'는 뇌종양으로 시한부 인생을 살고 있다. 그런 '나'에게 악마 '알로하'가 찾아와 제안한다. 세상에서 무언가 하나를 없애면 하루를 더 살 수 있게 해 주겠다는 것이다. '나'는 고민하다 전화, 영화, 시계 등을 세상에서 없애고 하루하루 삶을 연장한다. 그러다 악마가 다음번엔 고양이를 없애는 것이 어떠냐고 제안한다. '나'에게는 '양배추'라는 고양이가 있다. '나'는 고양이를 없애는 데는 동의하지 못한다.

이 소설에서처럼 고양이가 사라진다고 '개 천하'가 도래할지는 알 수 없는 일이지만, 우리 주위에 생각했던 것보다 고양이가 많다는 건 사실이다. 살아 있는 고양이뿐만 아니라 귀여움의 표상으로 소비되는 고양이의 이미지를 떠올려 보라. 고양이가 등장하는 소설은 말할 것도 없고, 고양이를 모티브로 한 만화, 애니메이션, 영화, 그리고 무수히 많은 그림들 … 뭐 고양이가 사라지더라도 그 빈자리는 개나 곰 혹은 펭귄 캐릭터가 메꿀 수도 있고, 악마가 하루치 수명이 아닌 몇 년의 수명, 아니 병의 완치를 거래조건으로 내걸었다면 소설 속의 '나'는 다른 선택을 했을지도 모른다. 하지만 많은 애묘인들(나를 포함해서)이 고양이의 귀여움을 특별하고 대체 불가능한 귀여움으로 여기며, 인생의 마지막 하루를 고양이와 바꾸지 않겠다는 소설 속 '나'의 태도에 큰 망설임 없이 공감을 표할 것이다.

물론 여기에 어떤 객관적이고 보편타당한 근거가 있는 건 아니다. 사실 이러한 태도는 고양이의 귀여움이나 아름다움을 무조건적으로 찬양하는 '고양이 예찬론자'의 태도라 할 수 있다. 고양이와 함께 사는 사람은 누구나 고양이 예찬론자의 시기 혹은 단계를 겪게 되는 것 같다. 이들은 SNS를 고양이 사진으로 도배하고, 자기 고양이가 세상에서 제일 귀엽다는 식으로 말하지만 다른 사람들이 보기에는 그냥 평범한 고양이일 뿐이다. 친구들과 이야기를 나눌 때도 '기승전고양이'로 이야기가 수렴되는 바람에 핀잔을 듣곤 한다.

어쩌면 우리는 무조건적으로 찬양할 수 있는 대상, 그냥 그 자체로 긍정할 수 있는 존재를 필요로 하는 건지도 모른다. 고양이는 쓸모가 없다. 인간과 함께 지내는 동물 중에서 합리적 쓸모를 기대할 수 없는 건 아마 고양이뿐일 것이다. 고양이는 소처럼 노동력과 고기를 제공한다거나 닭처럼 달걀을 제공하지 않는다. 개처럼 집을 지킬 수도 없고 사냥을 함께 나간다거나 썰매를 끌 수도 없다. 자신을 희생해 주인의 목숨을 구했다는 충견의 에피소드를 고양이에게는 기대할 수 없다. (물론 고양이 예찬론자들은 고양이만의 장점들을 역설하지만 그건 같은 고양이 예찬론자들 사이에서만 설득력이 있을 뿐이다.) 말하자면 고양이 예찬은 아무런 쓸모가 없는 어떤 존재를 무조건적으로 찬양하는 행위인 셈인데, 중요한 건 여기서 비롯되는 자기 만족감, 자기 위로가 아닐까 싶다. 고양이 예찬의 태도에는 나의 쓸모나 능력과 상관없이 다른 존재들과 유의미한 관계를 맺을 수 있다는, 나아가 누군가에 의해 더 없이 소중한 존재로 여겨질 수 있다는 기대와 바람이 투사되어 있다. 물론 그것은 환상이나 착각에 가까운 기대이고 바람일 것이다. 하지만 항상 자신의 쓸모를 증명하기를 요구받는 오늘날 한국사회의 청년들에게 고양이 예찬은 잠시나마 '쓸모 강박'에서 놓여나는 경험을 가능하게 한다.

만화 『오늘의 네코무라씨』의 주인공인 고양이 네코무라 씨는 가정부다. "아무것도 하지 않는 것이 고양이의 본질"이라는 불문율을 과감하게 깬 이 만화가 출간되었을 때 집사들의 반응은 대단했다. 집안일을 하는 고양이라니. 이 만화의 주인공 네코무라 씨는 원래 길고양이다. 박스에 담겨 버려져 있던 네코무라를 한 소년이 주워 보살핀다(냥줍). 소년에게 감동한 네코무라 씨는 그를 위해 무언가를 해 주고 싶다고 생각한 끝에, 그에게 도움이 되기 위해 청소기와 싸우고, 가스불의 무서움을 이겨 가며 하나하나 집안일을 익혀 간다. 완벽하게 집안일을 마스터하고, 소년과 행복한 생활을 꿈꿀 때 즈음, 소년의 부모가 이혼하게 되면서 소년은 네코무라 씨를 떠나게 된다. 다시 혼자가 된 네코무라 씨는 자신의 특기를 살려 가정부 소개소에 들어가 가정부로 열심히 일하며, 언젠가 다시 그 소년을 만나러 가겠다는 희망을 품는다. 다양한 가정에 가정부로 일을 나가게 된 네코무라 씨와 그 가정이 겪고 있는 갈등의 에피소드들이 만화책의 중심을 이룬다. 네코무라 씨가 방문하게 되는 가정은 하나같이 소소한 갈등을 겪고 있지만, 네코무라 씨의 노력으로 그 갈등이 조금씩 해결되어 간다.

『오늘의 네코무라씨』 표지.
ⓒ (주)조은세상, 2009

앞치마를 질끈 묶고 두 발로 서서 가사 일을 하는 고양이. 집사들에겐 정말 로망 그 자체다. 지금 방바닥에 식빵 자세로 엎드려 있는 저 고양이가 두 발로 서서 싱크대에 가득 쌓여 있는 설거지만 해 준다면, 세탁기에 쌓여 있는 세탁물만 좀 해결해 준다면, 한 끼 식사를 만들어 준다면 … 상상만으로도 입가에 미소를 머금게 되지만 로망은 로망일 뿐 실현 가능성은 없다. (나는 처음 이 만화책을 보고 우리 고양이들에게 이 만화책을 보여 주며, 혹시나 네코무라 씨와 같은 능력이 없는지 물어본 적이 있다.;;) 그럼에도 이 만화책이 현실적이라 느껴지는 건 고양이가 사람들 사이의 갈등을 풀어 주고 소외된 사람들에게 다가가는 존재로 등장하기 때문이다. 고양이는 사람과 사람 사이를 오가며, 대화의 물꼬를 트기도 하고, 혼자 있는 사람 곁에 머물며 온기를 나눈다.

자신이 원할 때 고양이를 쓰다듬기란 쉽지 않다. '개냥이'이라 불리는, 사람만 보면 언제든 발라당 드러누워 친밀감을 드러내는 고양이가 있기도 하지만, 대개는 집에 들어왔을 때 현관문에 서서 나를 한 번 쳐다보고 엑스(X) 자를 그리면서 내 다리 사이를 쓱쓱 스친 후 다시 자기 자리로 돌아간다. 이름을 부르면 바로 달려오기보다는 그 자리에 엎드려 꼬리만 살랑 살랑 흔들며 '그래, 내가 네 말을 듣고는 있다'는 시늉만 한다. 그런 고양이도 가끔 나에게 다가와 자신의 몸을 만지거나 쓰다듬기를 허락한다. 바로 그 순간이 내가 무척 바빠 할 일이 쌓여 정말 '고양이 발이라도 빌리고 싶을' 때이기도 하고, 뭔가 일이 잘 되지 않아 공허할 때이기도 하다. 그럴 때 고양이는 그냥 예고도 없이 스윽 다가와서 엉덩이를 들이밀거나 옆에 앉아서 아주 살짝 내 다리에, 발에 자신의 몸이 닿을락 말락 하게 체온을 나눈다.

이처럼 고양이들은 스킨십의 타이밍과 위치 선정이 절묘하다. 그런데 이 '고양이 스킨십'에서 무엇보다 중요한 점은 사람이 고양이가 다가오기를 기다려야 한다는 것이다. 고양이는 내가 부른다고 다가오지 않으며, 내가 원한다고 해서 애교를 부리거나 재롱을 떨지 않는다. 고양이는 자신만의 기분이 있고, (뭔지 정확히 설명할 수 없지만) 자신만의 원칙이 있는 듯이 행동한다. 말하자면 인간은 고양이와의 관계에서 결코 주도적인 입장이 될 수 없다. 귀여운 짓, 예쁜 짓을 하라고 강요하거나 나에게 오라고 명령을 내릴 수 없는 것이다. 고양이는 이런 행동들을 제 맘이 내킬 때 하기 때문에 사람은 고양이의 마음을 잘 살펴야 한다. 그렇기 때문에 나는 '고양이를 키운다'거나 '고양이 주인'이라는 표현을 쓸 때면 상당한 어색함을 느낀다. 따지고 보면 내가 사료도 주고 화장실도 치워 주며 지낼 거처도 제공해 주므로 '고양이를 키운다'고 말해도 무방하겠지만, 내가 겪은 고양이의 행동들은 "우리는 서로 독립적인 존재이며 같은 공간에서 서로의 온기를 나누고 또 서로에 대한 예의를 지키며 함께 살아가고 있을 뿐"이라는 생각을 하게 했다.

'귀엽다'는 감정에는 기본적으로 권력관계가 내포되어 있다. 귀여움이란 강자가 약자에게, 부모가 자식에게, 인간이 작은 동물들에게, 보살핌을 베푸는 자가 보살핌의 대상에게 느끼는 감정이다.[2] 그렇다면 인간이 반려동물을 '귀여워'하는 것은 그 동물이 인간의 보살핌 없이는 무엇도 할 수 없는 '무력한' 존재라는 사실을 잘 알고 있기 때문이 아닐까? 반려동물들이 무력한 것은 우리가 그들에게서 자연이라는 생활환경을, 야성을, 독립성을 박탈했기 때문이다. 무력한 존재, 그래서 나에게 모든 것을 의지하는 존재야말로 사랑스러워서 보듬어 주고 싶은 마음을 불러일으키는 귀여움의 대상이 될 수 있다. 하지만 고양이는 그런 일반적인 귀여움에서 상당히 벗어난 모습을 보여 준다. 고양이는 독립적이며, 인간과의 관계 맺음에 있어 인간에게 완전히 종속되지 않는다. 그렇다는 것은 길고양이의 존재를 통해 알 수 있다. 가축이든 반려동물이든 야생동물이든 자연이 아닌 도시환경 속에서 인간의 보살핌 없이 독립성을 유지한 채 살아가는 유일한 동물이 길고양이이기 때문이다.

× 불안정한 삶, 함께 사는 존재의 무거움

내가 두 마리의 고양이와 함께 살게 되면서 예상하지 못했던 문제 중 하나는 (당연하게도) 바로 돈 문제였다. 치무가 우리 집에 들어온 것까진 좋았지만 다친 다리와 털에 가려 몰랐던 가슴의 또 다른 상처치료비, 그리고 인간과 함께 살기 위한 절충안인 중성화 수술, 각종 질병에 대한 검사에 따르는 비용들을 나는 예상하지 못했다. 또 매달 들어가는 기생충 약값과 1년에 한 번씩 돌아오는 각종 예방접종 비용도 꽤 부담이었다. 그리고 고양이가 사용하는 화장실 모래, 고양이 입에 맞으면서도 영양가 높은 사료가, 각종 간식과 장난감도 구입해야 했다. 아르바이트 급여로 학자금 대출을 상환하고, 월세를 내고, 생활비까지 지출해야 하는 알바 생활자가 고양이에게 할애해야 하는 비용은 정말 큰 부담이었다.

다른 고민도 있다. 가끔 고양이들이 창밖을 아련하게 쳐다보고 있는 모습을 볼 때면 이 좁은 방에 이 아이를 가두는 것이 정말 옳은 일일까를 자문하게 된다. 자유롭게 뛰어다닐 수 있는 넓은 마당이 있는 것도 아니고 '우다다'[3]를 할 만한 넓은 방도 없다. 고양이를 키우는 사람들의 로망이라는 캣타워도 없어서 책장 한구석과 선반을 비워 캣타워처럼 오르내릴 수 있도록 꾸며 주는 것이 고작이었다. 그나마 나에게 위안이 되는 말은 고양이는 수평운동이 아니라 수직운동을 하는 동물이기에 높이 올라갈 수 있는 공간을 만들어 주는 것이 중요하다는 다른 집사들의 진위를 알 수 없는 이야기뿐이었다. 그래도 우리 고양이들이 추운 겨울 굶주림에 지쳐 쓰레기봉투를 뒤지거나, 다른 동물들에게 공격당하거나, 병에 걸려 빨리 죽는 것보다는 나와 함께 이 좁은 집에서나마 이 시간을 함께 하는 것이 더 행복할거라는 식으로 결론을 내리는 수밖에 없었다.

하지만 그런 식의 위안은 오래 가지 않았다. 고양이를 위해 마당이 있는 단독주택으로 이사했다는 글을 보거나 고양이 관련 카페나 사이트에서 원목 캣타워에서 자고 있는 고양이 사진 같은 걸 볼 때면 미안한 마음이 들었다. 고양이를 위해 더 좋은 사료, 더 좋은 모래, 마음껏 뛰어다닐 수 있는 넓은 공간을 제공하지 못했다는 죄책감은 내게 과연 반려동물을 키울 자격이 있는지, 내 상황이 과연 반려동물을 키울 상황인지를 다시 생각하게 했다. 나는 가끔 우리 고양이들을 보며 "저 고양이는 주인을 잘 만나서 매일 맛있는 것도 먹고, 마당 산책도 하고, 장난감도 많아서 좋겠네. 미안해"라고 중얼거리곤 했다. 끝없이 미안해야 하는 삶을 견디는 건 힘든 일이었다. 한편 '집사들의 흔한 푸념' 중에 "사람은 라면을 먹으면서 고양이에게는 고급 사료를 준비해 주고, 사람은 아파도 참는데 고양이 진료는 꼬박꼬박 받게 한다"는 이야기가 있는데, 실제로 이런 일을 몇 번 겪게 되자 죄책감에 절망감이 더해지기도 했다.

고양이를 키우는 일은 어떤 면에서는 육아와 비슷하다. 위에서 썼듯, 다른 집의 고양이들이 얼마나 잘 먹고 잘 사는지를 자꾸 비교하게 되고, 내가 과연 부모, 아니 집사로서 얼마나 자격이 있는지를 반문하게 되는 것도 그렇지만, 고양이를 위해 언제나 일정 시간을 할애하지 않으면 안 된다는 점에서도 그렇다. 이건 다른 반려동물의 경우에도 마찬가지일 텐데 아무리 피곤하거나 바빠도 하루 1시간은 고양이와 놀아 주거나 쓰다듬어 주는 시간을 내지 않으면 안 된다. 화장실을 치우고, 물그릇에 새 물을 부어 주고, 잊지 않고 사료를 채우는 일은 사실 육아와는 비교도 안 되는 간단한 행동들이지만, 매일 그 일을 해야 한다는 것, 스스로도 돌볼 여유조차 없을 만큼 바쁠 때도 그 일을 해야 한다는 건 꽤 스트레스가 된다. 또한 고양이를 병원에 데려가는 일, 어르고 달래 가며 이동장에 넣는 일, 목욕을 시키고 발톱을 깎고, 털을 빗어 주는 일도 결코 쉽지 않은 일들이다.

우리는 종종 방학이 되면 대학가에 유기동물이 늘어난다는 기사를 접한다. 그럴 때 우리는 애초에 끝까지 책임지지도 못할 동물을 왜 길렀느냐며 비난한다. 이유는 간단하다. 삶이 불안정하기 때문이다. 집

계약이 만료되거나 월세가 오르는 등의 이유로 언제 이사를 가야 할지 모른다. 만약 이사를 간 집에서 반려동물을 허락하지 않는다거나 월세 감당이 어려워 본가로 다시 들어가게 될 경우에도 부모님이 허락하지 않으면 반려동물은 버려질 공산이 크다. 삶의 불안정성 앞에서 한 생명을 책임져야 한다는 책임감을 끝까지 관철하는 건 결코 쉬운 일이 아니다.

생각해 보면 반려동물과 관련된 여러 문제는 핵가족화 혹은 1인 가구의 증가와 연관된 것이기도 하다. 가족을 이룰 전망 없이 혼자 사는 삶을 택한 청년들 또는 자녀들이 독립한 후 가족이라는 일상공동체를 ―그와 관련된 여러 경험과 감각을― 잃어버린 부모 세대가 가족의 대안으로 쉽게 선택할 수 있는 게 반려동물이기 때문이다.

요컨대 반려동물과 함께하는 새로운 가족 형태의 탄생은 가족공동체의 와해와 흐름을 같이한다. '반려동물가족'이 점점 증가하는 현상은 1인 가구가 늘어나고, 두 세대 이상이 함께 모여 사는 게 점점 더 불가능해지고 있는 오늘날 한국사회의 삶의 조건과 불가분한 것이다. 미래에 대한 전망을 가질 수 없게 된 이들은 결혼과 출산과 연애를 포기하고 혼자 사는 쪽을 선택한다. 반려동물과는 상대적으로 적은 비용으로 (유사)가족을 이루는 게 가능하다. 또한 점점 속물화 경향이 노골적으로 심화되는 오늘날의 사회에서 다른 인간은 믿을 수 없다는 비관적 인간관의 확산도 반려동물의 인기를 높인 측면이 있다. 인간관계는 내가 아무리 애정을 쏟았다 하더라도 배신의 가능성이 있지만 반려동물은 (내가 그들을 먼저 버리지 않는 한) 나를 배신하지 않는다. 애써 길러 낸 자녀에게 애정과 위로를 기대하기 어려워진 부모 세대에게도 반려동물은 애정을 쏟고 위로를 받을 수 있는 새로운 대상이 된다. 서로를 경쟁자로 인식하는 데 익숙해진 청년들에게 반려동물은 경쟁이 필요 없는 유일한 존재이기도 하다. 냉정한 시각으로 보자면 반려동물은 가족의 대체재, 그것도 비용과 감정 모두의 측면에서 부담이 덜한 대체재라고 할 수 있다. 반려동물과 함께하는 삶은 축소되고 조정된 형태의 유사가족적 체험을 가능하게 한다. 사랑이라는 사적 관계든 직업이라는 공적 관계든 모든 관계의 불안정성이 높아지고 있는 오늘날의 상황에서 반려동물과 맺는 관계는 유일하게 안정적이고 예측 가능한 관계, 적어도 내가 어느 정도 주도권을 갖고 제어할 수 있는 관계이기도 하다.

고양이와 함께 지내기 시작하면서 내 눈에는 이전에는 보이지 않던 것들이 포착되기 시작했다. 길에서 마주치는 길고양이들이 혹시 아프거나 다치진 않았는지, 배가 고픈 건 아닌지 유심히 보게 됐고, 버려져서 유기동물 보호소에 가게 된 동물들의 운명에 관심을 갖게 됐다. 그런데 솔직히 이러한 관심은 감당하기 버거운 것이기도 하다. 특히 고민이 깊어질 때는 길고양이 두 마리와 함께 살고 있다는 사실을 알고 있는 지인들이 누군가 고양이를 구조했다며 고양이를 한 마리 더 기르지 않겠느냐고 물어볼 때다. 뭐 꼭 그럴 때가 아니더라도 그냥 길을 가다 어딘가 아파 보이는 고양이나 새끼 고양이들을 볼 때면 측은 지심이 발동한다. 때로는 내가 세상의 모든 동물을 힘닿는 데까지 구하리라는 말도 안 되는 망상에 빠지기도 하지만, 다른 한편으론 그런 존재들을 못 본 척 지나칠 수 있었으면 하는 마음이 들기도 한다.

우리는 다른 존재들을 어디까지 책임질 수 있을까? 동물을 유기하거나 학대했다는 뉴스를 보면 나는 분노한다. 동물을 유기하고 학대한 사람에게 비난을 퍼붓고 동물에게 동정심을 보인다. 보도가 끝나고 나면 나는 다시 제자리로 돌아온다. 나와 함께하는 고양이들을 보며 "너는 저런 일을 당하지 않아서 다행이야"라며 스스로를 위안하고 나서 비참한 상황에 처한 그들의 존재는 곧 잊어버린다. 다른 동물들이 처한 더 비참한 이야기들을 보고 들을 때 나는 묘한 안도감과 자부심을 느낀다. 그 비참한 이야기 속에 등장하는 인물이 나와 내 고양이들이 아니라는 데서 말이다.

× 반려동물과 함께, 가족이라는 이름으로

고양이와 함께 지내는 생활을 막 시작했을 때 나는 가끔 이런 생각을 했다. 고양이들과 함께 지내게 되면서 내가 더 나은 사람이 되었다는 생각. 힘든 일을 할 때도 '이건 우리 고양이들을 위해 하는 일'이라는 생각을 하면 힘이 나기도 했다. 부모님을 부양하기엔 이르고, 가정을 이룰 전망도 불확실한 상황에서 나는 일종의 '가장'이 된 셈이다.

다른 누군가를 전적으로 책임지는 경험을 하는 것, 그럴 수 있는 사람으로 스스로를 인식한다는 건 꽤 가슴 뛰는 일이다. 자기계발서의 교훈적인 투로 말하자면 반려동물을 기르는 건 자기 긍정에 도움이 된다. "혼자서도 먹고 살기 힘든 세상을 누군가 다른 존재를 책임지며 열심히 살아가는 청년들." 멋지고 아름답고 기특하지 않은가? 하지만 반드시 짚고 넘어갈 문제는 반려동물과 이룬 이 작은 공동체가 언제까지나 지속될지 알 수 없다는 것이다. 그것은 오늘날 한국사회에서 점차 심화되고 있는 삶의 불안정성 앞에서 언제든 깨질 수 있는 취약한 공동체다. 바로 이 점을 인정해야 하리라. 반려동물에 대한 책임의 문제는 내가 어떻게든 끝까지 책임지리라는 결심을 되풀이하며 '가장 코스프레'를 열심히 한다고 해서 해결될 수 있는 문제가 아님을 인정해야 하리라. 그럴 때 우리는 문제를 푸는 실마리를 발견할 수 있을지 모른다.

어떤 미화된 현상을 객관적 시각으로 바라보는 것은 사람들을, 특히 현상 미화에 가담한 당사자들을 불편하게 한다. 나는 고양이를 좋아하고 고양이와 함께 가족을 이루고 살고 있으며, 그런 삶을 살고 있다는 데에 많은 가치를 두면서 이런저런 의미부여를 하기도 하지만, 때로는 나와 고양이들 사이의 관계의 상당 부분이 '귀엽다', '아름답다', '위로가 된다' 등의 감성적 수사로 지탱된다는 점을 깨닫고 깜짝 놀라곤 한다. 물론 많은 사람이 반려동물을 통해 위로를 받고, 다른 존재를 전적으로 책임지는 경험을 통해 자기를 긍정적으로 인식하기도 한다. 그 각각의 경험들은 소중한 것이며, 그러한 경험을 갖고자 하는 마음 또한 (그것이 어떤 환상이고 착각일지언정) 그 자체로 충분히 존중받을 만한 것이라고 나는 생각한다.

고양이와 함께 사는 삶에 대한 이야기들, 고양이들이 사람에게 주는 기쁨이나 슬픔, 서로가 나눈 감정적인 교감들에 대한 이야기는 많다. 고양이 웹진인 《캣바이캣》(http://www.catxcat.co.kr/)에는 애묘인들의 다양한 이야기들이 실려 있다. 이 사이트에서는 2015년 5월부터 '가족의 탄생'이라는 제목으로 고양이와 가족이 된 사연을 모집하고 있다. 구조한 고양이가 병에 걸렸지만 삶에 대한 강한 의지를 보여 마침내 병을 이겨 내고 살아난 것에 감사하는 이야기, 처음에는 '요물'이라 생각했던 고양이가 서서히 가족의 일원이 되어 가는 과정을 서술한 훈훈한 사연, 고양이로 인해 가족과의 심각한 갈등을 겪었던 안타까운 사연, 고양이 덕분에 우울의 늪에서 빠져나왔다는 간증 같은 사연 등 다양한 이야기들이 실려 있다. 이 많은 이야기들은 모두 진실하고 따뜻하다. 하지만 이와는 별도로 떠오르는 생각들이 있다. 반려동물과 인간의 관계는 어느 정도까지 깊어질 수 있을까? 동물에 대해 깊은 애정을 품는 것이 인간 소외로 이어질 가능성은 없을까? 반려동물과 함께 산다는 것, 반려동물과 가족을 이룬다는 것은 어떤 의미인가?

프랑스 작가 콜레트는 자신의 소설 『암고양이』에서 '사아'라는 이름의 암고양이와 '사랑에 빠진' 젊은 남자 주인공을 선보인다.[4] 주인공 알랭에게는 약혼녀 카미유가 있고, 소설은 알랭-카미유-암고양이 '사아' 사이에 형성된 삼각관계를 다룬다. 한 남자를 두고 고양이와 경쟁하는 여성이라니, 이건 좀 과도한 설정이 아닌가 우려되기도 하지만 이 소설은 섬세한 심리 묘사와 감각적 묘사를 통해 그러한 우려를 지워 나간다. 특히 압권인 것은 고양이에 대한 감각적 묘사들인데, 작가 콜레트는 알랭과 암고양이 사아의 '유토피아'가 어떠한 시각적, 청각적, 후각적, 촉각적 감각들로 충만해 있는지를 섬세하게 묘사한다. 고양이가 내는 소리, 고양이를 어루만질 때의 느낌, 고양이에게서 나는 냄새 등의 묘사는 약혼녀인 카미유의 목소리, 카미유를 만질 때의 느낌, 카미유에게서 나는 냄새 묘사와 극적 대비를 이루면서 독자를 '고양이 홀릭'의 상태로 이끈다. 실제로 고양이를 좋아했다는 작가의 필력 속에서 고양이는 어떤 '유토피아적 체험'을 가능하게 하는 존재로 제시된다.

『암고양이』에서 중심 문제 중 하나는 '섹슈얼리티'이다. 이것은 '성장'의 문제와도 관련된다. 『암고양이』의 주인공 알랭은 섹스에 대해 두려움을 품고 있다. 그는 약혼녀인 카미유의 육체에 매혹되면서도 다른 한편으로 깊은 거부감과 두려움을 느낀다. 이것은 곧 어른이 된다는 것에 대한 두려움, 성장에 대한 두려움이라고도 할 수 있다. 알랭이 품고 있는 섹스(=성장)에 대한 두려움은 '어린 시절의 유토피아'에 영원히 머물고 싶은 갈망과 연결된다. 이 '어린 시절의 유토피아'의 중심에 자리하고 있는 것이 바로 암고양이다. 알랭은 성장을 멈추고 싶어 하며 어떤 갈등도 존재하지 않는 '둘만의 유토피아'에 영원히 머무르고 싶어 한다.

한편『동물 해방』으로 유명한 동물철학자 피터 싱어는 한 에세이에서 흥미로운 논점을 제기한다. 그가 제기하는 논점은 에세이 제목에서 그대로 드러난다. '불이 나면 아빠는 누구를 구하실까?'라는 제목인데, 피터 싱어는 글 속에 자기 자신과 대학생 딸을 등장시켜 서로 대화를 나누게 한다. 딸 나오미가 아빠에게 묻는다. 만약 집에 불이 난다면, 아빠는 집에서 기르는(가족 모두의 사랑을 받는) 개 맥스와 자기 중 누구를 먼저 구하겠느냐는 것이다. 아버지는 당연히 딸인 너를 먼저 구하겠다고 대답한다. 그러자 나오미는 아빠가 쓴 책(『동물 해방』)을 읽었다며 그런 결정은 '종차별주의'에서 비롯된 것이 아니냐고 되묻는다. 종차별주의란 '동물은 인간에 비해 열등하다'(예를 들어 동물에게는 이성이나 자의식이 없다)는 명제와 인간 중심주의, 그리고 그것들을 근거로 동물에게 각종 잔혹한 짓(예를 들어 대량 도살)을 저지르는 것을 정당화하는 담론들을 가리킨다. 피터 싱어의『동물 해방』은 바로 각종 동물 학대의 배후에 깔린 이 종차별주의의 그릇됨을 폭로하는 책이다. 그러니까 나오미는 '왜 아빠는 책에서 한 주장과 모순되는 말을 하고 있냐'고 따져 묻는 셈인데, 피터 싱어는 딸에게 이렇게 대답한다. "네 인생 전체는 맥스가 상상조차 할 수 없을 정도로 미래 지향적이란다. 바로 이것은 네가 맥스보다 잃을 것이 더 많다는 것을 의미하고, 집에 불이 났을 때 네 아빠가 아닌, 그 누구에게도 맥스보다는 너를 먼저 구할 이유가 되는 것이란다."[5]

나오미는 반박한다. 인간에게 자의식이 있다고 해서 또는 미래에 대한 계획을 세운다는 특징이 있다고 해서 그게 동물이 지닌 특징보다 더 가치 있다고 말할 수는 없다는 것이다. 종차별주의의 관점을 벗어나면 동물에게도 살아야 할 이유와 나름의 가치는 충분하다. 나오미는 아빠에게 묻는다. "맥스는 저보다 냄새를 잘 맡는 걸요. 그것은 어째서 저보다 맥스를 구하는 객관적인 이유가 되지 못하는 거죠?"

과연 인간의 삶 또는 목숨은 동물의 삶 또는 목숨보다 더 가치가 있는 것일까? 아니면 둘은 서로 동등한 가치를 지닌 것일까? 오늘날 가족을 이루는 걸 포기하고 반려동물과 더불어 사는 삶을, 그들과 가족공동체를 형성하고자 하는 1인 가구들의 노력을 우리는 어떻게 바라봐야 할까? 가족공동체의 해체로 우리가 잃은(혹은 포기하기를 강요당한) 가치들은 반려동물과 함께 이룬 새로운 가족공동체의 형성으로 인해 얻어진 가치들로 완벽히 대체될 수 있는 것일까? 반려동물과 함께 가족을 이루며 사는 사람들은 반려동물로 인해 비로소 가능하게 된 소중한 경험들과 느낌들에 대해 말한다. 하지만 때론 반려동물에 대한 무조건적 애정을 드러내는 사람들의 태도(사람들의 태도라고 썼지만 나 자신의 태도이기도 하다)에서 인간에 대한 실망감, 인간사회에 대한 냉소를 감지할 수 있는 것도 사실이다.

피터 싱어는 반려견과 딸 중에서 딸을 먼저 구하는 근거로 인간이 미래 지향적이라는 것, 인간의 삶이 동물은 상상할 수 없을 정도로 많은 가능성에 열려 있다는 것을 제시한다. 맞는 말이다. 반려동물과 이룬 가족공동체는 (반려동물의 사회적 성장이 이뤄지지 않고, 후손을 남길 수 없다는 점에서) 미래에 대해 닫혀 있기 때문이다. 하지만 나 스스로 놀라웠던 건 피터 싱어의 대답이 그의 딸을 납득시키지 못한 것처럼, 나에게도 별 호소력이 없었다는 것이다. 왜 그럴까? 오늘날 우리가 자신의 삶에서 어떤 미래 지향적 가능성을 발견하는 건 점점 더 어려운 일이 되고 있다. 그렇기에 인간에게 더 많은 가능성이 열려 있다는 피터 싱어의 올곧은 대답은 별반 호소력이 없다. 오히려 반려동물에 대한 관심이 늘고 반려동물과 함께 사는 사람이 점점 늘어나는 현상은 미래가 사라진 우리 사회의 모습, 즉 각자의 삶이 미래에 대해 열려 있다기보다 닫혀 있음을 훨씬 자주 실감하는 우리 삶의 모습을 그대로 반영하는 것인지도 모른다.

× Don't carry the world upon your shoulder[6]

'불이 나면 누구를 먼저 구할 것인가?' 집에 불이 난 극한 상황을 설정해 놓고 인간과 동물, 어느 쪽의 삶이 더 가치 있고 소중한 것인지를 묻는 피터 싱어의 질문은 "엄마가 좋아, 아빠가 좋아?"라는 질문 이상으로 짓궂다. 생명을 저울대 위에 올려놓고서 이분법적 대답을 강제하는 질문이기에 여기에 무슨 대답을 하는 것 자체가 어리석은 일일지도 모른다. 인간의 목숨도, 동물의 목숨도 그냥 그 자체로 소중하다. 모든 생명에 경중은 없다. 하지만 피터 싱어의 이분법적 질문에는 우리가 평소 동물을 대하는 시선과 태도가 녹아들어 있기도 하다. 한편에는 길고양이를 보호해야 하고 동물 복지정책을 보다 적극적으로 실행해야 한다는 주장이 있지만, 그보다 시급한 것은 인간의 빈곤 문제, 복지 문제가 아니냐는 주장도 있다. 나는 둘 중 어느 것이 옳은 주장인지 잘 모르겠다.

개인적으로는 이런 고민을 자주 한다. 만약 반려동물이 치료 비용이 많이 드는 심각한 질병에 걸린 경우, 나는 그들을 어디까지 책임질 수 있을까? 그들을 치료하기 위해 내 생활과 내 삶을 얼마나, 어디까지 희생할 수 있을까? (생각하기도 싫지만) 친구와 고양이가 나란히 병에 걸렸다면 나는 누구를 구할 것인가? 이런 문제들에 대해서 나는 아직 어떤 확신이나 기준을 갖고 있지 않다. 물론 치료의 힘든 과정까지를 함께하는 것, 그것이 반려동물과 함께하는 삶을 택한 이의 올바르고 책임감 있는 자세일 것이다. 하지만 막상 상황이 닥쳤을 때 나는 그런 책임 있는 자세를 올곧게 유지할 수 있을까?

반려동물이 우리에게 준 감정적 충만함과 위로, 책임감에 대한 인식 등 여러 긍정적인 면에도 불구하고, '헬조선'이라 불리는 오늘날 한국사회에서 삶의 불안정성에 노출된 이들이 다른 존재와 함께 살아간다는 것, 나아가 그 존재를 끝까지 책임지겠다는 마음을 먹는 건 어쩌면 그러한 마음이 아름답고 고귀하게 여겨지는 만큼이나 비현실적인 결심일지도 모른다. 우리의 눈과 감정은 작고 보드라운 동물들의 '귀여움'과 그것이 가져다주는 '마음의 위안'에, 누군가를 책임진다는 데서 오는 '자기 만족감'에 쉽게 반응하지만 그들과 함께 살아간다는 것, 그들의 평생을 책임진다는 것은 또 다른 문제다. 월세와 학자금 대출의 압박 속에서, 취업과 연애와 결혼을, 미래를, 우리가 지닌 가능성을 포기하기를 강요당하는 삶 속에서 우리의 시야를 자기 자신의 생존에 한정시키지 않고 주변의 동물들에게까지 확대한다는 것만으로도 지극히 무모한 일일 수 있다.

고양이와 함께 사는 생활도 7년째에 접어들고 있지만 아직도 확실해진 건 아무것도 없다. 나는 다만 이 글에서 고양이와 함께 살면서 하게 된 고민을 풀어놓았을 따름이며 명쾌하게 해결된 고민은 하나도 없다. 여전히 맹목적인 '고양이 예찬론자'의 태도, '나는 동물을 사랑하는 사람'이라는 자의식, 그리고 내가 처한 '불안정한 현실 상황'… 이 세 가지가 결합되어 만들어진 임시적이며 타협적인 삶의 양상이 있을 뿐이다.

일본의 젊은 사상가 사사키 아타루는 대담집 『이 치열한 무력을』에서 자원봉사와 모금에 대해 이야기한다. 그는 아이티 쓰나미 때 모금을 했는데, 그때 친구에게서 "수단이나 미얀마에는 모금을 안 하냐. 뭔가 하나만 특별히 여기는 것은 위선 아니냐"는 말을 들었다고 한다. 이에 대한 사사키 아타루의 대답은 이렇다. "하지만 모든 일에 관여하는 것은 불가능하죠. 모든 비극에 참여하려 했다간 역으로 손가락 하나 움직이지 못하게 됩니다. 그래서 한 가지만이라도 관여할 수 있으면 되는 겁니다."[7] 비슷한 사례로 그는 레이디 가가가 일본 대지진 때 거액을 기부한 사실을 언급한다. 주변 사람들이 왜 하필 일본에 기부하느냐고 물었을 때 레이디 가가의 대답은 이랬다고 한다. "안 해야 될 이유가 없잖아?"

혼자가 아니라 작고 보드라운 것들과 함께 살아간다는 건 분명 매력적인 일이다. 반려동물을 기르는 건 이런저런 복잡한 고민이나 생각 없이 선택할 수 있는 일이기도 하다. "안 해야 될 이유가 없잖아?" 바로 내가 그랬듯 앞으로도 많은 사람이 별 생각 없이 동물과 함께 하는 삶을 살아갈 것이다. 그렇기에 나는 "우리가 잊지 말아야 할 것은 반려동물을 끝까지 책임지겠다는 마음이다"라는 식으로 글을 맺을 수도 있으리라. 하지만 현실의 삶은 당위와는 별개로 흘러간다. 어떤 동물들은 좋은(동물을 사랑하며, 책임감과 경제적 여유가 있는) 주인을 만나 가족처럼 여겨지며 귀여움을 받을 테지만 무책임하게 버려지는 동물도 여전히 많을 것이다. 우리는 길에서 마주치는 그 버려진 동물들을 보며 잠시나마 진심으로 불쌍해 하고 보살펴 주기도 하겠지만 결국 우리 자신의 삶으로, 나와 내 고양이들이 더불어 이룬 협소한 삶의 공간으로 시선을 돌리고 발걸음을 돌릴 것이다. 끝까지 책임질 자신이 없다면 애초에 키우질 말라고 할 수도 있겠다. 하지만 이건 이미 우리에게 한 번 깊은 좌절감을 안겨 준 이야기이기도 하다. 미래를 계획할 수 없는 삶의 불안정성 속에서 결혼과 출산, 가족 이루기를 이미 포기한, 자신의 삶조차 책임질 수 없는 상황에 놓인 청년들에게 "책임질 자신이 없다면 애초에 키우질 말라"는 이야기는 꽤 잔인하게 들리는 이야기일지도 모른다.

지금 우리 사회에서는 다른 어느 때보다도 '개인의 책임'이 강조되고 있다. 이런 분위기의 일면을 드러내는 것이 부모로서 책임을 다할 수 없다면 자식을 낳지 말아야 한다는 생각이며, 이는 반려동물에게도 그대로 적용된다. 그런데 잘 생각해 보면 부모가 양육의 전 과정을 책임진다는 건 처음부터 불가능한 일이다. 우리는 어느새 '부모 책임론'을 아주 자연스럽게 받아들이게 되었지만 돌이켜 보면 과거에는 자식에 대한 부모의 책임이 지금만큼 강조되지 않았다. 자식에 대해 완벽하게 책임을 다할 책임감과 능력을 갖춘 사람만 부모가 될 수 있는 사회는 결코 바람직한 사회가 아닐 것이다. 오늘날 개인의 책임을 강조하는 현상의 바탕에는 공동체가 사라지거나 더 이상 예전과 같은 기능을 수행하지 못하게 된 사회조건의 변화가 자리한다. 즉 사회관계망이 무너진 상황 속에서 개인의 (무)책임, 개인의 (무)능력만이 강조된다. 끝까지 책임질 수 있는지를 따져 보지도 않고 아이를 낳거나 동물을 입양해서 기르는 건 무책임한 일로 간주되고, 당사자의 '무능력'과 '무개념'이 비난의 대상이 된다(누군가 비난하지 않더라도 스스로를 비난하게 된다). 하지만 생각해 보면 아이는 부모가 전적으로 책임져야 할 양육 대상, 보호 대상인 것만이 아니라 그가 태어나 살아가는 사회 속에서 다양한 존재들과 관계를 맺으며 스스로 성장해 가는 존재이기도 하다. 동물도 마찬가지다. 야생동물들은 자연 속에서 그들 나름의 생

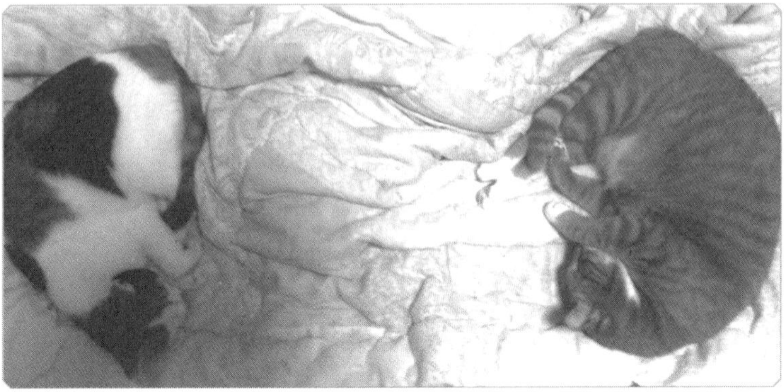

우리집 고양이들. ©안혜연, 2016

태적 관계망을 이루며 살아간다. 고양이가 사랑을 받는 일본에서는 길고양이들이 자연스럽게 도시 생태계 일부를 이루고 있기도 하다.

"책임질 자신이 없다면 애초에 키우질 말라"는 당위적 주장을 되풀이하기란 쉽다. 하지만 그런 윤리적 당위를 앞세웠더라면 나는 고양이와 함께 살 생각을 하지 못했을 것이다. 솔직히 말해 보자. 내가 고양이와 함께 살 마음을 먹은 것은 그냥 고양이가 귀엽고 좋았기 때문이다. 지극히 단순한 이야기다. 하지만 고양이와 함께 살면서 나는 서서히 고양이가 지닌 여러 가지 매력을 느끼게 되었고, 고양이 집사로서 수행해야 할 의무를 알게 되었으며, 내가 고양이를 키우는 게 아니라 더불어 사는 삶이 행복감과 자존감을 높여 준다는 사실을 알게 되었다. 또한 길고양이들의 생존조건과 운명에 관심을 갖게 되었고, 생명을 끝까지 책임진다는 일이 갖는 무게를, 그리고 오늘날 한국사회에서 가족을 이루고 산다는 것이 얼마나 어려운 일인지를, 그게 우리들의 무능력 때문만이 아니라 일정한 사회조건에서 비롯되는 문제임을 깨닫게 되었다. 물론 그런 깨달음을 얻었다고 해서 곧바로 현실이 바뀌지는 않으며, 이런 고민이 해소되는 것도 아니다. 그렇기에 반려동물을 위해 헌신하며 사는 것이 옳다고도, 우리 같은 청춘에게 반려동물은 사치 중 사치라고도 말할 수 없다. 그저 내가 말할 수 있는 건 이것뿐이다. 고양이와 함께 살게 되면서 나는 이런 질문들과도 함께하게 되었다고. 무언가를 좋아하는 마음을 책임감을 앞세워 억누르거나 부정하는 게 우리에게 주어진 유일하게 옳은 선택지라면 그건 너무 억울하고 부조리한 일이 아닐까? 무언가를 좋아하는 마음은 그 자체로 소중한 게 아닐까? 그러니 거기서 출발해야 하지 않을까?

미주

1) 유사하게 인간을 '닝겐'이라 표현하기도 한다. 고양이 입장에서 쓴 많은 인터넷 게시물들에서 인간은 집사 혹은 닝겐으로 불린다.
2) 김홍중,『마음의 사회학』, 문학동네, 2009, 69쪽.
3) 한밤중 고양이가 갑자기 흥에 겨워 전력질주를 하는 행위.
4) 시도니 가브리엘 콜레트,『암고양이』, 임미경 옮김, 창비, 2013. 고양이를 좋아한다면 한 번 읽어볼 만한 소설이다.
5) 존 쿳시 외,『동물로 산다는 것』, 전세재 옮김, 평사리, 2006, 122쪽.
6) The Beatles, 〈Hey Jude〉.
7) 사사키 아타루,『이 치열한 무력을』, 안천 옮김, 자음과모음, 2013, 88쪽.

흙흙청춘×두번째

그래도 논다

흠흠청춘×두번째

캠퍼스 인 더 트랩[1]

— 조별 과제는 어떻게 고통이 되었는가

구자춘

고학번의 소심하고 무력한 조장이 있다. 당연히 그는 모두에게 '호구'다. 조원 중 누구 하나 자료조사조차 제대로 해 오지 않는다. 귀요미 여후배는 남자들을 홀리는 데만 관심 있어 보이고, 졸업을 목전에 둔 복학생은 취업(준비)을 핑계로 어떤 과제도 제대로 도와주지 않는다. 각자가 자신의 권위와 매력을 바탕으로 태업하는 와중에, 홀로 과제를 떠맡게 된 조장은 발표가 다가올수록 분노에 가득 차기 시작한다. D-1, 결국 그는 펜을 버리고 가방에서 장미책을 꺼내 들기에 이른다….

2013년경 두 차례에 걸쳐 방영된 〈SNL〉의 "조별 과제 잔혹사"에선 호구 조장이 계속해서 조원들을 잔혹하게 살해한다. 많은 시청자가 어찌할 도리 없이 부당한 피해를 입는 조장에게 공감했고, 그/녀가 분노에 차 장미책으로 부당한 조원들을 응징하는 순간을 썬나게 즐길 수 있었다. 콩트는 웹에서 나름의 반향을 얻으며 조별 과제에 대한 무수한 풍자를 촉발했고, 미약하나마 대학교의 조별 과제에 대한 사회적 관심을 어느 정도 이끌어 내기도 했다.

"조별 과제 잔혹사"가 등장하기 전까지, 이제껏 TV에서 대학교의 조별 과제와 같이 시시껄렁하고 가벼운 소재가 제대로 다뤄진 적은 거의 없었다. 그러나 다뤄지지 않았던 낯선 소재였음에도 불구하고, "조별 과제 잔혹사"가 나름의 반향을 불러일으켰던 것은 어찌 보면 당연한 일이기도 했다. 한편으로 이는 새로운 것에 대한 환호에서 비롯되었다. 그동안 공론장에서는 다루지 않았던, 하지만 대학생들의 일상에서 상당한 비중을 차지하는 조별 과제의 실상이 TV를 통해서 낱낱이 폭로되는 것에서 오는 쾌감.

하지만 동시에 그 환호는 익숙한 것에 대한 반가움에서 촉발된 것이기도 했다. 사실 이러한 조별 과제에 대한 서사는, 웹에 익숙한 청년들에게는 결코 낯선 것이 아니었기 때문이다. 그것은 웹에 떠도는 무수한 밈(meme), 그런 밈을 바탕으로 만들어진 웹툰, 다시 그 웹툰을 바탕으로 생성된 밈들을 통해 형성되는 웹의 전형적인 서사와 다를 바 없었다. 오래 전부터 웹툰에서는 조별 과제에 대한 다양한 상상이 때로는 비참하고, 때로는 잔혹한 어조로 연출되고 있었던 것이다.

그렇다면 웹에서의 문제 제기를 바탕으로 TV와 같은 매스미디어가 조별 과제를 다뤘고, 캠퍼스 내의 문제 역시 사회적인 관심을 받기 시작했다고 간단히 정리할 수도 있을 것이다. 하지만 이러한 결론을 내리기에 앞서, 다음과 같은 지점을 조금 더 생각해 볼 필요가 있다. "조별 과제 잔혹사"의 방영 이전뿐만 아니라, 이후에도 조별 과제에 대한 논란은 대부분 몇몇 대학 관련 매체나 웹에서만 이뤄졌다는 것이다. 조별 과제에 대한 웹의 다양한 논의 및 창작에도 불구하고, TV에서는 상당한 시일이 지난 다음에야 이를 케이블 예능 및 드라마에서만 부분적으로 다루고 있을 뿐이다.

그리고 더 흥미로운 건 이러한 현상이 단지 '조별 과제'에만 국한되어 발생하고 있는 것이 아니라, 여러 다양한 매체가 캠퍼스를 다루는 방식 전반에서 나타난다는 점이다. 캠퍼스의 조별 과제를 비롯하여 '지잡대', 대학교 군기문화 등에 대한 온라인의 뜨거운 논란과는 달리, 오프라인에서는 몇몇 사안에 대한 피상적이고 미적지근한 관심만이 표명되었을 뿐이다. 진지한 인문·사회과학 도서나 말랑말랑한 대중서, 비교적 폭넓은 대중을 겨냥하는 TV나 영화 모두 대학생들의 일상과 교류에 대해서는 별다른 관심을 보이지 않는다.

물론 『88만원 세대』 출간 이후 오프라인의 대중적·학술적 공론장의 영역에서도 청년 세대의 문제는 새롭게 조명받기 시작했고, 취업난과 학점경쟁에 시달리는 대학생의 고통 역시 청년 세대의 대표적인 문제로 제기되기 시작된 것도 사실이다. 이에 관한 책이나 연구들은 IMF 이후 대대적인 구조조정을 거치며 대학, 그리고 그러한 대학에 적응하고 생존하기 위해 투쟁하는 대학생들의 모습을 보여 준다. 특히 엄기호나 오찬호를 비롯한 연구자들은 최근의 대학생들이 어떻게 개별화되고 있으며, 그 속에서 어떤 경제적 어려움 및 사회적 고립감, 열패감에 시달리고 있는가를 상세히 조명한다.

하지만 이런 저작들 역시 캠퍼스 내의 교류를 통해 생산되는 또래 집단의 서사에 대해서는 상대적으로 무관심한 것처럼 보인다. 이들은 대학과 대학생을 다루고 있지만, 바로 그 대학생들이 형성하는 대학사회에 대해선 별다른 이야기를 하지 않는 것이다. 예컨대 최근 발간된 오찬호의 『진격의 대학교』와 같은 책은 제목에서부터 대학교를 내세우며 대학생의 일상을 비교적 상세하게 극화하고 있는 모습을 보인다. 하지만 이러한 책에서도 학생공동체 내부에서 이뤄지는 학생들 간의 교류 양상에 대한 분석이나 고찰은 깊이 있게 이뤄지지 않으며, 대학생들의 다양한 모습을 조명하기보다는 자기계발의 강박에 시달리는 학생과 '기업의 노예'가 된 대학교에 대한 비판적 분석에 중점을 맞추고 있다.

특히 조별 과제에 초점을 맞추고 있는 교육학 분야의 논문이나 저작들을 살펴보아도 사정은 크게 달라지지 않는다. 조별 과제에 대한 연구는 교육학 분야에서 계속해서 이뤄지고 있으나, 이러한 논의들은 대부분 학습 성취도에 대한 조사를 바탕으로 만족도를 평가하고, '무임승차자' 등을 방지함으로써 팀 효능감 등을 향상시킬 수 있는 방안을 중점적으로 다루는 데 집중하고 있다. 조별 과제의 도입 과정이나 의의, 조별 과제를 체험하면서 생겨나는 학생들의 변화에 대한 고찰은 좀처럼 찾아보기 힘들다. 그나마 조한혜정 교수의 저작에서 조모임의 실행 과정 및 의의에 관한 평가가 짤막하게 다뤄지고 있을 뿐이다.[2]

문학과 영상 매체에서도 마찬가지이다. 가까운 과거에 대한 새로운 기억의 전유가 끊임없이 시도되면서 90년대 초중반의 대학 공간이 〈건축학 개론〉이나 〈응답하라 1994〉를 통해 주목받았던 것과 달리, 지금의 대학은 TV에서 좀처럼 재현되지 못한다. 이는 캠퍼스 드라마가 90년대부터 2000년대 초반에 이르기까지 계속해서 현재진행형으로 재현되었던 것과는 대조적인 모습이다. 그 가운데서 〈우리들의 천국〉이나 〈남자 셋 여자 셋〉, 〈카이스트〉, 〈논스톱 시리즈〉와 같이 지금도 종종 회자되는 인기작들이 쏟아져 나왔지만, 2000년대 초반 이후 캠퍼스 드라마는 점차 대중적 관심을 상실하다 〈레인보우 로망스〉를 마지막으로 사실상 명맥이 끊어지기에 이른다.

마찬가지로 2000년대 초반에 상영된 〈엽기적인 그녀〉나 〈색즉시공〉과 같은 영화도 상당한 인기를 얻으며 사회적 반향을 일으켰으나 이러한 돌풍은 그 후에 이어지지 못했다. 각각 〈엽기적인 그녀〉와 〈색즉시공〉의 성공 공식을 그대로 복제한 〈무림여대생〉과 〈색즉시공

2〉는 흥행과 비평의 측면 모두에서 실패했으며,[3] 그 이후 대학사회나 대학에서의 생활을 배경으로 한 영화는 저예산 독립 영화의 영역 밖에서 좀처럼 찾아보기 어렵다.[4] 특히 청소년 세대를 다룬 드라마나 영화가 여전히 고교사회를 계속해서 재현하고 있는 것과 비교할 때, 대학이라는 공간이 영상 미디어의 관심 밖으로 밀려난 현상의 특이함은 더욱 두드러진다.

앞서 언급한 영상 매체가 아닌 문학 분야에서도 지금의 대학이 그려진 경우를 찾기는 쉽지 않다. 권여선의 『레가토』와 같이 다시 80년대의 대학을 배경으로 하는 후일담 소설이 간헐적으로 등장하고 있음에도 불구하고, 현재의 대학사회는 문학에서 특별한 관심의 대상이 되지 못한다. 그러나 이는 청년 세대의 작가가 존재하지 않거나 청년 문제에 대한 문학의 관심이 줄었기 때문이 아니다. 그보다는 현재의 '청년 문학'이 대학에 대한 관심을 거두었기 때문이며, 대신 이러한 문학들이 집중하고 있는 것은 다른 매체와 마찬가지로 개별화된 청년들 각각이 겪는 고통, 그리고 그 고통 속에서 새로운 가능성을 찾을 수 있는가에 관한 모색이다.

물론 매체의 차이에 따라 청년 세대를 조명하는 방식은 조금씩 다르다. TV 드라마와 영화에서는 비교적 상투적으로 '88만 원 세대론'의 논의를 수용하며 '취업준비생'으로서의 청년 세대를 부각한다. 반면 상대적으로 자본으로부터 자유로운 문학에서는 이처럼 열악한 상황에 놓인 각각의 청년들을 보다 심층적으로 분석하면서 다양한 방식으로 대안을 모색하는 경향이 나타나는 편이다. 하지만 그럼에도 불구하고 2000년대 이후의 대학사회의 모습을 문학, 영화, TV 드라마를 비롯한 문화적 재현의 장 전반에서 좀처럼 발견할 수 없다는 것 역시 분명하다.

그랬기에 언론이나 학계에서 웹툰이 다루는 청년 세대에 대해 조명할 때조차 대학에 관한 이야기는 전면에서 밀려나는 경우가 많았다. 〈이말년씨리즈〉로 대표되는 '병맛'의 정서가 청년들의 '잉여'라는 코드와 어떻게 맞닿아 있는가가 탐구되기도 하고, 〈미생〉이 드라마로 제작되기 전부터 수많은 화제를 뿌리며 청년 세대가 겪는 학력과 비정규직의 문제를 사회적 화두로 던지기도 했지만, 대학사회에서 경험하는 일에 대한 웹의 담론과 웹툰의 묘사는 단발성으로 주목받는 데 그쳐 왔다.

X 조별 과제에 관한 논란과 '진상'들의 유형학

이처럼 '진지한' 기성의 매체에서 외면받은 캠퍼스에 관한 이야기들, 예컨대 '아싸'의 고백이나 대학 내 성폭력 문제 및 군대문화, 이른바 '지잡대'에 대한 조롱과 자학은 온라인에서 끊임없이 하소연과 풍자, 고발의 논쟁 대상이 되어 왔다. 그리고 이 중에서도 특히 수많은 짤과 패러디 영상을 통해 다양한 유형의 창작물을 산출해 내었던 것이 바로 조별 과제/조모임에 관한 논의이다.

연도를 정확하게 특정하기는 어려우나, 조별 과제에 대한 문제 제기는 대략 2005년경부터 언론을 통해 조금씩 이뤄지기 시작한 것으로 보인다. 그 이전까지는 조별 과제/조모임에 대한 논의가 거의 이뤄지지 않았을 뿐만 아니라 심지어 조모임이 많다는 것이 학교의 장점으로 언급되었던 기사도 있었던 데 반해(!), 2005년을 기점으로 조모임에 대한 문제를 제기하는 기사가 나타나기 시작했다. 특히 주목할 것은 이 시기 '대학별곡'이라는 기획을 통해 《한겨레신문》에 게재될 수 있었던 대학생 기자의 조모임에 관한 기사 일부이다.[5]

> "조모임이 대학 생활을 점령했다. 발표학습을 위한 5~6명의 임시 모임이다. 대부분의 강의가 발표와 병행되는 추세이고 그 점수 비중도 만만치 않다. 서울교대 강병규(초등교육 4년) 씨는 "발표 하나가 평가의 20~30%를 차지하고 있다"고 말한다. 학생의 처지에서는 20여 분의 발표가 학점의 1/3에 해당하니 조모임은 '공들여야 할 탑'일 수밖에. 조모임의 풍경이 바로 대학의 풍경이다. (중략) 조모임이라는 서식지에서 두드러진 인물 유형은 2005년 대학생의 실체를 대변한다. '무임승차'형. 약지만 높은 인내력을 갖췄다. 인적 구성이 뛰어난 조를 골라내는 능력이 탁월하다. 그러나 조에 기여하는 능력은 무시한다. 모임마다 30분 이상 늦기, 마무리 중일 때 미소와 넉살로 이름 얹

> 히기, 면박을 이겨 내며 밥은 또 많이 먹는 게 이들의 특징이다. '연애의 목적'형. 모든 이성 조원들은 잠정적 연인이다. 조별 모임 때 눈빛은 날카롭지만 초점이 불분명하다. 구애에 힘을 쏟는 터라 정작 조모임 땐 지쳐 있는 경우도 흔하다. 중앙대 이경하(심리학 4년) 씨는 "조모임을 통해 두 번이나 애인을 바꾼 친구도 있다"고 전한다(이하 생략)."

기사는 조모임의 실용성에 대해 피상적으로나마 의문을 제기한다. 기자는 조모임에 두드러지는 인물 유형으로 '무임승차'형, '연애의 목적'형, '잠수'형, '독재자'형을 꼽고, 조모임을 통해 도대체 우리가 배우는 것이 무엇인지에 대해 강한 의문을 표하고 있다. 물론 '대학생의 시선'을 수용했던 이러한 기획은 신문 지면에서는 더 이상 확장된 문제 제기로 이어지지 못한 채 마무리된 것으로 보인다. 하지만 이 기사는 조모임에 대한 비판의 물꼬를 틈과 동시에, 웹에서 조모임에 대한 재현이 어떤 방향으로 이어질 것인가를 예고하는 것이기도 했다. 여기서부터 일명 '프리라이더'로 칭해지던 조모임 '진상'들에 대한 세부적인 유형학이 시작되었으며, 이후 술꾼 복학생·무임승차하는 여후배·호구 조장 등으로 전형화 되는 경향으로 발전되기 때문이다. 2011년 웹툰 〈치즈 인 더 트랩〉은 이처럼 간간히 제기되던 조모임에 대한 불만을 보다 정돈된 형태로 표출하여 보여 준다.

책임감 없는 복학생 선배와 무능력한 조원, 적당히 발만 담그고 조모임을 때우려는 무책임한 동기 때문에 자신도 D학점을 받게 되는 홍설의 이야기는 누리꾼의 폭발적인 공감을 이끌어 냈다. 또한 웹툰의 이후 전개 과정에서 홍설이 다른 조원들의 이름을 빼겠다고 공지하는 장면이 각종 커뮤니티 게시판에 '조모임의 바람직한 예.jpg' 등의 이름으로 게시되거나 웹툰의 조모임 과정 전반이 신문 기사에 인용되기도 했다. 이는 조별 과제에 대한 웹에서의 풍자나 앞서 소개한 "조별 과제 잔혹사"와 같은 프로그램의 재현 방식에도 영향을 미치게 된 것으로 보인다.

인터넷상의 각종 드립이나 오타쿠문화에 관한 세세한 정보들을 기록하고 있는 〈나무위키〉(https://www.namu.wiki)와 같은 위키 사이트들에서는, 이 과정에서 누리꾼들이 만든 조별 과제에 대한 각종 짤 및 영상들을 손쉽게 찾아볼 수 있다. 그 외에도 누리꾼들이 올린 조모임에 대한 각종 사례와 더불어 조모임에 참여하는 조원들의 참여 형태에 따른 유형도 열 가지도 넘게 세밀하게 구분되어 정리되어 있다.

이 목록은 2005년의 기사에서 정리된 유형보다 훨씬 세분되어 있는데, 여기서 진상 조원들은 (얼핏 보기에는 겹쳐 보이는 지점들을 포함한) '솔로플레이', '엇나간 열정', '소극주의자', '배째라', '대충대충 유형', '신데렐라', '무능한 노력파', '묻어가기'(숟가락 놓기), '의사소통 불가능', '정말 몰라서 못하는 유형', '물질로 해결'과 같은 항목들로 나누어진다. 그리고 각각의 유형들에 관한 서술에는 이러한 유형들이 조원들의 능력·성별·취업 여부·전공·학년·계급 등에 따라 다른 유형과는 어떤 차

이점을 보이는가, 그리고 이를 다시 세부화하면 어떻게 나뉠 수 있는지에 대해 세세하게 기술되어 있다.[6]

그리고 조별 과제의 진상들에 대한 이러한 유형학은 다시 짤과 웹툰을 통해 재생산되는 경향이 나타나고 있다. 특히 대학을 다룬 대부분의 웹툰은 간단하게라도 웹에서 대학 생활의 필수 요소처럼 언급되는 조별 과제에 관해 언급하고 있으며, 대학을 다루지 않는 웹툰에서도 조별 과제를 하는 모습만큼은 종종 등장하는 양상을 보인다. 예컨대 〈오늘의 낭만부〉, 〈불만시대〉, 〈SM 플레이어〉, 〈미쳐 날뛰는 생활툰〉과 같이 주로 대학사회의 다른 면모를 부각하거나 대학과는 거의 상관없는 웹툰에서도, 웹의 담론을 바탕으로 관습적으로나마 조별 과제를 간략하게 언급하고 있는 것이다. 특히 정기적으로 연재되지 않는 아마추어 작가의 창작물은 대부분 조모임을 재현하는 데 집중하는 경향을 보인다.

물론 이처럼 삭막한 공간에서도 때로는 새로운 관계의 가능성이 싹트기도 한다. 그러나 조별 과제가 희망적으로 묘사되는 순간은 대개 이러한 조모임이 주인공의 연애 혹은 사랑으로 연결되었을 때뿐이다. 주인공이 아닌 다른 이들이 연애를 시작하는 상황은 단지 조모임의 정상적인 진행을 방해하는 요소로 그려지는 경우가 대부분이다. 심지어 주인공이 자신의 순정 때문에, 조모임에서 이용당하고 버려지는 일이 생겨나기도 한다. 조모임은 애초에 이해관계로 인해 모인 일시적인 형태라는 점에서 기존의 인간관계와는 구분되며, 그로 인해 구성원 간의 갈등도 더 손쉽게 불거지기 때문이다. 그렇기에 더 이상 어떤 낭만도 존재하기 어려운 캠퍼스의 현실은, 웹툰에서 조별 과제의 진행 과정을 통해 매우 전형적이면서도 효과적으로 그려지고 있다.

✕ 웹툰이라는 미디어

이처럼 조별 과제에 대한 담론은 웹을 통해 소비되는 과정에서 단순히 텍스트의 차원에만 머무르지 않고 다양한 이미지나 동영상과 결합하며 확장되는 모습을 보인다. 특히 여기서 주목할 만한 것은 다른 어떤 매체보다도 웹툰이 담론의 중추적인 (재)생산자 역할을 담당한다는 사실일 것이다. 때로는 담론 자체가 아마추어 작가가 연재하는 웹툰의 형태로 블로그나 각종 커뮤니티 사이트에 게시되어 전파되었고, 이러한 요소들이 다시 대학사회를 다룬 웹툰에서 조합되어 재현되어 나타나기에 이르니까 말이다.

그렇다면 대체 웹툰은 어떻게 해서 인터넷 담론의 중계자이자 (재)생산자가 될 수 있었을까? 즉 무엇이 웹툰으로 하여금 기존의 미디어에서는 포기한 대학이라는 소재를 다룰 수 있도록 만들었을까? 이에 관해서는 우선 웹툰이 다른 매체에 비해서 상업적 고려로부터 상대적으로 자유롭다는 점을 들 수 있을 것이다. 물론 현재의 웹툰 역시 상업적 고려로부터 100% 자유롭지는 않다. 하지만 그럼에도 불구하고 드라마와 영화와는 달리 웹툰은 소자본으로 제작되었기 때문에 특정한 타깃층만을 노리는 기획이 가능할 수 있었다. 또한 많은 이들이 지적해 왔듯이 웹툰의 경우 예외적으로 창작자와 소비자의 세대가 크게 차이 나지 않는 매체라는 것도 지적할 수 있다. 그렇기에 작가들은 자신에게 비교적 친숙한 웹의 담론을 바탕으로 한 작품을 자유롭게 구상하고 연재할 수 있었다고 말할 수 있다.

하지만 이를 통해 웹툰이 단순히 '상업적 고려로부터 상대적으로 자유로운 젊은 미디어'였기에 그럴 수 있었다고 말하는 것만으로는 충분하지 않다. 앞서 언급했듯이 문학의 장 역시 비교적 상업적 고려로부터 자유로울 뿐만 아니라 청년 작가들이 활발하게 활동하고 있음에도 불구하고, 대학사회의 문제에 대해서는 무관심하지 않았던가. 즉 대학사회를 재현하는 문제는 단순히 각각의 매체에 자본이 얼마만큼 개입되어 있는가를 통해서만 파악할 수는 없는 것으로 보인다. 제작과 배급의 측면에서 자본으로부터 얼마만큼 자유로운가에 따라 청년 세대를 재현하는 깊이의 차이는 분명히 나타나고 있다. 하지만 이와는 상관없이 현재의 대학에 대한 재현은 모든 주류 매체에서 제대로 이뤄지지 않아 왔다.

이는 '당사자성'의 문제에 대해서도 보다 숙고하도록 만든다. 문학의 경우 여전히 청년 세대의 작가들을 중심으로 한 '청년 문학'이라고 부를 만한 것이 존재하고 있으나, 앞에서도 잠깐 언급했듯이 정작 대학사회는 청년 문학의 주된 관심사가 되지 못하고 있기 때문이다. 이는 한국사회에서 90년대 이후 대학생의 수가 폭발적으로 증가했으며, 과거보다 청년 세대의 상당수가 대학을 경험하고 있다는 것을 고려한다면 더욱 의아함을 자아내는 현상이라 할 수 있다. 더 많은 청년 세대가 대학을 경험할수록 대학이라는 공간은 더욱더 청년 세대의 문학으로부터 소외되고 있는 것처럼 보인다.

물론 이 글에서는 문학과 같은 매체에서 왜 청년 세대의 작가가 활동하면서도 정작 대학사회의 문제를 다루지 않는지까지 상세히 논하기는 어렵다. 그러나 웹툰과 다른 매체의 창작자들이 데뷔하는 방식에서 보이는 차이들을 살펴보면 이런 의문에 대해 어느 정도는 답을 구할 수 있을 것이다. 창작가가 데뷔할 수 있는 방식이 비교적 한정되어 있거나, 상당한 '도제'기간을 거쳐야 자신의 작품을 본격적으로 만들 수 있는 다른 미디어와 달리 웹툰 작가가 데뷔하는 데는 독자의 호응이 절대적이기 때문이다.

웹툰 작가들은 기존의 문법을 익히며 기성제도로부터 인정받는 과정을 거치는 대신, 작품의 독자로부터 즉각적으로 선택받는다. 포털사이트의 '도전만화란'이나 '카연갤'과 같은 공간에서 독자의 호응을 끈 작가들은 바로 정식 연재 제의를 받기도 한다. 그리고 데뷔한 이후 작품에 대한 평가도 마찬가지 방식으로 이루어진다. 작품에 대한 반응은 매주 댓글 게시판과 SNS 등을 통해 실시간으로 나타나고, 작가들 역시 독자들의 요구나 불만에 그때그때 반응하며 작품 내외에서 이에 대해 응답하는 모습을 보인다.

사실 웹툰의 태생을 생각한다면 웹툰에서 이뤄지는 작가와 독자 간의 '즉각적인 상호작용'은 전혀 낯선 일이 아니다. 웹툰은 이름 그대로 웹을 기반으로 하여 탄생했고, 독자와 작가 사이의 친밀성을 바탕으로 성장한 매체이기 때문이다. 〈스노우캣〉이나 〈마린블루스〉의 사례에서 살펴볼 수 있듯이, 웹툰의 성장을 견인한 초창기 생활툰은 20~30대 독자들과 같은 세대인 작가들이 자신의 일상을 그려 내면서 독자의 호응을 끌어낼 수 있었다. 또한 많은 경우 웹툰들은 웹의 각종 커뮤니티에서 실시간으로 독자의 반응 및 호응을 확인하면서 연재를 시작하기도 했으며, 때로는 작가가 웹툰을 통해 독자에게 질문을 던지거나 요청하면서 적극적인 호응을 이끌어 내는 경우도 많았다.

그리고 이러한 웹툰들이 포털사이트에 정식으로 연재되기 시작한 이후 상호작용은 더욱 강화되는 양상을 보였다. 이는 댓글 게시판, 특히 '작가의 말'이나 '베댓' 등을 통해 확인할 수 있다. 독자가 댓글을 통해 앞으로의 전개에 대한 추측, 작품 속 '인터넷-서브컬처 코드'[7]에 대한 설명, 인물이나 내용에 대한 공감, 작가에 대한 불만 등을 표출하면 작가는 '작가의 말'을 통해 작품에 대한 독자들의 참여를 유도하고 독자의 '베댓'에 답한다. 이러한 과정은 작가에게 댓글 게시판의 독자들이 집단적인 참여를 통해 자신의 작품에 대해 충분히 품평하고 해석해 줄 것이라는 기대를 형성하게 한다. 그로 인해 작가는 난해한 방식으로 서사를 구성할 수 있을 뿐만 아니라, 독자의 참여를 유도하고 인터넷의 갖가지 밈을 비롯한 웹의 담론을 작품에 적극적으로 도입하기도 쉬워진 것이다.

그렇다면 이처럼 SNS와 댓글 게시판 등을 통해 구현되는 작가와 독자 사이의 '즉각적'인 상호작용성이야말로, 웹툰을 기존의 미디어와 구분 짓고 웹 담론의 재생산자로 기능하게끔 하는 것으로 보인다. 이러한 성격으로 인해 대학과 관련된 웹의 담론들 역시 웹툰의 소재가 될 수 있었다. 그중에서도 조별 과제의 문제는 특히 주목받으며 '호구 조장'과 다양한 유형의 '진상'들 간의 갈등으로 전형화되어 왔음은 말할 것도 없다.

하지만 이러한 상호작용을 통해 계속해서 '전형'만이 재생산되고 있는 것은 아니다. 포털사이트에 정식 연재되는 장편의 서사를 지닌 웹툰에서 조모임이 본격적으로 묘사되면서, 이러한 요소들을 경험하는 인물들이 어떤 방식으로 타인과 교류하고 사회를 체험하는가의 양상이 보다 구체화되어 나타나는 작품이 출현하게 된 것이다. 이 가운데서 조장은 단순히 매번 당하기만 하는 것을 넘어 이를 되받아치며 진화한다. 이러한 진화는 인물이 사회를 대하는 방식 자체의 변화를 수반한다. 동시에 조별 과제의 부당성에 대한 분노를 바탕으로 이러한 대학생-청년들이 기성세대를 어떻게 바라보며 그들에게 무엇을 기대하고 있는지 역시 비교적 상세히 극화되어 나타나기 시작한다. 이러한 면모를 보여 주는 대표적인 작품이 〈치즈 인 더 트랩〉(이하 〈치인트〉)과 〈멀리서 보면 푸른 봄〉(이하 〈멀푸봄〉)이다.

X 〈치즈 인 더 트랩〉과 〈멀리서 보면 푸른 봄〉

이미 원작을 바탕으로 한 동명의 케이블 드라마가 제작·방영된 것에서도 알 수 있듯이, 〈치인트〉는 오랜 기간에 걸쳐 상당한 인기를 끈 웹툰이다. 이러한 인기는 웹툰이 기존 캠퍼스 드라마의 공식을 철저히 뒤엎은 데 기인한다. 이 작품에서 캠퍼스는 더 이상 낭만의 공간이 아니며, 대학생들만의 사회 같은 것도 사실상 존재하지 않는다. 심지어 남자 주인공인 유정은 멀쩡한 허울과는 달리 독자 역시 속을 알 수 없는 인물이다. 여자 주인공 홍설이 겪는 고난과 갈등의 상당 부분은 자신조차 속을 파악하기 힘든 유정이 자신에게 관심을 보이는 것에서 시작된다.

이처럼 살벌해진 캠퍼스에서 타인과 충돌하지 않으면서도 손해 보지 않는 것은 좀처럼 쉬운 일이 아니다. 누군가에게 의지하고 싶은 기대와 주변 사람들과 불편해지고 싶지 않은 마음, 타인으로 인해 손해 보고 싶지 않은 욕심 사이에서 홍설은 끊임없이 방황하나 결국 갈등을 피하지 못한다. 이러한 갈등은 '토익 스터디'나 '조별 과제'를 수행하기 위한 조모임에서 고조되는데, 여기서 기존의 학생사회가 붕괴한 이후의 대학이 어떤 공간으로 변화했는지 적나라하게 드러난다. 인물들은 서로의 이해관계만을 따지며 모여 있기에 제대로 된 인간적 교류를 찾아보기 어려우며, 계급이나 학년, 성별에 따른 대립구도가 두드러지는 양상을 보인다. 특히 조원들이 임의로 모인 데다 조장-조원

간의 이해관계가 대립하기도 하는 조별 과제로 넘어가면 갈등은 더 참혹한 결과로 이어지기도 한다.

주인공 홍설은 작 중에서 크게 세 차례에 걸쳐 조모임을 행하는데, 유정과 같은 조가 된 두 번째 경우를 제외하면 번번이 조장을 맡아 과제를 주도해야 하는 위치에 서게 된다. 하지만 유정이 조장을 맡은 때와는 달리, 홍설이 조장을 맡을 때마다 조모임에서는 심각한 사건들이 벌어진다. 리더십이 있는 고학번의 남자인 유정은 부유한 배경과 아낌없이 베푸는 태도를 바탕으로 모두를 손쉽게 이끌지만, 이러한 자원이 없는 홍설에게는 조별 과제보다 개인 과제가 더 중요한 조원들을 휘어잡을 방법이 없기 때문이다.

조모임 과정에서 홍설은 개인 과제만 열심히 수행하고 조별 과제는 모른 척하는 유형, 분위기에 쉽게 휩쓸리는 유형, 열심히 하지만 '정말 몰라서 못하는' 유형의 조원에 이르기까지 다양한 유형의 '진상'과 마주치게 된다. 그중에서도 홍설을 가장 힘들게 만드는 것은 고학번 복학생 선배인 상철이다. 상철은 가장 불성실한 태도로 조별 과제에 임하지만 홍설은 좀처럼 상철의 태도를 문제 삼지 못한다. 상철이 취업을 앞두고 있는 고학번 학생이라는 이유로 자신의 불성실함을 정당화하고 있을 뿐만 아니라, 학과 내의 권력구조 속에서 군대까지 다녀온 나이 든 남자 선배에게 홍설이 발언권을 얻기는 어렵기 때문이다.

결국 홍설은 홀로 조별 과제를 수행한다. 그럼에도 불구하고 그녀는 자신이 맡은 부분의 발표를 성공적으로 마무리하지만, 발표 도중 홍설이 작성해 준 내용을 충분히 숙지하지 못한 다른 조원의 실수로 인해 결국 조별 발표는 엉망이 되고 만다. 홍설은 자신만이라도 B학점을 받을 수 있지 않을까 기대하지만, 그녀의 조는 모두가 함께 협동하지 않았다는 이유로 전원 D학점을 받게 된다. 교수는 조원들 간의 소통과 협상력 역시 중요한 평가 요소였기에 자신의 기준에서는 모두가 실격이었음을 밝힌다.

흥미로운 것은 여기서 '교수'로 대표되는 기성세대가 묘사되는 방식이다. 교수는 단순한 악역으로만 그려지지 않으며, 오히려 자신의 교육적 기준에 충실한 원칙주의자에 가까운 것으로 묘사된다. 하지만 그는 계급·성별·나이·학년으로 나누어진 학생들의 현실에 대해서는 관심이 없거나 고려하지 않으며, 그로 인해 홍설이 부당하게 손해보는 상황을 방관한다. 사실 웹툰에서 묘사된 조별 과제의 가장 큰 문제 중 하나는 조모임이 교수의 참여와 간섭 없이 진행되면서, 나이와 성별에 따른 학교 내 인간관계의 권력 구도가 조모임에도 그대로 스며들고 있다는 것이다. 홍설은 그러한 권력구조의 근본적인 변화까지는 바라지도 않지만, 개인적인 구제에 대한 기대조차 좌절당한다.[8]

이처럼 성취될 수 없는 것을 요구하는 교수의 모습은 '케 보이?(Che Voui?)'라는 정신분석학적 질문까지 떠올리게 한다.[9] 교수가 진정으로 바라는 것은 대체 무엇인가? 교수는 우리에게 소통과 협상을 얘기하고 있지만, 그것이 교수가 진정으로 바라는 것인가? 혹은 교수가 말하는 소통과 협상이라는 것은, 결국 우리가 일상적으로 떠올리는 것과는 다른 음험한 무언가를 숨기고 있는 것은 아닐까? 〈치인트〉의 세 번째 조모임은 이러한 물음에 대해 홍설이 자기 나름의 답을 찾아가는 과정에 가깝다.

여기서 홍설은 공동체 내에서의 불편함을 감수하고 드디어 상철의 불성실을 문제 삼기 시작한다. 사전 공작을 통해 조원들의 공감을 얻어 미리 상철을 고립시키고, 상철에게 앞으로도 조별 과제를 성실히 수행하지 않으면 조원 명단에서 제외해 버리겠다고 공표한다. (그리고 결국 상철을 명단에서 제외한다.) 또한 다른 조의 발표를 듣다가 발표자인 동기 손민수가 자신의 레포트를 표절했음을 발견하자, 홍설은 학과가 시끄러워질 것을 걱정하면서도 교수에게 동기의 표절을 고발하기에 이른다. 홍설은 협상과 협동을 강조하는 조별 과제를 통해, 누구도 타인을 돌보지 않는 공동체 속에서 자신의 이익은 스스로 챙겨야 한다는 사실을 배우는 것처럼 보인다. 여기서 기성세대가 얘기하는 가치는 학생들에게 전혀 전달되지 못하며, 학생들 사이에서도 서로에 대한 불신이나 경계를 뛰어넘은 협력은 좀처럼 이뤄지지 않는다.

그럼에도 불구하고 홍설, 유정, 손민수, 오영곤과 같이 성별·계급·학과 내 위치가 전혀 다른 〈치인트〉의 등장인물들이 유일하게 공유하는 게 있다면, 그것은 상대의 자리를 빼앗거나 자신의 자리를 잃는 것에 대한 '환상'이다. 서로를 경계하거나 혐오하는 이들은 종종 상대를 궁지로 몰아넣는 것에 대한 즐거운 상상에 빠지기도 하지만 대체로는 상대의 존재로 인해 자신이 공동체로부터 축출당하거나 연인을 빼앗

길지도 모른다는 불안에 차례차례 감염되고 있다. 유정은 자신의 연인인 홍설을 백인호에게 빼앗길지 모른다는 불안에 백인호를 괴롭히고, 손민수는 자신이 학과 내에서 홍설의 자리를 빼앗고 조별 발표에서 교수님과 동기들에게 인정받기를 꿈꾸며, 홍설은 자신을 흉내 내는 손민수에게 결국 밀려나게 되는 게 아닐까 불안해 한다. 유정에게 원한을 품은 오영곤 역시 유정과 홍설에게 망신 주는 것을 꿈꾸지만, 동시에 이러한 꿈이 좌절되고 오히려 자신이 학과 내에서 멸시당하게 되는 것은 아닐까 두려워하는 모습을 보인다. 이처럼 이들은 대학에서 누구도 믿지 못한 채 갈등을 반복하며, 조모임은 묵혀 두었던 갈등이 폭발적으로 분출하는 공간이자 대학사회에 대한 인물들의 회의가 노출되는 계기로 묘사되고 있다.

그리고 〈치인트〉와 더불어 조별 과제의 진행 양상을 상세히 서사화하고 있는 웹툰이 〈멀푸봄〉이다. 〈멀푸봄〉 1부는 사실상 조모임에 대해서만 다루고 있다고 해도 과언이 아닐 만큼, 전반적인 서사의 전개 과정이 조모임의 진행과 밀접하게 관련되어 있다. 〈치인트〉와 마찬가지로 〈멀푸봄〉에서도 조모임의 암적 존재인 유형화된 진상들이 묘사된다. 하지만 그럼에도 불구하고 이 작품의 조모임 '안'에서는 의미 있는 인간관계를 맺으려는 노력이 나타나며 조모임의 결과 또한 성공적이다. 또한 〈치인트〉와는 달리 연애보다는 서로 다른 계급적 배경을 지닌 남성 선후배 간의 우정이 형성되는 과정에 초점을 맞추는 등 〈멀푸봄〉은 〈치인트〉와 유사하면서도 흥미로운 대비를 이루고 있다.

이 웹툰은 고학번의 복학생 선배인 남수현이 조장을 맡은 조에 새내기 대학생인 여준이 들어오면서 시작된다. 여기서도 조장은 성실함을 갖춘 학생인 반면 대부분의 조원은 무임승차를 꿈꾸는 것으로 묘사된다. 〈치인트〉와 다른 점은 조장이 나이 많은 남자라는 것, 그리고 대학 내의 인간관계에 대한 기대가 처음부터 존재하지 않는 인물로 그려진다는 것이다. 조장 남수현은 스스로 '아싸'를 자처하는 '속물'로 학비 조달과 학점경쟁에 시달리는 나머지 대학 내의 교류를 거의 포기한 인물이다. 반면 조원으로 뒤늦게 합류한 새내기 여준은 부유한 가정환경과 싹싹한 성격을 바탕으로 학과 내에서 자연스럽게 '인싸'로 안착한 대학생이지만 주변의 인간관계가 가식적이라는 생각에 회의를 느끼고 있다.

〈멀푸봄〉에서는 조장이 일방적으로 손해를 받는 대신, 남수현이 무임승차하려는 조원들에 대한 불신을 숨기지 않으면서 갈등이 불거진다. 수현은 조원들을 배려하며 무난하게 조별 과제를 수행하기엔 너무 절박하고 피곤하기에 자신에 대한 시선은 아랑곳하지 않고 조원들을 채근하고 불편하게 만든다. 하지만 이처럼 스스로 타인과 거리를 두는 모습이 오히려 여준의 눈길을 끌고 만다. 여준 역시 수현과 마찬가지로 인간관계에 대한 피로에 시달리고 있기 때문이다.

다툼이 크게 벌어진 이후 결국 다른 조원들은 모두 이탈하고 남수현과 여준만이 조별 과제를 준비하기에 이른다. 그러나 마음이 맞는 사람들끼리 준비한 결과는 조원 전체가 협업한 것보다도 더 성공적이다. 결국 조별 발표는 교수의 칭찬을 들으며 끝나고, 오직 둘만 좋은 학점을 받는 데 성공한다. 거기다 이들은 조모임이 마무리된 후에도 자취까지 함께하게 되며 둘만의 브로맨스를 계속해서 이어 가기에 이른다. 조모임은 대학사회의 속물화된 인간관계가 극명하게 드러나는 장소이지만, 여기서는 속물들 사이에서 지친 이들이 서로를 발견하고 교류할 수 있는 역설적인 가능성의 공간으로도 그려지고 있는 것이다.

또한 〈멀푸봄〉에서는 〈치인트〉와는 달리 교수가 조원들 간의 갈등에 적극적으로 개입하는 모습을 보인다는 점에서도 차이가 있다. 교수는 남수현과 여준의 발표를 들은 뒤 왜 둘만 발표하는지를 묻고, 팀의 단합이 중요한데 조 내부의 갈등을 방치하는 것은 조장의 잘못이라고 질책한다. 하지만 새내기인 여준에게 추가 질문을 던져 함께한 조원이 내용을 숙지하고 있는지를 확인한 다음, 여준의 대답이 훌륭한 것으로 봐서 조장의 리더십이 훌륭했던 것 같다고 평가하며 남수현과 여준에게 별다른 불이익을 주지 않는다. 또한 조별 과제의 발표 내용이 기말 고사와 상당 부분 연동된다는 것을 알게 된 학생들이 미리 알았으면 조모임에 빠지지 않았을 거라고 항의하자, 그렇다고 해서 너희의 조모임 불참이 정당화되지는 않는다고 질책하는 등 사안을 공정하게 처리하기 위해 노력하는 모습을 보인다.

물론 여기서 교수가 조모임의 편성과 진행에 대해서까지 세심한 고려를 기울였다고 보기는 어려울 것이다. 그는 학생들의 상황에 대한 고려 없이 고학번의 남자 대학생을 중심으로 편의상 조를 편성했으며, 조모임의 진행 과정에 대해서도 별다른 체크를 하지 않는다. 또한 학생들이 조모임을 챙기기 힘든 이기적인 상황으로 몰고 가는 현실에 대해서도 깊이 이해하려 하지 않는다. 하지만 교수가 일부 학생들의 부당한 무임승차를 묵과하지는 않았으며, 그 이후 남수현에게 밥을 사 주는 장면에서 알 수 있듯이 학생들의 고충을 안타까워하는 모습을 보였다는 것만으로도 〈멀푸봄〉의 교수는 독자들로부터 전폭적인 지지를 얻을 수 있었던 것으로 보인다. 조모임이 마무리된 시즌1 34화, 교수가 남수현에게 밥을 사는 시즌1 38화의 댓글 게시판에서는 조별 과제에 대한 불만을 표출하는 댓글과 더불어 교수를 칭송하는 댓글들이 많은 호응을 얻었다.[10]

이처럼 조별 과제에 관한 서사들은 원래의 교육적 기대가 관철되는 대신, 속물들의 갈등이 극대화되는 조모임 현장에 대한 독자들의 공감을 형상화한다. 그리고 장편으로 서사화된 〈치인트〉와 〈멀푸봄〉에서는 단순히 유형화된 '무임승차자' 조원들을 제시하고 분노하는 것에서 한 걸음 더 나아가, 성별·나이·계급·학년의 차이에 따른 조모임의 진행 양상의 차이를 다양한 방식으로 고찰한다. 이 과정에서 인물들은 이러한 권력관계에 밀려 굴복하기도 하지만, 때로는 자신에게 주어진 권력을 활용하여 조모임을 원활하게 진행하는 등 다양한 모습을 보여 주고 있다.

이러한 과정을 거치며 웹툰의 인물들이 받아들이는 것은, 손해를 입지 않기 위해서 때로는 대학의 피상적인 인간관계를 끊을 필요도 있다는 냉정한 현실이다. 조별 과제에 깃들어 있을 협력과 커뮤니케이션에 대한 기성세대의 기대는 구성원들 간의 불평등한 권력구조를 넘어서지 못하고 좌초한다.[11] 대신 청년들은 가식적으로 혹은 냉정하게 행동하며 어쨌든 결과물을 만들어 내는 것을 통해 기성세대의 기대를 충족시킨다.

하지만 이런 냉정한 현실이 언제나 계속되지는 않는데, 이들 웹툰은 이처럼 서로를 배제하게 되는 조모임 과정을 통해서라도 다시금 누군가와 접촉하고자 하는 역설적인 기대 또한 형상화하고 있다. 이때 형성되기 시작하는 관계는 전통적인 권력의 위계로부터 자유로운 우정과 사랑의 공동체를 지향하지만, 이러한 지향은 냉정한 대학사회의 현실 속에서 언제나 위태로운 것처럼 보인다. 조모임의 문제에 대한 근본적인 해결이 불가능해 보이는 상황에서 확실히 얘기할 수 있는 것은 적어도 이들이 부당한 수혜를 얻고자 하는 '무임승차자'가 처벌받기를 원하고, 타인과 거리를 두면서도 끊임없이 자신들의 피로를 공유할 수 있는 누군가를 찾고 있다는 사실이다.

또한 교수로 대표되는 기성세대에 대한 상반되는 묘사들을 통해 기성세대에 대한 청년 세대의 의견이 간접적으로 드러나고 있다는 점도 이러한 장편서사에서 발견되는 흥미로운 지점이다. 〈치인트〉의 교수가 조모임에 반영된 교육적 의도가 파산하는 동안 방관만 하면서 냉정하게 평가를 내리는 가혹한 모습을 보여 준다면, 〈멀푸봄〉의 교수는 과할 정도로 남수현과 같은 학생에게 동정적인 모습을 보이며 챙겨 주려 한다. 사실 둘 중 누구도 현실의 인물이라기에는 지나치게 냉정하거나 자상하기에, 이러한 모습은 현실의 충실한 재현이라기보다는 기성세대에 대한 대학생의 불만과 기대가 과다하게 투영된 모습으로 보이기까지 한다.

✕ 조별 과제의 서사가 의미하는 것

어쩌면 '대학물'이라고 불릴 수 있는 이런 웹툰들에서 '조별 과제'는 모두가 자기 몫을 챙기기에만 바쁜 타산적 공간으로 변화하고 있는 대학의 현실을 단적으로 보여 준다.[12] 이러한 변주를 통해 청년 세대에 대한 기성세대의 엇갈린 두 기대를 모두 비껴난 청년들의 모습이 조명되기 시작한다. '노오오력'하면 이런 문제를 모두 극복할 수 있을 것이라는 기대 혹은 '노오오오오력'해도 안 되는 현실을 뒤엎어 주길 바라는 또 다른 기성세대의 기대. 이에 대해 홍설이나 남수현은 그 어느 길도 선택할 수 없는 지옥에 놓여 있다고 항변하는 것처럼 보인다. 그들에게 현재의 대학은 더 이상 기존의 캠퍼스 드라마가 그리던 명랑한 공간도, 사회 전반의 질서와 불화하는 변혁의 논리로 무장한 독재 정권하의 학생사회도 아니기 때문이다. 웹툰 속의 청년 세대는 경쟁과 생존이 강조되는 대학사회의 논리를 체화하며 타인을 재단하며 이용하거나 밀어내기에 바쁘다.

학과나 동아리와 같은 기존의 대학공동체는 더 이상 이들을 보듬어 주지 않는다. 오히려 성별과 나이, 계급에 따라 달라지는 그 안의 권력 관계가 이들을 더 괴롭히고 있을 뿐이다. 그렇기에 이와 같은 공동체의 틈새 속에서, 이들은 견제와 질시를 피해 서로의 피로를 나눌 수 있는 누군가를 은밀히 찾아 헤맨다. 결국 〈치인트〉와 〈멀푸봄〉은 그 과정에서 생긴 상처와, 불안, 피로를 함께 공유하는 이들이 우정 혹은 사랑의 공동체를 힘겹게 건설하는 이야기라고 이해할 수도 있을 것이다.

이처럼 청년들이 현실에 짓눌리며 힘겹게 피난처를 만드는 동안, 웹툰 속의 기성세대는 냉정하거나 무력할 뿐이다. 그들은 이러한 현실을 방조하고 동참하거나, 현실에 대해 분노하면서도 이를 바꾸지는 못한다. 즉 좋은 어른들 역시, 자신의 수업을 공정하게 진행하고 고생한 학생에게 밥 한 끼 사 주며 청년의 고통에 공감하는 정도에 그칠 뿐이다. 하지만 이조차도 현실에서는 찾을 수 없는 훌륭한 어른의 모습으로 여겨지는 것처럼 보인다.

물론 이에 관해 얼마나 대학사회를 사실적으로 보여 주고 있는가를 논의할 수 있을 것이고, 이를 바탕으로 웹툰에 공감하는 청년들에게 '너희들은 아직도 충분히 노력하지 않으면서 고통을 과장하고 있다'고 질책할 수도 있을 것이다. 캠퍼스에 관한 웹툰의 재현이 반드시 사실적이라기보다는 청년 세대의 심상을 그려 내고 있는 것에 가깝다는 점을 고려할 때, 이러한 질책에는 일정 부분의 진실이 담겨 있을지도 모른다. 공감을 바탕으로 한 이러한 재현과 서사가 겨냥하는 것은 현실을 투명하게 재현하는 것이라기보다는 대학사회를 체험하면서 형성된 청년 세대의 심상을 '실감 나게' 반영하는 것이기 때문이다.

하지만 무엇보다도 청춘들에게 아직까지 이러한 항변에 대한 제대로 된 대답조차 주어진 적이 없음을 기억하자. 『88만원 세대』 이후 청년 세대에 대한 무수한 논의가 계속해서 이뤄져 왔음에도 불구하고 이러한 논의들은 그동안 청년들이 대학사회를 체험하며 계속 생산하고 있는 또래집단의 서사에 대해서는 그동안 이상하리만큼 무관심했다. '무릎보다는 악플이 낫다'는 격언처럼, 이에 관한 논의 자체가 어디에서도 제대로 이뤄지지 않았다는 사실이 청년 세대의 고립감을 더욱 심화시켰을지도 모른다. 지금 우리에게 필요한 것은 이러한 시시껄렁한 불평에 대한 즉각적인 거부와 비웃음이라기보다는 이에 관해 논의를 시작하려는 자세 자체일 것이다.

1) 이 글은 필자의 석사논문 「웹툰의 대학사회 재현에 관한 연구」(구자준, 연세대학교 석사논문, 2015)을 요약·수정한 글이다.

2) 조한혜정 교수는 조모임의 의의에 대해 다음과 같이 설명하고 있다. "조모임에서 가장 중요한 것은 신뢰감, 상호 존중감, 소통의 힘을 느끼는 것이다. 팀 활동을 통해 집단 지성, 공동 창작, 크리에이티브 커먼스에 대한 감을 얻었다면 그것으로 족하다." 조한혜정 외, 『교실이 돌아왔다: 신자유주의 시대 대학생의 글 읽기와 삶 읽기』, 또하나의문화, 2009, 261쪽. 그러나 현재의 대학생들이 이러한 교육적 성과에 대해 얼마만큼 공감할 수 있을까? 그리고 이러한 성과에 대한 진지한 검토는 어떻게 이뤄지고 있는가?

3) 이 시기에 마지막으로 캠퍼스가 재현된 영화들이 〈색즉시공 2〉과 같은 코미디라는 사실도 흥미롭다. 이는 TV 드라마의 영역에서 재현된 캠퍼스 역시 당시의 대학 공간과는 다소 구별되는 비현실적으로 밝은 청춘 시트콤 시리즈였음을 상기시킨다. 이들은 모두 별다른 대중적 호응을 얻지 못하고 '시대착오적'인 것으로 받아들여졌다.

4) 다만 최근 개봉된 〈족구왕〉이나 〈스물〉과 같은 영화의 경우 2000년대 이후 변화한 대학사회를 배경으로 하고 있다는 점, 〈두 번째 스무살〉이나 〈초인시대〉와 같은 드라마와 더불어 웹툰 〈치즈 인 더 트랩〉이 케이블에서 드라마화되어 방영된 점 등을 고려할 때, 영상 미디어에서 다시 대학사회를 조명하는 움직임이 시작된 것으로 보이기도 한다. 이는 대학사회의 여러 문제를 논의하고 있는 웹의 담론이나 대학 관련 웹툰이, 웹툰 원작을 바탕으로 한 OSMU 등의 방식을 통해 뒤늦게 주류 미디어에 뒤늦게 반영되고 있는 현상으로 추정할 수도 있다.

그러나 〈족구왕〉이나 〈스물〉 등의 영화가 나올 때까지 상당한 공백기간이 있었기에, 영상 매체에서 대학사회를 조명하는 흐름이 지속될 것인가는 아직까지 불확실해 보인다. 또한 이러한 매체에서 앞으로 계속 대학사회를 조명할 수 있을 것인지, 이 과정에서 대학사회 내의 문제에 관한 논의들을 얼마나 심층적으로 다룰 수 있을지에 대해서는 조금 더 추이를 지켜볼 필요가 있다.

5) 김지수, "조모임으로 헤쳐 모여!,"《한겨레신문》, 2005년 6월 1일, http://legacy.www.hani.co.kr/section-009000000/2005/06/009000000200506011613114.html

6) 물론 위키 사이트의 특성상 세부 항목들의 자잘한 변화는 계속 진행 중이다. 그러나 큰 틀에서 볼 때 이러한 유형들에 대한 기술은 2015년 〈나무 위키〉의 개설 이후 거의 변화가 없다.

7) '인터넷-서브컬처 코드'는 김수환이 이말년의 만화를 분석하기 위해 도입한 개념인데, 이에 관해 그는 다음과 같이 설명하고 있다.
"여기서 말하는 '인터넷-서브컬처 코드'란 일종의 유사-사회라 할 수 있는 웹 공간 내부를 현실 공간보다 훨씬 더 빠른 속도로 순환하고 있는 수많은 정보와 유행, 여론과 화젯거리 등이 다뤄지는 특정한 방식을 통칭해 가리키는 말이다," 김수환, 「웹툰에 나타난 세대의 감성구조: 잉여에서 병맛까지」, 『탈경계 인문학』 제4권 제2호, 2011, 113쪽.

8) 기성세대에 대한 웹툰의 세대론적 인식은 유정의 유년기에 대한 묘사에서도 찾아볼 수 있다. 유정의 어린 시절은 주위 사람들과 화목하게 지내기를 바라는 아버지와 이에 불화하는 유정 사이의 미묘한 갈등이 반복되는 것으로 묘사되고 있다. 아버지는 유정이 주변의 사람들에게 좀처럼 마음을 열지 못하는 것을 걱정한다. 하지만 어린 시절부터 사람들의 관심 혹은 질시 속에 둘러싸인 채 성장한 유정은 자신에게 일방적인 베풂을 기대하는 아버지의 희망이 부당한 것이라 생각한다. 유정의 아버지는 고아가 된 은사의 손자들을 후원하고 그들이 유정과 친구가 될 수 있을 것이라 기대하지만, 결국 그들 역시 유정에게는 또 다른 경쟁자 혹은 무언가를 노리고 접근하는 타산적인 인간으로만 인식될 뿐이다. 유정의 아버지는 아들에게 올바른 가치관을 정립시켜 주고 싶어 하지만 방법을 모르며, 유정은 자신의 입장을 고려하지 못하는 아버지를 거짓으로 만족시키는 법을 배운다.

9) '케 보이?'는 요구와 욕망 사이의 균열에 의해 생겨나는 질문이다. 지젝에 따르면 히스테리적 주체는 타자의 요구 속에 다른 욕망이 숨겨져 있는 것이 아닌가 의문을 품고, 상대의 진정한 요구는 그가 겉으로 요구하는 것과는 다른 것

이라고 가정하게 된다. 그리고 이런 관점을 바탕으로 라캉은 '68 운동'의 참여자들이 진정으로 요구한 것은 그들이 겉으로 주장한 해방이 아니라, 새로운 주인의 출현이었다고 해석하고 있다. 슬라보예 지젝, 『이데올로기의 숭고한 대상』, 이수련 옮김, 새물결, 2013, 184~190쪽.

10) 시즌1 34화의 댓글 게시판에서는 "저런 교수님 흔치 않음 … 저교수님굉장히 좋은분이다 … ㅠㅠ"라는 댓글이 약 300명으로부터 추천 받았고, 시즌1 38화의 댓글 게시판에서는 "내가 부족한건지 저런 교수님이 … 안 계셨는데 … ㅠㅠㅠㅠ 수현이는 스스로 벽을 쳐서 그렇지 은근 인복이 있네요"라는 댓글이 약 400명의 추천을 받았다. 반면 역시 38화의 댓글 게시판에서 교수도 결국 기만적인 기성세대일 뿐이라고 비판하는 댓글은 단지 몇 명에게서만 추천 받았을 뿐, 60여 명으로부터 '비추천'을 받았다.

11) 대학교 수업에서 조별 과제가 대대적으로 도입될 수 있었던 이유는 지식기반 산업에 적합한 인재를 양성하고자 하는 경제학적 논리가 학생 스스로가 성찰적인 지식생산자가 되는 새로운 교육에 대한 의지와 행복하게 결합할 수 있기 때문으로 보인다. 하지만 현재의 교육 현장에서 이러한 두 가지 기대는 모두 파산한 것에 가까워 보인다고 해도 무리는 아닐 것이다.

12) 앞서 언급한 웹툰들과 달리 〈패션왕〉과 〈복학왕〉의 대학 역시 청년 세대의 고난을 다룬다는 점에서 주목할 만하나, 이들 웹툰에서는 조별 과제가 거의 다뤄지지 않는다. 이는 작가인 기안84가 웹툰에서 '지잡대'로 비하되는 지방사립대를 재현하는 데 초점을 맞췄기 때문으로 보인다. 이와 관련하여 달리는 "공부 잘하면 치인트 공부 못하면 복학왕"과 같은 베댓들도 두 웹툰의 차이(그리고 두 웹툰에 대해 독자가 갖는 인식의 차이)를 보여 준다는 점에서 흥미롭다. 또한 〈패션왕〉과 〈복학왕〉의 병맛 코드가 주인공 우기명의 대학 입학과 함께 급격하게 변모하는 양상을 보여 준다는 점도 흥미로운 지점이다. 〈패션왕〉이 우기명의 고교 시절까지 인물들의 멋이 폭발하는 순간을 병맛으로 보여 주는 데 주력한다면, 〈복학왕〉은 우기명이 '지잡대'에 들어가면서 웹의 '아싸'와 '지잡대'에 관한 담론들이 다양한 방식으로 차용되는 양상이 나타난다. 다만 여기서 이에 관해 논하는 것은 이 글의 논의를 많이 벗어날 것이다.

흙흙청춘×두번째

청춘의 드라마

— 세계의 절망, 청춘의 응답

송치혁

× 그 판타지 세계에 사는 법

바야흐로 청춘의 시대다. 인터넷과 TV에는 온통 청춘에 관한 이야기로 가득 차 있다. 누군가는 청춘들에게 모자라니까 아파야 하고, 아프니까 힐링이 필요하다고 친절히 가르쳐 준다. 그런가 하면 청춘은 '수저'다. 그들이 잡고 있는 수저가 금인지 흙인지를 가늠하는 것은 앞으로의 삶이 어떠할 것인지 알려 주는 가장 정확한 판별법이다. 수많은 사람이 트위터와 페이스북을 통해 비아냥과 자기 연민으로 수저계급론을 재생산하고 있다는 사실만으로도 수저는, 청춘을 호명하는 상징적인 오브제(Objet)가 된다. 또 헬조선이라는 고유명사는 어떤가. ―'헬=조선'이기에 형용모순이라는 지적은 차치하더라도― 한자와 영어가 섞인 이 단어는 지금 우리가 살아가는 이곳은 설명하는 가장 사전적인 정의로 받아들여진다. 힐링과 수저의 사회학을 총체적으로 녹여낸 듯한 이 단어는 반론을 제기하는 것조차 '우스울' 정도로 보편적인 한국의 현실을 이야기해 주고 있다.

문제는 이런 방식의 이야기가 전혀 낯설지 않은 데 있다. 마치 묘한 기시감을 불러일으키는 일련의 상황들이, TV의 전원을 누르면 지상파와 케이블을 가리지 않고 지겹도록 반복되었다. 그렇다. 힐링도, 수저도, 헬조선도 이미 드라마 속에서는 너무나 당연해서 따로 언급조차 되지 않는 것이 현실이다. 연인들은 언제나 만남과 헤어짐을 반복하고, 며느리와 시어머니는 서로를 죽일 듯이 미워하고, 형제와 친구는 한 명의 연인을 두고 끊임없이 음모를 꾸민다. 그런가 하면 강간과 살인은 너무도 흔하게 일어나는 일이다. 그 대가로 얻을 수 있는 것이 푼돈이 아니라 하나의 기업 정도니 지옥도 이런 지옥이 없다. 여전히 과장된 요소를 포함하고 있긴 하지만, '막장'은 이제 보편적인 상상력이 되었다. 어쩌면 지극히 당연한 것이기에 더 이상 특별해 보이지 않는 것일지도 모른다.

질문을 바꿔 보자. 그렇다면 드라마는 사회에 대해 날카로운 감각을 지닌 대중 예술이기 때문에 이런 분위기를 민감하게 그려 내는 것일까. 안타깝게도 방송국에서 그런 현안들에 큰 관심이 있는 것처럼 보이지는 않는다. 광고비를 제공하는 후원사와 심의를 규정하는 정부

그리고 시청률을 기록하는 시청자의 눈치는 볼지언정 드라마가 무슨 대단한 예술이라고 사회를 진실하게 비추는 창이자 거울처럼 투명하게 대할까. 드라마가 상업성을 의식한 '대중' 예술일지언정 인간과 삶에 진지하게 접근하는 대중 '예술'이 되기 어려운 이유도 여기에 있다.

실상이 이러할진대 드라마에 등장하는 청춘들이 정상일 리 없다. 잉여니 폐인이니 하며 취업도 제대로 못하고 빈둥거리는 이들은 상업적인 성공에 도움이 되지 않는다. 그나마 현실의 청춘이 돌파구로 삼을 수 있는 것이 전문직인데 학벌도 없고, 능력도 없고, 빽도 없는 인간이 취업하는 것 자체가 불가능한 상황에서 하물며 재벌과의 연애가 성공할 리 없다. 그런데도 드라마 속 청춘들은 재벌과의 로맨스를 꿈꾸며 신분 상승의 계단을 차곡차곡 밟아 간다. 이쯤 되면 드라마 속 청춘들은 현실 감각마저 잃어버린, 말하자면 자신만의 판타지 속에서 헤어 나오지 못해 기어이 가정의 질서마저 무너뜨리는 '암 덩어리'다.

그렇다면 드라마는 사회 따위와 만날 수 없는 고립 속에서 태어난 상품일까. 이것도 썩 납득하기 어려운 설명이다. 주지하다시피 우리가 마주친 이 풍경들, 더 정확히 말하자면 독특한 언어를 통해 (재)구조화된 한국의 모습은 이미 드라마를 통해 무수히 겪었던 것들과 크게 다르지 않기 때문이다. 막장이라고 불리는 우스꽝스러운 현상들은, 사실 현실에서 탈출구를 찾을 수 없는 사람들의 무의식적인 욕망이기도 하기 때문이다.

드라마는 사람들이 보고 싶어 하는 것을 보여 주는 예술이다. 너무

뻔해서 하나의 정형으로 인식되는 코드(Code)들은 지난 수십 년간 한국의 시청자들이 무엇을 사랑했는지에 대한 축적된 데이터에 가깝다. 이 코드들은 삶이라는 총체적인 양식을 통해 축적된 것이기에 옳은 것은 아닐지언정 틀린 것이라고는 할 수 없다. 시청률에 민감하게 반응해야 하는 드라마의 제작 시스템은 언제나 이 코드를 형성해 나가는 데 최적화될 수밖에 없었다. 여기에는 시청자들의 관심을 끄는 자극적인 요소뿐만 아니라 세상에 대한 태도가 녹아들어 있다. 즉 많은 사람이 드라마가 세상을 대하는 태도에서 위안과 재미를 느낀다는 것이다. 그런 점에서 드라마는 대중의 '욕망'을 기민하게 읽고 그려 내는 데 최적화되어 있다고 볼 수 있다. 늘 그렇듯이 해답은 욕망 안에 있다. 드라마가 예술로서의 가치를 가지고 있다면, 이 안에서 찾는 것이 옳을 것이다. 사람들이 무엇을 좋아하고 무엇을 보고 싶어 하는지에 대한 문화적 반응으로서 드라마의 위치를 재조정할 필요가 있다.

청춘이라는 표상 역시 이런 욕망의 파고 안에서 다양하게 재현된다. 앞서 나열한 청춘의 모습들은 늘 세상과 드라마가 조우하는 지점에서 새롭게 형성된다. 이런 경향은 신세대가 TV의 헤게모니를 장악했던 90년대부터 더욱 가속화되었는데 90년대를 넘어 2000년대에 이르기까지 청춘은 부단하게 변화를 겪어 왔다. 이 변화의 한가운데서 청춘과 시대의 불화를 읽어 내는 것이 생소한 일은 아닐 것이다.

말하자면 이 글은 드라마와 청춘의 관계에 대해 이야기하기 위해 쓰였다. 드라마가 시청자의 욕망과 조우하는 지점에는 전형적인 코드

이상의 맥락을 함축하고 있다. 그 표상이 전형적이면 전형적일수록 내부에 기입된 보이지 않는 이야기들은 굴절되고 왜곡되어 그 모습을 감추고 있다. 코드를 해체하기보다 코드를 이루는 제반 조건들을 보는 것, 그것이 청춘과 드라마의 어긋난 관계를 추적하는 시작점이 될 것이다.

다만 이 글이 청춘과 드라마라는 큰 주제를 다룰 수 있다고 감히 주장하는 것은 아니다. 그럴 깜냥도 되지 않으려니와 짧은 글 한 편으로 거대한 이야기들을 모두 짚어 낼 수는 없기 때문이다. 하물며 청춘이라는 민감한 주제를 과감하게 드라마로 매듭짓는 것이 얼마나 무모한 행위인지는 굳이 언급할 필요까지도 없을 것이다.

언제나 비난은 쉽고, 여전히 대안은 어렵다. 여기에 무슨 말을 더하는 것이 도움될지는 모르겠지만 청춘을 어설프게나마 가늠해 보는 것으로 TV와 현실의 관계를 설명하는 유용한 우회로를 확보할 수 있지 않을까 하는 기대감이 있기 때문이다. 그렇다고 현실과 일대일로 접붙이거나, 판타지를 해체하는 것이 드라마를 설명하는 유일한 방법이라 생각하지는 않는다. 시대와 국가를 막론하고 청춘이라는 특정한 감정적 시기를 다루는 것은 그 자체로 신성한 행위인 동시에 가장 통속적인 행위이기도 하다. 시대와의 불화, 세계와의 화해라는 다소 도식적인 라인을 통과하는 것도 청춘의 드라마가 기성세대를 중심으로 만들어지기 때문은 아닐까.

하지만 그럼에도 불구하고 청춘에는 아직 쓰이지 않은, 말할 수 없는 '이야기'들이 존재하고 있다. 모두가 알고 있다고 생각하기에 오히려 쉽게 지나쳐 버리는 감정의 결들은 드라마라는 특정한 대중 예술이 세상에 말을 거는 또 다른 방법이기도 하다. 때문에 이 뻔한 이야기를 듣는 것이 드라마화된 세상의 이야기를 듣는 방법일지도 모르겠다. 그런 점에서 드라마는 지금 여기를 말하는 가장 확실한 언어이기도 하다. 청춘의 드라마는 여기서부터 시작된다.

사랑한다는 말로도 위로가 되지 않는

그런 날이 있어
그런 밤이 있어
말하지 아마도 말하지 않아도
조금은 이해할 수 있을 것 같다고
넌 말이 없었지만

그런 말이 있어
그런 마음이 있어
말하진 않았지 위로가 되기를
이런 말은 왠지 너를 그냥
지나쳐 버릴 것 같아서

_ 브로콜리 너마저, 〈사랑한다는 말로도 위로가 되지 않는〉 중

단언컨대 〈질투〉(MBC, 1991) 이후 (드라마 속) 청춘의 고민은 언제나 '사랑'이었다. 90년대 초반에 방송된 이 드라마는 '최진실 신드롬'을 불러일으킬 만큼 막대한 영향을 끼쳤다. 신드롬의 중심에는 청춘들의 고민이 현실적으로 반영되었다는 신선함이 있었고, 기성세대가 점유하던 TV는 단번에 신세대의 담론을 확산시키는 확성기가 되었다. 이들은 사랑이 중요한 것을 알고 있지만 이전 세대들처럼 사랑이 목숨을 걸어야 할 절대적인 것이라고 생각하지는 않았다. 이들이 나누는 사랑은 진지했지만 가벼웠다. 서로에게 매어 있을 필요를 느끼지 않았지만 사랑은 삶에서 주체적으로 선택해야 할 중요한 요소였다.

전통적인 고정관념과는 다소 거리를 둔 이들은 이념의 시대 이후에 다가온 문화의 시대를 온몸으로 증명했다. 사랑도 하나의 문화처럼 소비하는 청춘들에 대해 비판의 시선이 없었던 것은 아니지만 이들이 세상을 대하는 태도는 당시 사회적 기대와도 일치하는 것이었다. 이제 80년대적인 방식으로 더 이상 설명할 수 없는 또 다른 시대에 대한 긴장을 건전하게 풀어 내야 하는 의무는 당연히 청춘에게 부과되었다.

그런 점에서 우유부단하게 흔들리던 영호(최수종)보다 자신의 마음을 이해하고 과감한 결정을 내렸던 하경(최진실)이 신드롬을 일으킨 것은 흥미로운 결과였다. 영호에 대한 짝사랑도 일을 위해서라면 포기할 수 있다는 하경의 태도는 분명 이전에는 없던 새로운 것이었다. 나는 너를 사랑하지만, 내 삶을 위해서라면 언제라도 포기할 수 있다는 하경의 태도는 세계와 나의 관계를 불가역적인 것이 아닌 유연한 것으로 바꾸었다.

하경의 당당한 태도는 새로운 여성상의 탄생을 알리는 것이지만 동시에 세계가 변했다는 증거였다. 사람들이 사랑했던 것은 하경의 외모나 말투가 아니라 청춘이 새로운 세계를 받아들이는 모습이었다. 고루한 관습에 묶이지 않고 나와 연인, 나아가 나와 세계와의 관계를 수평적인 선에서 재조정하는 이들의 모습에서 새로운 시대의 기운을 느끼는 일은 어렵지 않다. 이성 사이에도 친구가 가능한지를 고민하고 진지하게 일과 삶을 동등하게 여기는 청춘이란 신인류에 가까운 존재들이었다. 이들에게는 진지함보다는 가벼움이 주된 정서를 이루지만 사랑과 일을 동등한 궤도에 올려놓고 삶에 있어서는 진지한 태도를 보이는 것으로 주체적인 '나'를 만들어 가려고 했다. 사랑은 유희인 동시에 진지한 자기 증명의 과정이었고 삶의 당연한 한 부분이었다. 그러면서도 과도한 몰입은 거부하는, 말하자면 청춘들은 쿨한 태도로 새로운 시대의 감각을 스스로 증명해 냈던 것이다. 이전 세대가 사랑과 배신, 그리고 그 앞에 선 '인간'의 민낯을 이해하는 것에 관심을 두었다면, 〈질투〉 이후의 트렌디한 드라마들은 사랑이 얼마나 세련될 수 있는지, 그리고 사랑이 나의 삶에 얼마만큼의 지분을 차지하고 있는지에 관심을 두었다.

언제나 청춘의 전유물일 것만 같았던 사랑이 삐걱거리기 시작한 것은 90년대 후반부터였다. 미디어를 통해 만들어진 사랑의 신화는 90년대 중반부터 경제계발과 그 풍요에 대해 환멸의 징후를 보이더니

97년에 닥친 외환위기와 함께 흔들리기 시작했다. 모두의 몰락을 눈앞에 둔 현실에서 청춘의 사랑은 그저 어린애들의 치기처럼 보이는 것도 사실이었다. 알콩달콩한 연애도, 결혼을 통한 밝은 미래도 기대할 수 없는 현실에서 청춘의 고민은 관심 밖으로 밀려났다.

97년 외환위기 이후 귀환한 것은 '가족'이었다. 『가시고기』나 『아버지』와 같은 소설이 베스트셀러의 상위권에 오르고 TV는 가족의 붕괴를 위로했다. 유례없는 붕괴의 위기 앞에서 사랑은 그저 장난에 불과했다. 대중문화 속의 수많은 연인들은 백혈병으로 죽어 나갔고, 부모들은 예외 없이 실직과 동시에 암에 걸렸다. 큰형은 언제나 범죄에 가담하고, 누이들은 몸을 팔았으며, 막내는 가족을 증오하며 집 밖으로 떠났다. 하지만 사람들은 누군가의 희생(주로 아버지)으로 회복의 단서를 찾았고, 실제로 이들의 죽음은 의미 없는 것이 아닌 현실의 경제적·사회적 위기를 극복하게 해 줄 '데우스 엑스 마키나(deus ex machina)'였던 셈이다.

흥미롭게도 가족의 붕괴 이후 사랑은 죽음과 결합되었다. 조성모의 뮤직비디오를 위시한 수많은 노래가 죽음으로 인해 안타깝게 헤어진 연인들의 이야기를 꺼내 들었고 실제로 큰 인기를 구가했다. 바꾸어 말하면 이제 사랑은 죽음 정도의 충격적인 사건이 매개하지 않으면 시시한 수준의 것이 되었다. 미래는커녕 현재조차 보이지 않는 시대에서 바닥에 떨어진 숭고함은 이렇게밖에는 증명되지 않았던 것이다. 어쨌거나 사랑은 청춘이 세상을 해석하는 방법이자 모든 질문이 가닿는 중심이었다. 이 절망적인 현실에서도 사랑은 계속되어야 했고, 어떤 면에서는 퍽퍽한 현실을 잊게 해 줄 유일한 것이었는지도 모른다.

현실 앞에서 요동치는 사랑의 드라마는 외환위기의 그늘이 어느 정도 걷혀진 2000년대 중반에서부터 또다시 방향을 바꾼다. 위기에서 어느 정도 벗어났다는 의식이 퍼져 나갔지만 90년대 내내 희망의 상징처럼 여겨지던 청춘들은 브라운관에서 사라졌다. 연애가 사라진 드라마들을 〈질투〉의 하경도, 〈마지막 승부〉의 다슬(심은하)도, 〈사랑을 그대 품안에〉의 진주(신애라)도 버거워하기 시작했던 것이다. 수많은 여배우를 스타덤에 올렸던 청춘 드라마들에서 연애가 사라짐과 동시에 청춘에게 허락되는 것은 없었다. 3년이 넘는 시간 동안 인기를 끌어온 시트콤 〈남자 셋 여자 셋〉(MBC, 1996~1999)의 마지막 에피소드가 취업난을 걱정해 졸업을 억지로 유예하려던 동엽의 에피소드였던 사실을 생각해 보면 위기의 징후는 너무도 뚜렷한 현상이었다. 이제 청춘에게 욕망은 허락되지 않는 것이었다.

이제 청년들은 소외된 존재가 되었다. 끊임없이 취업난에 허덕이는 사이 한 가정의 '어엿한 가장'이 될 수 없는 이들은 사회의 관심에서 멀어졌다. 어쩌다 운좋게 사회로 나가게 되어도 이들은 비루한 자신의 목숨을 구제하기 위해 끊임없는 생존게임에 시달리게 된다. 때문에 재벌 2세나 실장님 정도는 되어야 사랑과 일에 모두 성공할 가능성을 얻을 수 있었다.

그럼에도 이때까지는 드라마에서 모자란 청춘들을 함께 살아가는 구성원으로 받아들이는 느낌이 강했다. 예컨대 〈내 이름은 김삼순〉(MBC, 2005)이나 〈메리 대구 공방전〉(MBC, 2007)을 생각해 보자. 이 드라마에는 학벌이나 부모 없이 살아남은 노처녀와 집에서 밥만 축내는 취준생(취업준비생)이 등장하지만 이들이 여전히 사랑받을 만한 가치가 있음을 보여 준다. 너와 내가 받아들이는 세상이 다를 순 있지만 여전히 같은 시간과 같은 공간에서 삶을 공유하고 있다는 강한 유대가 서로의 마음 한구석에 자리 잡고 있다. 이때까지만 해도 청춘은 불편한 존재일지언정 불쾌한 존재는 아니었다.

하지만 2008년 이후 거세게 들이닥친 막장의 시대에는 이런 식의 따뜻한 시선이 보이지 않는다. 대신 여기에는 누군가를 밀어내서라도 살아남아야만 한다는 명제만이 남는다. 전형적인 악인을 설정해 갈등을 극단으로 끌어가는 막장 드라마들은 섬세한 디테일보다도 감정적인 몰입이 우선이라는 것을 보여 준다. 이러한 막장이 청춘과 결합되면서 흥미로운 상황들이 펼쳐졌다. 예컨대 〈꽃보다 남자〉(KBS, 2008)는 전형적인 남녀주인공의 위계 설정, 조악한 CG, 발연기 등의 지적에도 불구하고 신드롬에 가까운 인기를 끌어냈다. 시대착오적인 설정과 스토리에도 불구하고 버스와 지하철마다 DMB를 통해 모두가 시청하는 본방사수 드라마가 된 것이다. 어쩌면 더 이상 현실적인 사랑은 불가능하다는, 그리하여 청춘은 유희의 대상이 되어야만 받아들여질 수 있는 불가피한 것이 되었는지도 모른다.

이런 현상들은 시청자들이 세상을 바라보는 시선이 근본적으로 달라졌음을 의미한다. 비현실적인 사랑이 아니고서야 계층이동은 불가능하거니와 생존조차 요원한 현재에 대한 냉소적인 시선, 이 시선이야말로 막장을 이루는 가장 거대한 축이다. 세계에 대한 인식이 여기에 머물러 있는데 일을 통한 자아 성찰이나 사랑에 대한 인정적인 시선은, 삶조차 버거워지는 현실에서 아무런 힘도 가질 수 없게 된다. 논리적인 해석은 포기되었으며 혼돈에는 더 큰 혼돈으로 대응할 수밖에 없는 한숨만이 남게 된다. 그리하여 막장이 아니면 출구를 찾을 수조차 없는, 어두운 현실이라는 한 가지의 길만이 남게 된다.

"세경 : 검정고시 꼭 보고 싶어서. 그래서 대학 들어가고 아저씨 말대로 신분의 사다리를 한 칸이라도 올라가고 싶었어요. 그런데 언젠가 이런 생각이 들었어요. 제가 그 사다리를 죽기살기로 올라가면 또 다른 누군가가 그 밑에 있겠구나. 결국 못 올라간 사람의 변명이지만….
무엇보다 가장 가기 싫었던 이유는 아저씨였어요. 아저씨를 좋아했거든요. 너무 많이. 처음이었어요. 그런 감정. 매일 아침 눈을 뜰 때마다 생각나는. 밥을 해도, 빨래를 해도, 걸레질을 해도.
그러다 문득 제 자신을 돌아보게 됐고 비참하게 됐어요."

_〈지붕 뚫고 하이킥〉 126부 중

의사인 지훈(최다니엘)의 집에 우연히 식모로 들어간 세경(신세경)이 떨어져 살던 아버지와 이민을 위해 공항으로 가는 차 안에서 건네는 대사다. 〈지붕 뚫고 하이킥〉(이하 지뚫하)의 전개 내내 지속되던 미묘한 사각관계의 주된 원인은 신분의 위계에 따른 머뭇거림이었다. 지방대 출신인 정음(황정음)이나 식모로 얹혀사는 세경이 현실적으로 마주해야 할 벽이란 계급과 신분에 근거한 것이었다. 때문에 지훈이 모호한 행동을 극 내내 반복하는 것은 보이지 않는 경계선이 있음을 인식해 가는 과정이기도 하다. 이는 〈지뚫하〉의 주된 갈등 구도를 지속적으로 흔드는 구도로, 과장되었을지언정 청춘들이 현실에서 부딪히는 사랑에 대한 은유다.

세경의 대사와 지훈의 행동이 김병욱 PD를 우울증에 걸린 환자처럼 보이게 만든다면, 그래서 세경과 지훈의 죽음이 비현실적인 마무리 같다면, 그것은 〈지뚫하〉가 공유하고 있는 세계가 현실적인 지층 위에 자리 잡고 있다는 방증이기도 하다. 김병욱 PD의 전작인 〈순풍 산부인과〉나 〈똑바로 살아라〉에서부터 추구하던 새드엔딩이 다소 우발적인 것이었다면 〈지뚫하〉에 이르러서는 이들 사이가 넘을 수 없는 '계급의 사다리'로 가로막혀 있음을 암시한다. 김병욱표 시트콤을 관통하는 상상력이 있다면, 그것은 웃음을 유발하는 현실적인 조건들이다. 대가족 사이에서 일어나는 사건들이 각 개인이 가지는 경제력과 사회적인 지위에 입각한다는 사실은 관계의 근본적인 성격에 대해 묻는 것이기도 하다. 이미 자신의 자리가 정해진 어른들이나 아이들과 달리 청춘이 맞닥뜨려야 할 세계가 결코 녹록지 않음은 〈거침없이 하이킥〉에서부터 더욱 심화되고 있던 것으로 〈지뚫하〉의 근본적인 문제가 어디 있는지를 가늠해 준다. 말하자면 청춘의 임계점이 어디에서 근원하고 있는지에 대한 김병욱 특유의 통찰이기도 하다.

이런 상황이 〈하이킥 시리즈〉에만 드러나는 것은 아니다. 〈청담동 앨리스〉(SBS, 2012)의 세경(문근영)은 재벌 2세인 승조(박시후)를 비즈니스의 대상으로 여긴다. 가난한 세경이 성공하기 위한 유일한 방법은 결혼이다. 자신의 뒤를 받쳐 줄 재벌과의 사랑은 가진 것 없는 세경에게 마지막 기회일지도 모른다. 이런 세경의 가치관이 악역이 아닌 주인공의 것이 될 수 있다는 사실 자체가 변화된 청춘을 이야기한다. 속물적인 삶 자체가 더 이상 부끄럽지 않은 시대가 온 것이다. 진솔한 사랑과 낭만적인 결혼은 이제 과거의 것이 되어 버렸다. 하지만 세경을 비롯한 대부분의 청춘 입장에서 보면 가장 합리적인 선택이라고밖에 할 수 없다. 현실에서 앨리스와 같은 동화는 더 이상 불가능한 것이다. 그런가 하면 〈시크릿 가든〉(SBS, 2010)은 또 어떤가. 영혼과 몸이 바뀌는 '기적' 없이는 사랑도 불가능하다는 방증이 아니었을까.

가장 중요한 변화는 이제 더 이상 사람들이 순수한 사랑을 믿지 않는다는 사실이다. 부모의 직업과 현재 자산 정도에 따라 등급화가 가능한 시대에 세경이 품는 날것 그대로의 욕망은 현실에 대한 가장 성실한 인식이기도 하다. 사람들이 속물이 되고자 하는 욕망을 공유할 수 있는 것은, 지금 여기에서 나를 지키며 살아남는 것이 얼마나 어려운지에 대한 믿음을 공유하는 것이기도 하다.

사랑의 불능 혹은 사랑에 대한 임계점은 텍스트를 읽어 내는 방식에서도 또 다른 울림으로 다가온다. 예컨대 웹툰 〈미생〉의 시즌2를 알리는 기사*에서 드라마 〈미생〉의 한 부분을 패러디해 달린 한 댓글(장그래: 계약직은… 혼자 살아야 하는 겁니까? 오상식: 욕심내지마)은 이 시대 청춘의 사랑이 어느 지점에 와 있는지를 여실히 보여 준다. 웹툰과 드라마를 통해 살아 있지 못한 청년들의 현실에 열광하고 눈물 흘렸던 사람들에게는 연애의 문제 역시 별반 다르지 않았다. 전혀 상관없는 계약직과 결혼의 상관관계에 대한 통찰력 있는 댓글은 지금 여기의 청춘이 다다른 절벽의 끝을 보여 준다.

* "윤태호 작가 '미생2 장그래 연애 · 결혼 이야기도 담긴다'," 《마이데일리》, 2014년 12월 12일.

수많은 기업과 어른들이 나선 결과로 만들어진 비정규직의 기한을 연장하는 '장그래법'이나 완생을 기다리는 '인턴모집공고' 등에서는 마주칠 수 없는 현실의 적나라한 표정이 담겨 있다.

계약직의 현 위치를 여실히 보여 주는 이 댓글에 "욕심내지마"와 같은 댓글이 다시 달리는 모양새가 전연 어색하지 않은 것이 현실이다. "욕심마저 허락받아야" 하는 계약직의 현실에서 연애는 그저 사치에 불과한, 말하자면 청춘의 절망적인 현실 인식을 고스란히 반영하고 있는 결정적인 한마디다. 이러한 세계에서 구원으로서의 사랑은 추락한 세계에서 꿈꾸는 요원한 이상일 뿐이다. 더 이상 구원이 불가능하다는 주제 파악. 청춘의 드라마가 물러선 자리에 들어선 것은 생존조차 절박한 시대의 초상이다. 그저 사랑한다는 말로도 위로가 될 수 없는.

✕ 무책임한 위로의 시대

"그런데, 언니 요즘 저는 하얗게 된 얼굴로 새벽부터 밤까지 학원가를 오가는 아이들을 보며 그런 생각을 해요. '너는 자라 내가 되겠지…. 겨우 내가 되겠지."

_ 김애란, 「서른」 중

한국의 드라마에서 사랑이 멈추었다는 것은, 몇십 년을 이어 온 근본적인 지반이 흔들리고 있다는 증언이기도 하다. 단지 돈을 못 벌어서, 개인적인 매력이 부족해서만은 아닐 것이다. 거기에는 생존에 대한 의지마저 꺾여 버린 좌절의 분위기가 청춘을 감싸고 있기 때문일 것이다. 삶은 언제나 그랬듯이 누구에게나 공평하게 냉담한 것이었다.

"회장 : 왜 그런가

지훈 : 아뇨. 실은 너무 아파서요.

회장 : 어디가? 병원가. 내 시간 뺏지 말고.

지훈 : 회장님.

회장 : 왜?

지훈 : 하나만 여쭤봐도 돼요?

회장 : 하나만 여쭤봐.

지훈 : 회장님도, 젊었을 때 이랬어요? 죽어라 뛰는데 계속 그 자리였어요?

얼마나 더 아프고, 얼마나 더 잃어버려야 저도 어른이 될 수 있어요?"

_ 드라마 스페셜 〈82년생 지훈이〉 중

2011년 방송된 단막극 〈82년생 지훈이〉는 갓 서른이 된 지훈(허정민)이 사회의 초입에서 겪는 일을 짧지만 여운을 남기는 호흡으로 그려냈다. 이제 막 인턴으로 사회에 발을 내디딘 지훈에게는 결혼을 재촉하는 여자친구와 퇴직한 아버지, 투자금을 가로챈 친구가 있다. 이제 막 모든 일이 잘 풀릴 것만 같은 서른 즈음의 지훈에게 평범한 삶은 언제나 바로 앞에서 멈춰 버린다. 그나마 남은 유일한 희망은 구 회장의 개인 자산을 관리하기 위한 포트폴리오에 성공해 정규직으로 전환하는 것인데, 그마저도 녹록지 않다. 아픈 팔을 부여잡고, 여자친구도 포기하고, 암수술에 들어간 아버지도 제쳐 두고 구 회장을 찾아간 지훈이 끝내 포트폴리오를 마치지 못하는 상황은 이미 앞으로 나아갈 곳이 사라졌음을 보여 준다. 아버지의 죽음과 정규직 전환 실패에도 세상은 아무것도 변한 게 없다. 안타깝게도 '어른'이 되지 못한 가난한 서른 살의 청년이 할 수 있는 일이란 고작 아픈 팔을 부여잡은 채 엉엉 우는 것밖에는 없는 것인지도 모른다.

그런가 하면 〈잉여공주〉(tvN, 2014)에서 한강에 사는 인어공주 하니(조보아)는 해산물 전문 스타 셰프 시경(송재림)을 사랑해 무작정 인간이 되고자 서울로 상경한다. 사람의 다리를 얻기 위해 먼저 사람이 된 안마녀(안길강)를 찾아가고 억지로 사람이 되는 약을 얻어 사람이 된다. 문제는 사람이 된 하니가 스펙 하나 없는 잉여라는 사실에 있다. 대학 졸업장도 토익 점수도 그렇다고 돈 많은 부모도 없는 하니가 한국에서 살아남는 것은 실로 불가능에 가까운 극한 상황이었다. 하니가 이 사실을 받아들이는 데에는 그리 오랜 시간이 걸리지 않았다. 하니에게 다리를 주었던 안마녀가 기러기 아빠 생활을 위해 하루 세 탕의 알바를 뛰는 '사람'에 불과한 사실을 깨달았기 때문이다. 판타지에서 조차 청춘이 맞닥뜨려야 할 세상이란 이런 것이다. 사람이란 수식어를 다는 것 자체가 버거워진 현실에 대한 은유가 녹아들어 간 이 드라마를 단순히 병맛이나 삼류라고 표현할 수 있을까.

청춘들이 맞이해야 할 사회란, 모두에게 평등하게 냉혹한 공간이다. 이때 청춘들이 느끼는 감정은 '공포'에 가깝다. 사회가 만들어 놓은 특정한 선을 따라가는 것이 굉장히 중요한 일이며 한 걸음이라도 벗어나면 그대로 밀려날 것이라는 절박감은 이미 학창 시절에서부터 형성된다. 예컨대 〈학교 2013〉(KBS, 2013)에서 학급의 가장 최하층에 자리 잡고 있는 계층이 기간제 교사임은 공공연한 사실이며, 교실이 운영되는 질서는 재력과 힘에 따른 것이다. 이미 아이들은 세상으로 나가기 이전에 어른들의 질서를 학교에서 체현하고 있으며 청춘의 미래는 묘연하게 흩어져 버린 이름이 되었다.

그렇다면 사회로 "팔려 가는"(브로콜리 너마저, 〈졸업〉) 청춘들은 모두 어디로 간 걸까. 드라마 〈미생〉은 팔리지조차 못하는 청춘의 우울한 표정을 담아냈다. 정규직도 아닌 계약직에 낙하산으로 들어온 장그래가 살아가야 할 세상은 혼자 할 수 없는 일로 가득 차 있지만 "열심히 하지 않아 버려진" 장그래에겐 감당하기 어려운 것이었다. 때문에 오 차장의 "우리 애"라는 말에 눈물을 삼키던 장그래가 판을 뒤엎는 프레젠테이션 끝에 "우리 회사"라는 온정적인 수식어를 입에 올릴 수 있었던 것은 혼자 살아가는 것이 아니란 사실을 깨달았기 때문이다. 웹툰의 장그래가 일과 관계를 스스로 해석하고 받아들이는 차원에서 성장을 이루었다면, 드라마 속 장그래는 오 차장과 김 대리(김대명), 그리고 입사동기들과의 관계를 되짚어 보는 방식으로 성장을 거듭한다. 장그래의 배경과 일의 방식에 반감을 가지고 있던 장백기(장하늘)가 장그래에게 건네는 "그래도 내일 봅시다"라는 인사는 "우리, 같이, 계속" 일과 삶을 공유하고 싶다는 성장의 고백이기도 하다. 장그래가 찾은 대답은 '우리의 발견'이었지만 반대로 오 차장의 말처럼 "대책 없는 희망이, 무책임한 위로가" 어떤 힘도 얻을 수 없는 절망의 시대 한가운데를 건너고 있다는 사실은 변함없다. 모두가 상처 입고 떠나가는 공포의 시대가 바로 여기 청년들이 있어야 할 세계다. 이 세계 안에서 성장의 믿음과 우리의 존재는 그저 드라마 속에나 존재하는 판타지일지도 모른다.

어쩌면 이제 청춘들이 행복을 찾는 게 불가능한 상황에 직면한 것인지도 모르겠다. 여전히 우리는 과거의 나에게 '겨우 내가 될까' 봐 걱정하는 존재가 되었다. 꿈을 말하는 것은 사치고, 이상을 말하는 것은 사기다. 세상이 던져 주는 작은 위로 앞에 눈물 흘리지만, 바꾸어 말하면 작은 위로 말고는 어떤 해결책도 없는 공간이 바로 이곳이다. 꿈이나 희망 같은 단어를 입에 올리는 것조차 허세처럼 받아들여지는 곳. 그것이 청춘이 던져진 헬조선이란 공간이다. 대책 없는 희망과 무책임한 위로가 기어이 꼰대질로 머물고 마는 그런 공간에 '각자도생'으로 던져진 '우리'를 발견하는 것은 어려운 일은 아니다. 사회가 연민하는 모습과 그 밖으로 밀려난 모습의 어긋남은 결코 청춘의 삶이 녹록지 않음을 말해 준다.

✕ 그들이 사는 세상

이렇듯 '미생'과 '송곳'이 된 청춘들은 시대의 결핍이 되어 버렸다. 이제 청춘들은 아무도 보고 싶어 하지 않는 존재가 되어 버렸기에, 연민이라는 필터를 거쳐야만 수용될 수 있는 존재들로 전락했다. 이들의 무기력함이나 잉여됨을 둘러싼 수많은 기성 담론의 반응은 더욱 명확했다. 조금 과장해 표현하자면 사회에 별반 도움 될 것 없는 존재가 지금의 청춘이라고 해도 틀린 표현이 아니게 된 것이다. 우리는 청춘에 대한 근본적인 시선의 변화 아래에서 살아가고 있었다.

어찌 되었든 90년대 이래로 소비와 문화의 중심에 서 있었던 신세대들은 미운 오리새끼가 되었다. 자랑스럽게 가족의 구심점이 되어야 할 이들은 명절만 되면 방 안에 숨어야 하는 존재로 전락했다. TV가 이런 청춘으로부터 눈을 돌리는 것은 어떤 면에서는 당연했다. 취업과 결혼에 대한 의지조차 보이지 않는 이들이 가족의 자랑일 리가 없다. 청춘들은 그저 세상에 패배한 존재일 뿐이다.

TV가 청춘을 브라운관 밖으로 밀어낸 이유는 명확하다. 이 시대의 청춘이 지닌 이미지는 루저와 폐인, 잉여의 수준에 머물러 있기 때문이다. 산업화시대의 역군은커녕 그렇다고 문화산업의 주요 콘텐츠를 생산해 낼 수도 없는 청춘들의 정착지는 인터넷이었다. 각 커뮤니티를 이용한 갤러리와 SNS를 활용한 새로운 관계망이 형성되면서 사회의 주류와는 변별되는 새로운 하위문화가 만들어진다. 흥미로운 점은 각 커뮤니티를 축으로 자신이 얼마나 루저에 가까운지, 혹은 어느 정도로 쓰레기가 되어 버렸는지에 대한 자존심 배틀이 이루어졌다는 사실이다. 자기부정에 가까운 현상은 잉여와 폐인, 쓰레기와 같은 단어들이 청춘이 자기 자신을 설명하는 가장 적확한 언어가 되었음을 알리며 동시에 세계가 이들에게는 다른 차원에 있음을 알려 주고 있다. 이러한 '병신됨'의 자기 확인은 어른들의 세계에 적응하지 못할 것 같은 수많은 '나'를 대면하는 행위로 쾌와 불쾌를 동시에 느끼는 강박이기도 하며, 동시에 수많은 '나'들이 여전히 어딘가에 생존해 있음을 확인하기 위한 위로이기도 하다.

이러한 독특한 현상은 오로지 부모 세대의 결과물을 따먹으며 살아남아야만 하는 청춘들이 다다른 막다른 골목을 보여 준다. 애석하게도 어른들의 세계가 요구하는 자질과 덕목을 갖추지 못할 청춘들이 TV에서 사라졌던 것과 같이 청춘들의 세계에서도 TV는 사라졌다. 사회의 주류 담론에서 하위문화로 인식되던 인터넷으로 청춘들이 밀려난 것이다. 밝고 건전한 사회의 척도가 되어야 했던 TV에서 밀려난 이들이 모여든 인터넷 커뮤니티와 SNS 등은 쓰레기 처리장이라도 되는 양 저급한 정보들을 양산해 냈다. 이들이 만들어 내는 이야기들은 바람직한 사회를 이루어나가는 데 어떤 도움이 되지 않을 것처럼 보였다. 그러나 반대로 그들만의 세상이 만들어진 것이 사회의 입장에서는 더욱 다행이었을지도 모른다.

뒤집어 생각해 보면 인터넷 문화의 등장은 사실 정반대의 양상이 펼쳐지고 있음을 의미하고 있다. 하위라고 여겨지는 인터넷 문화 안에서 오히려 TV가 하위문화가 되는 역설적인 상황이 벌어진 것이다. TV라는 주류 미디어에서 밀려난 이들이 꿈꾸던 어른들의 세계가 사실은 모순과 불합리성으로 이루어진 것이라는 사실은 공공연한 것이었다. 그렇게 보자면 인터넷 커뮤니티를 가득 덮고 있는 일련의 현상들은 기존의 질서에 대한 회의적인 시선에 기반한 것이었다. TV가 그들을 몰아냈다면, 그들은 사회를 냉소했다. 청춘의 냉소를 지탱하고 있는 것이 세계에 대한 회의란 점에서 이는 결코 가볍지 않다.

이런 현상을 감안하고 주변을 둘러보면, 2000년대 이후 한국에서 벌어진 역설적인 상황은 미국드라마(이하 미드)의 위상 변화에서 적나라하게 드러난다. 한국과 달리 시즌제 제작이 이루어지는 미드를 하루에 20여 편씩 몰아 보는 '폐인'의 등장은 드라마의 소비조건 자체를 근본적으로 변화시켰다. 매회 과도한 감정의 몰입을 요구하는 한국 드라마와 달리 논리적인 구조에 따라 끝없이 미스테리 추적을 요구하는 미드는 불필요한 감정적 몰입을 최소화시키고 '쿨'한 감각을 선보였다.

인터넷을 통해 자발적으로 미드의 소비가 일어나는 현실에서 70여 분에 달하는 과잉된 정서의 한국 드라마들이 냉소의 대상이 되는 것은 당연한 이치였다. 방송사가 중장년층을 대상으로 한 내수시장과 아시아시장을 대상으로 한 수출시장을 주요 타깃으로 설정한 까닭에 소비력이 현저하게 떨어지는 청년층을 위한 드라마를 만들 이유는 없었다. 때문에 막장이라 불리는 특정한 현상은 대체로 이원화되어 나타났다. 한편에서는 불륜과 범죄가 횡행하는 가족 드라마가 나타났다면, 다른 편에선 현실성을 무시하고 일격에 결혼에 성공하는 로맨스 드라마가 나타난 것이다.

이런 드라마들에서 결여된 것은 '세계'에 대한 감각이다. 청춘들이 직접 발을 딛고 서 있는 현장과 전혀 상관없는 세상이 TV 속엔 있었다. 이를테면 자의와 상관없이 1인 가구가 만연한 시대에 삼대가 오순도순 모여 함께 식사를 하거나 생계의 문제에 직면하지 않으면서도 연애와 일을 똑 부러지게 이어나가는 청춘들이 등장한다. 현실을 적실하게 반영한다고 여겨지는 드라마들이 그려내는 청춘과 가족이란 이런 모습이었다. 이런 상황에서 거짓말임을 알면서도 드라마를 본다는 것이 알리바이가 되지는 못할 것이다. 언제나 그랬듯이 TV는 사람들이 보고 싶어 하는 것을 브라운관에 그려 냈다. 신세대가 새로운 문화를 선도했던 90년대와 달리 지금의 청춘들은 사람들이 보고 싶어 했던 생동감을 잃었다. TV가 청춘을 그리지 않는다는 사실은, 뒤집어 보면 청춘의 세계가 부정당하는 것이기도 하다. TV라는 주류 미디어에서 드러나는 청춘에 대한 외면은, 말하자면 청춘이 가지고 있던 것들로는 더 이상 생존이 어렵다는 방증이다. 패기와 낭만과 같은 청춘 특유의 태도는 헬조선으로 변해 버린 지금 이 세계에서는 오히려 쓸모없는 것이 아닐까. 그렇게 TV는 청춘의 세계를 지워 버렸다.

그런 점에서 보자면 미드 열풍은 디테일에 대한 열광이기도 하다. 한국과는 전혀 다른 시스템을 이용한 미드는 전문직을 중심으로 '일'을 그리는 데 주력한다. 말하자면 경찰서에서는 범인을 잡고, 병원에서는 환자를 치료하고, 회사에서는 업무를 보는 드라마인 셈이다. 한국 드라마가 가장 중요하게 여기는 '연애'는 주변 서사로 밀려나고, 일반적으로 경험하기 힘든 일상에 대한 묘사는 분명 이질적인 것이지만 그만큼 세밀한 것이기도 하다. 거기에 더해 성과 폭력에 대한 직접적인 묘사를 주저하지 않고 인간의 순수한 욕망을 그리는 미드의 태도는 매력적일 수밖에 없었다. 항상 사회적인 요구에 억눌려 있는 한국 드라마가 막장이라는 필터를 통해 욕망의 문제에 다소 삐딱하게 접근했던 것과 달리 욕망 자체를 긍정하는 태도는, 설령 사회적 터부를 위반하는 모습을 보일지라도 그것이 자연스러운 감정의 연장선에 있음을 인지시켜 준다. 덧붙여 수년을 넘기는 시즌제 구성은 끝나지 않을 것만 같은 드라마적 환상을 선사한다. 물리적인 시간만큼이나 드라마를 둘러싼 개인의 고유한 서사가 쌓여 가며 만들어지는 세계는 분명 한국에는 찾아보기 힘든 성질의 것이었다.

청춘들이 몰입했던 드라마는 삶과 세계에 대한 집요한 호기심에서 기인한 것이기도 하다. 모두가 똑같은 스마트폰을 사용하고 언제나 똑같은 인테리어의 카페에서 만나는 것보다는, 차라리 연쇄살인마와 대결하고 고속도로에서 한 끼를 때우며 '일'을 하는 삶이 오히려 현실적일 수 있음을, 그리하여 삶이라는 감각이 전혀 다른 것임을 드라마를 보는 행위를 통해 드러내고 있는 것이다.

물론 이 변화된 감각들을 적나라하게 보여 주는 것은 tvN을 위시한 케이블 드라마의 역습이다. 케이블 드라마가 '저급'이란 수식어를 벗어 던지고 〈미생〉으로 공중파 드라마의 대표 작가인 임성한 작가를 압도적으로 이기는 저력을 보여 줄 때 이미 TV라는 미디어는 굴절되었다. 막장불패의 신화가 무너지는 이 순간이야말로 지상파(혹은 한국 사회)가 재단해 놓은 기준이 무너지는 순간이었다. 지상파 드라마가 설정해 둔 코드들은 사실 현실의 음험함을 우연에 기댄 '사랑'으로 덮어놓을 뿐이었다. 청춘 앞에 놓인 세계는 어두운 뒷골목에서 순식간에 이루어지는 범죄물 혹은 자신의 자리를 찾지 못해 끝없이 방황해야 하는 로드물에 가까웠던 것이 아니었을까.

그런 점에서 방구석에 쭈그려 앉아 드라마를 본다는 것은 개인적인 영역을 넘어 세상 밖으로 확장될 가능성을 지닌 행위기도 하다. 언제나 연민과 멸시의 시선에서 자유로울 수 없는 이들이 세계로부터 배제되었을 때, 이들은 세계와 연결되는 또 다른 활로를 찾아낸 셈이다. 이런 점에서 방구석에서 숨 쉬고 있는 미드 '폐인'과 드라마 '덕후'와 같은 취향공동체는 고립된 개인을 넘어서는 의미를 가지게 된다. 랜선과 웹브라우저를 통해 재구성되는 청춘들의 오늘은, 또 다른 세계에 대한 환상과 바닥으로 추락한 현실 사이의 간극을 메우는 방법을 찾아낸 셈이다. 사회가 원하는 청춘의 모습과 자기 자신의 모습 사이의 절단면을 디테일하게 집어내는 것이야말로 드라마를 통해 현실의 틈을 확인하고 메우는 방법인 셈이다.

✕ 낭만의 상실, 청춘의 침묵

> 너의 얘길 들었어
> 너는 벌써 30평에 사는구나
> 난 매일 라면만 먹어

나이를 먹어도 입맛이 안 변해

_ 10cm, 〈Fine thank you and you?〉 중

TV에서 청춘이 사라졌다는 사실은 지금 여기를 지나고 있는 청춘들의 삶이 사회의 주류적인 관심과 멀리 떨어져 있다는 것을 의미한다. 소비의 최전선인 TV는 끊임없이 '있어 보이는 것'을 그려 내야 했기에 찌질하고, 우울한, '없어 보이는' 청춘을 그리는 것을 거부했다. 청춘영화라는 신조어를 만들어 냈던 60년대의 신성일과 청년문화가 발아하던 70년대의 세시봉에게는 존재했던 '어떤 것'들이 이 시대의 청춘에게는 말소되었다는 생각을 지울 수 없다. 그렇기에 TV는 오히려 지나가 버린 청춘을 소환하는 것을 더 선호했던 것이 아니었을까.

이런 상황에서 청춘의 속성을 가늠하는 '어떤 것'은 지나치게 낭만화되고 이상화되어 (너무나 당연하게) 천 번쯤은 흔들려서 아파야만 하는 현실에 대해선 아무도 이야기하지 않는다. 때문에 한국 드라마에서 난립하는 재벌 3세의 설정은 사회가 원하는 '있어 보이는' 것이 어떤 것인지를 명확하게 보여 준다. 당연하게도 방구석에 처박혀 말도 안 통하는 드라마에 빠진 청춘은 부끄럽고 숨겨야 하는 존재들이 되었다. 사회가 이들에게 기대하는 것은 그저 평범하게 취업하고 결혼하는 삶이지만, 이 작은 소망마저도 이룰 수 없는 청춘은 시대의 무기력한 그림자일 뿐이다.

이쯤 되면 잉여와 폐인이라는 수식어는 괴물을 위한 것이 아니게

된다. 어쩌면 이런 수식어들은 청춘이 스스로를 몰아붙이기 위해 명명하는 자기방어의 한 형태일지도 모른다. 기성 담론이 그려 내는 드라마 속 청춘들과 끝내 조우할 수 없는 자신의 존재를 합리화하기 위해서 말이다. 그렇게 괴물이 되어 버린 청춘들이 동일한 정체성을 공유할 수 있는 곳은 인터넷뿐이었다. 같은 취미를 공유하고 같은 방식으로 세계를 보는 이들을 만날 수 있는 공간을 제공하는 온라인 생태계가 이들에게는 가장 현실적인 공간인 셈이다.

이렇듯 자신이 맞닥뜨려야 할 세계를 상상하는 것은 TV가 표상하는 바른 삶과는 거리가 먼 것이 되었다. 월세방에 앉아 30평 아파트에서 사는 전 여친을 잊지 못하는 모습이야말로 지금 청춘의 일상이다. 이런 그들에게 대의는 다른 세계의 일에 가까운 것일 수 있다. 이미 이곳은 살아남는 것이 대의가 되어 버린 소박하다면 소박한 세상이기 때문이다. 그런 점에서 헬조선이라는 수식어가 갖는 힘은 명확하다. 모두가 꿈꿔 왔던 일상의 붕괴, 이 폐허 앞에 놓인 자신의 삶을 예측하는 것은 그리 어렵지 않다. (현실이 아닌) 미래가 나아질 자그마한 희망조차 보이지 않을 때 인간 앞에 놓인 세계는 그저 지옥에 불과할 뿐이다. 미래를 상상하기 더 좋았던 그 시절, 쌍팔년도를 추억하는 것이 더 쉬운 세상, 그것이 지금 한국의 모습이다. 삶의 조건 자체를 회의해야 하는 2010년대는 쌍팔년도의 그것과는 확연히 달라진 세계를 체현하고 있다. 서바이벌게임의 승자가 되어야만 미래를 보장받는 세계 혹은 자신을 증명하기 위해 군대와 학교로 돌아가 끝없이 인내해야 하는 세계가 되어 버린 지금의 한국에서 희망은 대책 없는 것이고, 위로는 무책임한 것이다.

우리 이제 솔직해지자. 싱그러움과 푸르름의 상징으로 예찬되던 청춘은 어디에도 존재하지 않는다. 그런 청춘은 교과서도, 동화책도 아닌 꼰대들의 관념 속에서 추상화된 형태로 존재할 뿐이다. 그들이 우리에게 원하던 올바른 삶은 세상의 실제 모습을 숨기기 위한 것처럼 TV는 그러한 삶을 매개하는 디스플레이일 뿐이다. 모두의 인기를 한 몸에 얻은 〈응답하라 1988〉(tvN, 2016) 속의 아이들이 각자의 자리에서 성공하지만, 끝내 대학 시절을 괄호 안으로 묶어 버릴 수밖에 없었던 것도 청춘의 의미가 뒤틀려 있음을 나타내는 일종의 징후다. 〈응답하라 1988〉이 아이들의 대학 시절을 아련한 추억 속에 희미하게 남아 있는 연말 가요대상처럼 처리한 것은, 아이들의 20대 역시 구체적인 성장의 증거가 될 수 없다는 은유라고 볼 수 있다. 청춘의 시간을 비약시키는 전개에도 불구하고 아이들의 성장이 완성되었다는 것은 더 이상 청춘이 성장의 필요조건이 아님을 의미하는 것일지도 모른다. 보라(류혜영)가 민정당사 점거를 끝내고 돌아와 도망치듯 이불 속으로 숨어 버렸듯이 청춘의 목소리는 이제 들리지 않아도 충분한 것이 되었다. 우리는 이미 이 기나긴 침묵의 시간 안으로 들어왔다.

그렇기에 이런 현실에서 사랑과 위로의 임계점을 눈으로 확인하는 잔인한 행동은 의미가 있다. 모든 것이 극적인 것으로 변해 가는 세계에서 청춘의 삶이 드라마화될 수 없다는 지독한 역설은 불능과 결여에 대한 즉각적인 반응이다. 이런 현실에서 청춘을 호명하고 위로한다는 것이 무슨 소용이 있는지 따져 되물을 필요가 있다.

이제 우리는 없다. 아니 '우리'는 만날 수 없는 다른 세계를 디디며 살아가고 있다. 서로가 서로에게 가닿는 것은, '소통한다'라는 상투화된 표현으로는 메워질 수 없을 것이다. 이는 세대 간의 문제나 계층 간의 문제로 해결되지 않을 것이다. 서로의 세계를 이해한다는 것만큼 허무한 말은 없을 것이다. 어쩌면 영원히 만나지 못할 우리를 인정하는 것, 그리하여 과거가 아닌 미래로부터 오는 트라우마를 바라보고 인정하는 것이야말로 드라마가 불가능한 시대를 살아가는 첫걸음이 될지도 모른다. 그때야 비로소 청춘의 드라마는 다시 쓰일 것이다.

흙흙청춘×두번째

청춘 이데올로기에 균열을 가하라!

— 절망의 윤리학, 병맛의 미학, 놀이의 정치학

최은혜

× 청년 없는 청년론 너머

청춘 멘토 반격의 시대

'청춘 예찬'의 시절도 다 저물었다. N포 세대니 흙수저니 헬조선이니 하는 말들이 세상을 온통 뒤덮어 버린 가운데, 청춘의 아름다움에 대해 말하는 것은 이제 무의미하며 시대착오적인 것이 되어 버렸다. 아픔과 시련은 시작하는 존재인 청춘이 마땅히 견뎌야 할 조건이며, 그런 조건 속에서 천 번을 흔들려야만 비로소 어른이 될 수 있다는 멘토들의 말에, 그들이 '청춘'이라 부르는 이들은 더 이상 긍정적으로 반응하지 않는다.

2010년 발간된 이래로 누적 판매 부수 300만 부를 돌파하며 최고의 베스트셀러 반열에 올랐던 『아프니까 청춘이다』가 발간된 지 6년이 흐른 지금, 멘토들에게 돌아오는 답은 "아프면 환자지, 왜 청춘이냐 이 개××야", "아프리카 청춘이다"와 같은 빡침과 조롱의 반응일 뿐이다. 안철수·박경신의 희망공감 청춘콘서트, 김미경이나 강신주가 청춘에게 날리는 독설 강의 등 가히 '청춘기획의 시대'라 할 만한, 청춘에 달뜬 분위기는 온데간데없이 사라졌다.

어른이자 멘토를 자처하는 이들이 말하는 청춘론에는 정작 청춘이 부재한다. 청춘 예찬이라는 다소 보편적인 내용의 이야기 자체가, 이미 그 시기를 보내온, 그리하여 이제는 더 이상 청춘이 아닌 자들의 자리에서나 가능한 것이기 때문이다. 거기에 더해 2000년대 이후 자기계발과 힐링 열풍이 사회를 한바탕 휩쓸고 지나가면서 구조적인 문제보다 개인적 삶의 안위와 위안이 강조되는 흐름이 형성되었다. 사회에 갓 진입해 대학등록금 인상, 청년실업 등의 문제와 막 맞닥뜨리는 세대에게 청춘의 불안함이라는 보편적 테마가 사회적 문제에 대한 개인적 차원의 해결을 제시하는 사회적 분위기와 맞물려 잠시나마 '아픈 청춘 예찬'이 큰 호응을 얻을 수 있었던 것이다. 이는 청년이 스스로 자신의 문제에 접근하기보다는, 당사자가 아닌 자들이 현실 인식과 해결 방안의 방향을 '던져 주는' 방식에 가깝다. 이러한 방식은 사실 김난도 식의 '아픈 청춘론'에만 해당되는 이야기가 아니다.

지금까지 진행되어 온 청년 담론은 청년을 기획과 호명의 대상으로 설정함으로써, 청년 세대가 처한 실상과 목소리를 담는 데 번번이 실패해 왔다. 2010년 무렵 각종 청춘기획이 난무하기 이전의 대표적 청춘 담론이라 할 수 있는 '88만 원 세대론', 나아가 '20대 개××론'에서부터 최근 조선일보를 중심으로 발화되고 있는 '달관 세대론'까지, 2000년대 이후 청년 세대론을 구성하는 자들은 늘 그 당사자가 아니었다. 좌우 진영을 망라한 세대론에서 정작 소외되고 배제되어 왔던 것은 '그 세대' 자체였다. 88만 원 세대론과 달관 세대론은 전혀 다른 수원으로부터 공급되는 물줄기처럼 보일지라도, 물줄기가 흐르는 방향이 '위에서 아래를' 향하고 있다는 점에서, '지나온 자'가 '지나지 않은 자'를 분석하는 방식을 취하고 있다는 점에서 김난도가 취하고자 하는 멘토의 말하기와 크게 다르지 않다.

88만 원 세대론과 달관 세대론의 논리

95%가 비정규직을 전전하며 88만 원 정도의 급여로 살아가게 될 것이므로 20대들에게 짱돌을 들고 바리케이드를 치라는 제안을 내놓는 88만 원 세대론은 (시대와 세대 문제를 진단하는 적실성에도 불구하고) 정치·사회적 조건을 대하는 386세대의 정치적 감수성을 담고 있다. 정치적으로 무관심하며 투표조차 하지 않은 "20대 너희에겐 희망이 없다"는 20대 개××론이 이와 유사한 감각을 공유하고 있는 것은 물론이다. 80년대에 대학 시절을 보낸 이들의 세대론은 '정치적 주체화가 필요하다'는 당위 명제에 따라 지금의 20대를 재단한다. 토플책에 파

묻히고 자기계발에나 열 올리는 청춘에게 부재한 것은 자신을 옭아매고 있는 현실에 대한 인식이며 현실에 대처하는 탈정치화된 방식과 태도라는 것이다. 이때 (탈)정치화의 기준은 자신이 보낸 청춘의 경험에 의해 세워진 것이며, 그것들을 관통하는 기조음은 지금의 젊은 세대에게 부족하다고 거론하는 "혁명의 파토스"라는 말로 설명될 수 있다. 그들의 감각을 지배하는 정치적 주체화라는 당위에는, 87년 민주화 항쟁의 경험을 지나오면서 형성되고 낭만화된 자기 경험이 투영되어 있다. 그렇게 짱돌을 들고 바리케이드를 쳐야 하는, 그러나 그러지 않아 '개새끼'가 되어 버린 20대는 탈정치화된 세대라는 낙인을 부여받는다.

이에 비할 때 달관 세대론이 상정하는 것은 경제활동의 주체로서 더 나은 삶을 보장받을 길 없는 젊은 세대들이 취하는 삶의 태도다. 이 세대론을 주창한 《조선일보》는 버블경제 붕괴 후 물질적인 풍요로부터 등을 돌려 '득도(さとり)'한 듯 삶을 살아가는 젊은 세대를 의미하는 일본의 '사토리족'을 경유했다. 즉 깨달음이나 득도를 뜻하는 사토리의 한국적 버전으로 '달관'을 내건 셈이다. 그럼에도 그것을 번역하고 빌린 내용은 썩 '한국적'이지도, 그렇다고 모든 한국의 젊은이를 대변하지도 않는다. 비정규직이나 아르바이트를 해서 버는 월급 100만 원 가량으로 나름대로 풍족한 생활을 할 수 있다는 이들의 사례는 실제 한국의 젊은 세대의 삶과는 이질적이다.

기사에서 언급되고 있는 젊은이들은 "풍요로운 시대에 태어난 덕에 돈 없어도 재미있게 살 수 있는 방법은 많다"면서 자발적으로 비정규직과 아르바이트로 생계를 유지한다. 명문대를 졸업한 어느 청년은 그렇게 "한 달에 100만 원 벌어 월세 25만 원, 저축 20만 원을 뺀 55만 원으로 생활"이 가능하다고 한다. 하지만 그것은 젊은 세대가 봉착한 현실을 정말 '현실적으로' 포착했다고 할 수 없다. 실제 주거나 식생활에 들어가는 비용, 삶을 살아가기 위한 여타의 부대 비용이 대부분 생략된 데다가 일본과 한국 사이에 놓인 경제 상황, 노동자들의 처우 등의 차이가 전혀 고려되고 있지 않기 때문이다. 이러한 세대론 기획이 실제 청년 세대의 삶을 담을 수 있는 유효한 개념 제시를 위해서라기보다는, 사실상 '달관'이라는 세대론적 프레임을 설정하고 '안분지족(安分知足)'하는 삶의 태도를 견인하기 위해 제출된 것으로 보이는 까닭이 여기에 있다.

정치화가 필요한 시대의 탈정치화된 주체에 대한 우려, 경제생활에 대한 욕망을 버린 달관적 정신승리법의 권장. 이 두 축은 전혀 다른 목적과 지향을 지닌 세대론적 향방을 보여 준다. 88만 원 세대론부터 달관 세대론까지 그리고 그 사이에 놓인 무수한 세대론 또한 마찬가지다. 그럼에도 불구하고 지금까지 세목의 주목을 이끌었던 세대론들은 결국 우려와 권장의 포지션을 취하고 있다는 점에서, 반복건대 결코 해당 세대가 스스로의 문제를 발화하는 방식이 아니었다. 어쩌면 세대를 '호명'하는 행위, 그 시도 자체부터 이미 그 세대의 실상을 담는 것은 실패할 수밖에 없는 기획이었을지도 모른다.

청년 없는 청년론 너머의 청년은 누구이며, 청춘 없는 청춘론 너머의 청춘은 누구인가. 이런 질문에 대한 답은 이미 선험적으로 20대가 지향해야 할 가치를 상정한 채로 진행되는 청년론을 괄호에 넣은 뒤에야 얻을 수 있다.

✕ 절망의 윤리학: 나와 너의 절망은 어떻게 만나는가

청춘 이데올로기의 균열과 절망

'헬조선'과 '흙수저'가 젊은 계층의 현실 인식을 보여 주는 신조어라면, 그러한 현실 인식을 가로지르는 감정으로는 흔히 '절망감'이 언급된다. 물론 김난도가 말하는 '아픈 청춘'은 이때의 절망감과는 다르다. 김난도 식으로 생애주기 중 누구나 반드시 거치게 되는 한 시기를 청춘이라고 할 때, '어른'의 입장에서 그 시기를 거쳐 가는 이들은 성장하기 위해서 마땅히 아픔을 감수해야만 하는 미숙한 존재로 남게 된다. 미숙하기에 감당해야 하는 각종 명제를 산출해 내는 '청춘 기획'들은 차라리 이데올로기에 가깝다. 그렇게 청춘이 겪어야 할 보편적인 아픔과 시련의 서사, 그리고 그것을 극복한 뒤에라야 얻을 수 있는 희망의 서사가 동시에 생성되고 유포된다. 그것은 삶을 강제하는 가시적인 규율 기제라기보다는 삶과 정신의 구석구석을 은밀하게 파고드는 지배구조로 작동한다.

자발적인 통각이 아닌, 누군가로부터 주어진 아픔 속에서, 그러한 감정과 감각이 발생하는 구조적이며 근본적인 원인을 찾아내기란 쉽지 않다. 소비의 트렌드를 분석해서 자본주의의 윤활유를 공급하는 자가 제시하는 청춘론에서, 절망의 근원지인 한국 자본주의 시스템에 대한 비판이 들어설 리 만무하다.

이에 비할 때, 요즘 20대, 청년, 청춘 하면 따라붙기 마련인 '절망'은 철저하게 사회구조적인 문제에서 파생되는 상태이자 감정이다. 어려운 시절에 청춘이 느끼는 절망을 말하는 것이 비단 어제 오늘의 일만은 아니지만, 최근 이 절망이라는 말에 실리는 힘은 더 공고해졌다. 지옥(hell) 같은 현실의 대한민국 사회를 지칭하는 '헬조선'이나 부모의 경제적 능력(수저 색깔)에 따라 삶의 방향이 결정된다는 '금수저', '흙수저'등의 용어들이 그 정도를 가늠케 하는 단초가 된다. 이러한 용어들이 사용되는 맥락에는 자신이 발 딛고 있는 젊은 계층의 사회적이며 계급적인 현실에 대한 인식이 담겨 있다.

온라인게임인 〈월드 오브 워크래프트(W.O.W)〉의 지도를 따와 헬조선의 현실을 그린 '헬조선 지옥불반도 지도'는 네티즌들 사이에서 큰 인기를 끌며 널리 공유됐다. 금수저 무기고를 소유하지 않은 맨몸의 흙수저들은 '헬게이트'를 지나는 순간 생존을 위해서 여러 현실의 굴곡들과 마주치게 된다. 주입식 교육이 행해지는 '노예전초지'를 지나 운이 좋으면 '대기업 성채'나 '공무원 거점'에 들어갈 수 있지만, 그러지 못하면 '백수의 웅덩이'이나 '자영업의 소굴'에 빠져 비정규직과 알바를 전전해야 한다. 이 과정을 모두 거쳐 어렵사리 살아남아도 모두가 '탑골공원'행 일로를 걷게 된다는 결말은, 헬조선 지옥불반도에 해피엔딩 따위란 존재할 수 없다는 인식을 보여 준다. 그러나 헬게이트에서 헬게이트로 이어져야만 끝이 나는 이 외길에서 '정치인의 옥좌'나 '금수저 무기고'는 동떨어져 있는데, 여기에서는 정치적이며 계급적인 불합리성에 대한 인식 또한 확인할 수 있다. 지금 여기의 한국적 맥락에서 청춘이 직접 발화하는 절망의 의미는 이로써 명확해진다.

절망은 더 이상 기대할 것이 없어 희망을 끊어 버린다는 사전적 의미를 지닌다. 우리로부터 사라진 기대는 무엇이며, 왜 희망은 버려져야 하는가? 젊은 계층의 절망이 '공고해졌다'는 것은 이러한 사전적 의미를 넘어서 절망이 사회적 맥락을 되찾았다는 것을 의미한다. 태어날 때부터 흙수저를 물고 태어난 대부분의 사람들은 부의 대물림 속에서 생존 방향의 여부를 부여받고 취업 9종 세트(학벌, 학점, 토익, 어학연수, 자격증, 공모전 입상, 인턴 경력, 사회봉사, 성형 수술)를 장착하거나 포기의 리스트를 셀 수 없이 늘려 가며(N포) 아등바등 살아간다. 그러나 그때 주어진 길은 이미 계급적으로 결정되고 고정된 것이기에, '정치인의 옥좌'로 표상되는 기성 정치로도 해결할 길이 안보이기에, 더 나은 경제적 삶에 대한 기대와 희망은 끊길 수밖에 없다. 희망을 포기하는 행위와 그에 따르는 감정은 개인적 판단과 내면의 영역에 있는 것이지만, 그 판단의 조건들이 외부적으로 마련된다는 점에서 절망은 사회적이기도 하다.

그러나 절망(감)은 희망이 끊긴 무기력한 상태이자 감정일 뿐일까. 그것이 이데올로기로서의 청춘론에 어떤 균열을 가하기 시작한 것이라고 볼 수는 없을까. 청춘이라면 '응당 ~해야 한다'는 정언명령의 세계에 대한 균열. 세대 기획과 담론의 유행이 우리 사회를 휩쓸고 갈 때마다 그러한 담론이 특정하는 세대들이 강요받는 아픔, 열정, 혁명, 달관의 기치에 대한 전복 가능성. 절망으로부터 오히려 그 이데올로기적 균열의 가능성을 찾고 의미화할 수는 없을까. 더불어 그것이 단순히 청춘 아닌 자들의 청춘 이데올로기에 대한 균열이라는 지점을 넘어서, 그러한 청춘 담론을 배태한 사회와 시대 자체의 미세한 균열을 예고한다고 볼 수는 없을까.

'청춘'의 탈환, 절망의 윤리

절망(감)이 개별적인 것이 아니라 사회적인 것으로 '공유'되기 시작하면서, 최근 절망의 이름을 딴 각종 시도들이 있었다. 2015년 9월 초 성공회대 '(주)절망건설'에서 기공된 '절망탑'은 그달 추석 연휴인 25일 서울시청에서 열린 '한가위 한(恨)마당'으로 옮겨졌다. 절망탑이란 학교를 다닐 때는 학자금 대출에 허덕이고 사회에 나가서는 취업하지 못하는 청년들의 상황을 알리기 위한 목적으로 만들어진 탑이다. 2m 높이의 얇은 탑 안에는 학생들의 빚 백만 원을 의미하는 구겨진 신문지 뭉치가 가득 차 있다. 실제 학생들이 자신이 지고 있는 빚만큼 신문지를 구겨 직접 탑 안에 넣은 결과물이기에, 이 탑의 건설자는 실제로도 청년들이고 상징적으로도 이 시대의 청년들이다. 개인적 울분과 절망을 뚫고 모인 절망'들', 그 형상으로서의 절망탑은 "우리는 이미 망했다"는 세대 선언, 그리고 "이미 망했음"의 책임이 개인에게 있지 않다는 시대적인 고발을 응축하고 있다. 상태와 감정의 공유가 '탑'이라는 물리적 실체로 등장하기에 이른 것이다.

이와 비슷한 시기에 '절망라디오'라는 이름의 팟캐스트가 등장하기도 했다. 그들은 "노 멘토, 노 힐링, 노 답"을 3대 기조로 삼으며 청취자들의 '망한 사연'들을 읽어 준다. 일반적으로 라디오에서 청취자의 고민 상담을 듣고 위로나 조언의 말을 건네는 것과는 다른 방식이다. 채무나 아르바이트, 거주나 식생활 등 경제적인 부분에서부터 자신의 존재 의미나 삶의 질 등과 관련된 정신적인 부분까지, 대체로 내가 어떻게 망했는지를 소개한다. 거기에는 '망한 사연'들만이 있을 뿐 그 고민에 대한 극복이나 해결은 없다. 김난도 같은 멘토도, 달관 같은 힐링의 정리승리법도, 정답을 제시하는 386세대의 꾸짖음도 존재하지 않는다.

나만이 아니라 우리 모두가 망했고, 앞으로도 이 상태는 지속될 것이며, 지금과 같아서는 우리의 문제가 영영 해결되지 않을 것이라는 절망, 그것의 공유, 그 태도. 이와 관련해 절망라디오의 진행자 중 한 명은 어느 매체와의 인터뷰에서 "난 아직 망하지 않았어라고 말한들 나아지는 것도 아니고, 망했다고 말한다고 더 망하는 것도 아니다. 절벽 앞에서 눈을 감는 거야말로 위험한 일이다"라고 말했다.[1] 청년들은 잘못 발을 디디면 저 아래로 떨어지고 말 아스라한 절벽의 끝자락에 와 있다. 청년들이 '망했다'는 선언을 통해 절망을 공유하는 것은 그 앞에서 더 이상 눈을 감지 않겠다는 다짐이기도 하다.

오늘날 청년들의 절망은 지금의 아픔이 지나고 나면 더 나은 미래가 존재한다는 희망과 성장의 서사에 대한 거부의 표현이다. 다시 말해 타고난 수저 색깔이 평생의 계급을 결정한다는 수저계급론, 헬게이트를 통과한 뒤 계속 헬에서 살아갈 수밖에 없다는 헬조선 불반도 지도, 멘토도, 답도 거부하는 절망라디오와 절망탑 등의 현상들은 일관되게 이 시대에 희망과 성장을 논하는 것의 기만성을 폭로하며 그러한 서사에 편승하는 것을 거부한다. 그리고 이러한 거부감은 흔들리고 난 뒤에는 어른이 될 수 있다거나 짱돌을 들고 바리케이드를 치면 작금의 부정적 현실을 극복할 수 있다는 식의 기성세대들에 의한 세대 담론 이데올로기에 맞서는 새로운 주체의 감각으로 자리하게 된다. '청춘'에게 주어지고 부과되는 기존의 방식들을 따르는 게 더 이상 유효한 방식이 아니라는 것을, 그것을 따라 봤자 OECD 국가 중 최악의 청년실업률을 기록할 뿐이고 청장년기를 지난 뒤에도 노인빈곤율 1위의 불명예를 떠안아야 한다는 것을, '청춘'이라 명명되던 이들이 스스로 깨닫게 된 것이다.

알랭 바디우는 그의 저서 『윤리학』을 통해 기존의 윤리 이데올로기와 완전히 구별되는 윤리학을 전개했다. 그에 따르면 추상적 제도와

의결체제에 의해 부과되고 고정된 '일반적인' 윤리로는 설명할 길 없는 어떤 우연적 '사건'들이 발생한 뒤로, 우리는 새로운 존재 방식을 강요받게 된다. 새로운 사고와 존재 방식을 지속적으로 탐구하는 과정, 바디우는 그것을 '충실성'이라고 하며, 그 속에서 진리의 윤리가 발명된다고 보았다. 이러한 윤리의 원리를 경유할 때 지금 이 상황에서 발화되는 절망을 철저하게 윤리적이라고 말할 수는 없을까.

점점 더 공고해지는 절망(감)은, 부과되는 미래가 없는 세대의 희망 서사를 끊어 내고 절망적인 현실을 더 직시하겠다는 충실성과 맞닿아 있다. 절망하기 때문에 미래가 없다는 지적은 성장과 건설의 이데올로기가 행하는 꼰대질과 다름없다. 절망하고 또 절망하는 과정은 이미 봄(春)을 보내 버린 자들에 의한 청춘을 탈환하고, 거기에 덧씌워진 푸른(靑) 환상을 지워 버리는 과정이다. 그리고 그것은 유폐적이고 유아적으로 감정의 너울에 허우적거리는 모양이 아니라, 생의 태도와 전략을 모색해 나가는 '새로운 주체'의 차별화된 주체화 방식이다. 절망은 그렇게 윤리적 방식이 된다. 여기저기에서 절망의 다양한 모습들이 넘실대기 시작한 것은 진리의 가능성, 그 주체성을 보여주는 방증이다.

X 병맛의 미학: 초인 되기와 그 실패 서사의 뒷맛

병맛 미학의 조건들—넘사벽 현실, 가난충, 초월과 초능력

흔히 병맛, 혹은 B급이라 일컬어지는 서사물들은 이제 그 진원지인 웹툰을 넘어서 영화나 영상물 등에 이르기까지 더 폭넓고 분명한 인기를 구가하게 됐다. 병맛은 '병신 같은 맛'의 줄임말로서, 개연성과 사실성을 두루 갖추어 상식적인 상황과는 다르게 비정상적이고 어이없는 상황을 드러내는 용어다. 이러한 용어가 특정 콘텐츠 형식 앞에 한정어로 붙어 병맛 만화, 병맛 영화, 병맛 드라마 등의 이름으로 등장한 것이다. 2010년을 전후해 이말년을 위시한 병맛 만화들이 매니아층 사이에서 유행하다가, 이제 '병맛'은 특정 콘텐츠 형식에만 한정되는 용법에서 벗어나 젊은 층 사이에서 좀 더 보편적으로 발화되고 있다. 이러한 현상은 이미 저널과 학계로부터 많은 주목을 받아 왔지만, 그럼에도 불구하고 그 변화 양상과 세밀한 의미화에 주목한 경우는 드물다.

전술했듯 2010년대 중후반에 들어서 청춘의 절망이 더 공고화됨에 따라, 기승전와장창, 기승전병 등의 용어가 나타내는 맥락 없음의 서사에는 약간의 변화가 감지된다. 맥락 없음의 측면은 여전히 두드러지면서도, 어떤 '현실적' 조건들이 더 분명하게 개입하게 된 것이다. '무작정' 맥락이 없어 어이없는 재미를 유발하던 방식에서, 넘사벽(넘을 수 없는 4차원의 벽)의 현실에서 그 밖을 넘보지 못하는 찌질충이나 가난층의 등장이 서사의 조건들로 나타나기 시작했다.

최근 MBC의 〈마이리틀 텔레비전〉에 출연해 인기를 끌었던 병맛 만화가 이말년은 본격적으로 흙수저를 등장시킨 만화를 그린다. "노오오오오력을 해서" 월급을 받고 "노오오력은 배신하지 않"는다고 기뻐하던 흙수저는 갑자기 등장한 민머리의 누군가에 의해 가격당한다. 그 누군가의 실체는 4컷 만화의 마지막 컷에서 밝혀지는데, 흙수저를 마구 밟아 쓰러트린 그는 다름 아닌 "학자금 대출 상환"이다. 현실은 '노오력' 앞에서도 넘사벽이고, 넘사벽을 뛰어넘으려는 청년은 넘으면 넘으려 할수록 찌질층이고 가난층일 뿐이다.

청년들의 자기 투영이라 할 수 있는 인물의 등장은, 특히 최근 병맛의 경향성을 띠는 여러 코미디 프로그램이나 드라마에서 눈에 띈다. tvN의 〈SNL〉에서 방영된 코너 "면접 전쟁"이나 "인턴 전쟁"은 면접과 인턴 과정이 마치 '전쟁'과 같다는 현실 인식을 강조하면서, 전장에 나서 온갖 '노오력의 난장판'을 벌이지만 결국에는 패배하는 취준생과 인턴들이 등장한다. 이 시대의 세대 정신을 함축적으로 드러내는 유행어인 "아프면 환자지 왜 청춘이냐 개××야"는 이 '전쟁 시리즈'에서 등장했다. 1차 서류, 2차 필기, 3차 실무진 면접, 4차 영어 면접을 지나 5차 최종 면접장을 배경으로 하는 "면접 전쟁"은 각종 외국어 능력과 자격증을 갖추고, 심지어 '노조에 가입하지 않겠다'고 다짐한 면접자가 결국 사장 아들이 합격되면서 불합격한다는 결론으로 끝난다. 그렇게 금수저를 물고 태어난 사장 아들과 흙수저를 물고 태어난 취준생의 극복하기 어려운 차이가 여과 없이 드러나게 되는 것이다. 그 속편이라 할 수 있는 "인턴 전쟁"에는 정규직이 되기 위해 부장의 아재 개그에 적극적으로 반응하거나 회식 자리에서 고기 굽기 대결을 벌이는 등의 노력을 하지만, 결국 정규직의 꿈을 이루지 못한 채 20만 원 월급의 계약직에 머무는 인턴들이 등장한다.

이 시리즈가 리얼한 현실의 리얼한 청춘들이 등장하는 이야기라면, 최근의 병맛 서사에서 더욱이 주목해야 하는 것은 그 서사적 장치로서 초인, 초월, 초능력 등이 부각되기 시작했다는 점이다. 최근 주목받은 대표적인 병맛 드라마라 할 수 있는 tvN의 〈초인시대〉에는 면접만 보면 번번이 떨어지거나 아예 하고 싶은 일을 못 찾는 '잉여스러운' 인물들이 등장한다. 취업 상담 센터에서 자신의 비참함을 확인하고 자소서를 쓰면서 어렵게 보내온 성장 과정을 포장하고 미화하는 과정은 현실의 벽 앞에서 한없이 찌질해지는 인물들의 모습을 보여 준다. 이 드라마의 병맛스러움을 배가시키는 요소는, 연애도 취업도 포기한 이들에게 어느 날 갑자기 초능력이 생기는 부분에 있다. 스물다섯 살까지 동정(童貞)을 지킨(?) 이들에게, 부끄러움을 느낄 때 시간을 되돌릴 수 있다거나 성적으로 흥분하면 헐크로 변한다거나 하는 초능력이 생긴 것이다.

그리하여 '동정자 초인'들은 현실의 벽과 부딪치며 초능력을 행사해대지만, 그러한 시도들은 결코 성공하지 않는다. 병재는 좋아하는 여인에게 고백하지만 부끄러워져 계속해서 시간을 거스르게 되는가 하면, 면접 질문을 알고 시간을 되돌리기 위해 바지를 벗어 부끄러움을 느끼지만 질문을 잘 기억하지 못해서 취업에 실패하게 된다. 초능력은 아무런 현실적 힘을 발휘하지 못하고 오히려 인물들의 무능력을 더 확인하게 한다. 그 아무리 대단한 초능력을 장착해도 '현시창'(현실은 시궁창)이며 그들이 처한 문제들은 아무것도 해결되지 않는다. 연애나 취업의 실패를 반복하는 가운데, 초능력은 에너지 음료를 가장한 '붕붕'을 마시고 좀비가 된 '초딩들'(초글링)의 습격을 막는 데나 사용될 뿐이다. 이런 점에서 초능력은 그 무엇을 동원해도 무능력으로 귀결되는 현실의 견고함을 보여 주는 장치다.

이 외에도 인어공주가 사랑에 빠지면서 사람으로 변하는데 아무런 현실적인 준비가 안 돼 있어 '잉여공주'로 지낸다는 설정의 드라마 〈잉여공주〉(tvN, 2014)나 '수포자'(수능포기자)가 수능을 보러 가는 길에 압박이 너무 심해 빗물에 뛰어드는데 갑자기 조선시대로 이동해 세종대왕과 사랑에 빠지게 된다는 설정의 웹드라마 〈퐁당퐁당 러브〉(MBC, 2015) 등은 모두 이러한 맥락에서 이해될 수 있다. 이 병맛물들은 〈초인시대〉와는 다르게 로맨틱 코미디의 귀엽고 사랑스러운 톤을 가지고 있음에도 불구하고, 병맛 서사의 새로운 조건과 문법들, 그 안에 담긴 감수성을 일부 공유하고 있다. 이 거지 같은 사회로부터 초월하고 싶다는 마음과 감수성. 자소서를 70장 이상 써 제껴도 취업에 이르지 못하고 교육제도에 깊은 환멸과 압박을 느낄 수밖에 없는 현실로부터 시작하지만, 그 현실을 소환하고 극복하려는 방식은 다소 엉뚱

하고 어이없는 '초월성'과 관련되는 점이 그러하다.

그러나 종(種)의 초월, 시간과 공간의 초월 등의 설정은 극복의 단초가 되기는커녕 넘사벽 현실에서의 실패를 돋보이게 하는 역할을 한다. 로맨스의 결론은 성공적이지만 결국 잉여공주가 다시 인어공주로 돌아가면서 인간과의 사랑은 100일 만에 끝나고, 조선시대에서 진짜 헬조선으로 넘어온 수포자는 재수생이 되면서 끝난다는 점에서, 이들 드라마는 '기묘한' 해피엔딩으로 마지막을 장식한다.

뛰어넘기(超)의 실패, 웃음의 진위

〈초인시대〉의 병재는 악당 김수용에게 따뜻한 말을 건네다 예기치 않게 그와 사랑에 빠져 동정의 상태에서 벗어나 초능력도 잃게 된다. 뜬금포 동성애 코드의 훈훈한 사랑 이야기로 '급'마무리되지만 병재와 병재 주변 잉여들의 현실에는 변함이 없다는 점에서 이 해피엔딩 역시도 실로 기묘하다. 초인이라는 설정에서 나타나듯 그 외향은 슈퍼 히어로물처럼 보이지만 사실 〈초인시대〉에는 영웅도 초인도 없다. 설정 못지않게 급작스러운 전개와 뜬금없는 결말은 보는 이로 하여금 어리둥절하다 곧 헛웃음을 자아내게 한다. 예측불허와 우연, 뜬금포 등으로 점철된 병맛의 세계와 낄낄대는 웃음. 그러나 그 웃음의 뒷맛은 썩 유쾌하지도, 어딘지 달갑지도 않다. 그저 '이뭐병'(이거 뭐 병신 같은)일 뿐. 초월과 초능력이라는 환상의 요소는 현실의 부조리를 감추는 판타지를 덧씌우기보다는 오히려 변할 수 없이 공고한 민낯을 여과 없이 들여다보게 하며, '극복과 희망'의 서사가 종국에는 불가능한 기획이라는 점을 드러내 준다.

N포나 취업 9종 세트 등의 '노오오오력', 나아가 초능력이 있어도 돌파 불가능한 세계가 자아내는 웃음은 애초에 '완전한 재미'만을 의미하지 않는다. 그것은 차라리 미래가 끊긴 자가 그 현실을 바라볼 때 취하게 되는 냉소에 가까운 것이며 극 중 인물이나 연기하는 배우나 그걸 보는 나나 '우린 아마 안 될 거야' 식으로 스스로를 투영한 가운데 얻을 수 있는 것이기도 하다. 막이 내리고 웃음기가 사라졌을 때 남는 씁쓸한 뒷맛은 그러한 웃음의 성립조건에 묵직한 현실 인식이 포함되어 있다는 것을 방증한다. 이때의 현실 인식은 초능력의 등장보다도 희망과 성장을 말하는 것이 더 기만적이라는 인식과도 맞닿아있다.

정신 공간을 온통 지배하려 드는 '청춘 담론'의 견고하게 잘 짜인 극본, 그 이데올로기성에 염증을 느끼고 거부하려는 태도는 최근의 병맛 코드를 공유하는 이들의 것이기도 하다. 그렇기에 다 망했으니 한판 난장판이나 벌여 보자는 감수성을 바탕으로 하는 병맛의 미학에는 한층 더 깊은 절망감이 배어 있다. 웹툰을 넘어서 여러 콘텐츠에 걸쳐 병맛 코드에 공감하는 이가 많아지고 있다는 점에 주목해야 하는 이유가 바로 여기에 있다. 그러한 콘텐츠의 제작과 공유는, 희망 없는 사회에 대한 '충실한 까발리기'이기도 하므로, 새로운 윤리, 새로운 주체의 탄생과 또한 일정 부분 맞물려 있는 것이다.

X 놀이의 정치학: 흙수저들의 반란, 그 (불)가능성에 대하여

세상 모든 성스러운 것의 정지, 놀이의 정치

청춘들의 좌절과 절망, 그로 인한 냉소와 조롱과 같은 것들이 (그러나 그 일반적인 용례에 비추어 볼 때) 아주 진지하거나 무거운 방식으로만 공유되고 있지 않은 이유는 어디서 찾을 수 있을까? 다시 말해 지금의 젊은이들이 미래가 끊긴 자의 절망을 향유하는 방식은 우리가 '절망(감)'하면 마땅히 떠올리기 마련인 보편적인 감수성과는 다른 어떤 부분을 포함하고 있다. 절망을 말하면서도 어딘지 '즐기고 있다'는 느낌을 준다거나, 그렇다고 마냥 상황을 달관하여 '즐기는 것만도 아닌', 그런 부분 말이다. 절망 이후, 그럼에도 불구하고 결코 그것의 극복과 새로운 유토피아의 건설을 상정하지 않는 세대들은 혁명하려거나 현실로부터 도피하여 전혀 다른 세상 속에 살고 있지만도 않다. 절망적 현실에 발을 딛고 있으면서도 그 발놀림은 혁명가의 위풍당당함을 풍기고 있다기보다는 놀이자의 그것에 가깝다.

이 시절의 계급적 현실을 새롭게, 그러면서도 그렇게 새로운 사실을 담고 있지만도 않은 '수저계급론'이 등장한 이후, 이와 관련된 게임이 인터넷을 중심으로 유행하기 시작했다. 스스로 흙수저인지 아닌지를 자가 진단할 수 있는 〈흙수저 빙고게임〉이 그것이다. 빙고게임의 형식을 취하고 있지만 이미 빙고 칸의 내용은 결정되어 있다. 집의 욕조나 비데 소유 여부를 묻고, 차의 연식이나 가계 부채의 정도를 묻는

식이다. 빙고 판에 그려지는 동그라미의 개수에 따라 본인이 흙수저인지 아닌지를 확인하는 데에 게임의 목적이 있다. 즉 이 게임은 게임을 하는 주체가 '금수저'인지 '은수저'인지 등을 확인하기 위한 것이라기보다는 애초에 게임자가 흙수저임을 전제하고 있다.

이것이 '게임'이라는 이름으로 온라인상에서 꽤 널리 공유되고 있다는 사실은 계급론을 향유하는 방식이 변화하고 있음을 보여 준다. 오늘날의 청춘들에게 계급의 문제는 혁명의 과정에서 쟁탈해야 할 무엇, 또는 그것을 위해 학습해야 할 무엇이 아니다. 과거 세대들이 마르크스를 경유해 계급론을 학습했던 것에 비할 때, 현재 청년 세대들에게 '계급'은 오히려 놀이의 대상이 된다. 청년 세대들은 빙고 놀이를 통해 스스로의 계급을 확인한다. 물론 그렇게 확인하는 계급적 처지란 애초에 전혀 인식하고 있지 못하던 것이 아니다. 놀이의 형식을 통해 알고 있는 사실을 재확인하면서 그것에 '수저계급'이라는 명칭을 부여하고, 이를 통해 다른 이들과의 공통지점을 넓혀 나가는 방식. 이것이 자신의 상처를 스스로 들여다보는 행위처럼 보일지라도 '놀이'의 형식을 띤 이들의 계급론은 이러한 상황을 자초한 것이 나 개인에 있지 않으며 나아가 우리 모두가 공유하고 있는 지점을 확인한다는 점에서 결코 가학적이며 자학적이라고 볼 수만은 없다.

조르조 아감벤은 그의 저서 『세속화 예찬』에서 성스러운 것을 완전히 새롭게 사용함으로써 세속적인 것으로의 이행을 촉구하는 매개로서 '놀이'의 역할에 주목한다. 아감벤에 따르면 놀이는 인간으로부터 떨어져 종교적이고 성스러운 것의 영역에 놓이게 된 것들을 다시 인간이 사용할 수 있도록 되돌리는 역할을 한다. 그렇게 되돌려진 것들은 권력의 언어와 제도를 무력화시키며 그 무력화된 공간을 인간 공통의 것으로 만든다. 놀이는 정치, 법, 경제, 전쟁 등 그동안 진지한 것으로만 받아들여지던 것들을 아이들의 두 손에 쥐어진 장난감처럼 만들어 버리면서, 거기에 덧입혀 있었던 권력을 비활성화하고 새로운 잠재성을 부여한다.

요즘 청년 세대들이 계급론을 향유하는 방식은 아감벤이 말하는 '놀이'의 세속화 기능과 일정 부분 맞닿아 있다. 앞선 부분에서 확인할 수 있듯 오늘의 청년 세대들은 현실을 인지할 때 놀이자의 태도를 보인다. 이들의 놀이는 완전히 새롭고 기발한 것에서 시작한다기보다는 기성의 정치나 경제 등의 요건들을 탈환하며 시작되고 진행된다. 한때 계급론이 앞선 세대들에게 마치 혁명에 이르기 위한 신성불가침의 영역처럼 받아들여졌었던 것을 환기해 볼 때, 이러한 방식의 독특성은 더 뚜렷해진다. 굳이 사적 유물론이나 프롤레타리아 계급투쟁 등의 용어를 동원하지 않아도, 그리고 그것을 반드시 교육받고 학습하지 않아도, 계급은 이미 스스로 생활에서 경험하고 있는 것이며 그 경험만이 자신의 계급을, 자신이 사용하는 수저의 색깔을, 보증할 수 있는 것이다.

이런 사실들을 확인하는 과정에 개입된 청년의 놀이는 '운동의 영역'으로 구분될 수 있는, 더 나아가서는 신성화된 운동의 영역으로 특징지을 수 있는 앞선 세대의 현실 개입 방식과는 다르다. 왜냐하면 현재의 청년들은 혁명을 일으킬 에너지도, 장밋빛으로 물든 유토피아를 꿈꿀 가능성도 없기 때문이다. 여기에는 웃기기도 하고, 그러나 그렇게 웃기지만도 않은, 새롭기도 하고, 그러나 그렇게 새롭지만도 않은 어떤 태도가 숨어 있다.

이런 맥락에서 최근 등장한 〈수저게임〉은 특별히 주목할 만하다. 인터넷상으로 불특정다수에게 널리 확산되던 〈흙수저 빙고게임〉과 다르게 〈수저게임〉은 오프라인상에서 보드게임의 형식으로 진행된다. 주사위를 던져 나온 숫자대로 말을 움직여 땅을 딛고 가는 이 게임은 외관상으로는 마치 〈부루마블〉 같은 보드게임처럼 보이지만, 단순히 건물을 짓고 그 임대료를 받아서 최대한 많은 돈을 모으고 파산을 피하고자 하는 그것과는 다르다. 〈부루마블〉이 철저하게 '자산증식'에 목표를 두고 있다면, 이 게임은 증식하는 자산이라는 판타지를 걷어 내고 조금 더 복잡한 현실의 국면들을 담아내고 있다.

우선 카드를 뽑아서 우연에 의해서 흙수저와 금수저의 운명이 결정된다는 설정에서부터 현실성을 담보한 설정을 찾아볼 수 있다. 총 10장의 카드 중 단 2장만이 금수저로, 나머지 8장이 흙수저로 결정되어 있다는 것은, 부와 가난이 대물림되어 그것이 다음 세대에 운명처럼 주어지는 현실, 나아가 빈부의 격차가 극단적으로 벌어져 있는 현실의 일면을 담아내고 있다. 이는 단순히 자산을 증식하는 데에만 목적을 둔 〈부루마블〉과는 다르게, 계급에 따라서 게임의 최종

도달 지점이 달라진다는 것을 의미한다. 이 초기 설정에서 예측할 수 있듯 게임 내내 금수저는 자산증식이, 흙수저는 생존이 목적이 되는 것이다.

게임은 보다 복잡하게 설계되어 있다. 이는 곧 현실의 복잡성을 반영한 것이라 할 수 있다. 흙수저에게는 칩 10개가, 금수저는 칩 1개와 부동산 자산 3개가 주어지며, 한 턴을 돌 때마다 흙수저는 임대료를 1칩씩 소모하고 금수저는 임대료로 2칩씩 얻게 된다. 한편 참가자들 모두는 대학 입학과 취업 중 하나를 선택해야 하는데, 취업자들은 일을 하므로 한 턴당 하나의 칩을 얻을 수 있고, 대학 입학자들은 일을 하지 않은 채 등록금을 내야 하므로 한 턴당 하나의 칩을 소모해야 한다. 그러나 대학 생활 4년을 의미하는 네 번째 턴을 돈 뒤에는 대학에 입학한 이들은 고졸자보다 더 비싼 직장에 취업해서 두 개의 칩을 획득할 수 있다. 물론 이러한 룰이 현실의 복잡성을 온전히 반영한 것이라고 할 수는 없지만, 적어도 이런 지점들을 섬세하게 설정한 것은 '자산증식'의 허구에 근거하여 '헬조선적' 현실의 계급적 차원과 선택지들을 지우는 방식과는 차별된다.

한 바퀴를 돌 때마다 칩을 하나씩 내놓으며 법안을 발의하는 규칙 또한, 누군가에게는 자산증식을 위한 것이 될 수 있지만, 또 누군가에게는 생존을 위한 것이 될 수 있다는 점을 보여 준다. 종합부동산세나 대학 반값/무상등록금 등이 발의되고 통과되기도 하지만 그 결과로 누군가는 감옥에 가거나 파산의 지경에 이르기도 한다. 이 과정에서 각자의 이해관계에 따라서 법안이 발의되는 한편 그에 대한 보복이 진행되기도 하는데, 여기서는 게임의 현실반영적 측면보다도 현실에 대한 대안을 마련하는 과정의 필요성이 더욱 강조되기도 한다. 즉 게임을 통해 계급적 현실을 경험하는 것에서 나아가, 계급적 이해관계에 따라 스스로 대안을 마련할 수 있도록 유도하는 것이다. 부루마블의 우주여행카드를 연상시키는 랜덤카드에 적힌 '북한이 도발하여 모든 흙수저가 감옥에 간다'는 메시지는 보수 진영이 내세우는 '종북 프레임'을 연상시키며 그것을 조롱하는 듯한 느낌을 풍기기도 한다.

〈수저게임〉은 '증식'만을 지상 과제로 삼는 자본주의에 내재한 문제, 나아가 그것으로부터 변형된 한국 자본주의의 특수한 문제들에 의문을 제기하도록 한다. 그러나 그러한 의문이 제기되는 과정은 결코 엄숙하지도 진지하지도 않다. 이는 현재의 청춘들이 이러한 문제들에 접근하고 개입하는 방식이 '놀이'를 통하고 있다는 점을 단적으로 나타낸다. 이런 지점들은 청년들이 계급론에 접근하는 방식이 386세대로 대표될 수 있는 앞선 계급론자들과 다르다는 것을 보여 줌과 동시에, 성장과 증식만을 강조하는 현재의 경제체제와 변별되려는 것을 보여 준다. 이러한 차이점들은 '계급'이라는 다소 신성화된 개념, 그리고 '증식'이라는 목적화된 개념 등을 놀이를 통해 탈환하기도 하고 또 변형하기도 하면서 만들어지는 것이라 할 수 있다. 그것이 지금의 청년 세대가 취하고 있는 놀이자적 태도이며, 앞선 세대 또는 현재의 시스템에 대한 '세속화 과정'인 셈이다.

이런 맥락의 또 다른 한편에는 비장한 혁명가의 태도가 아닌, 놀이자의 태도를 취하면서 '예술'을 통해 자신들의 감각과 주체성을 표출하는 흐름이 있다. 단적인 예로 2010년 두리반 농성에서부터 시작된 음악생활협동조합, '자립음악생산조합'에 소속되어 있는 뮤지션들에게서 그 경향을 강하게 읽을 수 있다. (여기에는 음악뿐 아니라, 여러 가지 퍼포먼스들이 포함된다.) 물론 그러한 흐름 속에는 단일하게 설명될 수 없는 여러 주체와 사건들이 공존하고 있기 때문에, 공통성으로만 그 존재를 설명하는 방식은 한계를 노출하는 일일 수밖에 없다. 그럼에도 불구하고 오늘날 청년들 사이에서 발견되는 한 특징, 즉 놀이를 통해서 성스러움이 부여된 모든 것을 세속화한다는 측면에서 보자면, 그 존재는 청년 문제를 언급할 때 간과할 수 없는 것이기도 하다.

자립음악생산조합에는 음악적 지향이 다른 여러 뮤지션들이 모여 있지만, 이들은 뮤지션들이 음악을 생산하는 데 자본으로부터 자립되어야 한다는 지향점을 공유한다. 나아가 (명시하고 있지는 않을지언정) 이들이 자립을 획득하고자 하는 대상은 이데올로기화 된 기성문화이기도 하다. 이들의 활동 내력과 그 의미 등을 짚어 나가는 것은 별도의 지면을 필요로 하는 작업이 될 것이므로, 이곳에서는 자립음악생산조합에서 활동하고 있는 '밤섬해적단'의 가사를 경유하여, 청년 세대의 뮤지션들이 어떻게 기성문화를 대하고 있으며 청춘 이데올로기에 균열을 가하는지에 대해 간략하게 살펴보겠다.

밤섬해적단의 음악에 대한 평가는 여러 방면에서 있을 수 있겠지만, 가사는 이 팀의 정체성과 지향성을 적나라하게 보여 주는 한 요소라고 할 수 있다. 이들은 우리 사회 곳곳에 산재해 있는 문제들에 비판적인 인식을 보이고 있으면서도 그것을 표현하는 방식은 결코 합리적이거나 준엄하지 않다. 그렇기에 그들의 태도와 위치는 비판자의 것이라기보다는 오히려 조롱하는 자의 그것에 가깝다. 대상의 언어를 적극적으로 차용해서 오히려 그것의 우스꽝스러움을 부각시키는 방식을 취하고 있는 것이다. 조롱의 대상이 되는 자들이 사용하는 어휘를 직접적으로 노출하다가, 결정적인 순간에 그 의미의 반전을 꾀한다.

〈해치〉라는 곡에서는 "자유, 민주, 선진, 국가"를 외치는 "우리의 해치"가 "평화를 위해" "심술쟁이 파업꾼" "욕심쟁이 시위꾼" "지저분한 노점상"을 물리친다면서, 해치의 "정의롭고 슬기로운" 면모(?)가 부각된다. 해치는 오세훈 전 서울 시장이 '디자인 서울'의 슬로건을 내세우면서 전시행정을 행할 때 서울의 캐릭터로 등장한 상징적 존재다. 가사 속의 해치는 평화를 위하고 정의로우며 자유와 민주를 부르짖지만, 바로 그 점을 이유로 들어 파업꾼이나 시위꾼, 노점상을 무찌른다. 이 곡이 해치의 언어가 가지는 위선을 조롱하기 위한 것이지, 진정 '우리들의 해치'를 칭송하기 위한 것이 아님을 알아채는 것도 어렵지 않다. 반공의 언어, 군대의 언어, 자본의 언어, 나아가 청춘 자신의 언어까지도 밤섬해적단 특유의 조롱의 레이더에 잡힌다.

부장님이 사다주신 박카스 한 병!/ 그 사랑이 바다같다 박카스 한 병!/ 오늘밤도 야근이다 박카스 한 병!/ 과로사로 죽어야지 박카스 한 병!/(중략)/ 쓰러져 뒈질 때까지 존나 일하자!

_ 밤섬해적단, 〈박카스 한 병〉 중

사랑도 명예도 이름도 남김없이/ 퇴근 후에 넥타이를 존나 풀고 찾아와/ 옛 추억에 잠겨 노래 한곡 워어어어/ 케케묵은 노래들을 불러내며 울어 대네/ 아름다운 젊음이여 흘러간 내 청춘이여/ 너희들이 정녕 민주화를 아느냐/ 이 손으로 일군 민주주의 대한민국/ 요즘 어린 것들은 몰라도 한참 몰라/ 서러움 모두 버리고 나 이제 가노라/ 투쟁도 혁명도 이제는 모두 봄날의 꿈/ 그리웠던 혁명동지 돈을 꾸러 찾아 왔네/ 골프채로 쫓아내니 마음속이 허전해

_ 밤섬해적단, 〈386 sucks〉 중

기성세대가 청춘을 그리는 관점 또한 이들의 레이더를 피해 가진 못한다. 〈박카스 한 병〉은 이 시대의 힘든 청춘들에게 박카스를 건네면서 힘내라는 박카스 광고를 떠오르게 한다. 박카스 광고 전략이 '아프니까 청춘' 류의 청춘 이데올로기를 충실히 담고 있다는 것은 분명하다. 광고 속 주인공들은 주로 세파에 좌절하고 절망하는 인물들인데, 광고는 이들에게 박카스를 건네며 '노오력'과 '그윽뽝'의 메시지를

함께 전달한다. 그런데 〈박카스 한 병〉은 "바다 같은 부장님의 사랑"을 보여 주는 박카스를 마시고 "과로사로 죽겠다", "쓰러져 뒈지겠다"고 말한다. 이 가사를 보면서 위로의 메시지가 결국에는 청춘의 열정을 착취하는 기제로 작동한다는 것을 떠올리는 것은 어렵지 않은 일이다.

한편 〈386 sucks〉는 노골적으로 386세대를 조롱의 대상으로 삼고 있다. 잘 알려져 있듯, "사랑도 명예도 이름도 남김없이"로 시작되는 〈임을 위한 행진곡〉은 80년대 민주화 과정에서 매우 상징성을 띤 노래였고, 따라서 그 주역이었던 386세대를 상징하는 노래일 수밖에 없었다. 밤섬해적단은 그것을 곡의 첫 머리에 따오면서 성스럽게 받아들여지던 곡을 우스꽝스럽게 만들어 버린다. "옛 추억에 잠겨 노래를" 부르는 가사 속의 주체는 지금의 청춘들에게 "너희가 민주화를 아느냐"며 역정을 낸다. 그러던 그는 "그리웠던 혁명동지가 돈을 꾸러" 오자 "골프채로 쫓아내는"가 하면, "자식새끼를 대안학교에 보낸다" (〈Paint it blue〉 중). 이들이 조롱하는 대상은 한때 민주화 운동에 힘썼으나 그것을 추억으로만 간직한 채 현실논리에 가담하고 있는, '꼰대가 되어 버린 386세대'이다. 386세대가 내세우는 청춘이데올로기에 균열을 가하고 있는 것이다.

나아가 이들은 청춘, 자기 자신에게도 조롱의 시선을 보낸다. 청춘이데올로기를 조롱하는 시선은 스스로를 향한다. 로큰롤을 한다면서 "후배놈이 감히 먼저 메이저랑 계약"함을 언짢아하고 "벌어 둔 돈을 술 먹느라 다 날리는" 상황을 노래한다거나(〈우리의 밤은 당신의 낮보다 (존나) 아름답다〉 중) "아무데서 술을 먹고 퍼질러 자는" "아름다운 청춘", "이십대의 낭만"을 노래한다(〈나는 씨발 존나 젊다〉 중). 여기에는 앞서 말했던, '망했음'의 감각이 깊이 각인되어 있다. 이들의 곡에 사회적 성공이나 희망의 내러티브는 존재하지 않는다. 이들의 예술행위는 성스러움을 떠받치고 보존하는 모든 것(아감벤 식으로 말하자면, 환속화된 예술이라고 할 수 있는 것들)을 조롱하고 그것들을 세속화하는 방식으로 이루어진다. 놀이자 혹은 조롱자적 태도를 지닌 예술가들에게 '예술' 그리고 '정치'란 바로 이런 식으로 가능한 것이다. 성장 내러티브를 지향하는 청춘 이데올로기의 관점에서 이들의 예술과 정치는 무의미한 어떤 것일 뿐이다. 놀이의 정치는 현실 변혁을 이끄는 (불)가능성의 경계에 놓여 있다.

그런 의미에서 자립음악생산조합이 가담한 두리반 철거 반대 투쟁의 성공 경험은 청춘의 '연대'가 어떤 방식으로 가능할 수 있는가를 고민케 하는 지점이다. '두리반 투쟁'이란, 공항철도 공사로 인해 홍대 앞의 칼국수집 두리반이 철저할 입장에 처하게 되면서, 부당한 조건에 의한 철거를 막기 위해 2009년부터 500일가량 동안 계속된 철거 반대 운동이다. 두리반 세입자와 자립음악생산조합을 포함한 여러 연대 세력이 함께 농성 투쟁을 진행하여 결국 시공사와의 협상에 성공했다. '두리반 투쟁'은 기존의 점거 농성 방식과는 달랐다. 농성장에는 늘 음악 소리가 들렸고, 혹은 또 다른 분야의 예술가들이 참석해 다양한 퍼포먼스들이 있었다. 엄숙한 시위의 방식과는 다르게, 시위의 장소는 놀이의 장소처럼 기능했다.

거기에는 성장과 희망의 내러티브로 점철된 청춘이데올로기에 균열을 가하는 미학의 방식이 개입해 있었다. 상업화·자본화된 홍대에서 설 자리를 잃은 젊은 뮤지션들, 나아가 헬조선에서 절망을 맛볼 수밖에 없는 청년들의 윤리학이 그 기저에 자리하고 있다는 것도 중요한 부분이다. 두리반의 사례는 청춘이 이러한 분위기를 이끌었으며, 그럼에도 불구하고 '청춘'을 넘어서는 연대를 모색해야 한다는 메시지 또한 던져 준다.

✕ I belong to the blank generation[2]

> "I belong to the blank generation and
> I can take it or leave it each time
> I belong to the ______ generation but
> I can take it or leave it each time"
>
> _ Richard Hell and Voidoids의 〈Blank Generation〉 중

지금 이 시대의 청춘을 논의하는 방식은 어떠해야 하는가. 절망하고 좌절하며 차라리 그것을 즐기고 조롱하는 분위기 속에서, 그 방식

이 향해야 할 단 하나의 길을 찾는 것은 아득하게만 느껴진다. 그러나 적어도 세대론의 방식이 향하지 말아야 할 길만큼은 분명하다. 청춘 아닌 자가 청춘을 향해 찍어 내리는 낙인을 거부하는 것, 그 꼬리표로부터 자유로워지는 것 말이다. 지금까지의 논의를 되짚어 보건대 그 거부와 자유는 지금 세대가 이미 좌절과 절망을 향유하는 가운데에 예비되어 있는 것일지도 모른다. 이 시대의 절망에는 강고한 구조 앞에서 느끼는 개인의 보잘것없음이 서려 있기도 하지만, 한편으로는 그들에게 '주어진' 성장과 성공, 건설의 서사(그리고 그 서사 깊이에 뿌리내려 있는 이데올로기) 자체를 회의하고 그것에 의혹을 던지는 시선이 포함되어 있다. 그 과정에서 그들만의 윤리와 미, 그리고 정치는 형성되기도 하고 또 와해되거나 변형되기도 한다. 그러는 한, 세대를 박제하는 각종 수사들, 세대 아닌 자들에 의해 쓰이는 세대론은 무의미하다. 세대론은 여전히 진행형인 이 상황을 담아낼 수 있어야 하며 모든 것을 잠재적인 것으로 남겨 두어야 한다.

1970년대 펑크 문화를 촉발한 곡 중 하나는 〈Blank Generation〉이었다. 이 곡은 자신의 '세대(generation)'를 '빈 것(blank)'으로 두면서 스스로 그 세대에 자신이 속해 있음을 노래한다. 펑크를 견인한 것은 그 어떤 전통도, 가르침도, 이데올로기도 아니었으며, 그것을 회의하고 거부하는 당사자성이었다. 비어 있는 곳에는 아무 것도 없는 것이 아니라 그 무엇이든 들어갈 수 있다. 곡을 만든 리처드 헬이 이 곡에 대해 한 인터뷰를 인용하며 글을 맺는다.

"나에게 빈 칸이란 당신이 어떤 것이든 채워 넣을 수 있는 하나의 선을 의미할 뿐이다. 나는 당신이 빈 칸을 채우면서 원하는 모든 것을 스스로 만들 수 있는 선택지를 지녔다고 생각한다. 그것은 이 세대에게 아주 특별한 방식으로 강력한 감각을 제공하는 어떤 것이다. 이는 곧 '나는 나의 행동을 판단하려는 당신의 기준들을 완전히 거부한다'는 말이기도 하다."[3]

미주

1) "'죽창' 배송, 제가 한 번 시도해 봤지 말입니다," 《오마이뉴스》, 2015년 10월 9일.
2) 리처드 헬을 위하여.
3) Finney Ross, A Blank Generation: Richard Hell and American Punk Rock, University of Notre Dame, 2012, p.33에서 인용.

흙흙청춘×두번째

잉여들의 '웃픈' 수다

—한국 청년들의 '의지적 체념'과 언어유희

허 민

X 개념화될 수 없는 개념의 유희들

개념화될 수 없는 현실이란 게 있다. 경험되기보다는 구속되는 현실이 그렇다. 이미 주어진 좁은 길을 따라가다 보면, 어느새 길 바깥으로 이탈한 자신을 보게 된다. 저 길의 끝은 어디일지, 그곳에 이르면 또 다른 어떤 현실을 마주할지는 애초부터 중요하지 않았다. 다만 모두가 향하기에 따랐을 뿐이다. 그저 남들처럼만 살고 싶어, 남들과 경주(競走/傾注)했을 따름이다. 사유와 판단은 정지된 게 아니라, 잠시 유보한 것이다. 판단이 중요한 게 아니라, 도태되지 않는 것이 중요해졌기 때문이다. 경주가 시작된 이상, 판단은 사후에 남겨지면 그만이다. 현실을 경험하기보다는 그에 구속되어 버리는 삶의 방식이란 대개 이렇다. 서로 비슷하게 살 것이 강제되면서도, 그것을 강제한 공통의 조건을 사유하고 판단할 기회는 박탈되었다. 시대의 논리를 자신의 가치관으로 착각하고, 사유 없는 수행만이 반복된다. 반복하다 보니 반복만이 목적이 되어 버린 삶. 현실에 구속되어 버렸다는 건, 그 자체를 개념화할 수 있는 방법을 상실했다는 것을 의미한다. 개념화란 경험과 사유의 결과이기 때문이다. 개념화될 수 없는 현실의 범람과 그를 마주한 우리의 무력(無力)은 개념화될 수 없다는 바로 그 현실의 비참에서 비롯된다.

무력하고 무식한, 청춘을 탓하는 여러 언설들이 있었다. 가령 선거 때만 되면, 20~30대의 상대적으로 낮은 투표율이 도마 위에 오르곤 한다. 청년들의 몰상식한 역사 인식이 문제가 된 것도 어제오늘 일은 아니다. 투표도 안 해, 데모도 못 해, 거기에 '고노 담화'가 무엇인지도 모르는 청년들이니, 어느 곳에서도 환영받지 못할 존재라 하겠다. '국개론'(국민 개××론)에 비해, 확산과 지속의 수준이 다른 '20대 개××론'만 파악해 보아도 청년들에 대한 한국사회의 '조리돌림'을 쉽게 짐작할 수 있다.[1] 적어도 청춘이라면 경쟁에서 도태되어서도 안 되지만, 바로 그러한 경쟁을 강제한 사회적 구조에도 불응해야 한다. '고스펙 반항아'가 역사상 존재했는지는 모르겠지만, 한국사회에서 조롱당하는 청춘의 모습은 대체로 이러한 상상이 전제된 것이다. 자신의 젊은 날을 이상화한 기성세대(특히 민주화 세력, 386세대)에게 진정한(?) 청년이란 한편으로는 취업을 위한 '노오오력'을, 다른 한편으로는 저항을 위해 '짱돌' 들고, 거리로 나서야만 하는 이율배반적인 주체로서 자립할 수 있는 존재여야 한다.

청년들을 '세대'라는 범주로 묶어 호명하는 관행이 있다. 세대론의 작업에는 각 세대의 사회적 성격의 차이를 특정하는 명명이 잇따른다. '○○ 세대'는 세대 구성원이 그러한 성격을 자처한 경우도 있지만, 대체로 세대 바깥에서 규정하고 공표되는 경우가 일반적이다. 세대 명칭을 사회 변화나 역사발전의 반영으로 보기보다는 무력의 실태나 조건을 지시하는 의미로 사용하기 시작한 것은 아마 '88만 원 세대'부터 였을 것이다. 그 이후에, '삼포'나 '오포', 'N포'도 그렇고, '잉여 세대'나 '달관 세대', '이케아 세대'라는 호명역시, 의미상 약간의 차이는 있겠지만, 지금의 20~30대들을 미숙하고, 무기력한 존재로 묘사한다는 공통점이 있다. 청춘의 무력을 지시하는 명명만이 경쟁적으로 (재)생산되고 있는 것이다. 물론 세대론의 한계는 이미 여러 방면에서 지적되고 있다. 우선 세대론은 여전히 청년들을 관리하기 위한 담론-프레임으로 기능하고 있다. 또한 세대라는 범주는 계급이나 젠더, 지역 갈등을 희석하는 분할통치의 간편한 도구가 되기도 하며, 세대 내 갈등과 차이를 무화하고, 청년들을 '비-주체화'하는 담론효과[2]를 지니기도 한다.

그럼에도 역사상 가장 역동적이지 않다고 알려진 세대를 지칭하기 위해, 이토록 많은 '이름 짓기'가 수행되고 있는 현상에는 주목해 봐야 한다. 다시 말해 세대론의 여러 한계에도 불구하고, 오히려 청춘의 비참을 상징하는 언어가 반복적으로 생산되고 있다는 사실 그 자체를 바로 볼 필요가 있다는 것이다. 세대 명칭만이 아니다. 경제적으로 자립할 수 없는 청춘의 무능을 의미하는 '캥거루족'과 '빨대족', '갓수', 불안정 노동시장에서의 곤경을 상징하는 '니트족'과 '열정페이', '호모 인턴스'와 '부장인턴', 취업난 및 청년실업, 스펙경쟁의 문제를 지시하는 '인구론'과 '문과충', '취업 깡패'와 '토폐인' 등은 오늘날 존재하는 청춘의 암담한 실상을 다각적으로 묘사하는 신조어들이라 할 수 있다. 그런데 이러한 신조어들이 다른 누구도 아닌, 청년 당사자들 간에 자조적인 유희로 주로 통용되고 있다는 것이 중요하다. 그러니까 요즘 신조어들은 세대 바깥에서 특정 세대의 현실을 재단하는 의미로 사용되기보다는, 청년들 스스로가 자신의 비참을 전시하기 위한 언어적 표현으로서 개발되고 있다는 것이다. 이는 기성의 언어로는 도저히 감당할 수 없는 현실의 가장 낮은 '시궁창'의 영역을 지시하기 위한 청년들의 '노오오력'일 수도 있다. 분명 오늘날의 청년들은 자신들이 직면한 현실의 문제를 언어화하려는 의지가 있고, 그러한 의지의 결과를 유희라는 방법을 통해 온라인상에서 공유하는 문화를 형성해 오고 있다. 따라서 청년들이 사용하는 신조어들이 대체 구체적으로 어떠한 현실을 지시하고 있는지를 탐구하기에 앞서, 그보단 외려 그것이 반복적으로 생산 및 확산되고 있다는 현상 자체를 우선 파악할 필요가 있다. 이 현상은 기본적으로 청년들이 언어와 관계를 맺는 방식 자체를 변화시키고 있다는 것을 의미한다. 어쩌면 청년들에게는 언어의 지시적 기능보다는 그것이 갖는 표현적인 차원이 중요할 수도 있다. 왜냐하면 그것은 애초부터 '개념화될 수 없는 개념'의 유희를, '식별 불가능한 현실'의 식별을 고안해 내려는 의지에 다름 아니기 때문이다.

개념화될 수 없는 파국적인 현실을 자조적인 유희로써 개념화하는 청년들이 있다. 이때 청년들의 언어유희는 감당할 수 없는 현실을 어떻게든 감당하려는 의지의 구체적인 방법으로 봐야 한다. 청년들은 단지 체념하고 있는 것이 아니다. 그들의 삶도 균질적이지만은 않다. 하지만 그럼에도 청년들은 다소 '병맛'스러운 '개드립'을 통해 자신들의 경험과 감정을 공유하며 하나의 문화집단으로 세계에 개입하고 있다. 그것이 예전처럼 '죽창' 들고 거리를 점거하는 방식은 아닐지라도, 새로운 저항의 형태로서 의미화할 필요가 있다고 생각한다.

이를 위해 여기서는 '헬조선'과 '수저론'이란 개념을 통해 청년들의 언어문화를 살펴보려 한다. 이들은 의심의 여지없이 2015년부터 지금까지 가장 많이 사용된 개념들이다.[3] '헬조선'과 '수저론'은 물론 시대에 대한 의식과 자기에 대한 인식이 종합된 결과이다. 개념 없는 잉여들의 개념을 통해 청년들의 언어유희와 그것이 함의하고 있는 정치적 주체성의 문제를 다뤄 보려 한다. 그러니까 이제부터 다룰 내용은 가장 무력하다고 알려진 자들의 재잘거림, '만렙 댓글러'들의 '드립력'에 관한 이야기이다. 잉여들의 '웃픈' 수다이다.

× '헬조선'이라 마음껏 욕할 권리

"사회의 모순을 지적하면 빨갱이/패배자가 되는 국가
젊은이들이 아프면 청춘이 되는 국가
평범하게 살고 싶은 게 욕심이 되는 국가
세상 모든 문제가 내 마음가짐에 달린 국가
열정과 노오력 두 단어로 모든 사회문제를 외면하는 국가
자살선진국"

_《디시인사이드》의 〈디시위키〉 검색어 '헬조선' 한줄 요약 중

'헬조선'이란 개념이 남용되고 있다. '헬조선'의 본래 의미를 강조하려는 게 아니다. 오히려 한국사회에서 살고 있는 그 누구라도, 이제 '헬조선'이라 마음껏 욕할 권리를 갖게 되었다는 것이다. 입시지옥, 취업지옥, 생계지옥을 겪고 있는 청년 세대부터, 고용 불안과 임금 절벽에 시달리는 중장년층, 극심한 빈곤을 겪으며 높은 자살률을 기록하고 있는 노년층까지, 이제 누구라도 자기 삶의 곤경에 대해 '국가 탓'을 할 수 있는 개념을 갖게 된 것이다. 실제 '헬조선'의 용례도 사회의 여러 영역으로 확장되고 있다. '헬조선'을 키워드로 한 사회적 의제들을 간단히 살펴보자. "의료 영리화 합의 처리, 최악의 헬조선", "헬조선 노동개악 전면투쟁", "헬조선의 시간강사", "헬조선의 교육 시스템" 등[4] 사회의 여러 영역에 산재하는 모순을 지칭하는 의미로 '헬조선'이

란 개념이 동원되고 있다. 국가를 책망하는 정서가 공유되고 있다는 것은 꽤 중요한 현상이다. 불과 얼마 전까지만 해도 자기계발식 힐링 담론이 만연했던 것을 생각해 보면 더 그렇다. 사회의 모순을 개인이 감내해야 한다는 주류적인 담론의 구도가 '헬조선'이란 단어의 유행으로 국면이 바뀌기 시작한 것이다. 이는 '노오오력'을 강조하는 사회 풍조가 역으로 '헬조선'이라는 부정적인 시대 인식을 부추긴 결과라 할 수 있겠다. "간절히 원하면 우주가 돕는다"는 말을 전해 들은 '선량한 시민'들이 국가에 대한 상상을 다르게 하기 시작한 것이다. 이제 모두 알게 되었다. "전체를 보면 다 그런 기운이 온다."

당연히 '헬조선'이란 개념을 선도한 것은 청년들이었다. 청년들에게 '헬조선'은 ① 청년실업과 비정규직 양산을 비롯한 일자리 문제, ② 언론·표현·사상의 자유를 주창하는 정치적 문제, ③ 계급 고착 및 양극화, 소득불평등의 경제적 문제, ④ 입시경쟁과 대학서열화, 고액등록금과 스펙경쟁 등을 함의한 교육 문제, ⑤ '똥군기'와 '서열', '유슬림'으로 대변되는 문화 방면의 문제 등을 표상하는 개념으로서 전방위적으로 사용되기 시작했다. '헬조선'은 주로 '미개'와 '탈출'이란 단어와 함께 쓰였다. 한 언론사의 분석에 의하면, 이념 성향이 다르다고 평가받는 트위터·일베를 가리지 않고, "헬조선은 역시 미개해", "헬조선을 탈출해야 해"라는 두 문장이 가장 많이 쓰였다고 한다.[5] 한국사회에 대한 분노가 자기 비하로 투영된 개념이 바로 '헬조선'이었던 것이다.

그런데 청년들의 이러한 분노가 물리적인 저항이나, 단순한 체념으로 이어지기보다는 주로 냉소적인 조롱과 풍자, 유희로 이어졌다. 사회 부조리와 관련된 부정적인 기사가 나올 때면, "이 맛에 헬조선 삽니다", "헬조선은 오늘도 행복합니다"와 같은 식의 조롱이 잇달았다. 최근에는 '헬조선'이 '동어반복'이라는 '드립'까지 나왔다. '역전 앞'과 다를 바 없는 오류라는 것이다. 또한 '조선'을 '지옥'에 비유하는 것도 '실례'라는 드립도 있다. '지옥'은 적어도 죄지은 자가 벌을 받는 곳이지만, '망한민국'은 '유전무죄 유전무죄'이니 '지옥'보다 못하다는 것이다. '헬조선'을 '조롱'하는 청년들은 기성세대(386)는 물론이고, 직전 세대(촛불)와도 행위의 양태나 의식의 구조가 다르다는 것을 알 수 있다. 한국 청년의 멘탈리티를 개념어의 유희를 통해 살펴야 하는 이유가 바로 여기에 있다.

'헬조선'과 관련된 커뮤니티 사이트는 대략 15개 내외로 검색된다(《네이버》·《다음》 기준). 《헬조선》, 《헬조선 이 맛에 하는 겁니다》, 《헬조선 연구소》, 《지옥불반도》, 《까자 닷컴》, 《몽주니어 승패기록실》 등 사이트 이름만 보아도 대략적인 성격을 짐작할 수 있을 것이다. 이들 사이트에서는 한국사회의 '비이성적 뉴스'나 '헬짤' 등의 게시물을 올리면, '죽창지수'나 '공감지수'에 따라 '헬포인트'를 지급하는 방식으로 운영되고 있다. 한국사회가 어느 정도까지 '시궁창'이 되었나를 견주고, 그를 표현해 낼 수 있는 '드립력'과 '병맛 정도'에 따라 '헬베스트'를 결정한다는 구도이다. 물론 '헬조선'답게, '헬포인트' 따위 모아봤자 부질없다는 점도 명시하고 있어, 게시글 경쟁을 사전에 차단하고 있으며 그 흔한 '친목질'도 '헬조선에선 뒤통수'라며, 오프라인으로의 세력 확장도 경계하는 모습을 보인다. '헬조선의 유저'들은 헬조선의 현실을 오직 언어적 차원의 유희로서만 소비하고 있는 것이다.[6] 청년들은 순진하게 이와 같은 언어유희가 현실에 강한 영향력을 행사할 수 있을 것이라고 믿지 않는다. 하지만 그럼에도 청년들은 한국사회의 남루한 현실을 외면하지 않고, 오히려 그를 어떻게든 개념화하여, 권력관계의 내재성 자체를 '트러블화'하고 있다. 이는 청년들이 단순히 '무기력한 존재'가 아니라, 일종의 '정치적 주체'로서 표상될 수 있는 영속적인 가능성을 열어 놓고 있다는 것을 의미한다. '헬조선'을 유희하는 청년들이 수행하고 있는 정치성이란, 그 개념의 남발과 남용으로 인해 오히려 획득 가능해지고 있다.

사실 '헬조선'과 관련한 언설의 한계는 비교적 명백하게 지목되고 있다. '헬조선'이 국가의 책임을 환기하면서도, 지옥을 생산하는 구체적인 실상과 구조를 지시하는 데는 부족하다는 것이다. 하지만 구체적 현실을 적시할 수 없다는 바로 그 개념상의 특징으로 인해, 외려 사회의 여러 영역에서 비롯되고 있는 몰상식과 부조리, 모순에 대해 종합적인 대응 혹은 사유를 가능케 했다는 사실을 외면할 수는 없다. 이는 세월호 진상 규명과 청년실업, 대학구조조정과 노동개악, 국정교과서와 같이 서로 무관해 보이는 사안들의 이면에서 요청되고 있던 연대의 필요를 위한 담론상 거점으로서 '헬조선'이 활용될 가능성을 보여 주는 것이기도 하다. 실제 민중총궐기 대회에서는 다양한 단

위와 주체들이 '헬조선'을 욕하며 함께할 수 있었다고 한다.[7]

이처럼 현재 한국사회에서 발화되고 있는 '헬조선'이란 개념은 구체적인 대상-현실을 지시한다기보다는 표현의 차원에서 반복될 요청에 의해 제기되고 있는 것이다. 다시 말해 '헬조선'이란 개념 자체를 '진짜 현실'의 특성을 지시하기보다는 외려 '현실의 상실'을 직시하려는 의지로 봐야 한다는 것이다. 따라서 '헬조선'이란 개념이 대체 한국의 어떤 실상을 추상화하고 있냐는 질문은 그다지 유효하지 않다. 마찬가지로 '탈조선'을 고심하는 청년들에게 희망하는 국가를 구체적으로 캐묻는 것은 '꼰대질' 이상도 이하도 될 수 없다.[8] '헬조선'의 잉여들은 다만 '헬조선'이라 욕할 수 있는 권리를 마음껏 실천하고, 그를 통해 개념화될 수 없는 파국적 현실을 인지하려고 노력하고 있을 따름이다.

'헬조선'은 화용론적인 접근을 요구하는 개념이다. 청년들이 언어와 관계를 맺는 방식이 근본적으로 바뀌고 있다. 앞서 지적한 대로, '헬조선'은 구체적인 대상을 특정한다기보다는 현실 자체의 참담함을 표현해 내려는 방법에 다름 아니다. 언어의 지시적 기능보다는 표현적·수사적 층위가 더욱 중요해진 것이다. 이는 말-언어의 위상이 달라졌다는 것을 의미한다. 그 이유를 짐작하기는 어렵지 않다. 우리는 '이명박근혜'를 거치면서 수많은 '공약 파기'와 '말 바꾸기'를 보았다. 이는 단지 정치의 영역(공론장)에서 선언되는 '말'에 대한 신뢰를 잃었다는 것이 아니다. 오히려 청년들은 '말'이나 '선언'이 내재하고 있던 수행적

박근혜 정권 공약 이행률, 《뉴스타파》, 2015.2.24일.

인 차원의 힘을 본 것이다.

즉 '선언' 자체가 구체적으로 어떠한 내용을 담고 있는지가 중요한 것이 아니라, 외려 그것이 상황에 따라 어떻게 표현됨으로써, 대중의 의사를 변화시킬 수 있는지를 경험해 버렸다는 것이다. 이제 공론장의 '말'에 있어 중요한 것은 내용이 아니라 형식이고 겉으로 드러나는 정서적 태도라 할 수 있다. 이는 그야말로 말과 선언의 통속화라 할 수 있다. 청년들의 언어유희는 통속화된 말의 존재양태를 가장 잘 보여 준다. 하지만 반복건대 '헬조선'이란 개념의 유희야말로 청년들을 '정치적 주체'로서 표상할 수 있는 영속적인 가능성을 마련해 준다. '헬조선'을 '병맛화'하여 이를 공유하는 것이야말로 연대의 담론적 조건이 되고 있다.

× 당신의 수저는 어떤 색깔입니까?

"베버는 『직업으로서의 학문』에서 학문을 하는 것은 정신적 귀족이 되는 것이라 표현했습니다. 그때만큼은 제가 그 정신적 귀족이 된 느낌이었습니다. 서로 수저색깔을 논하는 이 세상에서 저는 독야청청 '금전두엽'을 가진 듯 했습니다. 하지만 저는 금전두엽을 가지지도 못했으며, 생존을 결정하는 것은 전두엽 색깔이 아닌 수저 색깔이더군요."

_ 어느 서울대생의 유서 일부(2015.12.18.)

2015년 겨울, 어느 서울대생이 자살했다. 무서울 정도로 이성적인 유서도 남겼다. 유서에는 자살을 '삶의 고통'이 '죽음의 고통'보다 클 때 일어나는 '경제적 사고의 소산'이라 정의하고 있었다. '사회의 (비)합리'에 순응하며 사는 '남은 사람들'과, 그들로 구성된 세계에 대한 분노가 성토되어 있었으며, 그럼에도 쉽사리 죽음을 택하지 못하는 자신에 대한 수치심도 표현되어 있었다. 학문의 세계에서 '정신적 귀족'일 수는 있어도, 생존을 결정하는 것은 '수저의 색깔'이었던 것이다. '앎'과 '삶'의 괴리, 세계에 대한 경멸, 근거 없는 위로들, 결국 그에게 '고통'을 해소할 수 있는 유일한 선택은 죽음밖에 없었다. 그의 죽음은 충동적이 아니라, 너무나 이성적이고, 너무나 현실적이기에, 가장 비극적이다.

한국의 젊은 청년이 이성적인 죽음을 택해야만 했던 고통의 크기를 가늠하기란 불가능하다. 타인의 (실질적인) 위로라는 소박한 바람을 뒤로하고, 현실은 그에게 너무도 잔인했을 것이다. 다만 한 가지, 유서에 의하면 '현실의 합리'를 '실감'케 한 것은 학문이 아닌 '수저의 색깔'이었다고 한다. 서울대라는 '학력·상징 자본'도 무용하게 만드는 '수저의 색'은 그만큼 청년 세대에게 넘을 수 없는 벽처럼 굳건하다. 물론 죽음의 원인을 '수저론' 따위로 쉽게 환원할 수는 없겠지만, 그만큼 '수저'로 상징되는 계급 고착은 청년들의 삶 속에 뿌리 깊게 각인되어 있다. '수저론'이 가져온 사회적인 파급력을 생각해 봐야 한다. 이 개념이 청년들의 자기 비하에 머물고 말았다면, 그토록 강한 공감대를 형성할 수 없었을 것이다. '수저론'은 2030세대의 가장 슬픈 자화상이자, 냉정한 현실 판단의 결과로 제시된 것이다. 청년들은 '수저론'이란 개념 이전에, 이미 그러한 현실을 함께 목도했던 것이다.

"천재는 노력하는 자를 이길 수 없고 노력하는 자는 즐기는 자를 이길 수 없다. 요컨대 어떤 일이든 진정으로 즐길 줄 아는 자만이 '금수저' 밑에서 일할 수 있다." 개그맨 유병재의 말이다(유병재 페이스북). 주지하다시피 '수저론'은 부잣집의 자식을 일컬어 '은수저를 물고 태어났다(born with a silver spoon in one's mouth)'고 표현하는 관용어구에서 파생된 계급 개념이다. 수저계급은 부모의 재산 정도에 따라 '금수저', '은수저', '동수저', '흙수저' 등으로 나뉜다. 보통 자신의 재산 규모를 자신조차 파악하기 어려우면 '금수저', 자신의 재산 규모를 뚜렷이 파악할 수준이라면 '은수저'로 통용된다.[9] '헬조선'이 루리웹이나 일베와 같은 커뮤니티에서 '금지어'가 된 반면, '수저론'은 정상적인 사이트에서도 통용되는 사회풍자 개념으로 자리 잡았다. 물론 이는 '헬조선'에 비해 '수저론'이란 개념이 훨씬 구체적인 상황을 묘사하고 있다는 사실과 연동된 결과일 것이다. 전자가 특정 세대나 이념집단이 독점할 수 없다는 바로 그 이유 때문에 담론상의 전장이 되었다면, 후자는 청년 세대가 처한 보편적인 현실 자체를 드러내는 개념이기에 제한할 근거가 없는 것이다.

'수저론'은 예견된 개념이었다. 청년들은 '노오력'만으론 계층이동이 불가한 것을 이미 체감하고 있었다. '수저론'은 기본적으로 과거 결정론(혹은 운명론)의 서사로 구성되어 있다. 청년들은 이런 서사에 익숙했다. 가령 한국 드라마의 가장 주류적인 서사로 자리매김한 '출생의 비밀'을 살펴보자. 가난한 여주인공이 '본부장'이나 '실장님'을 사랑하여 시련을 겪는다. 이때 시련이란 주로 재벌가 부모의 반대를 의미한다. 주인공이 가혹한 운명에 굴복할 즈음 마치 기적처럼 잃었던 부모가 (가까운 곳에서) 귀환한다. 어느 누구 부럽지 않은 집안의 자제(子弟)임이 밝혀진 주인공은 일순간에 계층 상승의 '행운'을 누리게 된다. 이처럼, 우리에게 가장 익숙한 '출생의 비밀'은 계급 차이에서 비롯된 시련에 직면한 청년이, 부모 세대를 소환함으로써 문제를 해소한다는 구조로 되어 있다. 계급 상승의 방법을 상실한 청년들이 출신성분의 해명을 통해 지위를 보장 받는 구조인 것이다. 전망이 불투명한 상태에서 현재의 위기를 과거로의 퇴행을 통해 상상적으로 회복한다. 우리가 가장 '막장'스러운 서사 - 코드를 지금까지 소비한 이유가 바로 여기 있다.[10] '출생의 비밀'은 허무맹랑한 이야기라기보다는 가장 '리얼한 서사'로 엄존하고 있는 것이다.

'수저론'은 그 자체로 이미 현실이다. "사람이 미래"라던 한 대기업은 사무직 직원을 대상으로 '희망퇴직'을 신청받아 문제가 되었다. "23살 여직원도 퇴직 압력을 받고 있다"는 말이 나돌았고 20대들에 '명퇴'라는 '소중한 경험'을 안겨 주었다. 그런데 이런 와중에 기업 오너의 장남은 전무로 승진했다고 한다.[11] 가족 예능에 나오는 유명인 2세는 하루아침에 주인공을 꿰찼고,[12] 정·재계 인사 아들의 병역비리도 우리에겐 이미 친숙하다. '수저론'을 증명하는 지표들도 분석되고 있다. 동국대 김낙년 교수에 따르면 "자산 상위 10% 계층에 전체 부의 66.4%"가 쏠려 있으며, "상속과 증여가 전체 자산 형성에 기여한 비중은 1980년대 연평균 27.0%에서 2000년대 42.0%로 크게 늘었다"[13]고 한다. 명문대 입학생의 수는 부모의 소득이나 집값 같은 재산 규모와 뚜렷이 비례한다. 방송사 보도에 따르면 강남구의 월 사교육비는 전국 평균의 6배가 넘고, 저소득층과 고소득층 간 사교육비 지출은 17배의 차이가 난다고 한다. 사교육비 격차는 입시로 이어져 서울대 합격자 비율은 강남구가 강북구에 비해 21배 높았고, 외고나 과학고 등 특목고 출신은 일반고보다 최대 65배나 많이 합격했다고 한다.[14] 이처럼 '수저론'이 각종 커뮤니티를 달굴 수 있었던 것은 그것이 분명한 근거를 갖는 개념이었기 때문이었다. '수저론'은 한편으론 자산 격차가 소득 불균형으로 이어지고 소득 불균형이 빈부를 고착시키는 현상을 의미하는 것이지만, 다른 한편으로는 바로 그러한 현실을 '노오오력'해서 극복하라는 지배적 담론에 적극 대응하기 위해 청년 세대가 직접 고안한 개념이다. 특히 입시 부문에 있어 발생한 계급차는 청년 세대에 커다란 상실감을 주었다. 한국사회에서 교육은 계층이동의 유일한 방법으로 여겨져 왔다. 하지만 이마저도 자산의 규모에 의해 학력 대물림 현상이 심화되고 있으니, 청년들로선 희망적이어야 할 아무런 이유가 없게 된 것이다. 그런 의미에서 '수저론'은 계급 개념이라기보다는 新신분 개념으로 보는 게 옳다. '출생의 비밀'을 자신이 결정할 수는 없기 때문이다. '수저론'은 신분사회로의 회귀를 암시하는 '과거 결정론적 개념'이다.

'수저론'은 '헬조선'이 '헬조선'일 수밖에 없는 이유를 분명히 드러낸다. '수저론'이야말로 '헬조선'의 현실적 준거이다. '헬조선'이 개념화될 수 없는 파국적인 현실을 유희하며 감당할 수 있게 한다면, '수저론'은 자신을 둘러싼 가혹한 조건을 직시할 수 있도록 인도한다. 물론 그것이 가능한 이유는 '수저론' 역시도 유희와 조롱의 수사로 기능하고 있기 때문이다. 최근에는 헤비유저들에 의해 '수저계급'이 더욱 세밀하게 구분되고 있다. 가령 '헬조선' 계급 제1급 라인에는 '백금수저'(정치계), '반도체수저'(IT분야)가 추가되며, 2급 라인에는 '쇠수저'(공무원), 3급 거지 라인에는 '플라스틱 수저', '나무 수저'(일회용), 4급 똥개 라인에는 '똥수저' '지옥불수저'와 '맨손'(자세한 설명은 생략한다…)이 첨가되었다.[15] '수저계급'의 섬세한 구분은 고통의 무게를 구체화하기 위한 자조적인 유희방식일 것이다. 가혹한 현실을 대면해 낼 수 있는 유일한 방법은 현실의 비참을 희화하는 것 이외에는 없다. 애초부터 '금수저'들에게는 '수저론'이 의미가 있을 리 없다. 대부분은 '흙수저'나 '똥수저'들이 '수저론' 운운하는 것이다. '헬조선'의 가장 밑바닥의 밑바닥에 있는, 그러면서도 어떻게든 현실의 비참함에 억눌리지 않고 현실 그 자체를 직시할 수 있는 담론적 방법으로서 '수저론'이란 개념의 유희가 존재한다. 따라서 우리처럼 '죽창 앞에서만 평등할 수 있는 이'들은, '수저' 운운하며 자신의 고통을 자조하는 자들의 속사정을 들어 주어야만 한다. 서로가 서로의 고통을 감내할 수 있는 유희를 공유하고 그에 감응해야 한다.

> "나는 흙수저라는 말이 싫다. 아무도 나에게 흙수저를 물고 태어났다고 하지 않는다. 하지만 나는 흙수저라는 말을 우리 부모님이 알게 될까 봐 싫다. 자식에게 늘 더 잘해 주지 못해 미안해 하는 우리 부모님들이 나는 못 배웠으니 너는 열심히 배워서 꼭 성공하라는 우리 부모님들이 흙수저라는 말을 알게 되면 본인이 자식에게 흙수저를 준 건 아닌지 생각할까 봐 싫다."[16]

'수저론'은 부모 탓을 하고자 하는 게 아니다. 단순한 자조와 자기 비하도 아니다. 현실의 비참을 애써 주체화하려는 '웃픈' 시도이다. 사연 없는 자들의 사연이다. 우리가 '흙수저'들의 언어유희를 경청해야 하는 이유가 여기 있다.

× 우리는 체념을 체념한다.

"88만 원 세대라 일컬어지는 우리들을 두고 세상은 가난도 모르고 자란 풍족한 세대, 정치도 경제도 세상물정도 모르는 세대라고들 합니다. 하지만 1997~1998년도 IMF 이후 영문도 모른 채 맞벌이로 빈 집을 지키고, 매 수능을 전후하여 자살하는 적잖은 학생들에 대해 침묵하길, 무관심하길 강요받은 것이 우리 세대 아니었나요? 우리는 정치와 경제에 무관심한 것도 아니고, 모르는 것도 아닙니다. 다만 단 한 번이라도 그것들에 대해 스스로 고민하고 목소리 내길 종용받지도 허락받지도 않았기에, 그렇게 살아도 별 탈 없으리라 믿어 온 것뿐입니다."

_ '안녕들 하십니까' 고려대 경영08학번 현우의 대자보 중

"헬조선의 흙수저", 아마도 오늘날 한국 청년들의 현주소를 이보다 더 적확하게 묘사할 수 있는 개념은 없을 것이다. 분명 '헬조선'이나 '수저론'은 어느 정도 체념의 정서를 바탕으로 하고 있으며 이를 부정

할 수는 없다. 사실 체념하지 않을 방법조차 상실한 세대가 바로 지금의 청년들 아닌가. 등록금은 비싼데 돈은 없고, 돈이 없어 알바를 하자니 스펙 쌓을 시간이 모자란다. 자포자기한 심정으로 술이나 푸며 놀고 싶지만, 그조차도 다시 돈이 없어 불가하다. '취준생' 신분은 길어지고, 경제적으로 자립할 수 없으니 '등골 브레이커'로 남을 수밖에 없다. 과거에도 별 볼 일 없었고 현실도 '시궁창'인데 미래(취업)의 전망도 불투명하다. 어쩌면 체념은 이 사회가 청년들에게 강제한 집단적 정서일지도 모른다.

하지만 청년들이 희망을 버리고 오로지 단념만 하고 있다면, 자신의 체념을 개념화하고 현실에 대한 무력감을 경쟁적으로 표현하고 있는 현상은 어떻게 봐야 할까? 과거, 온라인상에서 악명 높던 '키보드 워리어'나 '악플러'들은 주로 타인에 대한 인신공격만을 일삼는 '관심종자'에 가까웠다. 반면 최근의 '트위터리안'이나, '페북러', '블로거'를 비롯한 새로운 유형의 젊은 누리꾼들은 다른 누구도 아닌 바로 자신의 비참을 반복해서 전시한다. '헬조선'이나 '수저론'이 그저 현실에 대한 자조적인 푸념일 뿐이라면, 청년들은 왜 이러한 개념들을 공들여 개발하는 것일까? 왜 그토록 자기 비하에 열중하며, 체념하기에 전력하는 것일까? 따라서 우리는 '체념으로의 투신' 혹은 '의지적 체념'이라 할 만한 이러한 경향을 사회적인 현상으로 의미화할 필요가 있다. 청년들의 체념을 탓하기에 앞서 오히려 체념에 열중하기까지의 과정과 경로를 역사적으로 짚어 봐야 한다는 것이다. 과연 한국의 청년들은 오로지 체념 그 자체에만 침잠해 왔던 것인가?

2013년 겨울, 서울 안암동 고려대학교에는 '안녕들 하십니까?'라는 제목의 대자보가 걸렸다. 대자보에는 철도민영화에 반대한 이유만으로 사천여 명의 노동자가 직위해제를 당한 사건을 비롯하여 부정선거 의혹 및 국가기관의 선거개입, 밀양 주민의 음독자살 등이 거론되어 있었다. 남의 일이라고 할 수 없음에도, 이에 철저하게 무심하고 무력했던 불특정 다수를 향해 안녕하신지를 여쭙는 이 당돌한 안부는 순식간에 들불처럼 번져 나갔다. 서울과 수도권의 거의 모든 대학에는 '안녕하지 못합니다', '불안합니다', '진심 안녕할 수 없다'는 내용의 응답이 걸렸으며, 열기는 점차 전국으로 확산되어 갔다.

그런데 '안녕들 하십니까' 대자보는 88만 원 세대라고 규정되던 자들의 자의식을 여과 없이 노출케 한 사건이기도 했다. 세상이 "가난도 모르고 자란 풍족한 세대"라 하지만, "IMF 이후 맞벌이로 빈 집을 지키고, 수능 때마다 자살해 간 적잖은 학생들에 대해 침묵하길 강요받은 세대"가 바로 우리라는 성토가 담겨 있던 것이다. 이는 세대 바깥에서 규정적으로 공표되었던 무능한 청년 표상에 대한 반동에 다름 아니었다. '안녕하십니까'라는 질문(혹은 안부)에는 세상이 어떻게 돌아가든 안녕해야만 하는, 혹은 '안녕(안전)한 삶'만을 지향케 한 자들에 대한 경고와 조소가 함의되어 있던 것이다. 다시 말해 세상에 던져진 '안녕하시냐'는 질문은, 청년들에 대해 '안녕한 삶'만을 추구케 했던 사회적인 기대를 온전히 떠맡으면서도, 외려 그러한 기대 자체를 실현하

'가만히 있으라' 침묵시위 중. ©홍덕구, 2015

기 위해서는 현실의 모순에 저항하는 정치적 주체로서 자립해야 한다는 반전의 효과를 보여 준 것이다. 당시의 청년들은 자신의 안녕을 위해 사회에 저항했으며 서로의 안부를 물으며 연대해 갔다. 아무 탈 없이 편안하기 위해 세계를 불편케 한 것이다.

2014년 봄, 세월호 침몰로 대한민국은 비탄에 빠졌다. 믿기 힘든 일이었고 억장이 무너졌다. 주지하다시피 세월호는 가장 긴급한 과제로서 여전히 우리 앞에 쓰러져 있다. 세월호 침몰에 대한 상세한 논의는 이 글의 몫이 아니다. 다만 세월호 침몰에 대한 진상규명에는 한 치의 양보도 없다는 것만을 확인하며, 여기서는 세월호 이후 주목할 만한 청년들의 행동 한 가지만을 언급하고자 한다.

세월호가 침몰한 지 몇 주 후 청년들에 의해 '가만히 있으라' 침묵시위가 이어졌다. '가만히 있으라'는 말은 침몰 당시, 세월호 선원들이 단원고 학생들에게 내린 지침으로 알려져 있다. 하지만 이 '잔인한 말'은 비단 세월호 학생들에게만 강제되었던 게 아니었다. '가만히 있으라'는 메시지는 이미 청년 세대에겐 흔하게 내려진 사회적 명령이었다. 한국의 청년들은 아직 미숙하여 사리판단이 정확하지 못하다는 '꼰대'들의 '훈계'를 들어 왔다. 이는 그 자체로 역설적인데 한편에서는 선거 때마다 20~30대 청년들의 투표율이 낮다는 것을 탓하면서도, 다른 한편에서는 매번 청년들의 정치행위를 불온시해 왔던 것이다.[17]

하지만 '가만히 있으라' 침묵시위는 더 이상 '가만히 있지 않겠다'는 청년들의 자기 선언에 다름 아니었다. 시위의 형태가 '침묵'을 지키는 도보 행진이었다는 것 자체도 상징적이다. 이는 정치적 공론장에서 발언할 수 있는 '입'이 봉쇄되었던 청년들의 무너진 위상을 암시하는 동시에, 그에 대한 반동으로서 말이 필요 없이 저항의 가장 직접적인 형태를 제시하는 행위였던 것이다. 주지하다시피 당시의 이 침묵시위는 법을 준수하는 꽤나 온건한 방식으로 진행되었는데 그럼에도 공권력은 시위자들을 대대적으로 강제 연행하곤 했다.[18] 이는 청년들의 직접행동에 대한 지배자들의 공포를 보여 준다. 이제 권력은 법을 위반하는 정치행위를 두려워하는 것이 아니라, 외려 법을 준수하는 온건한 반대의 제스처를 더욱 위험한 요소로 간주하는 것이다. 조직된 시위대보다 무서운 것은 조직되지 않은 청년들의 집단적 움직임이며 법의 준수에 입각한 침묵의 거부 행진이다. 이런 상황은 권력자들에게 법이란 무기를 박탈하며 초점화할 수 없는 적의 '무거운 시선'을 감당케 한다.

청년들의 합법적인 저항의 형태는 사실 어른들에 의해 '안녕한 삶의 형태'만을 학습해 온 결과이기도 하다는 것이 중요하다. '안녕하기'만을 학습하고, '가만히 있기'만 했던 청년들이, 자신들이 배운 방식 그대로 '권력자=어른'에게 반대의 의미를 돌려준 것이다. 물론 이러한 준법정신 투철한 저항 그 자체는 일정한 한계가 있기도 하지만 어른들에게 강제된 방식으로 어른들에게 저항하는, 그래서 그 자체로 두려움의 대상이 되는 놀라운 '불온의 효과'를 창출하고 있다. '안녕들 하십니까' 대자보와 '가만히 있으라' 침묵시위는 사회에 대한 청년들의 기대를 수용하면서도, 바로 그 형식 자체의 온건함 때문에 가장 급진적인 저항행위가 되는 '반전의 정치'를 보여 준 사례가 된 것이다.

이처럼 불과 얼마 전까지만 해도 한국의 청년들은 안녕해 하지 않았고 가만히 있지도 않았다. 체념만을 고수한 적도 없으며 무기력하지도, 무능력하지도 않았다. 그럼에도 청년들의 이러한 시위에 대해 '꼰대 어르신'들은 어떻게 반응했는가. 한쪽에서는 청년들의 시위 형태에 대해 그 실효성만을 문제 삼아 비판적으로 '품평'했고, 다른 쪽에서는 배후(음해) 세력에 의한 조종 정도로 의미를 축소했다. 청년들의 체념은 무기력만을 강제했던 어른사회에 대한 정서적 반응이다.[19] '헬조선'이나 '수저론'처럼, 체념의 정서가 짙은 신조어들은 사실 사회가 청년들에게 쥐어 준, 현실의 다른 이름이다. 물론 청년들은 체념의 정서를 있는 그대로 수용하지 않는다. 외려 그렇게 강제된 체념 자체를 어떻게든 주체화하기 위해 애쓰고 있다. 체념과 포기의 정서를 적극적으로 개념화하여, 자조적인 유희를 통해 이를 상대화한다. 그렇게 상대화된 개념은 이제 '어른들의 사회'를 위협하는 가장 무서운 담론의 거점이 된다.

'헬조선'과 '수저론'은 현실을 단념한 청년들의 단어가 아니라, 외려 감당하기 힘든 현실을 어떻게든 정확히 직시하고, 이를 변화시키려는 잠재된 언어의 정치행위라 할 수 있다. 체념을 체념하려는 청년들의 눈물겨운 언어유희에 모두가 경청해야 하는 이유가 바로 여기 있다. 청년들의 '의지적 체념'은 언제든 직접적인 저항행위로 이행될 수 있다. '헬조선'과 '수저론'은 어른들의 세계에 대한 청년들의 가장 무서운 경고인 것이다.

1) ‘국개론’과 ‘20대 개××론’은 2009년 내내 온라인 커뮤니티에서 가장 빈번하게 제기된 담론이었다. 이 담론들은 신자유주의 가치관을 전면에 내세우며 출범한 MB정권에 대한 환멸이, 그를 선출한 국민(혹은 20대)에 대한 자기 반영적인 경멸로 이어진 것이었다. ‘보수당을 지지한 서민’과 ‘투표권을 저버린 20대’라는 프레임은 향후 ‘계급배반’ 논의와 정치 참여 캠페인으로 이행됐다. 전자가 계몽적인 언설에 대한 거부로 이어지고 있는 데 반해, 청년 세대의 무력을 의미하는 후자의 담론들은 여전히 이름만 바꾸어 반복되는 경향이 있는 것을 알 수 있다. 물론 이는 청년 세대에 대한 계속된 불신의 반영이기도 하겠지만, 반대로 그들에 대한 사회적이며 역사적인 기대를 놓지 않고 있는 것이기도 하며, 청년들 스스로도 반성적인 자기 성찰과 사회 참여 의지를 노출하고 있는 것으로 볼 수도 있다.

2) 천정환, “‘헬’바깥으로, 세대담론을 넘어,” 《동국대학원신문》, 2015년 12월 7일.

3) 온라인 취업포털사이트 《사람인》의 설문에 의하면, ‘헬조선’과 ‘수저론’(금수저, 흙수저)은 가장 많이 사용된 온라인상의 신조어이자, 구직자들을 가장 슬프게 만든 개념이기도 했다고 한다. 선택한 신조어에 불쾌감을 느끼는 이유로는 ‘불공평한 의미를 담고 있어서’라든가, ‘사회적으로 심각한 문제’여서, ‘나에게도 피해를 주고 있어서’, ‘비하하는 의미라서’ 등이 꼽히고 있다. 이는 ‘헬조선’과 ‘수저론’이 한편으로는 사회적 의제로서 제기될 필요가 있는 문제이면서도, 다른 한편으로는 그것이 표현되는 수위에 함의된 부정성에는 거부감을 가지고 있다는 것을 알려 준다. 이 설문은, ‘병맛’ 개념들을 유쾌하지만은 않게 사용하면서도 그 이외에는 달리 현실을 표현할 방법이 없는 청년들의 언어-딜레마를 정확히 지시하고 있다. “금수저 · 헬조선 취업 세태 반영한 신조어 리스트,” 《NEWS DIVE》, 2015년 12월 17일.

4) 관련 기사의 제목들이다. “‘의료 영리화’ 합의 처리, 최악의 ‘헬조선’,” 《프레시안》, 2015년 12월 10일. “헬조선, 노동개악 진짜 주범은 재벌,” 《경향신문》, 2015년 11월 26일. “헬조선의 시간강사가 말하는 각자도생의 청춘,” 《미디어

오늘》, 2015년 11월 29일. "공감능력 상실한 리더들 때문에 '헬조선' 됐다,"《노컷뉴스》, 2015년 11월 20일.

5) "[커버스토리] 헬조선에 태어나 노오오오오오력이 필요해,"《경향신문》, 2015년 10월 2일.

6) 헬조선 관련 커뮤니티 사이트의 운영 방식은 아래의 사이트들을 참고했다. 물론 이 사이트들 사이에도 약간의 차이는 있었지만, 여기선 그보단 오히려 공동의 운영 방식을 통해, '헬조선'이라는 개념을 유희하고 있는 청년들의 경향을 분석했음을 밝힌다.
헬조선(http://www.hellkorea.net/), 헬조선(http://hellkorea.com/xe/), 지옥불반도(http://ilduk.dothome.co.kr/xe/main), 헬조선뉴스(http://hellchosun.news/), 헬조선연구소(http://hellchosun.net/category).

7) 민중총궐기 투쟁본부의 선언문 일부는 이렇다. "민주주의도, 민생도 평화도 없는 이 '헬조선'의 폐허 속에서, 이 정권은 이제 '쉬운 해고', '평생 비정규직'을 골자로 하는 노동개악을 강행하려 하고 있다. 우리가 돌려줄 것은 더 강력한 투쟁과 더 많은 결집과, 중단 없는 투쟁 뿐이다." 또한 현장에서는 다음과 같은 구호가 외쳐졌다. '살려라 청년을, 뒤집자 헬조선', '헬조선의 국정교과서 저지' 등이 그것이다. 선언문이나 구호에서 보이는 더 많은 결집과 전국적 투쟁은 '헬조선'이라는 시대 인식에 대한 공감 위에서 가능한 것이었다. 관련 기사는 다음과 같다. "청년·대학생 '헬조선을 뒤집자 민중총궐기' 외침,"《오마이뉴스》, 2015년 11월 11일."제3차 민중총궐기 '헬조선' 노동개악에 전면 투쟁,"《프레시안》, 2015년 12월 19일.

8) 그러니 '탈조선'에 관한 이런 대응이야말로 가장 한심한 것이다. "어디에도 천국같은 나라는 없다,"《동아일보》, 2015년 12월 11일; "대한민국이 '헬조선?' 그럼 어느 나라가 천국?,"《경북도민일보》 2015년 11월 5일; "5만 달러 품고 헬조선 탈출해 북조선 가서 살기,"《동아일보》, 2015년 10월 8일.

9) 물론 계급 구별 기준은 그때그때 다르다. 가령 〈나무위키〉에서는 "대기업임원급 집안의 자식들을 금수저로, 부동산 불로소득만으로 부유하게 사는 사례나 일반적인 기업 사장 자식들을 은수저로, 첫줄에서 언급한 은수저 수준의 재산

과 대학교 등록금을 별 무리 없이 낼 수준을 동수저"로 분류하기도 한다. 〈디시위키〉에서 금수저를 "부모의 찰진 돈방석 응딩이 뒤에 숨어서 부모 부모 부모 빽만 믿겠소! 하는 놈들. 머한민국 상위 0.1% 미만 집단"으로 규정하고 있다. 이처럼 계급을 구별하는 기준은 커뮤니티마다 천차만별이지만, 개념 자체의 특성상 이러한 세부적인 차이보다는 그러한 계급 고착 현상을 문제시하는 개념으로 널리 사용되고 있는 것이 일반적이다.

10) '출생의 비밀'에는 다른 서사 패턴도 있다. 한국 드라마에서는 가난한 주인공을 괴롭히는 악한 주인공의 '출생의 비밀'을 다루기도 한다. 온갖 악행으로 위태로운 지위를 지켜 나가던 악인이, 실은 가난하다는 이유로 집안에서 버려진 자였던 것으로 밝혀진다. 이때 뒤늦게 귀환한 부모 세대는 일종의 권선징악적 징벌로서의 함의를 가진다. 이는 사회적 부조리나 모순에 대한 국가의 처벌이나 대응을 불신하는 시대 인식의 결과로서 주어진 것이다. 다시 말해 박탈당한 자들에 대한 국가적 보상이나 복지의 실패가 사회의 모순에 대한 대리징벌로서 과거의 가난한/죄지은 부모 세대를 소환하고 있다는 것이다. 이런 사례 패턴 역시, 미래를 도모하기 보다는 현재의 문제를 과거로부터 상상적으로 해소하려는 퇴행적인 성격을 가지고 있다 하겠다. 하지만 바로 그러한 이유로 어느 드라마보다 가장 사실적인 형식으로 지속될 수 있는 것이다.

11) "'신입사원도 명퇴 신청하라' 두산인프라코어, 박용만 36살 아들은 전무 임명," 《조선비즈》, 2015년 12월 15일.

12) 가장 최근에는 배우 조재현의 딸 조혜정의 드라마 캐스팅 관련 논란이 있었다. 이들 부녀는 공중파 가족 예능프로에 동반 출연해 화제가 되었는데, 이 프로 이후 무명의 배우 지망생이었던 조혜정이 웹드라마의 주인공으로 캐스팅되면서 '금수저' 논란에 휩쓸린 것이다. 이 사소한(?) 사례는 한 언론사에서 '올해의 논란'으로 선정될 만큼 20대들에게 적잖은 충격을 준 것으로 알려진다. "[올해의 논란들 ① 방송] 금수저 조혜정·막말 장동민·퇴출 강용석 … 뜨거웠던 세 사람," 《헤럴드경제》, 2015년 12월 10일.

13) "계층이동 사다리 끊어진 '新계급사회' 도래," 《헤럴드경제》, 2015년 11월 30일.

14) "부모 재산 높을수록 명문대 입학 … '강남'서 용난다," SBS TV, 2015년 5월 2일.

15) 《디시인사이드》의 〈디시위키〉 "수저계급론"을 참고하였다.

16) 트위터 〈고려대학교 대나무 숲〉에서 발췌했다.

17) 물론 이처럼 청년에 대한 역설적인 기대는 정치를 오직 투표행위로 한정하려는 자들의 프레임과 연동된 결과일 것이다. 즉 민주주의라는 것을 청년시민들의 직접적인 정치 참여에서가 아니라, 그러한 참여를 대의하는 원리로서만 이해하려는 자유주의적 사고 말이다. 이들은 청년시민들의 자발적인 시위나 집회도 기존의 정당정치를 지지하는 데서만 의미를 찾으며, 이를 어떻게든 제도화하려는 것에만 골몰한다. 하지만 물론 민주주의란 질서를 해체하는 것이며, 참여하는 대중지성의 직접행동만이 정치에 근본적인 형태이다.

18) "'가만히 있으라' 침묵시위 경찰에 전원 연행, 용혜인씨도 연행돼," 《경향신문》, 2014년 5월 18일.

19) 이 지점에서 최근 온라인상에 보이는 청년들의 '반지성적 태도'에 주목해 볼 필요가 있다. 요즘의 청년들에게는 특정 사안에 대한 이성적인 판단이나 분석적인 태도 자체를 거부하는 경향이 있음을 알 수 있다. 그렇게 등장한 신조어로는 '설명충', '훈장질', '선비질', '꼰대', '오지라퍼', '진지충' 등이 있다. 하지만 이러한 부류의 신조어를 가만히 살펴보면, 이는 단순히 반지성적인 함의만을 가지고 있는 것이 아니라, 다음의 두 가지 의미를 동반한 행위임을 알 수 있다. 첫째, 청년들은 기성세대 특유의 기질을 강하게 거부하고 있다. 그러니까 청년들은 어른들의 '가르치려는 태도' 자체를 문제시하고 있는 것인데, 이는 분명 자신들을 미숙한 존재로 전제한 사회적 인식을 거부하는 제스처라고 할 수 있다. 둘째, 부조리한 현실에 산재하는 비이성적인 현상에 대한 분노가 함의되어 있다. 사회의 모순을 이성적으로만 파악하려는 태도에 대한 거부감과 동시에, 외려 이성적이면 손해 보는 시대에 대한 인식의 결과인 것이다. 사실 불합리한 사회를 합리적으로 해석하려는 행위 자체만큼 허무하고 한심한 짓이 없다. 청년들은 바로 그 지점을 꼬집는 것이다.

흙흙청춘×세번째

공부도 해봤다

흙흙청춘×세번째

잃어버린 시간의 헬조선

— 머물러 있는 청년들을 붙잡는 중독적 국가

김희원

× 여는 말

사실 우리 모두가 겪고 있지만, 누구에게도 어려움을 토로하기 어렵고, 그렇다고 계속 이렇게 살기에는 도무지 끝이 보이지 않는 청년들의 삶. 우리는 자조적인 목소리로 이 나라를 '헬조선'이라 부른다. 이러한 상황에서 벗어나기 위해 다양한 분야에서 여러 사람이 대책을 강구하고 있지만, 우리는 여전히 눈에 띄는 변화를 경험하지 못하고 있다. 우리가 이렇게 된 이유는 '도대체 왜 우리가 이런 상황에 놓여 있는가?'라고 질문하고, 그 답을 찾으려고 용쓰는 멍청한 혹은 진지한 또라이가 없었기 때문이라고 본다.

이 글에서는 2016년 현재 한국 청년이 당면한 문제가 그들의 '정체된 삶'에서 비롯된 것이라는 판단하에, 이 삶이 '중독자의 삶'과 다르지 않다는 점을 지적하고자 한다. 하지만 청년들이 중독자의 삶을 산다고 해서 그 중독의 책임이 청년들에게 있다고 주장하려는 것은 아니다. 오히려 그들이 중독될 수밖에 없었던 이유를 그들이 당연한 것처럼 배우고 자란 '근대적 삶'과 '합리성'에서 찾아내려고 한다. 같은 논지에 따라 한국이라는 국가에 살고 있는 청년들을 포함한 모두가 역시 중독자의 삶을 살고 있다는 점을 밝힐 것이다.

현대 한국은 경제성장과 근대화라는 이름 아래 국가적 차원에서 합리성을 실현하려고 노력했다. 하지만 동시에 다양한 분야의 학자들이 그 합리성에 내재된 위험을 경고했던 바를 증명이나 하듯, 한국에서의 삶이란 개별 인간의 고유성은 거세된 지 오래고, 한 사람으로서의 인간다운 사유는 중·고등학교 과정을 거치며 그 가능성마저 원천봉쇄되었다. 이렇듯 합리성을 통해 완성된 체계 속에서 인간들은 그저 체계를 유지하는 부품으로 전락해 버렸다. 심지어 개별 인간들은 그 체계 바깥을 사유한다는 상상조차 하지 못하는 중독적 삶을 살아가고 있다. 우리는 이 글에서 이 삶을 어떻게 중독적인 삶으로 인정할 수 있는지, 그리고 현대 한국의 체제가 어떻게 구성원 모두를 중독적 삶으로 몰아붙이고 있는지에 관한 정황을 생각해 보고자 한다.

그 정황을 바라보는 한 가지 방법으로 이 글에서는 '중독' 그리고 '시간'이라는 두 가지 개념에 주목한다. 이 논의는 20세기 초, 과학지상주의를 비판적인 시각으로 바라보았던 '현상학(Phenomenology)'을 이용하면서 이루어질 것이다. 다만 이 방법은 유사과학·대체과학이 주장하듯, 기존의 과학을 부정하면서 이루어지는 것이 아니라, 애당초 과학이 성립·발전할 수 있었던 생각의 토대를 파고들어 가, 어째서 우리가 지금과 같은 발전 과정을 겪어 왔는지 되돌아보는 방식으로 사유하는 것이다.

이 글에서는 '중독' 그리고 '시간'이라는 두 가지 개념을 새롭게 해석함으로써 이미 '근대성(Modernity)' 그 자체에 우리를 중독적 삶으로 몰아붙일 수밖에 없는 가능성이 내재되어 있다는 점을 밝힐 것이다. 이런 점을 토대로 우리 각자의 삶을 미래지향적으로 바꿀 출구를 찾는 동시에, 중독 상태에 빠진 헬조선이 아니라 앞날을 향해 달려가는 대한민국으로 거듭나는 길을 모색할 것이다.

머물러 있는 청년들

대체 이 땅에서 청년으로 사는 것은 얼마나 힘겨운 일이란 말인가! 연일 뉴스에서는 청년실업에 관해 다루고 있으며, 기성세대들을 비롯해 성공한 사람들은 청년들에게 '노오오력'이 얼마나 부족한지 설교한다. 분명 부모님이 시키는 대로 초·중·고를 다니면서 어떻게든 좋은 대학교에 가기 위해 노오오력했고, 그렇게 입학한 대학교에서도 취직을 위해 노오오력했으며, 어렵게 취직한 기업에서도 살아남기 위해 노오오력했는데도 말이다.

우선 2016년의 청년들이 얼마나 무능력하고, 나약한 사람들인지는 잠깐 미뤄 두더라도, 2016년을 살아가고 있는 청년들이 한 사람의 어른으로서 '자립'하기는 정말로 쉽지 않은 일인 것 같다. 김영삼 전 대통령은 26세에 국회의원이 되었고, 안중근 의사는 31세에 국가의 적을 처단하였다. 심지어 유관순 열사는 18세에 일제에 항거하다 죽음을 맞기도 했다. 아니, 그런 특별한 사람들이 아니더라도 당장 나의 부모님은 (이마저도 당시엔 좀 늦은 감이 있는 결혼이었지만) 각각 27, 23세에 결혼하셨고 아버지가 서른이 되던 해에는 서울의 24평 아파트에 전세를 살 수 있을 정도의 자금력을 갖출 수 있었다.

하지만 지금은 어떤가? 20대에 국가의 미래를 걱정하는 것은커녕 부모님에 경제적으로 의존하지 않고는 가정을 꾸리는 것조차 어렵고, 어렵사리 결혼한들 (우리 아버지가 하셨듯) 3년 안에 스스로 번 돈으로 서울의 24평 아파트 전세를 구하는 것이 도대체 가능한 미션인가? 그렇다면 독신은 좀 사정이 나을까? 그럴 리가 있나. 현재를 살고 있는 우리가 경제적, 정신적으로 자립하는 '어른'이 된다는 것은 힘든 일을 넘어섰다. 마치 사회가 우리에게 어른이 되기엔 준비되지 않았다고 말하는 듯하다. 30대 중반을 넘어 후반으로 달려가는 나에게 '어른 대접'은 아직도 요원하다. 부모님들이 우리에게 말하는 어른이란 좋은 대학을 졸업하고 좋은 직장에 들어가 좋은 사람을 만나 결혼하고, 자금을 모아 좋은 집도 사고, 아이들을 훌륭하게 키워서, 부모님을 잘 모시고 사는 그런 삶이기 때문이다.

오늘날 청년들은 어떻게 살고 있는가? 좋은 대학에 가려고 노오오력하고, 그 대학을 우수한 성적으로 졸업하려 노오오력하고, 취업을 위한 스펙을 쌓거나, 공무원 시험에 합격하기 위해 노오오력한다. 그렇게 우여곡절 졸업을 하고 스펙을 쌓아 취업의 미션을 완수했다고 해도, 물가는 계속 오르고, 회사에 언제까지 남아 있을 수 있을지 알기 어려우며, 그렇지 않아도 모자란 월급은 통장을 스쳐서 어딘가로 옮겨 간다. 온전히 내 힘만으로 집을 마련하기는커녕, 매년 오르는 전세 보증금을 막기에도 급급한 실정이다. 나중에 돌려받을 수 있는 보증금이라지만 그 보증금을 돌려받아 내 집 마련을 할 수 있을지도 불투명하다. 하지만 그렇다고 지금 하고 있는 일을 그만두고, 다른 길을 도모하기에는 자기 살 길도 찾지 못하는 철없는 어른으로 낙인찍히는 것에 대한 위험부담이 너무 크다.

나는 얼마를 벌어야 자립할 수 있는 것일까? 돈을 모으면 이런 쳇바퀴 같은 삶에서 벗어날 수 있는 것일까? 이렇게 쳇바퀴를 계속해서 돌면 그 길에 끝은 있는 것일까? 도대체 언제쯤 청년을 벗어나 어른이 될 수 있는 것일까?

헬조선 그리고 근대적 삶

앞서 언급한 바와 같이 우리가 살고 있는 이 나라를 우리는 '헬조선'이라 부르며 30% 정도의 분노와, 30% 정도의 체념, 그리고 40% 정도의 자책 속에서 버티고 있다. 중고딩 시절에는 이유도 모른 채 좋은 대학을 가기 위해 내 삶의 모든 시간을 투자했었다면 대학에서는 안정적인 직장을 찾기 위해 그리고 직장에서는 어떻게든 내 자리를 지키기 위해 반복되는 일상을 영위한다. 그 반복되는 일상 속에서 나의 어릴 적 꿈, 진정 내가 하고 싶었던 일들은 어느새 그림자 뒤로 사라져 버린다. 반복되는 일상을 강요하는 헬조선에서 한 사람의 어엿한 어른으로 대접받기 위해 내가 해야만 하는 일은 정해져 있다. 그리고 그것을 얼마나 잘 수행했느냐에 따라 나는 훌륭한 어른인지, 그저 그런 어른인지 평가받는다.

헬조선에서 살아남기 위해 신경 써야 하는 점은 오로지 이러한 평가 과정에서 나 자신이 그 평가 대상으로서 계속 남아 있도록 하는 것이다. 다시 말해 주변에서 칭송하는 멋진 사람이 되기 위한 삶이 아니라, '정상적인' 어른의 범주에서 도태되지 않기 위해 반복적으로 쳇바퀴를 굴리며 사는 것이다. 이 쳇바퀴에는 시작도 끝도 없다. 청년들이 해야 할 일은 정해져 있고 목표도 정해져 있다. 하지만 그 목표를 성취하는 사람은 극소수에 불과하다. 그렇다고 지금 당장 일을 그만두기도 어렵다. 나에겐 지금의 삶을 유지하기 위해 끌어들였던 학자금 대출과 카드 빚 그리고 월세와 공과금이 있기 때문이다. 연봉은 도무지 오를 생각을 않지만 물가는 매년 오른다. 그럼에도 내가 헬조선에서 관심 가져야 하는 것은 혹시나 지금 나의 위치가 내 주변 사람들보다 아래에 있지는 않은가 하는 것이다.

오늘날 이곳에서 우리가 겪고 있는 삶의 모습 그리고 그 비참한 감정은 17세기부터 20세기 초반까지 여러 학자들이 '시장경제'의 미래에 관해 그려 내는 모습과 크게 다르지 않은 것 같다. 시장경제는 제2차 세계대전을 겪으면서 학자들이 그토록 극복하고자 했던 근대성과 함께 성장했다. 데카르트가 철학자로서 한편으로는 인간의 이성(reason)을 규정하고, 다른 한편으로는 좌표평면을 고안해 세계를 '측정할 수 있는 것'으로 만든 이후, 인간이 경험하는 모든 것은 계량될 수 있는 것이 되었다. 당연히 인간성의 가치 역시 이 계량화 작업에서 예외는 아니었다. 인간이 관련된 모든 것은 숫자 혹은 화폐단위로 계산할 수 있게 되었고, 인간사회가 굴러가는 방식은 애덤 스미스의 '보이지 않는 손'에 의해 유지되는 것으로 설명되며, 이 '보이지 않는 손'은 결국 제라르 드브뢰에 의해 수학적으로 증명되는 과정을 거쳤다. 이러한 이성의 시대를 철학계에서는 '근대(Modern)'라고 부른다.

인간사회의 유지 및 발전을 수량화해서 계산하고, 예측할 수 있다는 근대철학적 믿음이 결국 시장경제와 연결된다는 점은 그렇게 이상한 것이 아니다. 하지만 오늘날 헬조선이라는 상황이 근대철학과 직접 연관된다는 것은 조금 더 설명이 필요하다. 대체 우리만 근대적, 합리적 이성을 쓰는 것도 아닌데, 왜 근대성이 특히 우리에게 문제라는 것일까? 이는 17세기 이후 서양에서 근대성이 전개된 맥락과 한국이 20세기 중반에야 이 근대성을 받아들이면서 경제적으로 성장하던 맥락이 차이가 있다는 점으로부터 출발하면 이해하기 좋을 것이다.

일단 먼저 서양의 맥락을 살펴보자. 사실 서양철학의 역사는 '움직이지 않는 진리'를 추구한 역사라고 보아도 좋을 것이다. 어제 다르고, 오늘 다른, '주관적인 것'을 가지고는 도대체 중심을 잡고 살기가 어려우니, 당연히 뭔가 움직이지 않는 것이 필요하지 않겠는가? 그것은 내가 멋대로 생각한 것도 아니고, 네가 생각한 것도 아닌, 우리의 '바깥에' 있어야 한다. 하지만 이 '객관성'이 학문의 중심으로 옮겨 온 시기는 근대, 그것도 측량술의 발달과 더불어 전개된 수학의 발전 이후이다. 그렇기 때문에 데카르트 평면은 인간이 있는 공간을 측정할 수 있게 하고, 수학적 원리를 공간 위에 그릴 수 있게 했다는 점에서 근대성의 중심에 있다고 할 수 있다. 이렇게 발전한 수학의 힘은 아이작 뉴턴(Issac Newton)에 이르러 자연현상마저 설명할 수 있게 되었다. 이 수학의 힘을 통해 인류는 드디어 야만에서 벗어나 위대한 문명을 이루었다고 믿었다. 심지어 제1차 세계대전이 벌어질 때만 해도 인류는 이성이 그들을 자유롭게 하리라 믿었다. 객관적 진리가 열어 주는 미래는 장밋빛으로 물들 것만 같았다.

그러나 서양 문명이 간과했던 점이 있었다. '모든 것을 수학으로 설명한다'는 말은 바꿔 말하면 '모든 것이 수식화된다'는 점이다. 이는 물건이건, 동물이건, 인간이건 무차별적으로 모든 것에 수식이 적용되고, 수식이 적절한 값을 답으로 내주는 한, 모든 것은 수학적으로 설명할 수 있다는 믿음이다. 즉 근대성은 자신이 설명할 수 있는 것과 설명할 수 없는 것이 구분될 수 있다는 생각조차 해보지 못했다. 결국

1, 2차 세계대전이 발발하면서 그간 니체, 마르크스, 벤야민 등이 줄기차게 비난했던 근대적 합리성의 민낯이 드러났다. 근대성의 극단을 보여 준 두 대전쟁 속에서 인간의 목숨은 숫자 그 이상도 이하도 아니었다. 인류는 충격에 빠졌고 다시는 이러한 과오를 반복하지 않기 위해 여러 노력을 기울였다. 전쟁 재발을 막기 위해 국제 연합이 창설되었고, 핵무기 확산을 금지하기 위한 기구를 설립했으며, 학문적으로는 포스트모더니즘이 등장하는 등 근대성을 극복하기 위한 시도들이 이어졌다. 경제의 측면에서도 근대의 위기가 없었던 것은 아니다. 인클로저 운동이 그랬고, 러다이트 운동이 그랬으며, 대공황, 공산주의의 태동 그리고 최근에는 서브프라임 모기지론 사태까지 인간은 이 모든 사건에서 '수요'와 '인건비'라는 이름의 숫자로 간주되었고, 인간 소외의 문제는 지금까지도 반복되고 있다. 이러한 인간성 상실의 위기를 여러 차례 겪고서도 그 위기를 가져온 시장경제는 근대성과 함께 살아남았다. 어떻게 그것이 가능했을까?

중요한 점은 서양의 경우, 앞서 언급한 위기가 발생하고 극복하는 기간이 한국에 비해 훨씬 길었다는 것이다. 이는 그 과정에서 학문적으로 해결책을 논의하고 정치권을 통해 경제정책으로 옮기는 데 필요한 시간 역시 충분했다는 의미이다. 뉴턴이 학문적으로 이뤄 낸 성과가 산업혁명의 결실을 맺는 데 100여 년이 걸렸다. 경제학이라는 학문을 만들어 산업혁명에서 비롯된 시장경제의 문제에 대한 해결책을 논의하기 시작한 것도 적어도 200년은 되었다. 인류 역사에서도 큰 사건이었던 공산주의 혁명, 대공황, 제1, 2차 세계대전을 체험한 기억은 서양 국가들이 근대성의 인간 능멸에 관해 충분히 숙고하고, 그 해결책을 논의할 충분한 동기부여가 되었다.

그렇다면 한국의 경우는 어떨까? 1953년 휴전 이후, 한국은 서양이 수백 년간 서서히 겪었던 과정을 단기간에 겪어야만 했다. 완전히 폐허가 되어 버린 국토 위에서 살아남기 위해 그리고 가족들을 살리기 위해 무엇이든 해야만 했다. 전쟁 후 베이비붐 세대들을 부양하기 위해서는 어떻게든 대량생산 체제를 구축하는 데 모든 역량을 투입할 수밖에 없었다. 다행히 한국에서 근대성의 도입은 성공적이었고, 소위 '한강의 기적'이라고 불리는 경제성장을 이룩할 수 있었다. 흥미롭게도 1953년 이후 한국에서는 근대성에 뿌리를 둔 정책이 실패한 적이 없다. 그만큼 전쟁을 겪은 한국의 상황은 절박했고, 동시에 1997년 금융위기를 맞기 전까지 한국인들은 근대화, 산업화의 본성에 관해 생각해 볼 겨를이 없었다. 이런 상황에서 한국인들이 근대성의 본성에 관해 질문을 던지지 않았던 것은 일견 당연해 보이기까지 한다.

20세기가 저물고 21세기를 맞으면서 한국인들은 근대성까지는 아니더라도 적어도 시장경제에 회의를 느끼고 있는 것처럼 보인다. 우리는 시장경제 속에서 여전히 한 사람의 어엿한 인간이기보다는 경제체제를 유지하는 구성원 중 한 명으로, 즉 매트릭스의 배터리와 같은 상태로 있을 뿐이다. 시장경제의 지속 가능성 자체에 의문을 표하는 사람들이 점점 늘어나고, 현실적인 문제를 해결하기 위해 시장만능주의를 버리고 복지를 점차 확대해 나가는 국가들이 즐비한 이 상황에서, 왜 우리는 시장경제라는 거대한 흐름 속에서 빠져나오지 못하는 것일까? 나는 과감하게도, 헬조선의 상황이 '중독'의 증상과 동일하다고 주장하려 한다.

심리학에서는 중독을 "신체적 혹은 정신적 원인으로 강화 효과가 생겨 특정 행동이나 물질 등에 집착하여 정상적 생활에 장애가 생긴 상태"라고 정의한다. 동의어로는 의존증(依存症), 또는 과몰입증 등이 있다. 앞서 논의한 근대성을 다시 한 번 살펴보자. 데카르트 이후 근대성이 성립된 이래, 1차 세계대전이 발발하기 직전까지 기술이 계속해서 발전하던 시기를 서양에서는 벨 에포크(La Belle Epoque), 즉 아름다운 시절이라 부른다. 비록 인류는 1, 2차 세계대전을 겪으면서 기술이 인류에게 가져다준 불행을 반복하지 않기 위해 노력했지만, 벨 에포크의 환희만은 놓치고 싶지 않았던 것이다. 그들에게 벨 에포크의 환희는 시장경제가 가져다준 것이었고, '계산 가능한' 객관적 진리를 추구하는 근대적 삶은 인류가 시장경제에 중독되게끔 했다. 하지만 그 밝은 미래를 유지하기 위한 자원이 식민지들의 고혈을 짜낸 결과라는 점은 숨겨졌다.

> 숲을 밀고 공장을 짓자. 새 소리보다는 모터 소리가 좋아. 당장의 배고픔을 겪어 보면, 내일의 얘기는 내일 일일 뿐. 발전의 이름이란 칼날 아래선 언제 그 누구도, 두 눈을 부릅뜨고 그게

다는 아니라고 말하지 못했지.

_ N.EX.T, 〈Maximum Overdrive〉

그렇다면 헬조선에서 벨 에포크는 언제였을까? 그 시기는 아마도 모두가 물질적 생활이 개선되는 것을 경험한 1960~1980년대일 것이다. 그들은 당장 생존이 절박한 상황에서 근대성이 주는 과실의 맛을 보았고, 그 달콤함은 근대성에 대한 의문을 품지 못하게 했다. 그렇다. 헬조선의 사람들은 그 시절의 삶에 중독되어 있다. 문제는 벨 에포크 시절에 식민지 국가들이 착취당했던 것과 비슷한 구도로, 헬조선에서는 청년들이 '아프니까 청춘', '젊어서 고생'이라는 이름 아래 착취당하고 있고, 그 청년들 또한 근대적 삶에 중독되어 있다는 점이다.

서론이 너무 길었다. 그리고 뜬금없이 등장한 '중독' 개념이 어떻게 근대적 삶과 연결되는지에 대한 설명도 여전히 부족하다. 이 중독 현상에 대한 진짜 논의와 그 해결책은 지금부터 시작된다.

✕ 중독 그리고 시간

중독에 대한 새로운 접근

'중독'이라는 용어는 현대사회에서 그다지 생소한 용어가 아니다. 우리는 특히 약물과 관련해서 중독이라는 용어를 많이 사용하곤 한다. 술에도 중독될 수 있고, 담배는 말할 것도 없으며, 심지어는 게임에도 중독될 수 있다고 말하는 세상이 아닌가? 게임에까지 중독이라는 개념을 들이대는 한 국회의원의 행동에 많은 사람이 의심 어린 눈길을 보냈던 것이 그다지 오래된 일은 아니다.

그래서 우리는 과연 무엇을 중독이라 부르는가? 일단 앞서 언급한 술, 담배 등 기호품과 더불어, 특정 약물에 의존해서 그것 없이는 고통을 받는 상황을 우리는 막연하게나마 중독이라 부른다. 그리고 오늘날 우리가 중독을 다루는 방식은 정신과 의원에 방문하여 중독 증상을 진단받고, 해당 증상에 적합한 치료 방법(약물 혹은 상담)을 선택하여 치료받는 것이다. 이 설명이 담고 있는 밑바닥의 내용을 재구성해 보자면 다음과 같다.

첫째, 중독이라는 현상은 생리학적으로 설명 가능하다.
둘째, 생리학적으로 설명 가능한 현상은 생리학적인 방법으로 처리되어야 한다.
셋째, 따라서 중독은 의학, 특히 정신과 분야에서 논의되어야 할 주제이다.

정신의학은 중독 증상과 관련하여 중독의 원인을 약물로 본다. 해당 약물이 우리 몸에 들어왔을 때, 그것이 우리 뇌 속의 신경전달물질에 영향을 줌으로써 우리가 중독에 이르는 것으로 설명하는 것이다.

이 설명에 따르면 우리는 어떤 방법으로든 약물이 신경전달물질에 저지른 일을 되돌리기만 하면 중독에서 벗어날 수 있는 것이다. 그렇다면 결과는 어땠을까? 1928년에 알렉산더 플레밍이 항생제 페니실린을 개발한 이후, 인류는 세균 감염 증상으로 죽는 사례를 엄청나게 줄였다. 정신병에 약물을 사용하기 시작한 것은 조울증으로 인한 자살충동 억제를 위해 탄산리튬을 사용한 1940년대이다. 이것이 분명히 효과가 있었다면 1940년대에 비해 2016년인 지금은 자살률이 현저히 줄어들었어야 한다. 하지만 어떤가? 우리는 시간이 지날수록 우울증, 자살 등 정신과 관련된 소식을 더 많이 접하는 것 같다. 한국의 10~30대의 사망원인 중 1위가 '자살'이라는 뉴스를 접한 것이 불과 얼마 전의 일이다. 한국의 경우는 중독의 우려가 있는 약물이 유통되기 매우 힘든 구조라서 좀 덜하긴 하지만, 구미의 많은 국가에서는 여전히 약물 중독과 관련된 뉴스들이 헤드라인을 장식한다. 병이 의학적으로 설명되었고, 약물이 개발되었는데도 어째서 이런 결과인 것일까? 어쩌면 우리는 '중독'이라는 개념 자체를 다시 생각해 보아야 할지도 모른다.

작년 6월, TED에 흥미로운 내용의 강연이 올라왔다.

요한 하리(Johann Hari)라는 언론인이 발표한 '당신이 중독에 관해 안다고 생각하는 모든 것은 잘못되었습니다'라는 제목의 강연이다.* 그는 "현재의 중독치료 방법들이

* Johann Hari, 〈당신이 중독에 관해 안다고 생각하는 모든 것은 잘못되었습니다〉, TEDGloabal London. https://www.ted.com/talks/johann_hari_everything_you_think_you_know_about_addiction_is_wrong?language=ko#t-85695

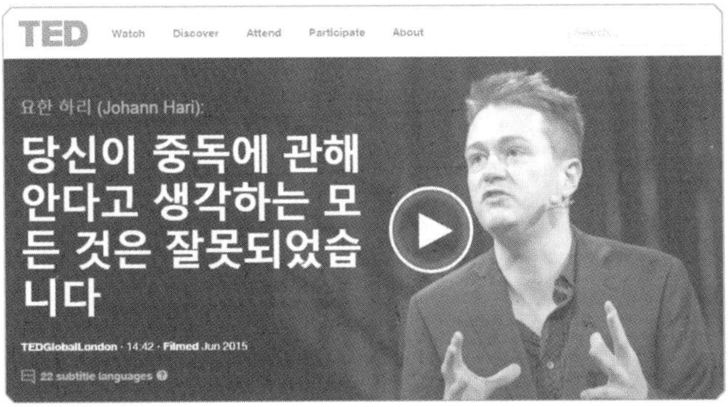

요한 하리, 〈당신이 중독에 관해 안다고 생각하는 모든 것은 잘못되었습니다〉

계속 실패하고 있으며, 그 요인은 우리가 기존에 가지고 있던 '중독 개념'이 잘못되었기 때문"이라고 주장한다. 하리는 베트남 전쟁 당시 전체의 20%에 달하는 미군이 헤로인을 상용했지만 전쟁이 끝난 후 그들 중 95%가 아무런 조치 없이 헤로인 사용을 중단했다는 점, 그리고 1970년대 캐나다의 심리학자 브루스 알렉산더의 '쥐 공원 실험' 등을 사례로 들며 기존의 중독 개념에 근거한 마약정책이 그다지 효과적이지 못했다고 주장한다.

그렇다면 하리가 말하는 중독이란 무엇인가? 그는 '중독이란 이것이다!'와 같이 대담한 방식을 택하기보다는, 기존의 이론이 설명하지 못하는 부분을 파고든다. 우리가 중독을 생리학적으로 설명하려 할 때는 보통 다음과 같은 방식을 택한다. '중독의 원인을 중독을 유발하

요한 하리 TED 강의 중

는 물질에 있는 것으로 보고, 마찬가지로 생리학적으로 설명되는 우리의 몸이 그 물질에 반응하여 의존하게 되고, 결국 중독에 이르게 된다.' 그러나 하리의 생각은 다르다.

> "제가 오늘 TED 강연을 마치고 나가다 차에 치여 엉덩이를 부러뜨린다면 저는 병원으로 이송되어 상당량의 다이어몰핀을 맞을 것입니다. 다이어몰핀은 헤로인입니다. … 중독에 대해 우리가 믿고 있는 게 옳다면 그런 화학적 유인에 노출된 사람들에게 어떤 일이 벌어질까요? 모두 중독자가 되어야 합니다. … 당신의 할머니께서 고관절 치환술을 받고 나오실 때 마약 중독자가 되어 나오시던가요? … 만약 중독이 화학적 유인과

무관하다면 어떨까? 중독이 당신의 우리(생활환경)와 연관되어 있다면? 중독이 환경에 대한 적응 기전이라면?"

이어서 하리는 네덜란드의 피터 코헨 교수의 말을 빌려 중독을 다시 규정한다.

"네덜란드의 피터 코헨 교수는 중독이라 불러서는 안 된다고 말합니다. 교류라 불러야 한다고 말이죠. 사람들에게는 교류하려는 타고난 자연스러운 욕구가 있고 우리는 행복하고 건강할 때, 서로 결속하고 관계를 맺습니다. 하지만 정신적 충격을 받거나, 고립되거나, 삶의 무게에 억눌려 교류를 할 수 없을 때 당신은 안도감을 찾기 위한 어떤 것을 갈구하게 됩니다. … 그게 우리의 본능이기 때문에 뭔가와 결속하고 교류합니다. 그게 사람으로서 우리가 원하는 것이죠."

그리하여 하리는 중독자들을 관리하는 기존의 방식, 즉 중독자들을 징벌하고, 멸시하고, 그들에게 범죄 기록을 남기는 방식을 벗어나 정반대의 방식을 택하라고 주문한다. 그는 2000년도에 포르투갈이 취했던 마약정책을 예로 들며 "모든 마약을 합법화하되 … 중독자들을 사회에서 격리시키고 차단하기 위해 사용된 모든 예산을 사회와 재결합시키는데 사용"하라고 주장한다. 포르투갈은 중독자를 위한 대규모 취업 알선과 소규모 창업을 위한 소자본 대출 사업을 통해 모든 중독자가 '아침에 일어나 할 일이 있게 해 주는 것'으로써 삶의 목적을 되찾게 했다. 15년 뒤, 포르투갈의 마약 사용은 2000년에 비해 절반으로 줄었다. 강연의 마무리는 따스하다. "지난 100년 동안 우리는 중독자들에게 투쟁의 노래를 불렀습니다. 저는 우리가 그들에게 사랑의 노래를 불러야 했다고 생각합니다. 왜냐하면 중독의 반대는 단지 맑은 정신이 아니기 때문입니다. 중독의 반대는 관계입니다."

첫 번째 생각: 도대체 무엇이 무엇에 중독되는 것인가?

나는 요한 하리의 중독에 관한 시각을 다시 생각해 보려고 한다. 우리의 상식으로는 중독에 관한 그의 시각이 굉장히 도전적인 것으로 느껴질 수 있다. 하지만 하리가 언급한 브루스 알렉산더의 연구가 1970년대에 이루어진 것으로 미루어 짐작할 수 있듯이 학술적으로는 꽤 오래전부터 논의되었다. 다만 아직 학계 및 정치계에서 주도적인 입장을 얻고 있지 못하고 있을 뿐이다. 패러다임의 이동이 언제나 그렇듯….

그래서 어떻게 생각할 거냐고? 우리가 하리의 강연에서 확인한 것은 중독 개념이 의학에서 심리학 그리고 정치, 행정학으로 진행되는 과정이었다. 나는 중독 현상이 논의되는 장소를 철학적 사유의 장으로 옮겨 보려 한다. 이렇게 사유가 전개되는 과정을 추적하면서 그 기저에 있는 생각을 끄집어내는 것이 철학이 할 일이기 때문이다.

우리는 마약 중독을 다루기 위한 국가적인 전략들이 이미 오랫동안 시행되었다는 사실을 알고 있다. 미국이 택한 '생산/공급자 차단', 유럽이 택한 '합법화/양성화를 통한 시장 파괴' 등이 그것이다. 그럼에도 이 글에서는 이런 전략들에 관한 논의는 일부러 다루지 않을 생각이다. 이것이 너무 거대한 주제이기 때문이기도 하지만, 위의 정책들은 요한 하리가 비판하는 기존의 '중독' 개념을 토대로 구축된 것이기 때문이다. 정책이라는 것은 언제나 바뀔 수 있는 것이다.

그렇다면 앞서 요한 하리의 '중독'에 관한 논의에서 기저에 깔린 생각은 어떤 것일까? 우선 요한 하리의 논의구조 자체를 다시 한 번 살펴보자.

① '중독'에 관한 기존의 설명은 잘못되었다. 왜냐하면 일상에서 중독물질로 여겨지는 것을 사용한다는 것이 즉시 중독을 의미하지는 않기 때문이다.
② ①의 이유로, 중독치료 방법들은 실패하고 있다.
③ 중독은 우리의 본능인 교류를 차단한다(숨은 전제).
④ 따라서 중독자들을 관리하는 방식은 격리/차단이 아니라 그들을 사회와 재결합시키는 방식이어야 한다.

여기서 중독을 철학적으로 다루고자 하는 우리가 집중해야 할 부분은 ③번이다. 왜냐하면 '중독'이라는 개념이 적용되는 대상이 무엇인지를 밝히는 과정은 매우 중요하기 때문이다. 의학에서 규정하는 중독은 '몸'에 적용되는 것이다. 그리고 그 몸은 물질로서의 몸을 가리킨다. 물질로서의 몸에 '중독을 유발하는 물질'이 들어옴으로써 몸에 변화가 일어나고, 그 변화가 결국 중독 현상으로 드러난다고 보는 것이다. 나는 이 강연에서 하리가 규정하는 중독 개념은 사회적 존재로서의 우리의 '본능'에 적용되는 것으로 생각한다. 즉 사회적 교류를 하고자 하는 우리의 '본능'이 충족되지 않을 때, 당장 성취할 수 있는 무언가에 탐닉하게 되는 현상(적응 기전)을 중독으로 규정하는 것으로 보인다. 어떤가, 우리가 앞에서 지켜보았던 근대적 삶, 다시 말해 '정답이 있는 삶'에 대한 맹목적인 추구와 얼핏 비슷해 보이지 않는가?

실제로 포르투갈에서 하리가 말한 방식으로 중독을 이해하고 그에 따른 정책을 시행한 것이 효과를 보았다는 점에서 중독에 관한 하리의 설명은 훌륭하다. 다만 나에게는 여전히 궁금한 점이 있다. 사회와 재결합되는 것으로 약물에 대한 중독을 벗어날 수 있는 것이라면, 대체 사회와 재결합된다는 것은 무슨 의미인가? 포르투갈의 마약 사용이 절반으로 줄었지만, 여전히 마약을 사용하는 나머지 절반의 사람들은 사회와 여전히 단절되어 있다는 소리인가? 도대체 중독자의 삶이란 어떤 것인지?

두 번째 생각: 중독 개념을 바라보는 방향의 전환, '시간'

하리가 제시한 중독에 대한 설명은 매우 독특하며 그 해결책을 '재

사회화'로서 제시하는 것 역시 실제 효과를 보았다는 점에서 분명 의미가 있다. 하지만 여기서 멈추지 말고 조금 더 내용을 곱씹어 보자. 하리는 우리에게 교류하려는 본능이 있고, 그 본능이 좌절될 때 안도감을 찾기 위해 무언가를 찾다가 중독에 이른다고 말한다. 그런데 언제나 문제를 해결해 주는 듯 보이지만 참으로 이해하기 어려운 것 중 하나가 바로 '본능'이다. 도대체 인간의 본능이란 무엇인가? 수많은 학자가 인간을 이해하는 데 있어서 오랫동안 '본능' 개념을 다루어 왔지만 아직 명백히 합의된 결론은 없다. 더구나 우리는 여기서 인간이 무엇인지 알고자 하는 거대한 문제를 다루려는 것은 아니니, 일단 한자어의 뜻에만 집중해서 '인간이 원래부터 가지고 있는 능력' 정도로 생각해 보자.

'인간이 원래부터 가지고 있는 능력'은 무엇일까? 아직도 너무나 범위가 넓다. 말을 조금만 더 바꾸어 보자. 인간이 태어나서 하는 게 뭔가? 먹고, 자고, 사랑하고, 일하고 … 엄청나게 많다. 그렇다면 이 모든 것을 묶을 수 있는 용어는 없을까? 있다! 그것이 바로 경험이다! 어쨌든 인간은 경험한다. 무엇을 경험하지? 이것도 너무나 많다. 그냥 인간이 경험하는 것들을 통틀어서 '세계'라고 해보자. "인간은 세계를 경험한다." 인간은 세계를 경험하면서 그 세계에 맞추어 자신의 삶을 영위해 나간다. 그래서 하리 역시 중독을 환경에 대한 적응 기전이 아닐까 생각해 보았으며, 포르투갈의 정책 변경 사례를 들면서 그 환경을 바꾸는 길을 제시한 것처럼 보인다. 그리고 그는 중독환자들에게

'사랑의 노래'를 불러 줄 것을 요청한다.

하지만 이것 역시 불충분하게 느껴진다. 아마 내가 너무 감정이 메말라 사랑의 감정을 모르는 것일 수도 있겠다. 오늘도 헬조선에 살고 있는 청년들은 '자신만의 삶'이 없는 것처럼 보인다. 어릴 때부터 계속 남들을 누르고 자신은 눌리지 않기 위해 애쓴다. 내신 성적을 올리고 봉사활동 실적을 쌓아 대학에 진학하면 쉴 틈도 없이 취업시장의 소용돌이에 휘말린다. 어렵사리 취직을 하더라도 내 연봉이 남들보다 적지는 않은지, 서른 살에 1억을 모았으면 너무 적게 모은 것은 아닌지 걱정된다. 결혼을 할 때도 예식장보다는 호텔에서 하는 것이 안심이 되고, 남편은 그래도 서울 안에 집을 마련했으면 좋겠다. 이렇게 온 신경이 경쟁에 쏠려 있는 헬조선의 청년들에게 어떤 사랑의 노래를 불러 주어야 할지 나는 좀 더 구체적으로 알고 싶다. 중독환자들에게 '대규모 취업 알선과 소규모 창업을 위한 소자본 대출 사업'을 벌이는 것이 무엇을 의미했던 것일까? 나는 포르투갈에서 중독환자들을 다루었던 방법이 효과가 있었던 이유를 인간의 '시간 경험', 즉 시간성에서 찾아보려고 한다.

중독환자의 삶을 직접 들여다볼 기회를 가져 보자. 2009년, 라이언 켐프(Ryan Kemp)라는 의사는 *Journal of Phenomenological Psychology*에 실린 자신의 논문, The Temporal Dimension of Addiction에서 중독을 흥미롭게 해석한다. 중독환자들을 치료하면서 그가 발견한 것은 중독환자들이 '시간성(timeliness)'에서 문제를 겪는다는 것이다. 시간성? 시간이면 시간이지, 대체 시간성은 또 무슨 소리인가?

켐프가 진료한 크리스라는 환자의 사례를 보자. 그는 10세에 담배, 13세에 마리화나, 15세에 음주를 시작한 이래, 33세에 메타돈 치료를 받을 때까지도 약물을 끊지 못했다. 그는 업무에 의한 스트레스로 약물을 시작했다고 말하는데, 약물을 사용한 뒤로 오히려 업무 능력이 떨어지고 잦은 지각으로 해고당하고 만다. 그 뒤 잇따른 수면 장애를 극복하기 위해 헤로인을 시작했다가 약물치료 및 상담치료를 시작한다. 그는 상담자에게 자신의 삶을 설명할 때 "매일매일이 똑같다"고 하며, "헤로인을 사용한 후에는 하루 종일 TV를 시청"하고, "친구가 없다고 느끼며, 아는 사람은 모두 자신을 배신할 것이라 믿는다"고 말한다. 그리고 약물을 시작한 뒤에는 별다른 흥밋거리나 취미가 없으며, "자신의 삶이 지옥 같고 그저 생존할 뿐"이라 설명한다. 또한 상담치료 시작 초기 6개월간은, 매번 진료 시간에 지각했다. 그는 그때마다 변명하면서 자신이 아무런 문제가 없음을 호소했으나 치료가 시작된지 몇 개월 후에야 자신이 엉망이라는 점을 인정하기 시작했다.

어떤가? 크리스는 약물을 사용함으로써 일상생활에 문제를 초래한 경우이다. 위의 사례에서 '약물'을 '스마트폰'으로 바꾸어 보자. 생활하는 데 있어서의 모든 신경이 한 곳에만 쏠려 있다는 점에서 내용이 크게 달라지는가? 그렇다면 이를 '근대적 삶'으로 바꾼다면 어떤가? 켐프는 이처럼 약물이라는 물질이 주는 변화에 삶의 모든 신경이 집중된 상태를 중독이라고 보며, 이것이 삶의 시간성을 왜곡한다고 본다.

다시 말해 중독은 쾌락에 관련된 것이 아니라 고통을 극복하려는 시도에 가까운 것이다. 환자들은 약물에 도취된 상태에서 자신이 '다 나았다'고 느끼며, 그 느낌은 다른 사람들과의 교류에서 얻을 수 있을지 모르는 안도감보다 훨씬 확실하게 다가온다. 하지만 역설적으로 환자들은 이 도취 상태로 인해 텅 빈 "지금" 속에 자신을 고정시키는 결과를 얻게 된다. 동시에 미래를 향한 가능성은 계속해서 도취 상태에서의 '다 나았다'는 느낌만을 향한다. 켐프는 이런 상황을 중독 순환이라 부른다.

그렇다면 켐프는 어떻게 해서 중독을 시간성으로 이해할 수 있었던 것일까? 켐프가 말하는 시간성 개념은 20세기 초, 과학지상주의에 비판적 견해를 보였던 '현상학(Phenomenology)'의 계보 내에서 찾아볼 수 있다. 칸트(Immanuel Kant)가 『순수이성비판』에서 인간이 세계를 받아들이는 형식이 공간과 시간이라는 점을 밝힌 이래, 인간 인식 능력의 범위 내에서 경험되는 세계는 근대철학의 계량화와 맞물려 시공간이라는 차원, 즉 과거 · 현재 · 미래의 단선적인 것으로 설명되었다. 그러나 현상학의 창시자 후설(Edmund Husserl)은 인간이 실제로 경험하는 시간은 단선적이지 않고, 따라서 계량화된 시간은 인위적인 것으로 설명한다.

켐프는 후설의 제자인 하이데거(Martin Heidegger)의 논의를 적극적으로 끌어들인다. 하이데거는 시간성이라는 것이 인간이라는 존재 방식에만 고유하게 나타나는 것으로 본다. 그 시간성이란 "언제나 미래를 향해 있는 현재가 과거를 만나고 있는 가능성 속에서 산다는 것을 말한다." 우리는 시계의 홍수 속에 살고 있어서 잘 깨닫지 못하지만, 사실 인간이 시간을 경험하는 방식은 우리가 처해 있는 상황, 우리가 무언가 하려고 하는 지향 그리고 우리와 엮인 사물에 의존하는 것이다. 조금 더 풀어서 말하자면, 무언가를 하고자 하는 내가 하나의 경험에서 다음 경험으로 이동하는 과정을 '지금' 인식할 때, 나는 '지금'이라는 시간을 경험하는 동시에 나의 '과거'를 조건으로 내가 지향하는 '미래'를 얻는다. 예를 들어 내가 지금 배가 너무 아파서 병원에 간다고 해보자. 나는 지금의 고통을 해결하기 위해 병원으로 가면서, 동시에 익히지 않은 굴을 맛있게 먹었던 점심을 떠올리고 있지 않은가?

크리스의 사례를 헬조선 청년들의 현재 상황에 한 번 더 빗대 보자. 헬조선의 청년들은 '이 방향으로 우리의 삶이 흘러가면 확실히 망한다'와 같은 논리적 귀결을 염두에 두고 살고 있는 것이 아니다. 그 대신 그렇게 먼 미래가 아닌 '당장 나 자신이 우선 있을 수 있는 장소'에 몰입하는 것이다. 이것은 켐프가 설명하는 약물중독자의 삶과 전혀 다를 바가 없다. 그들은 부모 세대가 경험했던 사회적 시간 속에서 살 수가 없고 실패, 죄의식, 그리고 소외감이 그들의 세계를 지배한다. 그리고 그들을 이와 같은 시점에 있게 한 과거, 현재, 미래의 상은 변할 수 없는 것처럼 경험된다. 자신이 부모 세대가 말하는 사회적 시간에 맞추어 살 수 없다는 점은 계속해서 죄의식으로 남고, 이 죄의식은 계속해서 청년들을 괴롭힌다. 확실히 그렇다. 크리스의 예처럼 많은 헬조선의 청년들은 ‘수면 장애’를 겪고 있으며, ‘매일매일이 똑같이 느껴지고’, ‘하루 종일 인터넷을 하고’, ‘흥미나 취미가 없고’, ‘자신의 삶이 지옥 같다고 느끼며’, ‘그저 지금을 살고 있을 뿐’이다.

무엇보다 이 논의를 더 복잡하게 만드는 것은 청년들뿐만이 아니라 그들의 부모님들도 그리고 마찬가지로 그 부모님과 청년들이 함께 살고 있는 이 국가가 유지되고 있는 방식도 중독적이라는 사실이다. 앞서 언급한 청년들의 중독적인 삶은 그들 자신만의 문제가 아니다. 하나의 사례를 들어 보자. 지금은 상황이 조금 나아졌지만, 필자가 대학에 가던 시절만 해도 성적이 좋은 문과 고등학생이 선택할 진로는 정해져 있었다. 법과대학에 진학해서 사법고시를 치르고 법조인이 되는 것이었다. 왜 법조인이 그 당시 문과 고등학생의 진로에서 ‘정답’이었을까? 성적이 좋은 학생은 더 정의롭기 때문에? 사실 답은 간단하다. 법조인이 되는 순간 그들은 타인에 대한 ‘통제권’을 갖기 때문이다. 그 통제권을 획득하면 시장경제에서의 ‘힘’인 돈은 부수적으로 따라온다. 그 힘은 법조인이 사회적으로 타인들을 자신의 의지대로 움직일 수 있게 해 준다. 동시에 이미 사회 각계각층에 진출한 법조계 출신들은 그러한 사회적 관계가 유지되도록 자신들이 가진 ‘힘’을 구체적으로 행사한다. 이를 경험한 청년 그리고 그들의 부모들은 어떻게든 그 맥락에 자신의 삶이 포섭될 수 있도록 온 신경을 쏟는다. 곧 사회 전체적으로 ‘법대에 진학해서 법조인이 되는 것이 성공하는 길이다’라는 인식이 지배한다. 이 사례는 법조인들이 특별히 도덕적으로 나쁘다거나 그 힘을 가지려고 노력하는 사람들이 잘못 생각한 것이라고 주장하기 위한 것이 아니다. 그들은 최소한의 '비용'을 지불해 최대한의 '효과'를 얻도록 애쓴다는 시장경제의 원리를 매우 잘 이해한 것이다. 위의 사례에서 문과를 이과로, 법조인을 의료인으로 바꾸어도 맥락은 전혀 바뀌지 않는다.

다만 위의 사례에서 언급된 '정답'에서 우리가 발견할 수 있는 것은 애초에 법조인이 사회적으로 어떤 역할을 하는지에 대해서는 전혀 고려하지 않았다는 점이다. 고려된 것은 통제권 그리고 부수적으로 따라오는 돈일 뿐이다. 그들은 근대성이 지배하는 사회에서 구성원의 노력이 '통제권' 그리고 '돈'이라는 객관화가 가능한 가치로 보상받는다는 점을 '합리적'으로 판단했을 뿐이다. 이렇게 잘 계산된 삶에서 '남을 짓밟는 것' 그리고 '더 많은 돈'이라는 '정답'에 중독되는 것은 당연한 것으로 보이지 않는가?

물론 이 글을 읽는 사람들은 이러한 상황에 무언가 문제가 있다고 생각한 사람들일 것이다. 그리고 이런 삶에서 우리가 잃어버린 것을 되찾기 위해 우리가 무언가 해야 한다는 점에도 공감할 것이다. 하지만 그 길은 간단하지 않다. 청년, 부모 그리고 국가가 처한 중독 상황이 공통적으로 '근대적 삶' 그리고 '정답이 미리 정해진 삶', 즉 '객관적 진리'를 가리키고 있다는 점에서 근원적 해결 방법은 공유할 수 있을지 모른다. 하지만 청년들 자신, 세대 간 갈등 그리고 국민과 국가의 차원이라는 얽힌 관계에서 생기는 각각의 미묘한 차이 때문에 구체적 상황에서의 해결 방법은 쉽게 도출될 것이 아니기 때문이다.

✕ 인간답게 살기 위하여

지금까지 '헬조선의 청년들의 삶, 그리고 헬조선은 근대적 삶에 중독되어 있다'는 한마디를 끌어내기 위해 머나먼 길을 돌아왔다. 하지만 염두에 두어야 하는 것은, 이런 상황이 오게 된 계기를 어느 누구 한 사람 혹은 한 집단의 책임으로 돌리고 그들이 해결하기를 기대하기는 어렵다는 점이다. 이미 청년들, 부모 세대, 그리고 국가 전체가 중독의 순환에 빠져 있는 상태이다. 그리고 이러한 중독적 삶이 초래하는 것은 우리가 우리 스스로를 인간다운 삶에서 멀어지게 만들고, 서로를 인간 존재로 인정하지 않는 것이다. 역사가 증언하듯, 이것은 국가적으로는 파멸에 가까운 재앙이다. 앞서 크리스의 사례에서 보듯, 우리가 현재의 중독 상황을 담담하게 인정하기에는 아직도 시간이 더 필요하다.

지금까지의 맥락에서 이 중독 상황이 가리키는 것은 우리의 삶이 현재를 살기 급급해 미래를 향하지 못하고, 과거와 단절되었으며, '지금'에 고정되었다는 점이다. 하리가 말하듯 '교류하고자 하는 우리의 본능'이 좌절되고, 켐프가 해석하듯 중독의 순환에 빠진 지금, 우리에겐 미래가 없다. 아니, 사실 미래는 있을지 모르지만 감히 그리지 못한다. 어쨌든 여러분의 카드빚, 월세, 공과금은 제날짜에 지급되어야 하고, 잔고가 충분하지 않은 이상, 여러분은 그 잔고를 메우기 위해 오늘도 자신을 현재에 고정해야 한다. 이는 부모님 세대도, 헬조선이라는 국가도 구체적인 사안만 다를 뿐 구조적으로 마찬가지 상황이다. 이 중독 상황, 즉 '지금'에 고정된 삶에서 벗어나 미래를 향한 삶으로 돌아가기 위해 도대체 어떤 것이 필요할까?

과거를 잊고 미래로…

근대적 삶이 우리에게 보여 준 것이 인간다운 삶보다는 각종 지표 혹은 스펙으로 표현되는 것들을 채우기 위한 도구로서의 삶을 강제함으로써 중독에 빠뜨리는 모습이었다면, 이러한 삶에서 벗어나 우리가 지향해야 할 삶은 '인간으로서의 삶'을 되찾는 것이겠다. 2차 세계대전이 끝나고 전 세계가 같은 잘못을 반복하지 않기 위해 노력했듯, 우선은 이 중독적 삶 자체에서 벗어나는 것이 급선무인 것 같다.

하지만 중요한 것은 우리가 지금까지 미래에 관해 눈감아 왔던 '과거'를 곱씹지 않는 것이다. 이는 근대적 삶에 중독되었던 자신을 완전히 잊으라는 말이 아니다. 켐프는 자신의 논문에서 효과가 없는 것으로 드러난 기존의 중독치료법을 소개한다. 이는 고전적 정신분석으로서, 치료 과정에서 환자의 과거와 현재에 방점을 둔다. 환자가 과거에 어떤 일을 했고, 지금은 어떤 일을 하고 있는지를 분석함으로써, 과거의 정상적이었던 상태로 회귀를 꾀하는 것이다. 하지만 앞서 밝힌 바와 같이 이 방법은 효과가 없는 것으로 드러났다. 마찬가지로 지금 우리는 과거에 정상이었는데, 중독된 이후에 삶이 고통스러워진 것이 아니다. 오히려 우리는 한 번도 중독적이지 않은 삶을 살아 본 적이 없다. 최소한 여러분과 여러분의 아버지 세대는 확실히 그렇다. 우리 자신의 과거로 회귀하는 것이 무슨 소용이겠는가?

반면 켐프는 효과가 있는 것으로 알려진 '동기부여적 인터뷰'도 소개한다. 이 방식은 환자가 적극적으로 미래를 향하게 한다. 이 상담치료는 환자가 자신의 목표로부터 벗어나기 시작할 때 치료자는 이러한 목표를 조용히 상기시키고, 현재의 행위가 이 목표와 상응하는지를 묻는다. 환자들은 예상과는 달리 장기적 목표를 잘 바꾸지 않았다. 다만 이 목표에 계속해서 집중하는 것이 어렵다는 점을 인정한다. 치료자는 좀 더 구체적으로 "하루에 한 번" 등의 슬로건을 강조함으로써 단기적 목표를 채우게끔 유도한다. 이는 "지금"을 지향하는 것처럼 보이지만 실제로는 미묘하게 미래지향적이다. 이는 중독환자들로 하여금 이미 시작된 하루를 끝마치는 데 도움을 주기 때문인 것으로 보인다.

그렇다면 어째서 '동기부여적 인터뷰'는 효과가 있는 것일까? 하이데거의 시각으로 바라보면, 이 치료 방법은 인간이 존재하는 방식에 맞기 때문이다. 하이데거에 따르면 '인간은 미래를 향해 지금의 자신을 규정하며 산다.' 예를 들어 앞서 하리의 강의에서 언급된 베트남 전쟁 당시의 미군을 보자. 전체 미군들 중 20%가 헤로인을 사용했지만 전쟁이 끝나고 그들 중 95%가 아무런 조치 없이 헤로인 사용을 중단

했다. 어떻게 이것이 가능했을까? 우리는 전쟁을 할 때 이 전쟁이 언제 끝날지 알지 못한다. 전쟁이 주는 스트레스는 장병들을 반복되는 참상에서 잠시라도 벗어나 끔찍함을 잊도록 해 주는 약물로 이끌었다. 하지만 전쟁은 끝났고, 상황은 달라졌다. 그들이 그토록 벗어나기 위해 노력했던 참상은 더 이상 그들에게 없다. 그들에게는 가족들과 함께하는 '앞으로의 나'가 있을 뿐이었다. '전쟁이 끝나길 기다리는 전쟁터의 나'에서 '일한 대가를 통해 가정을 꾸리고 가족과 함께 사는 나'로 전진한 것이다. 물론 여기에서도 어려움은 있겠지만, 그 어려움은 약물로 해결하는 것이 아니기 때문에 저절로 그들은 약물에서 벗어날 수 있었던 것이다. 그렇다면 도대체 인간은 어떻게 약물에 중독되기도 하고, 또 벗어나기도 하는 것일까?

인간답게 살기 위한 첫 걸음: 탈존의 이해

하이데거는 삶의 맥락 속에 있는 자기 자신을 되돌아보고 그 맥락을 변화시키며 사는 인간의 존재 방식을 '탈존(Eksistenz)'이라 부른다. 비록 우리는 현재 헬조선이라는 근대적 국가에서 근대적 삶이라는 맥락을 가지고 살아가고 있지만, 꼭 그렇게 살아야만 하는 것은 아니다. 하이데거는 이러한 맥락에서 기존의 이성적 동물(animal rationale)이라는 인간 규정에 반대한다. 맥락을 변화시킬 능력을 가졌다는 점에서 인간과 동물은 존재론적으로 다르다. 인간은 때때로 물체와 같은 존재 방식을 취하기도, 동물과 같은 방식을 취하기도 하지만, 언제까지나 그렇게 있지만은 않는다.

지금 우리의 모습에서 탈존을 이해하기에 가장 좋은 사례는 갑질과 자살이 있다. 우선 갑질을 살펴보자. 국가 혹은 기업 단위의 사회적 존재가 어떤 업무를 수행할 때, 그 업무를 주도적으로 계획하고 수행하는 쪽이 통상적인 의미의 갑(甲)이 되고, 그 수행을 보조하는 쪽이 을(乙)이 된다. 다르게 표현하면 돈을 내는 쪽이 갑이고 돈을 받는 쪽이 을이다. 문제는 돈을 내는 갑이 돈을 받는 을보다 덜 급하므로 을을 선택할 권리가 생긴다는 점이다. 앞서 우리가 길게 논의한 근대성의 관점에서, 갑을관계에서 벌어지는 '일'의 주인공은 갑이다. 갑이 을을 선택할 수 있으므로 갑을관계라는 수식에서 을은 어떤 것도 대입할 수 있는 '변수'가 되어 버린다. 그러므로 갑과 을의 관계가 사실은 '인간' 대 '인간'의 관계라는 점은 망각되고, 갑이 기획한 행위에서 을은 그저 도구로 전락한다. 이 관계가 무언가를 '생산'하는 상황이라면 종종 이 을에는 생산기계가 들어오기도 하기 때문이다. 러다이트 운동을 떠올려 보라. 하지만 을의 입장에서는 어떻게든 그 일에 참여해야 하기 때문에 갑의 요구조건을 수용해야 한다. 이러한 관계에서 갑질이 발생한다.

갑질을 당한 소시민이 또 다른 소시민에게 갑질을 행하는 사례는 어떻게 생각해 볼 수 있을까? 한번 갑질을 통해 도구화된 자신에 상처 받은 사람은, 해당 관계 내에서 그 상처를 해소하지 못한다. 이는 당연한 것인데, 근대적 삶에서 돈은 도구로서의 자신보다 중요하기 때문이다. 하지만 상처로 인한 분노는 일을 마친 후에도 여전히 해소되지 않고 남는다. 이 분노를 해소하기 위해서 그들이 선택하는 방식 중 하나는 자신이 주도하는 관계(자신이 돈을 내는 입장일 때)에서 다른 사람을 도구화하는 방식이다. 애당초 도구 취급받았던 존재의 상처를, 자신이 주도적인 위치를 점하는 새로운 맥락을 만들어 냄으로써, 그 안에서 자신의 존재 의미를 회복하는 것이다. 그리고 내가 먹이사슬의 맨 밑에 있는 것이 아니라는 위안을 얻는다. 다른 인간을 도구로 삼아 … 그러나 이 갑을관계라는 것 너머에 인간이 있다는 것을 다시금 떠올리지 않는 한, 갑질의 연쇄는 끊어질 수 없다.

자살의 경우는 더욱 절절하다. 논의할 여지는 있지만, 우리가 동물이라고 부르는 것들 중 스스로 죽음을 결단하는 개체는 인간이 유일한 것 같다. 하이데거는 더 극단적으로 "오직 인간만이 죽을 수 있다. 동물은 사라질 뿐이다"라고 말한다. 왜냐하면 자신의 죽음을 의식하고, 자신의 죽음조차 하나의 행위로 연결하는 개체는 인간밖에 없기 때문이다. 우리 모두 언젠가는 자신이 죽는다는 사실을 알고 어떤 방식으로든 그 죽음을 준비한다. 그리고 그 죽음의 행사는 고인이 생전에 어떤 사람이었는지를 규정하는 의식으로 치러진다. 자살도 그다지 다르지 않다. 지금 이 자리에서 자신의 죽음을 결단하는 행위는, 결국 그 행위를 통해 한 명의 인간으로서 자신을 규정하기 위한 존재의 몸부림이다. 왜 여전히 우리가 안락사와 관련한 이슈들을 자주 접하고, 왜 그들은 자신이 안락사 되길 바라는지 생각해 보라.

게다가 인간은 곧 죽을 몸을 가진 것도 아니고, 누군가 나를 죽이려 하는 것이 아닌데도 자살하는 경우가 있다. 이 경우에도 그 죽음에 대한 결단은 자신이 속한 세계와의 관계를 새로 규정하는 것이다. 2013년 경북의 한 자율형사립고에서 전교 1등을 했던 고1 학생이 자살을 한 사건이 있었다. 앞서 언급한 '통제권'을 획득하는 것이 시장경제사회에서 유리한데도 불구하고, 그 학생은 왜 죽음을 택한 것일까? 해석은 단순하다. 그렇게 살고 싶지 않기 때문이다. 그러나 동시에 그 학생은 다르게 살 수 있는 방법을 찾지 못했다. 이러한 관계 맥락이 한 학생으로 하여금 죽음으로써 자신의 존재를 정당화하는 방법이 된 것이다. 이 학생은 죽음이라는 방법으로 자신이라는 한 사람의 삶을 규정했다. 이런 점에서 자살 역시 인간만의 행위다.

근대적 삶은 우리를 우리답게 살지 못하게 한다. 그에 대한 반응 혹은 적응으로 사회구성원들이 저지르는 일은 또한 우리를 힘들게 한다. 이러한 상황을 벗어나는 방법은 이러한 상황이 갖는 맥락을 벗어나서 사유하고 맥락 자체를 바꿀 수 있도록 나의 삶을 새로 규정하는 탈존이다. 그렇다면 이 탈존의 기회는 언제 어떻게 찾아오는 것일까? 하이데거는 인간 존재의 시간성이 불안과 권태로부터 온다고 말한다. 매우 복잡한 논증을 줄여 보자면, 인간은 자기 자신이 언젠가 죽는다는 사실을 알고 있기 때문에 그 유한한 시간의 범위를 자신의 인생으로 잡고 그 인생 속에서 산다. 그리고 권태는 현재 자신이 취하고 있는 존재 방식을 견디지 못하는 존재론적 현상이다. 따라서 하이데거의 입장에서 불안과 권태는 억누르거나 피해야 할 것이 아니다. 오히려 불안과 권태는 인간으로 하여금 현재 자신이 속한 맥락과의 관계를 끊고 진정한 자기 자신으로 돌아갈 수 있는 기회를 주기 때문이다. 인간은 이러한 권태 속에서 자신의 의미를 확인하고 자신만의 고유한 삶을 다시 시작할 자유와 기회를 얻는다. 그리고 그 고유한 삶을 얻는다는 것은 자신만의 시간성을 회복한다는 것을 의미한다. 이 회복된 시간성 속에서 새로운 세계와의 연결을 통해, 끊임없이 미래를 바라보고, 자신의 결단을 수행해 나가는 것이다. 하이데거는 이것이 오직 인간이 가진 존재론적 특성이고 이러한 탈존을 통해서만 비로소 '지금' 세계와의 관계 속에서 강제된 중독적 삶을 벗어나 자기 자신의 목소리를 듣고, 고유한 인간으로서의 삶을 살 기회를 얻는다고 지적한다.

자, 이제 우리는 '인간다운 삶'을 살기 위한 실마리를 찾았고, 현재의 중독적 삶에서 견디기 힘들어 하는 우리 존재의 목소리를 듣는 단계까지 온 것으로 보인다. 그렇지만 아직은 우리가 탈존을 완수한 것은 아니다. 지금의 삶이 매우 짜증나고 견디기 힘들다는 점까지는 알아차렸지만, 그래서 무엇을 구체적으로 어떻게 해야 할지에 대해서는 논의하지 못했기 때문이다.

근대적 삶의 종언: 새로운 풀을 찾아 헤매는 카우보이의 삶으로… Cowboys from Hell

결국 우리가 지금 매우 짜증나고 견디기 힘든 이유 중 하나는 2차 세계대전 이후 아직 청산되지 않은 근대적 삶 때문이라는 점이 분명해 보인다. 그리고 그 잔재의 이름이 '시장경제'인 것도 옳다고 생각한다. 제2차 세계대전이 끝난 후, 인류는 근대성의 잔재를 털어 내기 위해 근대의 모든 것을 부정했다. 전쟁 방지와 평화 유지를 위해 국제연합을 창설하고, 핵무기 감축을 위해 애썼으며, 프랑스의 68혁명은 사회가 항상 진보할 수만은 없다는 구호를 외쳤고 또 증명해 냈다. 그럼에도 근대성의 잔재인 시장경제는 여전히 살아 숨 쉬고 있다.

억지로 희망을 가져 보자면 시장경제의 한계는 이제야 논의되기 시작한 것이 아니라, 적어도 마르크스의 유의미한 비판으로부터 계속되었다. 따라서 우선 인간적인 삶을 위해 탈존을 수행하고자 하는 우리가 "시장경제 이후의 삶"이라는 미래를 임시로 지향해 보는 것은 어떨까 한다. 실제 유럽의 여러 국가가 기본 소득까지 도입하며 어떻게든 시장경제 경제체제를 유지하기 위해 애쓰고 있다. 하지만 사실 기본 소득이라는 개념이 애당초 시장경제의 이념과는 맞지 않는 개념이라는 점을 생각하면, 시장경제의 수명이 영원할 것이라고 기대하는 것도 그다지 근거가 확실한 것은 아니다. 당장 인류의 역사에서 시장경제체제가 유지된 것이 얼마나 됐는지 생각해 보라. 길게 잡아야 300년 남짓이다.

고대에서 중세로, 중세에서 르네상스(근대)로 이행하는 과정에서 기존의 체제들이 흥망성쇠를 거듭했고 그 체계 속에 살던 사람들은 당연히 자신이 속한 체제가 영속할 것이라 믿었지만 실제 인류의 역사는 체제 변화의 역사였다. 그리고 당장 체제가 분명히 한계를 드러내고 있는 지금 그리고 그 한계가 보여 주는 폐해를 가드도 없이 맨몸으로 겪고 있는 헬조선의 청년들에게는 새로운 체제를 구상할 절호의 기회이다. 또한 켐프의 입장에서 중독을 치유해야 하는 이유를 되새겨 보면 더욱더 그래야 한다.

> "사회적 영역은 중독환자의 게으른 성향에서뿐만 아니라 중독환자가 가져오는 일반적인 혼돈을 통해서도 고통받는다. … 중독을 통해 고통 받는 것은 해당 환자뿐만 아니라 친구들, 가족, 사회, 나아가 환자의 "세계"까지 고통받는다. … 따라서 중독치료는 중독환자로 하여금 타자와 상호관계를 맺게 하고 이러한 관계가 열린 가능성의 미래를 본래적으로 열어젖히도록 하는 것이다."

인간 존재의 흥미로운 점은 (내가 이런 글을 완성하기도 전에) 이미 근대적 삶을 반성하고 미래지향적인 삶을 사는 사람들이 있다는 점이다. 20세기 초 독일 경제학자 에른스트 슈마허(Ernst Schumacher)가 주창한 '자발적 가난(voluntary poverty)'이 그 예 중 하나이다. 슈마허는 "물질주의와 그것의 소산, 다시 말해 자신의 발전에 어떤 한계도 없다고 생각할 뿐 아니라 자신이 무슨 일을 하는지조차 알지 못하는" 현대경제를 반성적으로 성찰하기 위해 이 개념을 만들었다고 한다. 현대에 자발적 가난을 택하는 사람들의 삶의 방식은 다운사이징(삶 축소하기), 미니

멀리즘 등의 형태로 나타난다. 그들은 더 많은 소득, 더 많은 소유물을 포기하는 대신, 자신이 진정 하고 싶은 찾으려고 애쓴다. 한 사람의 인간으로서 자기 자신을 정립하는 데 더 힘을 쏟기로 한 것이다.

국가 단위의 시장경제에도 조금씩 균열의 조짐은 보인다. 최근 여러 나라에서 기본 소득, 다른 말로 '마이너스 소득세'에 관한 논의를 진행하고 있다. 2011년 '월가시위(Occupy Wall Street)' 이후 발족한 '롤링 주빌리(Rolling Jubilee)'와 같은 단체에서는 소멸시효가 지난 채권을 헐값에 사들여 불필요한 채권 추심의 사슬을 끊는 운동을 전개하고 있다. 한국에서도 같은 목적의 단체가 결성되어 롤링 주빌리와 같은 활동을 펼치는 동시에 불평등한 금융구조 속에서 살아남는 방법을 강의하는 등의 운동을 전개하고 있다.

이처럼 지금보다는 '다음'을 생각하면서 사는 것이 인간답게 사는 것이라 본다. 무엇을 상상해도 좋다. 그 상상이 진정 옳은 길이라면, 나 자신의 존재를 넘어 우리 공동체의 모습을 규정하게 될 테니까. 새로운 체제가 등장해도 그것이 어떤 특정 집단 혹은 개인의 영달을 위해서가 아닌 인류의 교류와 영속을 전제로 하는 것이라면, 이제 과감히 황무지가 된 들판을 버리고 소들을 먹일 풀을 찾아 새로운 들판으로 나아가야 할 때가 되었다.

흙흙청춘×세번째

청년 세대(론), '일자리 전쟁'의 프레임

— 대학이라는 제도와 취업 전쟁의 구조

최병구

× 일상이 되어 버린 청년 문제

더 이상 청년 문제는 새롭지 않다. 매 학기 대학의 개강에 맞춰 '혼밥', '아싸'[1] 등 대학생의 새로운 풍속을 보여 주는 단어가 등장하고 삼포·사포·오포 세대, 청년실업 문제가 신문지면을 오르내리지만, 언제부터인가 이런 현상은 우리의 일상이 되었다. 2011년 어느 지방대 글쓰기 강의 첫 날이었다. '글쓰기와 나'라는 주제로 오리엔테이션을 진행하고 일찍 수업을 마쳤다. 막 강의실을 나가려던 찰나에 어떤 여학생이 날 불러 세웠다. 여학생의 이야기는 어머니가 자신이 지방대에 진학한 것이 부끄러워서 주변에 말을 하지 못하는데, 자기는 그런 어머니 앞에 죄인이 된 것 같아 너무 슬프다는 것이었다. 그리고 자기의 상황과 감정을 어떻게 이해하고 대처해야 하는지를 물었다. 그때 내가 뭐라 말했는지는 잘 기억나지 않는다. 지금 생각나는 것은 자신을 부끄러워하는 어머니를 어떻게 대해야 할지 몰라 눈물만 흘리던 그 학생의 이미지뿐이다.

그리고 5년이 흐른 지금, 청년 문제는 정치적 이슈로 떠올랐다. 정부 여당과 야당은 한 목소리로 청년을 위한 정책(?)을 내놓고 있다. 이 시대에 청년은 기성세대의 관심과 보호를 받고서야 그나마 살아갈 수 있는 존재로 규정되어 가고 있다. 그리고 그들은 오찬호의 『우리는 차별에 찬성합니다』가 보여 주듯, 정규직 취업을 위해서 자기계발의 주체가 되어 버린 동시에 타자에 대한 공감 능력이 결여되어 있다. 청년, 대학생들의 지상 과제는 명문대 진학과 취업이고, 대학은 취업준비기관으로서의 임무를 다하기 위해 재편되고 있다. 앞서 언급한 학생의 어머니가 느끼는 부끄러움이란 이러한 사회적 기준에 못 미치는 딸에 대한 감정이고, 학생의 눈물은 자괴감 혹은 당혹감의 표현이다. 지금 현재의 대학에서 이 학생이 위로받고 새로운 세계를 상상할 수 있는 계기를 마련하기는 쉽지 않다.

여기서 '부끄러움'이란 감정에 주목하고 싶다. 어머니가 자신의 딸이 지방대에 입학한 것에 부끄러움을 느낄 때, 그 감정은 사회적 기준에 의한 것, 즉 외부로부터 주어진 것이다. 한편 2014년 초 방영되어 큰 인기를 얻은 EBS 다큐멘터리 〈우리는 왜 대학에 가는가?〉 4부에는 취업 면접을 마친 연세대 학생들의 술자리가 등장한다. 어느 여학생은 취업 면접에서 제대로 말을 하지 못하는 경쟁자를 보고 쾌재를 불렀던 스스로를 부끄러워한다. 무한경쟁의 시대에 타인의 불행이 곧 나의 행복이 된다는 명제를 본능적으로 알아 버린 자아와 그 본능이 올바르지 못하다는 판단이 충돌하며 부끄러움이라는 감정을 만들어 낸 것이다.

두 개의 부끄러움이란 감정이 있다. 하나는 여학생의 어머니가 남들보다 뒤처진 딸에 대해 느낀 감정이며, 또 하나는 스스로를 성찰하는 과정에서 생겨나는 감정이다. 전자는 사회적 기준에 미치지 못한 자기에 대한 감정이고, 후자는 타인을 밀어내는 것에 기쁨을 느끼는 순간 자기의 양심이 발현되며 내면에서 생겨나는 감정이다. 대부분의 청년은 바로 이 지점의 어딘가에서 방황하고 있다고 생각한다. 뒤처지는 타인을 보며 느끼는 안도감과 그러한 자기 모습에 대한 성찰과 분노의 '경계'에서 배회하고 있는 것이다. 지금 현재 청년들의 자기 인식과 감정의 상태는 단순하지 않은 것이다.

대학, 취업, 결혼으로 이어지는 생애주기에서 '취업'은 이전과 이후의 삶을 결정짓는 분기점이다. '대학교 5학년'이 일상이 된 시대에 불안정 노동자의 삶을 살아가는 청년들은 결혼을 포기한다. 취업이 유예되는 상황에서 결혼에 필요한 돈을 마련할 길이 없기 때문이다. 대한민국에서 결혼은 내가 얼마나 가난한지를 확인하는 과정에 다름 아니다.[2] 정부도 이 문제의 심각성을 인지하고 나름의 대안을 마련하고 있는 것 같다. 그중 하나가 2015년 9월 14일 노사정 대타협 직후, 정부가 추진 중인 '청년희망펀드'이다. 청년희망펀드는 '대한민국 청년들에게 좋은 일자리를 제공하기 위하여 자발적 참여를 통해 기부를 받아 조성하는 펀드'로 2016년 2월 26일 현재 1363억 원 정도가 모금되었다. 대통령이 직접 청년 일자리 창출을 위한 아이디어를 내고 1호 기부를 한 뒤 사회각계각층에서 기부가 계속되고 있다. 청년들의 일자리 창출을 위해 국민의 기부(주로 재벌)를 받는다니 그 자체가 나쁘다고 할 수는 없을지도 모른다. 하지만 이 사업이 노동개혁 법안을 통과시키기 위한 정부의 움직임에 맞추어 아무런 계획과 준비도 없이 대통령의 말 한마디로부터 출발했다는 점에서 의구심을 갖지 않을 수 없다. 비정규직 사용기간 연장, 파견 근로자 범위 확대 등을 골자로 하는 노동개혁 5대 법안의 문제점을 교묘히 가리기 위한 정치적 목적이 '청년희망펀드'에 개입되어 있음을 부정하기 어렵다.

이는 하나의 사례이지만 청년 취업 문제에 대한 정부의 입장을 단적으로 보여 준다. (대)기업의 이익과 자본의 무한증식만을 추구하는 세계에서 노동자의 삶을 보호하는 정책을 찾기 어려워진 지 오래이다. 어느 순간 '취업'은 세대를 불문하고 당면 과제가 되었다. 소위 명문대를 진학하는 것이 자기의 미래를 보장해 줄 것이라는 믿음은 무너져만 가고 있지만, 여전히 명문대 진학이 안정된 직장을 확보할 수 있을 것이라는 생각은 공고하다. 앞서 언급한 여학생의 경우처럼 부모 세대로부터 물려받은 이와 같은 관념이 무능력한 정부의 정책 속에서, 자기 비하나 타인에 대한 공감 능력의 상실로 이어진다.

출구를 찾기란 쉽지 않다. 실제 대학 강의실에서 만난 학생들은 대학과 사회의 문제점을 피부로 느끼고 있었으며, 적지 않은 답답함을 토로했다. 자기가 할 수 있는 일이 명확히 보이지 않았기 때문이다. 이럴 때 할 수 있는 것은 뒤처지지 않기 위해 열심히 스펙을 쌓는 일뿐이다. 그렇게 청년 문제는 일상이 되고 우리는 각자도생하는 삶을 살아가고 있다. 어떻게 해야 할까? 미리 말하자면 나는 이 물음에 대해 명확한 답을 가지고 있지 않다. 비정규직 지식 노동자의 삶을 살아가는 나 역시도 '경계'의 어딘가에서 서성이고 있기 때문이다. 그래서 우회로를 택하기로 했다. 이 글은 지금의 현실이 도래하기까지의 중요한 분기점을 중심으로 '대학'과 '청년 세대(론)'의 변화를 추적한다. 특히 정부의 대학과 노동정책이 가지고 있는 공통성에 주목했다. 그 논리적 구조를 파악하는 것이 대응책 마련을 위한 급선무라고 생각했기 때문이다.

× 대학의 위기와 자퇴 선언

주지하는바 1980년대까지는 한국사회에서 대학 진학이 곧 취업을 보장하던 시대였다. 이 시대는 자유로운 지성의 전당으로서 대학의 역할이 가장 빛을 발하던 시기였던 것 같다. 민주주의라는 시대적 소명에 많은 대학생이 응답했으며 학점이나 어학 점수 따위는 관심의 대상조차 되지 못했다. 하지만 대학 진학률이 80%를 넘는 현재 한국 대학의 모형은 큰 위기에 다다랐다.

2010년 이후 한국 대학은 그간 누적된 문제들이 한꺼번에 쏟아져 나오며 더 이상 회복 불가능한 상황으로 치닫고 있는 듯하다. 『절망의 인문학』, 『최후의 교수들』, 『지배받는 지배자』, 『진격의 대학교』 등 대학의 현재를 비판적으로 분석한 책과 비슷한 문제의식을 가진 논문들이 다수 제출되었다. 이들 책과 논문을 통해 대학이라는 제도의 역사와 현재 대학의 구조와 연구자 문화, 학문 생태계 등 다양한 논의가 이루어졌지만, 공통된 문제의식은 대학이 심각한 위기에 봉착했으며 그 배후에 신자유주의 경제체제가 있다는 것이다. 이제 시대의 요청에 부응하지 못하는 인문학은 천덕꾸러기가 되어 버렸다. 정확히는 대학 인문학의 위기가 다시, 또 도래했고 대학 바깥의 인문학은 성황을 이루고 있다.

여기서 한 가지 자명하지만 많은 사람들이 간과한 사실 하나를 짚고 넘어가야겠다. 대학(원)생은 대학이 과거부터 현재까지 어떤 가치에 의해 어떤 식으로 변해 왔는지 잘 모른다. 어느 시점에 대학에 입학해서 해당 시기, 해당 대학의 커리큘럼을 이수하고 '졸업'하면 그만이다. 하지만 대학이라는 기구에는 그 사회의 주요 가치와 지배자들의 이념이 포함되어 있다. 그래서 대학(원)생은 자기도 모르게 그 이념에 흡수당하게 된다. 그렇기 때문에 대학의 변화와 이에 대한 대학생들의 대응 과정을 아는 것이 중요하다. 나를 규정하는 사회·대학의 구조와 어떤 대학 생활을 할 것인가를 판단하기 위한 최소한의 정보를 알 수 있기 때문이다.

반복되는 인문학 위기 선언

청년의 물리적 범위를 20~30대라고 한다면 대략 1990년대 중·후반에 대학에 입학한 세대가 현재 청년의 끝자락에 위치한다. 1990년대 중·후반은 IMF 경제위기와 맞물려 한국사회 전반의 구조조정이 시작되던 해로 대학사회도 예외일 수 없었다. 김영삼 정부는 1995년 5월 31일 '세계화·정보화를 주도하는 신교육 체제 수립을 위한 교육개혁안'(일명 5·31 교육개혁안)을 통해 교육을 서비스 상품으로 취급하는 교육소비자 중심의 안을 내놓게 된다. 시장질서에 따른 대학 체제 개편안에 따라 대학 수가 폭증하고 입학 정원이 비약적으로 증가했으며 등록금이 큰 폭으로 올랐다. 대학 기업의 서막이 시작된 것이다.[3] 대학의 기업화는 1990년대 후반 김대중 정권의 '신지식인론'을 거치며 교수업적평가, 산학협력단의 도입 등으로 점차 모습을 갖춰 갔다.

바로 이 무렵에 인문학 위기론이 처음으로 고개를 들었다. 김대중 정부의 신지식인론이 지식기반사회에서의 '쓸모'를 기준으로 제기되었으며, 그로 인해 경제적 관점에서 쓸모없는 인문학이 위기를 겪게 된다는 논리였다. 1996년 11월 국공립대학 인문대 학장들이 제주에서 "인문학의 위기는 대학의 위기이며 동시에 우리 사회문화의 위기를 예고하는 것"이라는 내용의 '인문학 제주 선언'을 발표했다. 정보지 식사회로의 진입을 위한 국가경쟁력 강화를 위해 세계화와 신지식인론을 표방했던 정부의 교육정책에서 인문학이 소외될 수밖에 없는 현실을 비판한 것이다.

그 후 2001년 국공립대 인문대학협의회가 '2001 인문학 선언'을, 2006년에는 고려대 문과대 교수들이 '인문학 선언문'을, 80여 대학의 인문대 학장들이 인문학 지원을 요구하는 '오늘의 인문학을 위한 우리의 제언'이라는 성명서를, 2012년에는 '인문학총연합회'에서 '인문학 선언문'을 발표했다. 물론 성과가 없었던 것은 아니다. 2006년 인문학 선언은 한국연구재단의 인문학 대중화 사업과 인문한국(HK) 사업이라는 결실을 맺어서 적지 않은 돈이 대학의 인문학과에 투입되었다. 하지만 바로 이 시간 동안 대학의 기업화가 완성되었다. 인문학 위기 선언은 정부로부터 돈을 타내는 성과를 거두었지만, 그 대가로 현재 우리가 손에 받아든 것은 인문학과의 폐지라는 값비싼 것이었다.

지난 20년을 돌이켜 보건대 인문학자들의 현실 인식은 너무나 안일했으며, 현재 상황은 스스로 자초한 바가 크다. 먼저 현실 인식과 대응이라는 측면에서 신자유주의와 대학이 결합하는 순간에 발표된 인문학 위기 선언은 '결합'에 대한 근본적 비판이 아니라 그 자체를 인정(혹은 묵인)하고 인문학을 자본의 논리 바깥에 서 있는 '섬'으로 규정한 채 이루어진 것이었다. 그간 인문학 위기 선언이 놓치거나 간과한 부분은 바로 이 지점이다. 신자유주의가 대학을 집어 삼킬 동안 이론적·실천적 버팀목이 되었어야 할 학문이 그 구실을 하지 못하고 위기 선언만 반복했던 것이다.

현재 대학의 인문학은 정부의 지원금으로 연명할 운명에 처했으며, 인문학 비정규 교수는 연구재단의 지원이 없으면 살아가기 힘든 처지가 되었다. 2000년대 초반 대학 위기 담론이 떠들썩할 때 “오늘날 대학의 위기라고 지적되는 대부분의 현상들은 대학의 경영상의 위기를 의미한다”[4]라고 ‘쿨’하게 분석하고 대학 바깥에서 지식공동체를 만들어 대학 인문학에 대항 전선을 그어 보겠다는 패기는 점차 대학 자본에 흡수되었다. 이러한 상황이 인문학 위기 선언을 주도한 교수들만의 책임은 아니다. 그렇지만 대학이라는 공간이 자본에 포섭되고 시간강사들이 불합리한 상황으로 내몰리는 동안 정규직 교수들의 대응이 안일했다는 사실을 부정하긴 어렵다. 그러는 사이 대학생들은 취업을 위한 경쟁에 내던져졌다. 그래도 대학은 가야 한다는 사회적 분위기 속에서 ‘간판’을 목표로 열심히 공부하고 그 뒤에는 다시 취업을 위해 무한경쟁을 해야 하는 틀에 편입되었다. 2010년 이 논리를 비판하고 거부하는 목소리가 등장하기 시작했다. 폭주하는 대학을 향한 비판과 실천이 대학생들로부터 시작된 것이다.

대학 거부 선언의 배경

2010년 이후 두 명의 대학생이 자퇴 선언을 했다. 한 명은 2010년 고려대 경영학과 재학생 김예슬이고, 또 다른 한 명은 2015년 중앙대 김창인이다. 이들의 자퇴는 대학의 기업화 현상이 공통된 배경이지만

5년이라는 시간적 격차만큼이나 그 상황은 많이 다르다.

먼저 2010년 김예슬의 자퇴 선언은 2000년대 후반 청년 세대가 처한 상황에 대한 자기 인식을 극명하게 보여 준다. "오늘 나는 대학을 그만둔다. G세대로 '빛나거나' 88만 원 세대로 '빛나거나' 그 양극화의 틈새에서 불안한 줄타기를 하는 20대"로 시작하는 자퇴 선언문은 "우수한 경주마"로 "명문대 입학"을 통과하고 "취업"을 위해 새로운 자격증을 취득해야 하는 비주체적 삶에 대한 거부와 대기업의 하청 업체가 되어 버린 대학 비판을 통해, "나는 대학과 기업과 국가, 그리고 대학에서 답을 찾으라는 그들의 큰 탓을 묻는다. 깊은 분노로, 그러나 그들의 유지자가 되었던 내 작은 탓을 묻는다"라고 밝히고 있다.

분석적이면서도 명쾌한 문장으로 작성된 김예슬의 자퇴 선언문은 언론의 큰 조명을 받았고, 각종 지지 선언이 이어졌으며 2011년에는 비슷한 문제의식을 가진 서울대생의 자퇴 선언이 발표되기도 했다. 하지만 동시에 비판적 시선도 만만치 않았다. 특히 일반 대학의 학생들은 김예슬의 문제의식과 용기 있는 행동을 지지하지만 한편으로는 자기의 삶이 부정당하는 느낌을 받는다며 불편해 했다. 엄기호는 『이것은 왜 청춘이 아니란 말인가』에서 학생들의 이러한 반응을 소개하고 다음과 같이 말한다.

> "김예슬 선언을 보면서 다른 대학생들에게 너희는 왜 움직이지 않느냐고 질타하는 사람들은 다른, 보통의, 많은 대학생들이

어떻게 고군분투하면서 살아가고 있는가를 전혀 이해하지 못한다. 우리 사회의 맨 꼭대기만 살아남는 구조에서 한 번도 제대로 셈이 되어 본 적이 없는 이들이 있다는 사실을 알지 못한다. 지금까지 이들이 우리 사회의 계산에 포함되어 본 적이 없다는 사실은 생각하지 않고 갑자기 너희는 왜 이 셈법에 항의하지 않느냐고 질타한다. 이들은 지금까지 자기들도 셈에 넣어 달라고 필사적으로 노력해 왔는데 말이다."[5]

김예슬의 선택이 학생들에게 불편한 감정을 주고 어른들이 김예슬의 선택을 강요하는 이유는 '학벌주의'에 대한 상반된 이해에서 비롯되는 것이다.[6] 먼저 학생들의 '냉소'는 대학의 기업화보다 학벌주의가 그들의 마음에 더 뿌리 깊게 자리 잡고 있음을 보여 준다. 취업을 위해 모두가 경쟁하는 사회가 최근의 모습이라면 학벌주의는 한국 대학의 역사와 맞먹을 만큼 오래된 것이다. 무한경쟁의 시대에 취업을 위해 하루하루 살아가기도 바쁜 와중에 대학 간판이 주는 불평등이 이들의 냉소를 이끈다. (차라리 스펙은 객관적인 노력으로 극복 가능하다!) 어른들의 시선에 서울 소재 중상위권, 지방 거점 국립대를 제외한 대학의 학생들은 존재하지 않는다. 지방대의 학생들이 가지고 있는 열패감은 "어차피 취업이 어렵다"[7]는 말에 오롯이 담겨 있다. 그들은 지방대 출신이라는 꼬리표를 가릴 스펙을 쌓기에도 시간이 부족하다.

여기서 확인되는 사실은 2010년 이후 대학의 기업화 현상에 대한 광범위한 비판 속에서 '학벌주의'에 대한 논의가 어느 순간 사라져 버렸다는 점이다. 이 부분은 조금 더 강조될 필요가 있다. 요즘 서울과 지방을 가리지 않고 캠퍼스에서 쉽게 목격되는 현수막은 "대학구조조정 평가 A등급", "서울 시내 주요 사립대 연구비 수주 1위" 따위이다. 교내에서 펄럭이고 있는 A등급, 1위, 00억 지원 등의 깃발은 기업화된 대학의 단면이자 학벌주의를 지우는 효과를 가져다준다. 그럼에도 학벌에 대한 대학생들의 의식은 가슴속 깊이 남아 있다. 김예슬의 자퇴 선언과 그에 대한 대학생들의 반응은 대학생들이 처한 두 겹의 경쟁 구조를 보여 준다. 학벌주의는 대학의 기업화보다 더 심각하게 대학생들을 억누르고 있다.

2015년 중앙대 김창인의 자퇴 선언은 김예슬이 자퇴 선언문에서 예견했던 내용이 법안으로 확정되고 시행되는 과정에서 이루어진 것이다. 2008년 두산의 중앙대 인수 이후 회계학 필수교양지정, 학과 통폐합 등 중앙대에 대한 두산의 시선은 기업가의 그것이었다. 김창인은 필사적으로 저항했으나 학교와 교수들로부터 외면당하고 결국 그는 "정의(正義)가 없는 대학(大學)은 아니기에"라는 말과 함께 자퇴한다. "대학은 기업이 아니고 나 또한 상품이 아니다"라는 절박한 믿음이 있었기에 가능한 최후의 저항이다. 김창인이 입학 후 처음 수강한 수업의 모습은 다음과 같았다.

"입학해서 처음 들은 수업의 이름은 '진로 탐색과 자기계발'이

> 었다. 루이스홀이라는 대강당에서 두산 1세대인 09학번이라면 누구나 들어야 하는 의무 수강 과목이었다. 일주일에 한 번 듣는 과목이었는데 매주 기업 CEO를 비롯한 인사들이 돌아가며 강연했다. 그런데 그 첫 수업 내용이 몹시 충격적이었다. 내가 다니던 철학과를 포함한 문과대 신입생들이 강연을 듣고 있었는데 모 기업의 인사를 담당하는 강연자가 대놓고 전과를 권유하는 것이 아닌가. 내용인즉, 인문학에는 미래가 없으며, 대학에서 선후배 관계 같은 인간관계를 맺는 것이 가장 쓸데없는 일이라는 것이었다. 그러니 1학년 때부터 토익과 자격증을 챙겨야 하며, 그럼에도 문과대 출신이라면 취직을 할 수 없으니, 열심히 공부해서 하루빨리 전과를 해야 미래를 보장받을 수 있다고 한다."[8]

김창인은 첫 수업에서 큰 충격을 받고 이후에 수업을 더 이상 나가지 않았다고 한다. 하지만 대학구조조정에 반대하는 교수들을 향해 "가장 피가 많이 나고 고통스러운 방법으로 내가 쳐 줄 것이다"라고 말한 중앙대 이사장 박용성의 시선을 참고한다면 그다지 놀랄 일만은 아니다. 대학의 인사권자가 구성원들을 통제할 수 있다는 천박한 생각을 가지고 있는 자가 이사장인 대학에서 인문학과 학생에게 노골적으로 전과를 권하는 것은 잘 어울리는 그림이기도 하기 때문이다. 중앙대의 사례가 예외이기는 하다. 정부가 학령인구 감소를 이유로 추진 중인 대학구조조정안도 대학경쟁을 통한 부실 대학 퇴출 및 정원 감축이라는 명분을 내세우고 있으며, 다수의 대학이 구조조정을 시행 중이지만 중앙대만큼 자본의 논리를 드러내지는 않는다. 가령 건국대의 경우는 2016년도부터 학부제를 폐지하고 학과제를 시행한다. 중앙대처럼 한번에 무리하게 구조조정을 단행하지는 않고 점차적으로 수요가 없는 학과를 통폐합하는 전략이다. 즉 어느 쪽이든 기업이 필요로 하는 전공을 살리고 그렇지 않은 학과는 폐과하겠다는 것이다. 사회적 수요(취업)가 없는 학과는 존재할 이유가 없다는 것이 정부 - 대학 - 기업의 논리이다.

게다가 소위 명문 대학 입학이 취업을 보장하지 않는 시대이다.[9] 5년 전 학벌주의와 신자유주의라는 두 겹의 경쟁구도는 취업이라는 목적으로 수렴되고 말았다.[10] 이러한 이유로 고등학생 9급 공무원 응시자가 증가하는 것이 현실이지만, 우리 사회에서 고졸자에 대한 인식은 여전히 좋지 못하다.

대학의 미래: 윤리의식이 부재한 인간의 양성

2015년은 한국 대학사에 길이 남을 것이다. 대학가에서는 대학구조조정안과 학과 통폐합, 국립대 총장 직선제 사수를 외치며 자살한 교수, 강사법을 둘러싼 논쟁 등 불과 1년 남짓한 시간에 많은 일이 벌어졌다. 너무나 많은 일이 있어서 개별 사안의 연계성과 향후 전망을 하기가 어려울 정도이다. 1995년 '5·31 교육개혁안'으로부터 시작된 대학의 기업화가 2015년 정점을 찍고 있는 모양새다. 5년의 격차를 두고 벌어진 김예슬과 김창인의 자퇴는 예외적이다. 대다수의 학생은 주어진 상황에 적응하기에 급급하다. 대학 입학 전부터 느끼는 취업에 대한 불안감은 대학에 와서 고조되고 질문하지 않는 대학 생활을 만든다.

당분간 정부의 교육 사업은 멈출 것 같지 않다. 정부는 2015년 7월 프라임 사업(산학연계 교육 활성화 사업) 계획을 발표하고 11월 대형 사업과 소형 사업으로 구분되는 시안을 확정했다. 대형 사업의 요지는 사회 수요가 낮은 인문·사회·예체능 계열의 정원을 이공계로 조절하고 학사개편을 통해 입학 정원을 줄이는 대학들에게 평균 150억 원 이상을 지원하겠다는 것이다. 소형 사업의 요지는 미래유망 산업에 대비한 융복합 전공, 창업학과·사회맞춤형학과 등의 교육 모델을 마련하는 대학에 평균 50억 원을 지원한다. 한마디로 청년 취업이 심각한 사회적 문제로 대두되는 상황에서 대학을 취업준비기관으로 만들겠다는 의지를 보여 준 것이다. 한편 프라임 사업과 짝을 이루어 시행되는 인문학 지원 사업은 기초학문육성이라는 목표를 가지고 있지만 그 내부를 들여다보면 인문학을 교양 혹은 응용학문과 통합하려는 목적을 가지고 있는 것이다.

이로 인해 벌써부터 웃지 못할 일들이 벌어지고 있다. 인하대에서는 문과대를 현행 9개 학과에서 3개 학과(한국어문학과, 중국언어문화학과, 사학과)로 축소하는 구조조정 계획이 발표되어 교수와 학생들의 큰 반발을 사고 있다.[11] 3개 학과의 존치 이유는 다음과 같았다.

> "한국어문학과는 인하대에 입학할 외국인 학생들의 한국어 교육을 위해 필요하다.
> 중국언어문화학과는 황해문화권의 발전을 위해 필요하다.
> 사학과는 중국의 고조선연구와 동북공정에 대응하기 위해 필요하다."

국어국문학과에서 간판을 변경한 한국어문학과는 외국인을 대상으로 한 한국어 교육으로서만 존재할 가치가 있다. 중문과와 사학과는 중국과의 관계나 산업문화를 위해 필요하다. '인하 개그'라는 말이 나올 정도로 3개 학과의 존치 이유는 쓴웃음을 자아내게 한다. 이런 이유로 학과를 남겨 두는 것이라면 차라리 폐과하는 편이 좋겠다. 학과 존치 이유가 누구의 머리에서 나온 것인지는 모르지만 한 가지 확실한 것은 '개그'가 현실이 되고 있다는 점이다. 최근 경희대에서 국어국문학과와 전자전파공학과를 합쳐서 웹툰창작학과를 만든다는 말이 나오기도 했다. 학교 측은 하나의 예시일 뿐이라고 했지만 정부의 프라임 사업이 가져올 대학의 미래가 어떠할지 상상만으로도 끔찍하다.[12]

더 이상 대학에서 '大學'을 찾는 것은 시대착오적인 일이다. 지금까지 살펴보았듯 점차 대학이 취업을 위한 준비기관으로 변형될 것임은 분명하다. 그런데 더 큰 문제는 이 과정에서 대학은 정부(국가)와 교묘한 유착관계를 형성하게 되고, 이에 대한 비판적 발언이 원천적으로 불가능해진다는 사실에 있다.[13] 최근 동국대에서는 이사장과 총장의 부정한 행동을 비판한 교수협의회장이 해임되는 사건이 있었다. 중앙대 전 이사장 박용성이 비판적 교수들의 목을 쳐 주겠다고 한 발언이 동국대에서 현실이 되어 버린 것이다. 자기의 양심을 걸고 불의에 싸우고자 했던 정규직 교수마저 쉽게 해고되는 현실에서 누가 제도권력에 비판적인 말을 할 수 있을까? 현실에 침묵하는 교수가 강단에서 정치와 철학, 윤리를 말할 수 있을까? 최근 대학의 구조조정이 정말 무서운 이유는 단순히 대학을 취업준비기관으로 만들기 때문만은 아니다. 그 속에서 가르치고 배우는 우리들이 인간으로서 가져야 할 최소한의 윤리 감각마저 마비시키는 구조가 형성되는 것이 더 큰 문제이다.

✕ 청년 세대론, 세대 간 갈등의 프레임

'88만 원 세대'의 출현

2007년『88만원 세대』의 출간은 청년 문제에 대해 사회적 이슈를 만들어 낸 계기였다. 저자들은 20대 청춘들 대다수가 88만 원을 받는 비정규직으로 살아가게 될 것이라고 예상하며 20대들이 기성세대에 저항해야 한다고 말한다. '88만 원'이라는 숫자는 대중에게 깊게 각인되었고, 책은 대학생들의 필독서에 올랐다. 당시 조선일보는 '실크 세대론'[14]을 내세워 '88만 원 세대(론)'에 대항하기도 했다.

> "극렬한 경쟁 속에서 20대가 부딪히는 근본적인 문제는 동기들끼리의 경쟁이 아니다. 그들 스스로는 이 싸움을 자신들끼리의 경쟁 즉 '세대 내 경쟁'이라고 인식하고 있지만, 사실 그 싸움은 경쟁의 범위와 규칙이 별도로 존재하지 않는 무한대의 경쟁 즉 '세대 간 경쟁'에 편입되어 있다. 대리가 되기를 희망하는 평직원이 과장이나 부장 혹은 국장이나 장관들과 경쟁을 하는 것이 가능할까? 그런데 그런 경쟁이 실제로 벌어지고 있고, 이것이 2007년판 승자 독식 게임의 특징이다."[15]

책이 출간되고 9년의 세월이 지난 지금 불행하게도 저자들이 진단한 '세대 간 경쟁'은 더욱 공고하게 자리 잡았다. '세대 간 경쟁'에 편입된 '세대 내 경쟁', 즉 무한경쟁은 싸워야 할 대상으로 삼촌이나 아버지 연배의 대상을 지목한다.[16] 최근 대학가를 시끄럽게 했던 '강사법' 논쟁이 그 대표적인 사례이다. 2011년 시행 예정이던 이 법안은 시간강사, 대학 본부 등 거의 모든 대학 구성원들의 반대로 4년 유예되었다가, 2015년 말 다시 한 번 유예되었다.[17] 강사법은 대학 교원으로서 시간강사의 법적 지위를 보장하고 9학점 강의와 1년 단위 계약을 골자로 하는 것이다. 하지만 이 법이 시행되면 다수의 강사가 일자리를 잃어버리고 소수의 강사만이 조금 나은 환경에서 비정규직 교수의 삶을 살게 되는 것이다. 예전 같으면 교수가 되었어야 할 수많은 40대 이상 강사들이 적체되어 있는 인문학 분야에서는 기존 강사와 30대 학문후속 세대들의 시간 강의를 둘러싼 경쟁이 불가피하다. 가령 이런 상황을 상상해 보자. 학부와 석박사과정을 거치는 동안 수업을 들었던 많은 선생님들이 있다. 드디어 박사과정을 마치고 대학에서 강의를 시작하자 그간 학문적으로 큰 배움을 얻었던 선생님들은 경쟁 상대가 된다. 강좌 수에 비해 강사가 너무 많기 때문이다. 어디 대학뿐일까? 조금 맥락은 다르지만 노인들을 향한 젊은 세대의 '무임승차론'이나 일자리를 둘러싼 언론의 세대간 경쟁 보도는 사회 전반에서 세대 간 경쟁 문제가 대두되고 있음을 보여 준다.

사태의 본질을 파악하지 못하면 당장 눈앞의 적이 내 동료가 되는 현실에 문제의 핵심이 놓여 있다. '밥그릇'을 놓고 선배, 아버지와 싸워서는 안 된다는 윤리의식은 생활의 어려움 앞에 망각된다. 어떻게 해야 할까? 이미 저자 중 한 명인 박권일은 "세대론에 집중하다 보니 세대 내부의 양극화, 20대와 50대에서 쌍봉형으로 나타나는 불안정 노동과 같은 주요 문제들이, 언급되긴 하지만 상대적으로 소홀히 취급되었다"[18]라며 88만 원 세대론의 문제점을 인정했다. 이는 책의 기획집필 단계에서 세대론의 한계와 계급 문제를 전면에 내세울 때 책이 팔리지 않을 가능성을 우려했던 저자들이 "불안정 노동의 전면화라는 다분히 계급적인 문제에 세대론의 당의(糖衣)"라는 옷을 입히는 과정에서 생겨난 문제였다. 88만 원 세대론이 연대해야 할 계급에 선을 그어 버리는 문제점이 있음은 당시에도 여러 차례 지적된 바 있다.

88만 원 세대론의 이러한 문제점은 인정할 수밖에 없다. 하지만 당시에 저자들이 '세대론'을 취한 맥락을 이해할 필요가 있다. 청년 문제는 2000년대 중후반에 심각하게 대두되었지만 보수 언론이 20대들을 '캥거루족'으로 규정하며 부모의 등골을 빼먹는 존재로 그려 내거나[19] 청년실업 문제가 눈높이를 낮추지 않은 그들의 탓이라는 메시지를 노골적으로 전했다. 이러한 상황에서 청년 문제에 대한 구체적인 접근과 의제화의 필요성이 높아졌다. 청년 문제의 원인을 20대의 경제적 여건에서 찾고, 그러한 환경이 만들어지는 과정에서 발생하는 세대 갈등에 주목한 것은 적실했다고 생각한다. 세대론의 악용이라는 문제와는 별도로 실제 청년들이 처한 현실을 정확히 짚어 내고 있기 때문이다.

따라서 우리는 88만 원 세대론의 의의와 한계를 동시에 사고할 필요가 있다. 다시 말해 세대를 초월한 불안정 노동자의 연대를 위해서는 '세대 갈등'의 문제가 어떻게 악용되었는지를 점검해야 한다. 지금 현재의 세대론은 '세대 간 일자리 전쟁'이라는 프레임에 갇혀 버렸고, 이는 기업규제 완화를 주장하는 목소리에 힘을 주는 근거가 되었다. 2000년대 중반 이후 일자리 부족 문제를 두고 아들과 아버지가 싸운다는 논의가 유포되기 시작했으며, 정년 60세 연장 논의가 본격화된 2010년 이후부터 사회적 문제로 제기되다가, 2015년에는 정부 여당의 노동개혁안이 본격적으로 추진되면서 어느 때보다 뜨거운 논쟁이 이어지고 있다. 2016년부터 300인 이상 기업에서 일하는 근로자의 정년

이 60세가 되는 상황에서 임금피크제 반대가 곧 청년 일자리 창출을 막는다는 부담감까지 지어야 하는 상황이다. 기업 규제 완화가 곧 일자리 창출을 활성화할 것이라는 주장도 마찬가지 논리로 제기된다.[20]

정부의 주장처럼 임금피크제가 청년 일자리 창출에 기여할지는 여러 가지 점에서 의문이 들지만 일단 그렇다고 치자. 기업이 임금피크제를 통해 생긴 돈을 청년 일자리에 사용해야 한다는 전제하에 말이다. 정부는 기업이 임금피크제 실시 목적인 청년 고용이라는 과제를 성실히 수행해야 하는지를 관리 감독해야 할 위치에 있다. 그런데 기업을 감시할 수 있는 제도 마련을 고민해야 할 정부가 꺼내 든 카드는 '청년희망펀드'였다. 이를 위해 박근혜 대통령이 앞장서고 대기업이 뒤따르고 있다. 단도직입적으로 묻자. 왜, 청년 취업 문제를 해결하기 위해 온 국민이 나서야 할까? 이 제도가 임금피크제 시행에 따른 대기업의 청년 일자리 창출의 부담감을 줄여 주는 쪽으로 작용한다는 것은 어렵지 않게 짐작할 수 있다. 그토록 청년을 위한다는 정부가 성남시와 서울시의 청년배당을 반대하고 나선 것은 무슨 이유인가?

결국 지금 필요한 것은 정부와 언론이 유포하는 세대 간 전쟁의 프레임을 벗어나서 문제의 구도를 새롭게 짜는 것이다. 다 알다시피 불안정 노동의 굴레에서 벗어나지 못하고 있는 것은 특정 세대만의 문제가 아니다. 불안정 노동의 전면화에 대한 계급적 사고와 실천이 필요성이 긴급하게 요청된다. 이 점이 88만 원 세대(론)에서 우리가 배우고 응용해야 하는 내용이다.

88만 원 세대의 확장 판, '삼포 세대'

2011년 5월 11일 《경향신문》의 "복지국가를 말하다" 시리즈 2번째 기사 "과부하 걸린 한국의 가족"에서는 국가가 국민의 복지를 책임지지 못하는 상황에서 과부하에 걸린 한국 가족을 소개하고 있다. 기사에 따르면 청년 세대에게 그 부담이 고스란히 전가되고 있다. 청년들은 등록금 마련과 취업을 위해 알바 등 온갖 일을 하고 있지만 점차 그 부담감이 커져서 연애나 결혼, 출산 등을 포기하고 불안한 마음이 심리적 고통으로 이어지고 있다는 것이다.

'88만 원 세대'라는 호명이 나타난 지 4년 뒤, 청년 세대는 연애, 결혼, 출산을 포기하는 '삼포 세대'라는 또 다른 암울한 꼬리표를 달게 되었다. 이후 청년 세대가 포기해야 하는 것은 점차 늘어나서 사포 세대(인간관계의 포기), 오포 세대(집 마련 포기), 육포 세대(저축 포기)라는 말로 확장되었다. 이 무렵 조선일보는 G세대론을 통해 세계화의 물결 속에서 당당하고 (한편으로는 싸가지 없는) 개인주의적인 20대의 모습을 담론화하고자 했다. 1988년 서울올림픽 전후 태어난 세대, 구체적으로 김연아, 박태환 등과 같은 스포츠 스타나 정용하 같은 한류 가수가 사례로 언급된다.

2007년의 88만 원 세대 vs 실크로드 세대, 2011년의 삼포 세대 vs G세대. 전자의 표상은 불안과 자기 비하를, 후자의 표상은 세계화라는 공통된 목표 속에서 자기계발의 논리를 수반한다. 청년 세대에 대한 상반된 표상 체계를 구축하는 두 담론은 '불안'과 '희망'이라는 감정을 매개로 각자의 논리를 펼쳐 갔다.

지금의 청년들은 한국사회가 바뀔 것이라고 생각하지 않는다. 가령 취업사관학교로 변질된 대학이 다시 진리 탐구의 전당이 될 것이라고 생각하는 사람은 아무도 없다. 무한경쟁 시스템이 바뀔 것이라는 기대도 하지 않는다. 따라서 유일한 희망은 주어진 조건에 적응하고 살아남기 위한 노력뿐이다. 불안과 희망은 이러한 논리의 구조에서 생겨나는 감정의 양극단이다. 이 고리를 어떻게 끊어 낼 수 있을까.

'불안'과 '희망' 사이에서 줄타기하는 우리에게 당장 필요한 것은 정부에 의해 조장되는 '세대 갈등'의 프레임을 끊어 버릴 수 있는 계기를 마련하는 것이다. 그 시작은 노동이 완전히 유연화되어 버린 현재에 자본가들이 우리의 사회적 욕망을 어떻게 제거했는지를 이해하는 일이다.

2015년 10월 27일 국회 시정 연설에서 박근혜 대통령은 노동개혁과 국정 교과서 추진 의지를 다시 한 번 확인했다. 노동개혁의 명분으로는 '청년 일자리 창출'을 제시했고, 국정 교과서 추진은 아이들에게 "자랑스러운 나라" 대한민국에 대한 자부심과 정통성을 심어 주는 것이라고 했다. 이 말은 두 가지의 숨은 의미를 가지고 있다. 첫째는 교육을 통해 학생들의 정신을 장악하겠다는 생각이다. '88만 원 세대', '삼포 세대'를 지나서 최근의 '헬조선'에 이르기까지 청년 세대의 자기와 사회에 대한 인식을 인지하고, 그 원인을 찾아 개선하기보다는 교육을 통해 '대한민국'의 우수성을 주입하고 국가 비판을 원천봉쇄하겠다는 것이다. 두 번째는 노동개혁안을 청년 문제와 연동시켜 통과시키겠다는 것이다.[21] 박근혜 정부에서 '세대 간 대결' 구도는 노동개혁으로 악용되고 있으며, 교육을 통해 청년 세대의 사회적 참여를 차단하려고 한다. 이 작업이 완성되었을 때 우리에게 남는 것은 나와 가족을 지키기 위한 전쟁뿐이다.

✕ 감정의 공유, 새로운 계급론을 위해

청년 취업 문제를 해결해야 할 주체는 국가이다. 국가는 대학이라는 제도를 통해 나라의 미래를 이끌어 갈 인재를 키워 내고 사회는 대학을 졸업한 인재가 일할 수 있는 기회를 제공해야 한다. 너무나 당연한 말이다. 하지만 대학 진학률이 80%를 넘어선 한국에서 대졸자가 지나치게 많은 반면 일자리는 한정되어 있다. 수요 - 공급원칙에 따라 수요가 부족한 학과부터 줄이자는 논리가 형성되고 인문학과는 첫 번째 대상이 된다.

지금까지 살펴보았듯 이러한 인식은 정부 - 대학 - (대)기업 세 주체의 공통된 입장과 정책으로부터 생겨난 것이다. 이제 필요한 것은 우리 모두가 공통적으로 처한 불안정 감정의 상태를 이해하고 나누는 것이다. 변화는 이로부터 생겨날 수 있다. 이와 관련한 두 사례를 소개한다.

사례
1

2015년 11월 21일 민족문학사연구소 · 인문학협동조합 주최 〈위기의 대학, 연대는 가능한가?〉 토론회는 기업화된 대학의 현재를 진단하고 해결책을 모색하는 자리였다. 대학생, 대학원생, 시간강사, 교수 등 각기 다른 주체들이 자기의 이야기를 하고 토론했다. 그날 토론자 중에는 서울 소재 사립대에서 보직교수로 재직 중인 J 교수가 있었다. 대학 본부와 밀접하게 연관된 보직교수가 한 말의 요지는 이랬다. 한두 개 대학 구성원의 저항으로는 지금의 흐름을 막을 수 없을 것이다. 좀 더 많은 대학의 구성원들이 연대하지 않으면 정부가 추진하는 사업에 대학은 따라갈 수밖에 없다.

사례
2

2015년 12월 10일 민주노총 한상균 위원장이 조계사 은신을 끝내고 경찰에 자진 출두했다. 그의 기자회견은 공중파와 종편을 통해 전 국민에게 중계되었다. 내용 중 일부는 다음과 같다. "저는 해고 노동자입니다. 평범한 노동자에게 해고가 얼마나 무서운 것인지를 뼈저리게 느끼며 살아왔습니다. 아이들은 꿈을 포기해야 하고, 단란했던 가정은 파탄 났습니다. 불나방처럼 떠돌다 때로는 생과 사의 결단을 강요받고 실제 생을 포기한 동료가 많았습니까? 누구의 잘못입니까?"

대학과 노동이라는 각기 다른 영역에서 나온 발언이지만, 두 영역의 위기 상황은 공통된 토대에서 이루어진 것이다. '대학구조조정'과 '노동개혁'을 주도하는 정부는 대기업의 논리를 대변하고 있으면서도 청년 취업을 명분으로 내세운다. 대학구조조정은 취업이 잘되지 않는 학과를 통폐합하고 산학연계를 강화함으로써 대학이 스스로 운영비를 마련하도록 하는 방법이다. 최근의 프라임(PRIME) 사업과 같은 대형국책 사업은 엄청난 돈을 무기로 대학을 취업준비기관으로 변형시키고 있다. 인문학도 예외가 아니다. 대학이 연대하여 정부에 대항하는 상상은 불가능하다.

노동개혁은 비정규직 확대와 노동유연화를 고착화하는 법이다. 금융자본의 손실을 국가와 사회에 전가하고, 국가가 다시 그 책임을 가족에게 떠넘기는 구조에서 청년 문제는 개인 혹은 가족 단위에서 해결해야 하는 상황이 되었다. 노동유연화 정책은 비정규 노동자들의 직장 간 이동을 쉽게 만들 것이고, 그만큼 노동자들 사이의 경쟁은 더욱 치열해져서 불안정성을 일상화시킬 것이다. 대학 입학, 취업과 결혼 등으로 이어지는 생애주기의 붕괴는 가속화될 가능성이 높다. 결국 현재 상황을 타개할 수 있는 유일한 방법은 연대의 방법론을 개발하고 국가에게 대항하며 더 많이 요구하는 것이다.

2011년 전 세계를 뒤덮었지만 지금은 그 문제의식이 희미해진—'1%에 대한 99%의 저항'으로 표현되는—월가시위를 떠올릴 필요가 있다. 당시 월가시위는 전 세계로 퍼져 나가 한국까지 상륙하였다. 시위주체와 달성목표가 없다는 문제로 인해 70여 일 만에 끝나게 되었지만, 5년이 지난 지금 당시의 문제의식은 여전히 유효하다. 그러기 위해서 필요한 것은 연대와 조직이며, 그 시작은 인간의 '선'이 경제적 이익으로 환원되는 것을 막는 것이다. 중앙대 김창인 학생은 대학구조조정에 맞서 싸우다가 '우리'를 알게 되고 "나 혼자만을 생각했던 자신이 부끄러워졌다"고 고백한다. 앞서 인용한 한상균 위원장의 발언이 우리에게 큰 울림을 주는 것도 같은 맥락이다. 나와 가족의 경제적 이익을 위해서만 살아온 삶에 대한 반성이 시작이다. 진정한 자유는 이로부터 생겨나는 것이다.

얼마 전 인공지능 로봇 알파고와 이세돌 9단의 바둑이 세간의 큰 관심을 끌었다. 알파고의 승리를 보며 멀지 않은 미래에 일어날 변화를 상상하는 사람이 많았을 것이다. 나는 인공지능과 이세돌의 바둑을 보며 〈매트릭스〉(1999)를 떠올려 보았다. 인공지능 로봇이 지배한 미래에 인간은 로봇에게 에너지를 공급하는 건전지와 같은 존재이지만, 데이터화된 가상의 세계를 현실로 착각하며 살아간다. 네오는 (가상) 현실에서 '물음'을 던지기 시작한다. 이 세계가 진짜 세계가 아닐 수도 있다는 의문을 가지게 된 것이다. 그런 네오를 만난 모피어스는 '빨간약'과 '파란약' 중 하나를 선택하라고 한다. 알다시피 네오는 빨간약을 선택했다. 가상의 현실 바깥으로 빠져나와서 진짜 현실을 인지하게 된 것이다. 하지만 진짜 현실은 비참함 그 자체였고, 그의 동료는 빨간약을 선택한 것을 후회하며 동료들을 배신한다. 현재 이 사회가 무엇인가 잘못되었다는 의문을 가지고 있지 않은 사람은 없다. 다만 진실을 알고 정의를 위해 노력하는 과정에서 자기의 삶이 파탄날 수도 있다는 사실을 알고 행동을 망설이는 것이다. 그 만큼 지금의 사회는 분노나 부끄러움 같은 감정까지도 통제하고 있다.

수업에서 만난 학생들에게 '빨간약'과 '파란약'의 선택을 물었을 때 절대 다수는 파란약을 선택했다. 진실을 알고 비참해지기보다는 차라리 가상을 진실로 믿고 안락한 삶을 살고 싶다는 생각, 빨간약을 선택한 뒤 노력을 했지만 세상이 나아지지 않으면 더 비참할 것이라는 판단이 선택의 이유였다. 어느 쪽이든 세상이 바뀌지 않을 것이라는 믿음이 전제로 작용하고 있다.

비참한 현실을 조금이라도 바꿀 수 있는 가능성은 연대를 통해 생겨난다. 그리고 이때의 연대란 세대나 신분을 초월하여 분노나 슬픔을 가진 자들이 그 감정을 나누는 과정에서 이루어지는 것이다. 가령 이 책을 출판한 인문학협동조합은 지금까지 서술한 대학의 자화상에 대한 분노를 공유하고 변화를 꿈꾸는 교수, 시간강사, 대학원생이 연대한 조직이다. 각 대학에는 여전히 사회를 해석하고 이해하는 방법을 고민하고 토론하는 소모임이 있다. 주위를 둘러보면 비슷한 감정을 느끼는 사람이 많이 있을 것이다. 불안하지만 그 불안감을 조금 더 많은 사람과 나눌 때 희망이 생겨난다는 진실을 믿어야겠다.

1) 혼밥(혼자먹는 밥), 아싸(아웃사이더)는 취업난이 심해진 상황에서 인간관계를 포기하고 밥 먹는 시간마저 아끼려는 대학생들의 모습을 지칭하는 말이다.
2) 한국에서 결혼을 하고 출산을 한다는 것은 시장의 논리에 빠져드는 과정이다. 하나의 사례를 소개한다. 현재 우리나라는 임신을 하면 50만 원을 지급한다. 2년 전에는 이 돈으로 출산까지 할 수 있었다. 반면 현재는 평균 임신 초기 16주가 지나면 모두 소진된다. 출산까지는 추가비용이 많이 드는 것이다. 이것이 무엇을 의미할까? 필요하지 않은 검사를 하도록 병원이 유도한다는 것이다. 즉 정부가 출산장려금을 지원할수록 몇 배는 더 시장이 커지고, 결과적으로 소비자는 필요하지 않은 돈을 지출하게 된다. '스드메'로 대표되는 결혼시장에서 출산시장까지 개인이 그 논리를 거스르기란 쉽지 않다.
3) 당시에도 사립대학 설립 자율화로 인한 등록금 상승, 학부제 시행으로 인한 대학생들의 무한경쟁 및 학생자치기구 쇠퇴, 정권과 자본으로 대학이 자율성을 잃게 될 것이라 예상되었다. 그로부터 20년이 지난 지금 당시의 예상은 대부분 현실이 되었다.
4) 고봉준, 「대학의 위기와 대안적 지식공동체의 등장」, 『오늘의 문예비평』 49, 2003, 59쪽.
5) 엄기호, 『이것은 왜 청춘이 아니란 말인가』, 푸른숲, 2010, 54~55쪽.
6) 통계청이 공개한 '2010년 사회조사 결과'에 따르면 부모가 자녀를 교육하려는 수준은 '대학' 이상이 93.1%에 해당했다. 자녀의 대학 교육 목적은 '좋은 직장을 갖게 하기 위해'서가 44.7%로 가장 많았다. 반면 1990년에 실시된 사회조사 결과에서는 '인격이나 교양을 쌓게 하기 위해'서가 47.6%였다. 20년 동안 학벌이 곧 좋은 직장을 보장한다는 생각이 널리 퍼졌고 그만큼 학벌주의가 공고해진 것이다. 앞으로도 나아질 가능성은 별로 안 보인다.
7) 필자가 지방대 강의에서 가장 많이 들었던 말 중 하나이다. 학생들은 열심히 취업준비를 하지만 한국사회에서 지방대 출신은 '어쩔 수 없다'는 인식이 강하게 내재되어 있다.

8) 김창인, 『괴물이 된 대학』, 시대의창, 2015, 20쪽.

9) 가령 2010년경만 해도 SKY 대학에서 박사학위를 받으면 시간 강의를 하는 것은 어렵지 않았다. 하지만 최근에는 이들 대학을 졸업해도 시간 강의를 하기 어려운 상황이 발생하기도 한다. 물론 타대학에 비하면 좋은 상황이기는 하지만 이러한 변화는 취업시장 전반에서 이루어지고 있다.

10) 이 말이 학벌주의가 사라졌다는 의미는 아니다. 여전히 학벌주의는 고등학생과 대학생들 사이에서 '환상'으로 존재한다. 수능 점수가 대학을 결정하고 명문대학을 진학했다는 자부심이 귀결되는 곳은 어디인가? 결국 4년이 지나면 취업이라는 관문 앞에 명문대생도 예외가 아닌 존재가 된다.

11) 문과대 교수들의 반발로 영어영문학과와 일본언어문화학과는 정원을 대폭 줄이는 조건으로 문과대에 존치하기로 했다고 한다(김영, 「자본에 진격당한 대학」, 『위기의 대학, 연대는 가능한가?』, 민족문학사연구소 - 인문학협동조합 대토론회, 2015년 11월 21일 자료집). 이후 인하대는 이러한 원안을 폐지하고 구성원들의 의견을 다시 모으는 중이다.

12) 이러한 상상력을 발동하여 오찬호는 『진격의 대학교』의 〈프롤로그: 2045년, 청와대 회의실에선 무슨 일이?〉를 썼다. 청와대 회의실에서는 자살에 대한 대책 회의가 열리고 있었다. 한국이 자살에 대한 사회적 책임을 지고 자살률 감소를 위해 노력하지 않으면 탈퇴 조치하겠다는 UN의 통보에 대응 방향을 모색하기 위한 자리였다. 그러나 대통령을 비롯한 장관들은 '사회적 책임'을 "해괴망측한 소리"로 생각한다. 대통령은 사회학과가 있는 대학과의 연결을 요구하지만, 국내에 사회학과는 존재하지 않는다. 2020년 '교육선진화' 사업 때 정리되었기 때문이다.

13) 2016년 3월 17일 《뉴스타파》는 성신여대 총장과 여당의 유력 정치인의 유착관계를 비중 있게 다룬 뉴스를 내보냈다. 총장과 대학교수, 그리고 유력 정치인이 각자의 이익을 위해 자기의 권력을 이용하는 모습은 적지 않은 충격을 준다. 물론 그 다음날 그 정치인은 해당 보도를 정면으로 비판했다. 하지만 그 어디에도 논리적인 해명은 없었다.

14) 88만 원 세대론에 대항하기 위해 《조선일보》와 변희재가 손잡고 만들어 낸 개

념으로 "70년대 이하 생들로 386세대들과 달리 인터넷과 대중문화를 기반으로 전 세계를 연결하는 새로운 실크로드를 열어 가는 대한민국의 젊은 세대"를 뜻하는 것이다. 386세대와 구별되는 자신들의 문화적 배경을 근거로 청년 창업 운동 등을 주도했다.

15) 우석훈·박권일,『88만원 세대』, 레디앙, 2007, 21쪽.

16) 세대 간 일자리 전쟁의 프레임에 대해서는 전영수,『세대전쟁』, 이인시각, 2013 참조.

17) 강사법 폐지에 강사노조는 물론이고 대학 측도 공통된 의견을 보이고 있다. 각기 다른 이유가 있지만 '후속 세대의 신규 진입 어려움'은 두 조직이 강사법을 반대하는 공통된 근거다.

18) 박권일,「88세대론 〈조선〉 독우물에 빠지다」, 레디앙, 2009년 1월 30일. http://www.redian.org/archive/23267

19) "대한민국 50대, 2006년의 초상 〈5〉 캥거루족 자녀 허리휜다,"《동아일보》, 2006년 11월 21일; "청년 415만 명 '그냥 놀아요' … 취업포기 1년새 10만 명 급증,"《동아일보》, 2007년 5월 9일 등.

20) "기업만이 좋은 일자리 창출… 규제·간섭 없애야 성장·고용,"《한국경제》, 2015년 8월 28일.

21) 2015년 12월 10일 청와대에서 열린 제4기 저출산·고령사회위원회 3차 회의에서 박근혜 대통령은 "노동개혁이 청년 일자리 창출로 이어지고 일자리 문제가 해결되고 청년들이 결혼을 일찍하고, 결혼을 일찍하면 출산율이 늘어난다"고 말했다.

흙흙청춘×세번째

우리 시대의 청년론

— 세대론적 동정투쟁에서 세대론적 연대투쟁으로

한영인

× 내 아를 낳아 도 vs 아이를 낳고 싶다니

장면 1

무대 위엔 전라도와 경상도 사투리를 쓰는 남성 개그맨 두 명이 무표정한 얼굴로 정면을 응시하며 서 있고, 그 옆에는 한껏 신이 난 사회자와 보조 사회자가 나란히 서 있다. 무표정한 두 남자 개그맨을 바라보며 사회자가 익살스러운 목소리로 외친다. "나는 당신을 사랑합니다! 경상도는 어떻게 표현할까요?" 그러자 경상도 사투리를 쓰는 개그맨이 무표정한 얼굴로 이렇게 답한다. "내 아를 낳아 도." 사회자는 다시 한 번 묻는다. “뭐라구요?” “내 아를 낳아 도!” 박력 넘치는 경상도식 사랑고백(?)에 객석은 웃음으로 들썩인다.

장면 2

가수의 꿈을 품고 살아가는 청춘들을 위한 오디션 프로그램. 한 밴드가 심사위원 앞에 섰다. 밭에 나가는 할머니의 옷을 몰래 빌려 입고 온 것 같은 패션에 헝클어진 머리, 그리고 락밴드의 보컬이 가진 전형적인 이미지를 전형적으로 배반하는 마스크와 기럭지의 리드보컬이 마이크를 잡는다. 그리고선 파워풀한 목소리로 노래를 부르기 시작한다. “아기를 낳고 싶다니 / 그 무슨 말이 그러니 / 너 요즘 추세 모르니? / 헤어지잔 말이 아니야 / 나 지금 네가 무서워 / 너 우리 상황 모르니? / 난 재주 없고 재수도 없어 / 집안도 가난하지 머리도 멍청하지 / 모아 둔 재산도 없지 / 아기를 낳고 결혼도 하잔 말이지? / 학교도 보내잔 말이지? / 나는 고졸이고 너는 지방대야 / 계산을 좀 해봐 너랑 나 지금도 먹고 살기 힘들어 / 뭐 애만 없으면 돼 이대로 우리는 / 계속 사랑하며 살기로 해.” 노래를 듣는 심사위원들의 얼굴에 씁쓸한 웃음이 번진다.

첫 번째는 〈개그콘서트〉의 “생활사투리”란 코너의 한 장면이다. 이제는 십 년도 더 지난 옛 코너를 기억하는 사람은 많지 않을 것이다. 그러나 저 코너가 남긴 “내 아를 낳아 도”라는 유행어는 용케 살아남아 요즘도 종종 우스개로 회자된다. 이 코너의 웃음 포인트는 뻔뻔한 얼굴로 자신의 시대착오성을 떠벌리는 '패기'에 있다. 자신의 아이를 낳아 달라는 말로 청혼을 대신했던 시대는 이미 십 년 전에도 그저 웃음거리에 불과했던 것이다. 그런데 생각해 보면 쥐뿔도 가진 것 없으면서 대놓고 당당하게 자신의 아이를 낳아 달라고 '땡깡'을 부리는 '무대뽀 정신'은 한때 경상도와 전라도를 가로질러 한반도 남쪽에선 너나 할 것 없이 공유했던 일종의 '시대정신'이었다. 그런 점에서 이 오래된 유행어는 박정희 정권의 개발 독재의 심리적 추동력을 대변하는 '하면 된다'라는 경구나 그와 함께 쿵짝을 맞춰 가며 굴지의 대기업을 일궈 냈던 정주영의 "이봐, 해봤어?"라는 말과 어깨를 나란히 한다.

한편 "내 아를 낳아 도"라는 말에는 '정상 가족(normal family)'을 유일하게 상상 가능한 가족의 형태로 승인했던 지난 시절의 소박한 가치관이 그대로 담겨 있다. 그 시절 결혼은 사랑하는 연인들이 자신들의 사랑을 제도적으로 보호받기 위해 선택하는 결단이라기보다는 아이를 낳고 양육하는 공동체를 함께 꾸린다는 의미에 더 가까웠다. 아이가 없는 부부의 삶은 이해의 대상이 되기 전에 먼저 동정의 대상이 되었다. 그리고 일단 그런 동정의 마음이 들어선 이후에는 설사 그들이 주체적으로 아이를 낳지 않는 삶을 택했다고 항변한들 그 이유가 주변 사람들에게 잘 닿을 리 없던 시절이었다. 이런 이유로 당시 청춘의 박력이란 그런 것일 수 있었다. '나와 평생을 함께하면서 내 아이 둘셋 순풍순풍 잘 낳아 주면 당신과 아이들은 내가 어떻게 해서든 이 한 몸

바쳐 건사하리다.' 이 긴말을 줄인 게 바로 "내 아를 낳아 도"다.

두 번째 장면은 '중식이 밴드'라는 밴드가 출연했던 오디션 프로그램 〈슈퍼스타 K 시즌 7〉에서 따온 것이다. 어느 날 TV를 켜니 고된 생활고에 성공을 향한 야망도 증발된 채 근근이 밴드를 꾸려 가던 한 청년이 하늘에서 내려온 금동아줄 같은 마이크를 부여잡고 노래를 부르고 있었다. 보컬의 넉살 가득한 표정만큼이나 가사가 재밌었다. 아니 요즘 말로 웃프다고 하는 편이 옳겠다. 결혼해서 아이를 낳고 싶다는 여자친구에게 화를 내는 남자는 오히려 당당하다. 아예 훈계조다. 혼자 벌어 혼자 먹고살기도 빠듯한 현실인데 왜 주제 파악도 못 하고 아이를 낳자는 건지, 남자는 기가 막힌다. 이 노래에서 사랑하는 사람과 결혼한 뒤 아이를 낳는 것은 본능이나 욕구의 문제라기보다는 '계산'의 문제로 치환된다. 그래서일까. 힘찬 목소리와는 다르게 노래의 정서는 음울하다. 아무리 계산기를 두들긴 들 수지가 맞을 리 없기 때문이다.

어쩌면 "내 아를 낳아 도"로 대변되는 무대뽀 정신과 "아기를 낳고 싶다니"에 담긴 체념 사이의 거리를 통해 한국 청년들의 존재 양상의 변화를 측정할 수 있지 않을까? 한때 결혼과 출산은 청년들의 권리이자 의무였다. 하지만 오늘날 결혼과 출산을 삶의 당연한 통과의례로 생각하는 청년들은 거의 찾아보기 힘들다. 무엇이 이러한 차이를 낳게 한 걸까? 가장 쉽게 떠오르는 답변은 경제적 상황의 악화다. 취업난, 불안정한 일자리, 천정부지로 치솟는 집값, 물가 상승에 따른 생활

비용 지출 등의 사회적 압박으로 인해 연애와 결혼, 출산을 포기한 청년층 세대를 일컫는 '삼포 세대'라는 말은 목하 'N포 세대'라는 용어로 무한증식 중이다. 그렇지만 이른바 '삼포 세대'의 부모님 나이에 해당하는 세대들의 경제적 상황이 현재보다 더 좋았다고 볼 근거는 없었다는 점에서 이런 진단은 일면적이다.

중요한 것은 사회경제적 궁핍함이 아니라 오히려 청년들이 현재와 미래에 대해 가지는 주관적인 전망일 수 있다. 이 주관적인 전망은 물론 객관적인 조건과 분리된 채 구성되는 것은 아니다. 하지만 그렇다고 토대와 상부구조의 관계처럼 일방이 다른 일방을 결정하는 것도 아니다. 객관적인 경제적 상황과 주관적인 미래에의 전망은 서로가 서로를 규정하면서 집단적인 한 세대의 정념을 주조해 간다. 우리는 그렇게 주조된 정념의 목록에 '냉소', '분노', '좌절', '체념' 등의 어휘가 기재되어 있음을 잘 알고 있다. 이런 지배적인 정념 속에서 '청춘'이나 '젊음'은 과거에 그랬던 것처럼 현재의 고달픔을 이겨 낸 가능성을 간직한 시간으로 인식되지 못한다. 오늘날의 '젊음'은 남아 있는 생을 꾸려 가기 위해 계속해서 무언가의 지불을 요구한다는 점에서 '부채(負債)의 온상'일 따름이다. 이렇게 시간이 감내하고 갚아야 하는 빚과 같은 것이 될 때 젊음은 그 미래의 압박에 질식당한다.

이렇게 현재 청년들이 지니는 좌절과 우울의 감각은 단순히 경제적 조건의 악화에서 비롯된 것이 아니라 곤궁한 현실적 조건과 미래에 대한 암담한 전망이 사이좋게 손잡은 결과에 가깝다. 그 결과 청년은 이제 미래의 희망이자 무한한 가능성을 지닌 진취적이고 활기찬 집단으로 스스로를 표상하지 않는다. 이것이 현재 우리 사회 청년들의 냉혹한 자기 인식이다. 그런데 타인과 공동체로부터 단절된 채 생성되는 자기 인식이 존재할 수 없다는 점을 떠올려 보면 이러한 청년들의 자기 인식을 야기한 어떤 외부적 요인이 있었음을 깨닫게 된다. 다시 말해 요즘 청년들이 당당하게 자신들의 고달픔을 토로하면서 사회적 약자로 스스로를 위치 지우는 태도는 그것을 승인하고 그 틀 내에서 청년들을 다루려는 사회의 의지와 맞물려 있는 것이다.

이제 청년은 장애인이나 노약자와 같이 사회적으로 보호하고 지원해 줘야 하는 대상이 되었다. 그런데 청년이라는 어휘가 처음 등장하고 사회적으로 널리 쓰인 이래 청년이 이러한 '취급'을 받은 적은 없었다. 한때 청년은 분명 민족과 국가의 당면 목표를 설정하고 이를 이끌어 갈 주체였다. 청년은 민족과 사회가 지향해야 할 새로운 '문명적' 가치를 상징할 뿐 아니라 민족 전체를 아우를 수 있는 통합적 주체로서의 가능성을 함께 지닌 집단이었으며 타락한 기성세대를 대신하여 역사적 소명을 수행할 집단이었던 것이다.[1]

주지하듯 청년이 이러한 위상을 차지할 수 있었던 것은 근대 특유의 역사주의 덕분이었다. 근대의 의식은 자연의 순환적 굴레를 벗어나 미래의 소실점을 향해 눈뜨게 한다. 이것이 진보에 대한 무한한 믿음을 구성한다. 이때 진보란 정치적인 좌우의 구분이 아니라 어떤 역사적 목적을 향해 우리 모두 나아가고 있다는 공통의 감각을 가리킨다. 설사 자신의 정치적 입장이 '보수적'이라 하더라도 만약 그가 자유민주주의의 확산과 승리를 믿는다면 그는 근대적 진보의 관념에 몸을 싣고 있는 것이다. 자유민주주의, 공산주의, 민족국가, 근대화 같은 이념들이 근대의 대표적인 소실점이었다. 진보란 이러한 근대의 소실점을 향해 가는 운동이며 따라서 그것은 특정 이념에 대한 태도라기보다는 차라리 근대적 시간의식에 내재한 벡터의 발현에 가깝다.

일반적으로 '청년'이라는 말을 들을 때 떠오르는 진취적이고 활기찬 이미지는 바로 이렇게 근대적인 의미의 역사를 이끌어 갈 주체를 탐색하는 과정에서 출현하게 된 것이다. 전통사회에서는 노인의 지혜가 공동체의 삶을 꾸려 가는 데 결정적인 것이었지만 미래를 향해 달려가는 새로운 사회에서 노인은 '뒤처진 것'과 '이미 낡은 것'의 표본에 불과하다. 근대사회는 새로운 '미래'를 체현하고 앞당길 주체를 필요로 했다. 그 요청에 응답했던 것이 바로 '청년'이었다. 청년들은 자신들을 새로운 세대의 주역으로 호명하며 기성세대를 제거하려는 오이디푸스적 욕망을 노골적으로 드러내며 사회의 주도권을 자신들의 수중에 넣으려 했다.

최근에는 '청년론'이라고 하면 돈이 없어 결혼도 못 하고 아이도 못 낳는 청년들을 어루만져 주고 위로해 주는 것 정도로 이해되고 있지만 (혹은 저출산 문제의 해결을 통한 국가경쟁력 강화라는 국가주의적 복지 담론의 일환으로 처리되고 있지만) 사실 근대적인 의미의 청년론은 이렇게 담대하고 진취적인 기획이었다. 그 진취성의 핵심에는 타락한 기성세대를 대신

하여 우리가 역사의 주인으로 곧추선다는 세대교체의 문제들이 강하게 자리 잡고 있었다.

X 박정희와 세대교체론

그 시작에는 4·19 혁명이 있었다. 하지만 '세대교체'라는 단어가 한국사회를 풍미하게 된 계기는 4·19 혁명이라기 보다는 차라리 5·16 쿠데타로 보아야 옳다. 그러니 일단 '박정희와 그의 시대'에서부터 시작해 보자. 박정희는 본디 눈물이 많고 여린 사람이었다고 한다. 그가 검은색 선글라스를 즐겨 쓴 이유도 사람의 눈을 똑바로 바라보지 못하는 그의 수줍음 많은 성격 때문이라는 설이 있을 정도다. 1964년 파독 광부들을 만나 통곡했던 일이나 1975년 당시 신민당 총재였던 김영삼과의 영수회담에서 육영수 여사의 빈자리를 언급하며 눈물을 흘렸다는 일화는 여전히 그의 '인간적인' 면모를 추억하는 데 요긴하게 활용된다. 당시 김영삼이 박정희를 만나 개헌 문제와 김대중 납치 사건, 《동아일보》 탄압 문제 등 정국 현안에 대해 철저하게 따지러 갔다가 박정희의 우는 모습에 그만 마음이 약해져 별 소득 없이 돌아섰다는 일화는 유명하다.

박정희의 눈물은 나름 유구한 역사를 지니고 있다. 1963년 2월 27일은 비로소 그 역사가 개시된 날로 남한의 국민들이 박정희의 눈물을 처음 접한 날이다. 당시 국가재건최고 회의 의장이었던 그는 "혁명 정부가 당초 기도했던 세대의 교체라는 정치 목표에 있어서 완전히 실패하고 말았다"고 말한 뒤 민정 불참을 선언했다. 목숨을 건 '혁명'의 실패를 쓰디쓰게 자인하는 자리여서 그랬을까. 박정희는 복받치는 설움을 참지 못하고 그만 눈물을 흘리고 말았다.

그런데 박정희의 눈물보다 더 관심을 끄는 것은 그가 민정 불참을 선언한 이유다. 목숨을 걸고 쟁취한 권력을 내려놓는다고 말하는 건 비록 그것이 한낱 정치쇼에 지나지 않는다고 해도 결코 쉬운 일이 아니다. 그런데 박정희가 든 이유가 특이하다. '세대교체의 실패'라니, 박정희가 한국 국가대표 축구팀 감독이었던가? 동서고금을 막론하고 권력자가 '세대교체의 실패'를 이유로 권력을 내려놓겠다고 말했다는 얘기는 금시초문이다. 이 장면이 상당히 이채로울 수밖에 없는 이유다.

대관절 '세대교체'가 무엇이기에 박정희로 하여금 눈물을 흘리며 통한의 선택을 하게끔 한 걸까? 이 물음에 답하기 위해서는 박정희 정권의 정치적 정당성을 구성하고 있었던 원천을 탐문할 필요가 있다. 흔히 사람들은 박정희 정권이 쿠데타로 인해 확보할 수 없었던 절차적 정당성을 경제발전을 통해 사후에 보충하려 했다고 말한다. 하지만 절차적 정당성을 훼손했다는 것에 대한 콤플렉스는 바로 그 절차적 정당성이 매우 중요하다는 사실을 승인하는 주체로부터 비롯될 터인데 당시 박정희를 위시한 쿠데타 주체 세력들에게 그런 절차적 정당성에 대한 신념과 믿음이 굳건했다고 보기는 힘들다. 자칭 혹은 타칭

'박정희 전문가'인 조갑제 역시 "박정희가 쿠데타로 정권을 잡았다는 자신의 약점을 은폐하기 위하여 경제발전에 주력했다"는 해석에 대해 "박정희는 군사 혁명에 대한 그런 죄책감(또는 열등감)을 아예 가져 본 적이 없는 사람이다"라고 말한 바 있다.

박정희 정권의 정치적 정당성의 원천을 살펴보기 위해서는 쿠데타 직후 대중들 사이에 은밀하게 퍼져 나간 어떤 기대와 호의에 주목해야 한다. 가령 훗날 박정희 정권에 의해 공산주의자로 몰려 사형당한 《민족일보》의 조용수는 5·16 쿠데타를 환영하며 사설을 통해 "우리들은 거듭 내치외교에 획기적인 일신이 있고 민주적인 조명이 있기를 강조함으로써 이 획기적인 군사위원회의 혁명 과업 수행에 더 많은 영광이 있기를 바라는 바이다"와 같은 아낌없는 기대를 표명하기도 했다. 심지어 북한에서도/는 다음과 같이 보도했다. "16일 새벽 3시를 기해 군사정변을 단행한 남조선 군인들은 행정, 입법, 사법 등 정부기관들과 방송국을 완전히 장악했으며, 청년, 학생들과 인민들이 장면 정권을 타도한 군사정권을 지지, 환영하는 군중 시위를 진행하고 있다." 내심 박정희의 군사 쿠데타를 제3세계 민족주의 혁명으로 이해했다는 말이다.

한편 1965년 《청맥》(이 잡지는 북한의 공작금을 받아 간행되었던 잡지다. 나중에 '통일혁명당' 사건으로 인해 이 잡지의 발행인은 사형당한다)이라는 잡지에 실린 조세형의 '4·19, 5·16과 보수 세력의 재패(再覇)'라는 글의 한 대목은 박정희 정권의 대중적 호응이 어디에 기반을 두고 있었는지를 잘 보여 준다.

"5·16의 주체세력이 과거의 정치세력과 완전히 단절되어 별개로 나타난 새로운 세력이라는 점이 큰 주목거리였다. 그들은 토착지주세력의 후예도 아니었고 신흥상업자본세력도 아니었으며 어떤 관료세력도 아니었다. 굳이 이름을 붙인다면 물론 그들이 군부세력임에는 틀림없었으나 상대적으로는 한국 역사에 새로운 엘리트로서, 파격적으로 뛰어든 새 세력이었다. (중략) 그들은 체질개선과 세대교체를 부르짖었다. 세대교체를 힘으로써 이루는 하나의 방편으로 그들은 〈정치쟁화법〉이라는 것을 만들어 구정치인을 거의 모조리 묶어 놓았으며 새로운 〈세대〉의 세력을 형성, 육성한다 하여 각 방면 분야에서 젊은 지식층들을 마구 규합해 갔다. (중략) 실로 어느 것 하나 과거의 질서에 대해 혁명적이고 혁신적이지 않은 것이 없었다. 그런 뜻에서 그 방향이 옳았건 글렀건 그 의도가 좋았건 나빴건, 좌우간 이것은 정체된 守舊현상에 대해 과감히 도전한 〈혁신〉이었다고 아니 할 수 없다. 용감하게 구질서를 부수고 현상을 타파하여 무엇인가 변화를 가져오려는 움직임이었다."

그것은 바로 '새로움'과 '혁신'에 대한 대중적 열광이었다. 인용한 글에서 나타나듯 박정희를 비롯한 쿠데타 세력은 기존의 지배계급과 출신 및 배경을 달리하는 새로운 지도 세력으로 각광받았다. 대중들이 쿠데타 세력에게 기대를 걸고 호응했던 이유는 떨어질지 안 떨어질지, 떨어진다면 언제 얼마만큼 떨어질지 알 수 없는 경제성장의 낙숫물 때문이라기보다는 그들이 '혁신'의 기치 아래 행했던 '구체제의 파괴'가 선사하는 일종의 카타르시스 때문이었다. 그리고 이러한 카타르시스의 이면에는 지나간 모든 것을 '구악(舊惡)'으로 치부하고 그 악을 척결하는 '청신(淸新)'한 세대로서 자신들을 호명하는 전형적인 세대론적 전략이 깔려 있었다. 박정희와 김종필을 비롯한 '청년 장교'들은 자신들을 위기에 빠진 조국을 구할 새로운 세대로 참칭했다. 이는 대한민국 건국 이래 '청년들'이 말이 아니라 물리적 행동으로 '조국의 미래'가 되는 데 성공한 첫 번째 사건이었다.

물론 그 전에 4·19 혁명이 있었다. 당시 시위 현장으로 달려나간 청년 학생들은 스스로를 "캄캄한 밤의 침묵에 자유의 종을 난타하는 타수"(4·19 서울대 선언문)로 자임했으며 "청년 학생만이 진정한 민주역사의 창조와 역군이 될 수 있음"을 선언했다. 하지만 당시 학생들은 기성세대에 대해 극도의 불신과 불만을 토로했을 뿐 '세대교체'라는 정돈된 구호로 사회를 장악해 들어가지는 못했다. 무엇보다도 이러한 선언을 실제로 집행할 구상력과 실행력, 즉 권력이 부재했다.

하지만 5·16 쿠데타는 달랐다. 쿠데타 주체 세력은 학생들에게 부족했던 도구적 실천력을 장착한 채 4·19 정신의 계승을 외치며 '세대교체'의 표어를 높이 내걸었다. 그리고 당시의 군인들이 이렇게 학생들을 대신해 '세대교체'의 기치를 높이 드는 것에 대한 사회적 거부감은 무척이나 적었는데 그것은 아래와 같은 인식이 있었기에 가능했던 일이었다.

> "현대 교육을 받은 젊은이들이 볼 때는 그들이 행하고 있는 모든 정치적, 경제적 행위가 마음에 안들 것임은 분명하다. 학생이나 군인들은 자기 사회에서는 정치적, 경제적 이해관계가 그토록 심각하지 않다. 그렇기 때문에 초연한 자세에서 정치적 엘리뜨나 비지네스 엘리뜨의 반사회적 행동을 비판할 수 있다. 항상 그들은 다수의 편에 서게 된다. 개인적인 이해관계를 대변하지도 않고 어느 사회계급의 이익을 옹호하려고 하지 않는다. 그들은 사회정의의 명분 아래에 민족적 또는 국가적인 이익을 대변한다."

위의 인용문은 1966년 《청맥》에 실렸던 김영모의 "새 세대의 형성과 교체"라는 글의 일부다. 여기서 군인은 학생과 더불어 민족적, 국가적 이익을 대변하는 집단으로 여겨지고 있다. 그런데 이는 미국발(發) 근대화론이 맹위를 떨치던 당시에 낯선 일은 아니었다. 1960년 3월 미국의 MIT 대학 국제학연구소가 미국 상원 외교위원회에 제출한 보고서는 제3세계의 근대화를 이끌 주체로 군인에 주목한 바 있는데 그 이유는 첫째, 군인들은 근대적 조직과 기술을 운영할 수 있는 능력을 가진 집단이며 둘째, 하급 장교들은 전통적 기반이 없기 때문에 민간지도자보다 개혁에 능동적이고 셋째, 사회적 안정을 확보할 힘을 갖고 있기 때문이었다.

하급 장교들이 전통적인 기반이 없다는 것은 "5·16의 주체세력이 과거의 정치세력과 완전히 단절되어 별개로 나타난 새로운 세력"이라는 조세형의 글과 맞닿으며 그렇기 때문에 "개인적인 이해관계를 대변하지 않고 어느 사회계급의 이익을 옹호"하지 않을 수 있다는 김영모의 인식의 근거이기도 하다. 즉 '새로움'과 '세대교체'야말로 쿠데타 주체 세력의 가장 큰 무기이자 정치적 정당성의 근원이었던 것이다. 따라서 그 유일한 무기의 칼날이 무뎌지고 국민들 사이에서 '구악(舊惡)을 뺨칠 신악(新惡)'의 시대가 도래했다는 분노가 들끓게 되자, 박정희는 눈물을 흘리며 자신의 실패를 자인하고 민정불참을 선언할 수밖에 없었던 것이다. 이는 일종의 '청년의 타락'이 야기한 실패였다. 하지만 박정희의 실패가 청년 일반의 실패를 뜻했던 것은 아니었다. 박정희의 실패에도 불구하고 세대교체라는 문제의식은 당시 청년들 사이에 깊이 공유되었고 마침내 한국사회 전반을 휩쓸게 되었던 것이다.

> "요즘 세대교체라는 말이 유행어로 등장하고 특히 정치인들 간에 강조되는 듯싶다."[2]
> "아무튼 이와 같이 요즈음의 정계에는 〈세대교체〉라는 새 단어가 맹위(?)를 떨치고 있다."[3]
> "군사혁명이 있은 지 2년도 다 못 되는 동안 나라 안에서는 많은 신어휘가 유행하였다. 「때 묻은 사람」과 「세대교체」는 그 대

표적인 것이라 할 수 있다. (강조는 필자)"[4]

강조한 바와 같이 세대교체는 1960년대 들어 새롭게 등장한 유행어였다. 동시에 매우 정략적인 담론이기도 했다. 5·16 쿠데타 세력은 1950년대의 정당정치를 담당하고 있었던 정치인들을 부패한 기성 정치인들로 규정하며 그 자리를 젊고 청신한 애국 세력인 자신들이 대체해야 한다고 주장했다. 이러한 흐름에 힘입어 기성 정당에서도 당내 권력을 두고 구정치인과 소장파의 갈등이 빈번하게 터져 나왔다. 하지만 세대교체라는 말은 그 폭발력과 전염성이 무척이나 강했던바, 이내 협소한 의미의 정치를 넘어 한국사회 전반을 휩쓸게 된다.

"세대의 교체라는 말이 최근처럼 의식적으로 고창되는 때는 없었을 것이다. 이 말은 모든 면에 있어 구각을 탈피해야 하겠다는 절실한 민족적 욕구를 표현하는 동시에 만난을 무릅쓰고라도 전진을 해야 하겠다는 일종의 겨레의 몸부림을 상징하는 것으로 볼 수 있다."[5]

인용문에서 보이듯 세대교체론은 단순히 누가 정치적 권력을 잡을 것인가의 문제를 넘어 민족사적 과제를 누가 어떻게 수행할 것이냐의 문제로 상승하였다. "구각을 탈피해야겠다는 절실한 민족적 욕구"란 기실 근대화에 대한 욕망을 의미하는 것이었으니, 당시 '조국 근대화'

를 이루기 위해 너나없이 치러야 했던 "겨레의 몸부림"을 떠올려 보면 세대교체론이 가진 담론적 장악력에 대해 충분히 짐작하고도 남는다. 이렇게 근대화라는 과제와 그 과제를 수행할 주체로서의 새로운 세대가 결합되면서 세대교체론은 단숨에 한국사회의 시대적 열망으로 자리 잡게 된다. 그래서일까. 1963년에는 아예 '세대'라는 이름을 내건 잡지가 창간되기도 했다.

> "요즘 세대교체 하면 유행어처럼 되어 있다. 유행이란 것은 부평같이 뿌리를 박지 못하고 표류하다 사라지고 말기가 일수다. 세대교체란 명제가 그러한 유행현상에 그치지 않고 우리 사회에 있어서 절실한 요청이라면 그것은 뿌리를 박아서 성장하고 결실하여야 할 것이다. 세대교체가 인위적으로 이루어질 수 없다는 견해는 자연성장에 맡길 수밖에 없다는 뜻이겠는데 혈연적 가족적인 세대교체에 있어서는 자연성장밖에 도리가 없는 일이라고 할 수 있겠지만 사회적인 세대교체가 한 시대적 요청일 때에는 자연성장에만 맡길 수 없는 것은 그것이 역사적 성격을 띠기 때문이다."

인용문은 '새 세대의 역사적 사명과 자각'이라는 제목의 《세대》 창간사 일부이다. 여기서 세대교체는 자연적으로 이루어질 수 있는 것이 아니라 인위적으로 이루어질 수밖에 없는 것으로 역설된다. 이는 전형적인 청년의 논리이다. 새로운 역사의 주역이 되어야 할 청년들이 '어른들'이 충분히 늙어 스스로 물러나길 가만히 앉아서 기다릴 수는 없는 노릇이기 때문이다. 따라서 청년들은 '역사'를 명분으로 인위적 세대교체의 필요성을 부르짖게 된다. 하지만 당연하게도 이는 기성세대와의 극단적인 갈등을 야기하게 된다. 난데없이 '역사'를 부르짖으며 자신들의 자리를 내놓으라는 청년들의 목소리는 '싸가지'의 문제를 넘어 '밥그릇'의 문제와도 결부되어 있기 때문이다. 하지만 어른이 되어 차마 '밥그릇' 이야기를 하기엔 구차한 법, 결국 이는 명분 싸움의 성격을 띨 수밖에 없었다. 그 결과 청년들은 자신들이 진정으로 새롭고 역사를 책임질 자격이 있는 세대임을 입증하는 작업에 몰두하게 된다. 세대교체론을 핵심으로 하는 청년론이 필연적으로 세대론적 인정투쟁의 성격을 띨 수밖에 없는 것은 바로 이 때문이다.

《경향신문》이 1963년 3월부터 총 40회에 걸쳐 연재한 에세이 "오늘을 사는 세대"는 이렇게 새로운 세대의 자질을 논구하면서 당시의 청년들이 한국사회를 이끌어 갈 가능성을 지닌 존재들임을 밝히려는 의도에서 쓰여졌다. 이어령이 집필한 이 글은 당시 청년들의 특성과 행태를 문화적인 측면에서 분석하면서 이들의 진취성과 저항성을 높이 산다. 이어령은 외국의 젊은 세대와 한국의 젊은 세대를 비교해 봄으로써 한국의 젊은 세대의 생활 태도와 인생관 및 사회관을 조명하겠다는 취지로 잭 케루악의 『노상에서』, 존 오스본의 『분노의 얼굴로 돌아보라』, 로저 페르디낭의 『J3』 등 미국과 영국, 프랑스의 문학 작품들을 통해 각 나라의 전후 세대들의 행동 양식과 사고방식 등을 스케치한다. 이어령은 미국의 '비트'와 영국의 '앵그리 영 맨', 그리고 프랑스의 'J3' 등 서구의 젊은이들이 비록 "그 분노의 목소리나 반항의 제스처와 그 대상은 좀 더 다른 점이 있"지만 "순응을 거부하고 인간의 개성과 그 생명력을 복권"하려 한다는 점에서 전후의 무기력에서 벗어나 새로운 문명적 비전을 제출할 가능성을 담지한 세대로 고평한다.[6]

이어령이 미국과 영국, 프랑스의 젊은 세대의 생활 태도와 사고 양식을 스케치한 것은 단순히 외국의 사정을 국내 독자들에게 알리려는 것이 아니라 이러한 서구의 젊은 세대들의 모습과 한국 젊은이들의 모습 속에서 공통점을 발견해 내고 그것을 한국 젊은 세대의 특질이자 가능성으로 주장하려는 데 그 목적이 있는 것이었다. 그는 당시 한국의 청년들이 감상적이고 유약한 패배주의를 거부하며 일체의 억압을 증오하고 결코 체념하지 않으며 끈질기게 도전한다고 말한다. 이어령이 보기에 당시의 청년은 무릇 그러해야 마땅한 존재였다.

그런데 이어령은 최근 한 인터뷰에서 요즘 청년들이 가져야 할 태도를 묻는 질문에 다음과 같이 답하는 걸로 보아 이러한 청년관을 아직도 굳건하게 간직하고 있는 듯 보인다. "삼포 세대에게 욕먹을 소리지만 나에겐 '포'자가 '포식(飽食)'으로 들린다. 나는 10년 전부터 '디지로그'(가상현실과 현실세계를 융합하는 기술)시대, 한·중·일을 기축으로 하는 새로운 유라시아시대가 도래한다는 것을 강조해 왔다. 하지만 한편으론 어느 나라, 어느 시대에도 젊은이들은 역경 속에 처해 있었다.

그럼에도 쉽게 포기하지 않고 도전과 모험과 꿈으로 자신의 생을 개척했다. 삼포 세대는 생 자체를 포기하는 것으로 자살을 의미한다. 쉽게 절망하는 청년들에게도 책임이 있다는 것을 알아야 한다. 조금만 눈을 돌려 보라. 한국의 젊은이들이 결혼을 포기한다고 하는데 지금 한편에서는 결혼을 하기 위해서 한국을 오지 못해 애태우는 외국의 젊은이들이 있다는 것을….”[7]

이러한 이어령의 말의 옳고 그름을 다툴 필요는 없다. 다만 저와 같은 인식이 1960년대를 휩쓸었던 진취적인 세대교체론의 핵심이라는 점 정도만 파악하면 될 뿐이다. 도전, 모험, 꿈, 개척 … 이러한 것이 고전적인 청년론에서 이야기하는 청춘의 덕목이다. 청년은 바로 이러한 점에서 기성세대와 구별되며 국가와 사회의 희망으로 스스로를 자리매김할 수 있는 것이다. 이렇게 고전적인 청년론의 시대에 젊은 날을 보냈던 이어령이 삼포 세대니, 루저니 하는 요즘 청년들의 심리적 메커니즘과 행태를 이해하지 못하는 것은 어찌 보면 당연한 일이다.

× 2000년대: 세대론적 동정투쟁에서 세대론적 연대투쟁으로

1960년대의 세대교체론에서 알 수 있듯 당시 청년들은 기성세대와 사회를 향해 자신들의 우월성과 가능성을 인정받기 위한 투쟁에 사활을 걸었다. 이는 청년론의 일반적인 문법이기도 했다. 하지만 이러한 청년론의 유효기간은 이미 만료된 지 오래다. 이른바 '88만 원 세대론'은 기존의 청년론이 더는 유효할 수 없음을 보여 주는 새로운 청년론의 등장이었다. 하지만 '88만 원 세대론' 이후 쏟아져 나온 비슷한 논의들을 과연 청년론 혹은 세대론이라고 부를 수 있을까? 뭐 굳이 그렇게 부르고자 한다면 부르지 못할 이유는 없겠지만 그것은 어디까지나 세대론은 세대론이되, '세대론의 종언 이후의 세대론'이며 '청년론의 종언 이후의 청년론'이다. 이 '종언 이후'의 청년론(세대론)의 가장 큰 특징은 세대교체라는 문제의식이 소거되어 있다는 점이다. 그로 인해 세대론적 인정투쟁의 양상도 거의 발견되지 않는다.

현재 우리 사회를 가득 채우고 있는 청년론(이후의 청년론)은 크게 고발형, 힐링형, 도전형의 세 가지로 나눌 수 있다. 먼저 고발형 청년론은 이 시대의 청년을 한국사회가 야기한 온갖 모순에 가장 취약하게 노출되어 있는 존재로 간주한다. 장기 불황이 가져온 청년실업, 대책이라곤 '노오력'하라는 훈계 외에는 마련할 수 없는 무능력한 기성세대, 그 와중에 꿈도 희망도 없이 열악한 현실에 침식당하는 청춘의 삶이 그 특징이다. 고발형 청년론은 이러한 비참한 청년들의 삶을 드러내면서 한국사회의 부조리와 사회경제적 모순을 폭로하는 데 힘쓴다. 가령 이러한 고발형 청년론에서 출산율의 저하나 비혼 가구의 증가와 같은 현상은 한국의 열악한 사회복지 실태와 미래에 대한 희망 없음의 근거가 된다. 이때 청년은 과거의 청년론에서 그랬던 것처럼 역사를 이끌어 갈 주역이라기보다는 사회로부터 '보호받아야 하는 존재'에 가깝다. 고발형 청년론은 많은 경우 정책적 제언으로 마무리되는데 이는 청년이 국가의 정책적 대상으로 포섭되는 과정과 궤를 같이한다. 고발형 청년론이 구성하는 청년의 이미지는 독자적인 역사적 주체라기보다는 사회적 구제 대상에 가깝다.

한편 힐링형 청년론은 사람들의 흔한 편견과는 달리 현실 진단에 있어 고발형과 크게 다르지 않다. 그렇지만 구약을 공유한다고 해서 기독교와 이슬람교가 같은 종교일 수 없듯이, 같은 현실 인식을 공유한다고 해서 이 두 청년론이 유사한 것은 아니다. 어쩌면 그것은 기독교와 이슬람교의 현실적 적대만큼이나 아득한데, 힐링형 청년론은 고발형 청년론과 달리 현재의 열악한 삶의 조건을 한 개인의 내적 성장의 무대로 인식할 것을 요청한다. 비유하자면 고발형 청년론이 사회주의 리얼리즘의 서사적 특질을 공유하는 반면, 힐링형 청년론은 고전적인 성장소설(Bildungsroman)의 문법을 차용한다고 말할 수 있다. 일반적으로 성장소설에서는 자아와 결부된 외부 세계는 불완전하고 결핍된 공간으로 제시된다. 이때 불완전하고 결핍된 세계는 즉자적으로 부정되거나 거부해야 할 대상이 아니라 주체와 교섭하면서 자아의 내적 성숙을 돕는 하나의 장치로 인식된다. 많은 이들이 냉소를 보냈던 '아프니까 청춘이다'라는 말은 이러한 성장소설의 문법을 대표하는 경구라고 할 수 있다.

이에 반해 도전형 청년론은 『청년장사꾼』, 『청년, 창업에 미치다』, 『청년 반크, 세상을 품다』와 같은 제목의 책이 대변하듯 청년 특유의 진취성을 강조한다. 이러한 도전형 청년론은 어떤 면에서는 고전적인 청년론의 정신에 가장 부합한다. 이는 꿈, 도전, 실패, 극복, 성취와 같은 낱말을 그 계열로 갖지만 과거의 청년론과 결정적인 측면에서 다르다. 그것은 바로 도전형 청년론이 극단적인 탈정치의 포즈를 취한다는 점에 있다. 도전형 청년론은 여전히 꿈과 도전을 강조하지만 그것이 적용되는 영역에 정치는 해당되지 않는다. 여기서 청년은 역사의 주체라기보다는 가능성 있는 청년 사업가의 모델에 지나지 않는다. 그리고 이 청년 사업가의 모델에서 '청년'이 차지하는 비중은 의외로 적다. '청년' 사업가라기보다는 청년 '사업가'에 가까운 것이다.

종언 이후의 세대론과 종언 이후의 청년론의 모습은 대체로 이와 같다. 앞서 살펴봤던 세대론적 인정투쟁은 소거되어 텅 비어 있음을 알 수 있다. 흥미롭게도 그 자리를 대신 채운 것은 세대론적 동정(同情)투쟁이다. 이제 청년은 위험하거나 불온하지 않다. 단지 불쌍할 뿐이다. 현재 우리 사회에서 청년이 불온할 수 있다면 그것은 전적으로 그들이 사회의 부와 풍요로부터 소외되어 소요를 일으킬 폭도적 존재로 변모할 수 있다는 치안적 불안감 덕분이다. 청년은 조국과 민족의 미래를 두 어깨에 걸머진 집단에서 이제 예비 화적떼에 방불한 무언가가 되고 말았다. 이러한 치안적 불안감이 그나마 확산된 것도 '헬조선'이니 '죽창'이니 하는 말들이 떠돈 이후다.

현재 한국사회에서 청년들의 궁핍함과 절망을 이야기하는 것은 그 개선을 목적으로 한 것이라기보다는 그저 그 궁핍함과 절망을 전시하여 팔아 버리는 데 그 일차적인 목적이 있는 것처럼 보인다. 그 결과 우리에게 남은 것은 더욱 큰 절망과 피로감이다. 어느새 청년의 불행한 삶은 언론사로 하여금 일정한 '클릭 수'와 '댓글 수'를 보장하는 '효자 콘텐츠'의 일부가 되었고, 우리는 그 안에서 기성세대와 한국사회를 증오하고 욕하면서 현실의 산적한 모순을 가상적으로 승화시켜 버린다.

그런데 이런 식으로 증폭되는 세대 간 갈등은 사회 통합의 측면에서 보면 극히 위험한 것이지만 구체적인 통치의 국면에서는 체제가 쉽게 활용할 유혹에 빠질 만큼 매력적인 것이기도 하다. 사회와 국가(통치)는 현재 그 경계에서 아슬아슬한 줄타기를 하고 있는 형국이다. 가령 최근 벌어진 임금피크제 논란을 떠올려 보라. 정부 측에서는 청년실업 대책의 일환이라고 대대적으로 선전하고 있지만, 내용을 자세히 들여다보면 정규직 노동자의 고용 안정과 임금 삭감을 맞바꿔 재벌의 인건비 부담을 경감시키는 데 그 목적이 있을 뿐 청년 일자리 창출 효과는 매우 불확실하다. 하지만 정부는 현재 광범위하게 퍼져 있는 청년층의 분노와 절망에 교묘하게 편승하면서 임금피크제 도입과 노동개혁안을 밀어붙이고 있다. 박근혜 정권이 추진하는 노동개혁은 기본적으로 분할통치 전략에 입각해 있다. 알다시피 분할통치란 지배층이 피지배층 사이에 각기 다른 이해관계가 있다는 점을 적극적으로 활용하여 피지배층 내부의 대립을 조장함으로써 통일적인 반대 세력의 형성을 방해하여 지배력을 공고하게 하는 전술을 의미한다. 청년들의 불우한 삶은 이제 대기업 정규직이라는 우리 시대 최후의 지대

추구 세력을 혁파하는 알리바이로 활용된다.

언젠가부터 신문 기사를 보면 가명을 쓴 청년들의 비참한 삶과 울분에 찬 목소리를 쉽게 접할 수 있게 되었다. 그러나 위에서 살펴보았듯이 '사회 고발'이라는 명목 하에 전시되는 이러한 풍경들은 지배 세력이 구가하는 분할통치의 추동력으로 흡수되는 실정이다. 이렇게 된 것은 대다수의 청년론이 정치적인 전망을 제시하는 데 실패하였으며 단지 비참과 우울이라는 정념을 증폭시키는 데 그쳤기 때문이다. 그렇기에 우리에게 중요한 것은 더 이상 이런 식으로 관성화된 채 소비되는 청년 담론을 벗어나 새로운 실천 전략을 수립하는 일이다. 최근 일각에서 제기되고 있는 '세대 내 연대론'은 그런 점에서 고민해 볼 여지를 남긴다.

> "이를 위해서 나는 이제 우리가 세대 간 연대를 고민해야 한다고 생각한다. 지금까지 많은 언론과 학자들은 세대 간 갈등에 주목해 왔다. 최근에는 오히려 정부에서 세대 간 갈등을 부추기기도 한다. 그러나 나는 미래를 위해 청년 세대가 먼저 세대 간 연대를 위해 손을 내밀기를 바란다. 윤리적으로 바람직해서가 아니다. 그것이 유일하게 아무것도 가진 것이 없는 세대가 취할 수 있는 전술이라고 생각하기 때문이다. 20대는 30대와 연대하자. 30대는 60대와 연대하자. 양극화된 노동시장을 바로잡는 문제에서 20대와 30대가 연대하자. 노후보장과 공적

연금을 개혁하는 과제에서 30대와 60대가 연대하자. 주거 문제를 해결하는 과정에서, 30대와 50대의 연대가 가능하고, 훼손되는 민주주의 제도 문제에 대해서 30대와 40대가 연대해서 목소리를 내는 것이 필요하다."[8]

2015년 6월 정의당 당대표 선거에 나서면서 발표한 '출마 선언문'으로 화제를 모은 젊은 정치인 조성주는『청춘일기』라는 책에서 세대 간 연대론의 필요성을 위와 같이 역설한 바 있다. 사실 한국사회에 연대성의 정신이 부족하다는 사실은 누차 지적된 바 있으며 그렇기 때문에 '연대'는 새로운 진보 정치가 내세우는 정치적 목표로 표상되어 왔다. 하지만 이러한 일각의 움직임에도 불구하고 한국사회의 파편화는 점점 심해지고 있으며 최근에는 세대 간 갈등을 통해 이러한 모습이 전 사회에 드러나 있다. 그런 점에서 대학 등록금 문제에서부터 청년들의 노동권 문제에 이르기까지 청년 의제의 해결에 진력해 온 조성주가 던지는 세대간 연대론은 특별한 울림을 가진다. 청년 문제를 풀기 위해 필요한 것은 청년 밖의 사람들과 손을 잡고 공통의 삶의 지반을 만들어 가는 일일 수밖에 없기 때문이다. 물론 이러한 주장은 각론에서 여러 의문점을 남긴다. 각 세대가 구체적인 현안에서 어떤 방식으로 연대할 것인지의 문제가 제기될 수밖에 없는 것이다. 하지만 문제의 해결은 올바른 질문을 던지는 데서 시작하는 법, 우리의 과제는 이 문제를 공동체가 함께 고민해야 하는 '문제'로 끌어올리는 일이다.

미주

1) 이기훈, 『청년아 청년아 우리 청년아』, 돌베개, 2014, 19쪽.
2) "세대교체론의 본질," 《동아일보》, 1963년 3월 6일.
3) "세대교체라는 새 단어," 《경향신문》, 1963년 3월 4일.
4) "민정이양과 새정치풍토 지상 심포지움: 세대교체방법론," 《동아일보》, 1963년 5월 4일.
5) 박준규, "세대교체," 《경향신문》, 1963년 3월 5일.
6) 이어령, "오늘을 사는 세대(13)," 《경향신문》, 1963년 4월 10일.
7) "이어령 한국사회를 말하다," 《영남일보》, 2015년 10월 8일.
8) 조성주, 『청춘일기』, 꽃핀자리, 2015, 21~22쪽.

에필로그

청춘의 초상, 기억될 수 없는 오늘의 젊음을 기록하며

분명 청년들만 힘든 시대는 아니다. 청년들이 고액의 등록금과 기록적인 실업률에 좌절하고 있다면, 그들의 부모는 고용 불안과 임금 절벽, 노인빈곤에 시달리고 있다. 요즘 유행하는 '헬조선'이라는 말도 전 세대의 현실을 지칭하는 개념으로 용례를 확장하고 있다. 분노를 정당화할 수 있는 것이 청춘의 특권이었던 시절은 아득하고, 외려 분노를 넘어 혐오가 가장 만연한 정서가 되어 버렸다. 누군가를 혐오하지 않으면 자신의 현재를 받아들일 수 없는 가엾은 '정신승리'만이 삶을 지탱할 수 있는 유일한 방법이 된 것이다. 이런 비참한 시대에 청년이나 세대 담론은 무용해 보이기도 한다. 만약 '88만 원 세대'나 '잉여 세대'라는 호명이 저임금·비정규직으로 대변되는 청춘의 실상을 반영한 것이라면, 이제 모두가 청춘으로 남게 된다. 마찬가지로 고통스러운 현실을 외면해 버린 청년들을 '달관 세대'라 칭할 수 있다면,

바로 그러한 청년들을 외면한 중장년층도 '달관 세대'이다. 브라운관에서 흔히 묘사되는 '개념 없는 청년'과 '철없는 아재' 사이의 거리는 의외로 가까울 수도 있다. 어쩌면 '헬조선'이 진짜 '헬'인 이유가 바로 여기 있지 않을까? 모두가 지옥 같은 현실에 일조하면서도, 오로지 자기(의 세대)를 피해자로서만 기억하는 착각과 오인, 망각의 시대가 아닌가 하는 것이다.

이 책은 감당하기 힘든 현실을 어떻게든 감당하고 있는 청년 당사자들의 '소박한 진술'을 담고 있다. '소박하다'는 것은 다른 의미가 아니라, 현실을 있는 그대로 '과장 없이' 담기 위해 노력했다는 것을 뜻한다. 아울러 '과장하지 않았다'는 것은 우리를 시대의 피해자로 묘사할 의사가 없었으며, 그렇다고 기성세대에 대한 적대감도 애써 감추려고 하지 않았다는 것을 의미한다. 그저 우리 각자가 '살아 내며' 느낀 감정과 생각, 경험과 진단 등을 억지로 동일화하지 않고, 솔직하게 드러내려 했다. 그러다 보니 각각의 논의가 서로 충돌하거나 모순된다고 느낄 수도 있을 것이다. 하지만 이러한 모순이야말로 청년 세대의 모습 그 자체를 상징한다고 생각한다. 오늘날의 청년들은 한편으로는 누군가가 자신을 대변해 줄 수 있을 거란 기대를 하지 않으면서도, 다른 한편으로는 그러한 독자적인 자의식을 공통화하기 위한 사회적인 상상을 개발하고 있다. '헬조선'이나 '잉여', '흙수저'와 같이 무수히 많은 신조어들은 자신의 궁핍한 삶의 조건을 '공동의 것'으로 사유하기 위한 방법에 다름 아닌 것이다. 그런 의미에서 이 책은 세대의 경험을 담론화하면서도, 이를 한국적 맥락에서 보편화하기 위한 이론적이면서도 실천적인 의도에서 기획된 것임을 밝혀 둔다.

기억되는 것은 오직 과거일 뿐이다. 하지만 현재 한국의 청년들이 직면한 현실은 쉽게 과거로 사라지지는 않을 것이다. 어쩌면 이 책은 쉽게 기억될 수만은 없는, 그리하여 '영원한 현재'를 살며, 끝까지 싸워야 하는 '오늘의 젊음'을 기록하기 위한 불가능한 '청춘의 초상'을 담고 있을지도 모르겠다.

2016년 6월
저자들을 대표하여
허 민

~배틀: 배틀(Battle)은 영어 단어로 전투를 뜻한다. 무엇을 두고 전투하는 지에 따라 앞에 들어가는 말이 달라진다. 예를 들어 '키보드 배틀'은 온라인 공간에서 키보드를 활용한 논쟁을 뜻하며 '불행 배틀'은 누가 더 불행하거나 가난한지 겨루는 행위이다.

~이즘: 이즘(−ism)은 명사나 형용사에 붙어 주의·학설·교리 등을 나타내는 추상 명사를 만드는 접미사이다. '먹고사니즘'은 먹고 사는 문제에 대한 학설을 뜻하기도 하며, 먹고사는 문제, 즉 생존을 가장 우선시 두어 생활하며 정치나 예술 활동에 무관심해지는 생활양식을 비판적으로 지칭할 때 쓰이기도 한다. 다른 예로 귀차니즘, 레이니즘 등이 있다.

~코스프레: 코스프레(コスプレ) 또는 코스튬 플레이(costume play)는 만화의 캐릭터나 유명 인사의 복장을 좇아 꾸며 입고 촬영회나 행사 장소에서 놀거나 전시하는 행위이다. '○○ 코스프레'의 경우 자신의 본질과는 다른 무언가인 ○○을 인위적으로 꾸며서 흉내 낸다는 것을 뜻한다.

~홀릭: 홀릭(−holic)은 어떤 대상에 중독된 사람을 뜻한다. 앞에 오는 명사나 형용사가 중독의 대상이다. 예컨대 알코올 홀릭은 주류에 중독된 사람, 고양이 홀릭은 고양이의 마성에 중독된 사람이다.

~충: '○○충(蟲)'은 ○○ 안을 채우는 대상을 비난 혹은 비하하는 용어이다. 주로 두 글자의 보통명사들이 ○○ 안을 채운다. 스스로를 지칭하며 자조할 때도 빈번히 쓰인다. 예로 일베충, 출근충, 결혼충, 리얼충, 설명충, 가난충 등이 있다.

ㄱ

가성비: 가격에 비해 성능이 훌륭한 제품을 표현할 때 사용된다.

갓수: 신(神)을 뜻하는 '갓(God)'과 백수를 뜻하는 '수'를 조합한 단어이다. 백수가 장시간 고강도 노동하는 직장인들에 비해 취침 및 수면 시간이 자유롭고, 넉넉한 시간을 통해 즐거운 취미 생활과 '드립력' 강화가 가능하다는 부분적 사실에 기초한다.

개냥이: 고양이답지 않게 개처럼 사람을 잘 따르는 고양이를 뜻한다.

개드립: '애드립'은 '자유롭게'를 의미하는 라틴어 아드 리비툼(ad libitum)에서 온 말로 영상 매체에서는 주로 배우나 출연자가 대본에 없는 행동이나 대사를 임기응변으로 이행하는 경우를 뜻한다, 애드립의 '드립'은 접미사가 되어 '개드립', '패드립', '섹드립' 등의 파생 단어를 만들었다. 개드립은 '개 같은 드립'의 줄임말로 실없고 수준 낮은 농담을 뜻한다.

고스펙: 높은 스펙, 즉 구직자 사이에서 학력, 학점, 토익 점수 따위가 좋거나 높은 것을 뜻한다.

관심종자: 온라인상에서 관심을 받고 싶어 있지도 않은 일을 꾸미거나 시비를 거는 등 관심에 목마른 이들을 뜻한다.

국개론: '국민 개××론'의 줄임말. 2009년에 유행한 말로, 국민들이 덜 깨었기 때문에 대통령이 돼서는 안 될 인물이 권력을 갖게 되었다는 의미로 사용되었다.

귀요미: 귀여운 사람을 귀엽게 부르는 말이다.

그윽뽁: '극복'을 우습게 표현한 말이다.

기승전~: '기승전결'이란 단어를 패러디하여, 특정 이야기의 끝(結)부분은 무조건 마지막 단어의 성격으로 결론난다는 뜻으로 사용한다. 예로 '기승전고양이', '기승전와장창', '기승전병' 등이 있다.

꼰대: 기성세대나 선생노릇 하는 어른을 낮추어 부르는 말이다. 최근의 유사어

로는 '개저씨'가 있다.

꿀~: '꿀 빠는' 즉, '편하다'거나, '이득이 된다'는 것을 뜻하는 접두사이다. 예로 군대의 용어 중 '꿀보직'과 노동 강도가 약한 '꿀알바' 등이 있다.

ㄴ

냥줍: '고양이를 줍다'의 줄임말. 주로 길고양이를 구조하거나 보호하게 되었을 때 사용한다. 비슷한 예로 '멍줍'(강아지를 줍다), '새줍'(새를 줍다) 등이 있다.

넘사벽: 넘을 수 없는 4차원의 벽의 줄임말이다. 주로 어떤 대상과 비교했을 때 한쪽이 너무 우월해 비교 대상조차 되지 못할 때 사용한다.

노오력: 극한 노력의 다른 말로 모든 것을 개인의 노력 부족으로 돌리는 사람들을 비판할 때 주로 사용된다. '노오력' 중 '오'가 많이 반복될수록('노오오오오력') 뜻이 강력해진다.

ㄷ

댓글러: 각종 게시물에 댓글을 즐겨 다는 사람을 이르는 말이다.

덕후: 한 가지 분야에 열중하는 마니아를 이르는 말이다. 오타쿠, 오덕후와 같은 단어로서 두 단어가 변형된 형태이다.

드립력: 애드립에서 유래한 말로 부정적인 의미에서 즉흥적인 댓글이나 말을 내뱉는 능력을 뜻한다.

득하다: 운 좋게 어떤 문건을 손에 넣게 되었을 때 사용하는 말. '득템하다'의 형태로도 사용된다.

등골 브레이커: 철없는 행동으로 부모에게 금전적인 피해를 입히는 자식들을 싸잡아 이르는 말이다. 최근에는 의미가 확장되어 자식을 넘어 본인, 타인 가리지 않고 경제적 부담이 심각한 상품이나 존재를 의미하게 됐다.

따봉충: 페이스북과 같은 SNS에 자극적이고 선정적인 내용을 게시해 '좋아요'(사람들의 관심)를 유도하는 사람들을 일컫는 말이다.

똥군기: 상급자가 부당한 이익을 얻기 위해 하급자에게 부당한 요구를 하는 것을 뜻한다. 최근 대학사회까지 퍼져 있다.

뜬금포: 야구에서 생각지도 못한 순간 홈런이 터지는 것을 이르는 말이다. 야구뿐 아니라 어떤 사건이나 현안에도 사용된다.

렙업: 게임에서 경험치의 획득에 따른 캐릭터의 성장을 의미하는 레벨 업(level up)의 줄임말이다.

ㄹ

루저: 루저(loser)는 단어 그대로 인생에서 패배자를 의미한다. 낙오자, 실패자를 비하하는 말이며 한국에서는 한때 신장이 180cm 이하인 남자를 지칭할 때도 사용되었다.

리얼하다: 영단어 리얼(Real)과 '하다'의 결합어로 '사실적이다'라는 의미를 강조하기 위해 쓰인다.

ㅁ

막장: 원래 탄광의 맨 끝 부분을 가리키던 말로, 현재 인터넷에서는 '이미 갈 곳까지 간' 사람이나 상황을 가리키는 말로 쓰이고 있다.

면식수행: 2000년대 초 《디시인사이드》에서 유행했던 생활태도 중 하나이다. 디시인사이드에 계속 접속하기 위해 끼니는 라면으로 간단히 때우는 걸 의미한다.

몽주니어: 몽준+주니어의 합성어로, SNS에 국민을 미개하다고 표현하여 세간의 화제가 된 정몽준 전 국회의원의 막내아들을 가리키는 별칭으로 굳어진 말이다. 이후 국민이 미개한 모습을 보였다고 생각될 때마다 많은 네

티즌들은 몽주니어의 혜안에 감탄하며 '몽주니어 1승 추가'와 같은 댓글을 달고 있다.

무플/악플: 각각 무(無)+리플과 악(惡)+리플의 합성어로, 무플이 게시물에 대한 아무런 댓글이 없는 상태를 의미한다면, 악플은 게시물에 대한 악의적 비방 및 욕설 등을 담고 있는 댓글을 의미한다. "무플보다 악플"은 무관심보다는 차라리 악의적 관심이라도 받는 게 낫다는 의식의 발로에서 나온 말이다.

문과충: 취업이 어려운 문과대생을 비하하는 말이다.

밈: 밈(meme)은 리처드 도킨스의 『이기적 유전자』에서 소개된 용어로, 다양한 문화적 요소들이 마치 유전자와 같이 작용하며 문화의 전달과 변이에 관여한다는 의미로 사용된다. 인터넷의 다양한 유행어나 합성사진등도 밈의 대표적 요소라고 할 수 있는데, 이러한 요소들은 인터넷의 드립들에서 공통적으로 사용되면서 계속해서 변이를 일으킨다.

ㅂ

베댓: 베스트 댓글의 줄임말로, 〈네이버 웹툰〉 댓글창에서 다른 네티즌들의 많은 공감을 얻어 상위에 노출되는 댓글을 의미한다.

병맛 코드: 웹툰을 중심으로 익숙한 서사구조를 해체시킨 작품들이 병신 같지만 끊을 수 없는 중독성을 가졌다하여 '병신+맛=병맛'이란 신조어가 생겼다. 병맛 코드는 이런 매력이 패턴화되어 반복되는 구조를 통칭한 표현이다.

부장인턴: 극심한 취업난으로 오랜 인턴기간을 보내다 만렙을 찍은 청년들을 일컫는 말이다. 이들은 나이와 외모에 걸맞지 않게 부장급과 비교될 정도의 연륜을 보여 준다.

브로맨스: 'Brother'와 'Romance'의 합성어로 주로 할리우드 영화와 미국드라

마에서 남-남주인공 사이에 흐르는 묘한 긴장감을 일컫는 말이다. 동성애를 암시하거나 직접적으로 그리지 않는다는 점에서 BL이나 퀴어물과는 구별되지만 2차 창작 등을 통해 자유롭게 응용된다. 한국에서는 드라마 〈미생〉의 오상식-장그래, 〈학교 2013〉의 고남순-박흥수가 대표적인 브로맨스 커플이다.

빡치다: 90년대부터 쓰이던 말로 화가 난 상태를 주로 '아오'라는 감탄사와 결부시켜 사용한다. 이전에는 '야마'라는 일본어 표현이 주로 사용되었으나 된소리 발음을 적극 활용한 빡이라는 용어로 자연스럽게 대체되었다. 심화된 표현으로 '빡이 돈다', 'deep빡' 등이 있다.

삥뜯기다: 길거리에서 깡패 혹은 동네 형들의 위협에 돈을 뺏기는 상황을 뜻한다. 이전부터 자주 쓰이던 표현이었지만 1999년 거리의 시인들이 발표한 〈삥〉이라는 노래를 통해 수면 위로 올라온 단어다.

ㅅ

선비질: 주로 현실의 윤리적·도덕적 잣대를 인터넷에서 적용하는 사람들을 일컫는 말이다. 인터넷의 익명성이 주는 자유로움을 만끽하는 이들에게 사사건건 제동을 거는 양심적 유저들은 선비로, 이들이 하는 행동은 선비질이 되었다. 응용 표현으로는 '10선비질 하지 마라' 등이 있다.

설명충: 드라마나 만화 등에서 이야기의 전개를 위해 디테일한 부분을 대사로 처리해 주는 캐릭터와 같이 현실에서도 묻지 않은 정보까지 친절하게 설명해 주는 사람들에게 설명과 충(蟲)을 합성하여 비하하는 표현이다. 동의어로 '스피드웨건'이 있다.

솔플: 플레이어 간의 협업이 중요시되는 온라인 게임에서 파티를 구성하지 않은 채 홀로 플레이하는 '솔로 플레이'의 줄임말이다. 현실에서도 타인과의 교류를 지양하는 사람을 일컫는 이들에게 '솔플한다'고 표현한다. 대표적

으로 〈소드 아트 온라인〉의 '키리토'를 들 수 있다.

스드메: 스튜디오, 드레스, 메이크업을 묶어 부르는 웨딩 업계의 신조어이다.

썰: 대체로 자신이 겪었던 일을 재구성하여 커뮤니티에 올릴 때 '썰을 푼다'라고 표현한다.

ㅇ

아싸: 아웃사이더(outsider)의 줄임말이다. 아웃사이더는 기성적인 것에서 벗어나 자신만의 세계관을 가지고 활동하는 사람들을 이르는 말이지만, 그것을 '아싸'라고 발음할 때에는 캠퍼스 내에서 주류를 이루는 다른 학생들과 어울리지 않는 이를 부르는 듯한 뉘앙스가 강해진다.

악플러: 인터넷 상에 기재된 글이나 사진, 영상 등에 비방이나 비난의 댓글을 올리는 사람을 칭하는 말이다.

야매: 암거래를 뜻하는 일본어 야미(やみ)에서 발음이 변화해 정착한 말이다. 사기, 가짜, 무면허, 돌팔이, 뒷거래 등의 의미로 폭넓게 쓰인다.

어마무시하다: '어마어마하다'와 '무시무시하다'가 합쳐져 만들어진 말이다. 그 정도가 무시무시할 정도로 굉장하다는 뜻이다.

여초: 여성의 비율이 남성의 그것에 비해 월등히 높은 경우를 이르는 말이다. 예를 들어 '여초 사이트'는 남성 회원보다 여성 회원의 수가 압도적으로 많은 것이다.

여친: 여친은 연인인 '여자친구'의 줄임말이다. 이해 비해, '여사친'은 '여자 사람 친구'의 줄임말로 성별이 여자일 뿐인 친구를 이름. 남친과 남사친도 마찬가지이다.

열정페이: 단지 일을 하게 해 줬다는 이유만으로 무급여, 혹은 아주 적은 급여를 주면서 열정을 다하여 노동에 임하게 하는 관행을 표현하는 단어이다. 기성세대가 청년층의 노동력을 착취한다는 의미를 포함한다.

오지라퍼: '오지랖'에 사람을 뜻하는 접미사 '–er'이 붙어 만들어진 말로, 오지랖을 떠는 사람을 이른다.

우다다: 반려동물, 특히 고양이가 맥락 없이 급작스럽게 활발히 달리는 모양을 이르는 말이다.

웃프다: '웃기다'와 '슬프다'가 합쳐져 만들어진 말이다. 표면적으로는 웃기지만, 그 전체적인 내막을 알고 보면 슬픈 상황일 경우에 주로 사용한다.

유슬림: 유교(儒敎)와 무슬림(muslim)의 합성어이다. 나이 따지고, 서열을 중시하는 꼰대 어르신들을 비꼬는 말이다.

이뭐병: '이거 뭐 병신도 아니고'의 줄임말이다.

인구론: '인문계 졸업생의 90%는 논다'의 줄임말이다. 취업이 어려운 인문계 졸업생의 현실을 가리키는 단어다.

인싸: 학교생활을 활동적이고 폭넓게 하는 사람을 의미한다. '아싸(아웃사이더)'의 반대말이다.

ㅈ

정신승리: 나쁜 상황을 좋은 상황으로 간주해 정신적인 안위를 찾으려는 행위를 의미한다. 대표적인 인물로 루쉰의 『아큐정전』에서 등장하는 아큐는 인간 정신력의 한계를 뛰어넘은 정신승리를 보여 준다. 상대방의 논리나 패배의 상황을 무시하고, 자기 혼자서 머릿속으로만 승리했다고 착각하는 것을 말한다.

죽창지수: 헬조선 관련 사이트에서 사용하는 용어이다. 게시글에 대한 공감지수 혹은 추천수와 유사한 의미를 가진다.

지옥불반도: 온라인 게임 〈월드 오브 워크래프트〉 확장팩에서 공개된 지역을 뜻한다. 그런데 대한민국의 지옥 같은 현실을 의미하는 말을 잘 표현하기 때문에 '헬조선'과 같은 뜻으로 사용된다.

지잡대: '지방의 잡스러운 대학교'를 줄인 말이다. 지방대학(생)의 암울한 현실을 비꼬는 말이다.

진지충: 웃자고 한 일에 죽자고 달려드는 사람을 일컫는다. 매사 말에 토 달기를 좋아하며, 아는 척하길 좋아하고, 툭하면 가르치려 드는 태도를 의미한다.

집사: 고양이를 반려동물로 키우는 사람을 지칭하는 말이다. 모든 생활을 고양이의 입장에 맞추게 되는 새로운 위계질서를 내포한다.

짤/짤방: '짤림 방지'의 준말. 인터넷 초기 《디시인사이드》와 같은 커뮤니티에서는 글 내용과 함께 사진을 첨부하지 않으면 글이 삭제되었다. 글 삭제를 방지하기 위해, 별 의미 없는 그림 혹은 사진을 첨부하는 것을 의미하다가, 현재는 그림 파일 일반을 지칭하는 말이 되었다.

쪼렙/만렙: 게임 용어이다. 게임 상에서 플레이어의 성장 정도를 나타내는 '레벨'에, '아직 조그맣거나 낮은 수준을 뜻하는 쪼', '찰 만(滿)' 등을 붙여, 초보 수준과 완성 수준을 나타낸다.

찌질충: '찌질하다'의 속성을 가진 사람을 칭하는 말이다. 벌레를 뜻하는 '충'자와 더불어 해당 사람에 대한 멸시의 뜻도 포함한다.

찌질하다: '지질하다(지질맞다): 보잘것없고 변변하지 못하다'의 일상어식 표현이다.

ㅊ

초글링: 초등학생+저글링(게임 용어, 떼로 몰려다니는 속성)의 합성어이다. 방학이 되면 PC방 등에 떼로 몰려다니면서 다른 사람에게 여러 민폐를 끼치는 초등학생들의 무리를 지칭한다.

취업 깡패: '취업이 잘 되는~'을 뜻하는 용어이다. 대학, 대학의 학과, 자격증, 토익 점수 등에 붙어서 의미를 갖는 용어이다.

취준생: 취업준비생의 준말이다.

치트키: 게임 용어이다. 일부 게임에서 진행을 유리하게 하지만, 숨겨져 있는 기능을 지칭하는 말. 현실 세계에서 남들이 얻기 힘든 것을 쉽게 얻는 상황을 가리키기도 한다.

친목질: 친목질은 친목에 '질'이 더해져 생긴 용어로 각종 커뮤니티 등에서 친목을 넘어 남에게 피해를 끼칠 정도로 하는 것이나 행동을 이르는 말이다.

ㅋ

카연갤: 《디시인사이드》에 있는 카툰 연재 갤러리의 줄임말이다.

쿡방: 'Cooking+방송'의 합성어이다. 최근 유행하는 요리에 관한 방송을 뜻한다.

쿨하다: 사소한 일에 크게 구애 받거나 얽매이는 것 없어 보이는 행동이나 말을 뜻한다.

키보드 배틀: 인터넷에서 벌어지는 배틀, 신종 네트워크 대전 결투 방식을 의미한다. 이겨도 져도 특별한 의미는 없고 이긴 사람들에게도 특별한 의미도 없는 정신적 자존심 대결을 뜻한다.

키보드 워리어: 인터넷에서 악성 댓글을 집중적으로 생산하는 사람들을 말한다. 실제 생활에서는 소심하고 온순한 성격의 사람들이 온라인상에서는 힘이 센 전사로 변하는 것을 빗댄 말이다.

ㅌ

토폐인: '토익 폐인'의 줄임말로, 토익에서 좋은 점수를 얻기 위해 열광하는 대학생이나 직장인을 비유적으로 이르는 말이다.

트렌디하다: '경향적인, 시류를 탄, 유행적인, 앞서 가는' 등을 그 뉘앙스로 포함한다.

트위터리안: 트위터를 사용하는 유저를 뜻한다.

페북러: SNS 서비스인 페이스북에 직업 또는 사람을 뜻하는 영어 접미사 '-er'을 합성한 용어로 페이스북 이용자를 뜻한다.

포션: 게임상에서 HP 혹은 MP를 회복하는 약물을 지칭하는 말이다.

ㅎ

헤비유저: 원래는 마케팅에서 구매 빈도가 높은 고객을 뜻했다. 요새는 웹이나 온라인게임상에서 특정 사이트나 커뮤니티, 게임을 자주 이용하는 사람을 이른다.

현시창: '현설은 시궁창'의 약어이다. 에미넴의 영화 〈8 miles〉의 노래 가사 중 일부에서 따왔다고 한다.

혜자롭다/창렬스럽다: '혜자스럽다'는 가성비가 뛰어난 경우를 지칭하며 '창렬스럽다'는 그와 반대로 내용물이 볼품 없음을 뜻한다.

호모 인턴스: 인턴 생활만 반복하는 취업준비생을 빗대어 표현한 말이다.

혼밥: 혼자 먹는 밥을 뜻한다.

훈장질 : 아랫사람에게 훈계하듯이 가르치려 드는 행위를 비꼬는 말이다.

1. 최서윤: 자취생 렙업기 — 한 잉여의 '먹고사니즘'

노력만 하면 뭐든 이룰 수 있다는 이데올로기, 편견에 기초한 관성적이고 질 나쁜 농담, 공감능력이 결여된 오지랖, 연소자에게 함부로 대하는 연장자 등을 접할 때마다 번번이 빡친다. 한국 사회가 구성원을 덜 빡치게 하길 바라는 마음으로 미디어 활동 중이다. 2012년 잉여에 의한, 잉여를 위한 잡지를 지향하는 《월간잉여》를 창간했고, 2015년에는 청(소)년들이 직접 민주주의를 경험하고 정치 효능감을 실감하길 바라며 시민 교육 보드게임 〈수저게임〉을 개발했다.

2. 홍덕구: 지방 청년 상경분투기 — 여러분의 코는 안녕하십니까?

1983년생이다. 서울 변두리와 경기도 일대에서 유년기를 보냈지만, 초등학교 5학년 때 천안으로 이사를 간 이후 줄곧 한화 팬으로서의 삶을 살아왔다. 대학에서 국문학을 전공, 글쓰기의 미덕은 충실한 재현에 있다고 믿는 낡아 빠진 문학관을 가졌다. 인문학협동조합 연구복지위원회에서 활동 중이다.

3. 안혜연: 참을 수 없는 존재의 귀여움 vs 무거움 — 작고 보드라운 것과 함께 살아가기

한국영화-문화론에 대해 공부하고 있으며, 영화(사) 전반 외에도 대중문화에 관심을 갖고 있다. 쓸데없고 돈이 안 되는 일에 몰두하는 경향이 있다. 함께 살아가는 데 관심을 갖고 사람들과 더 나아가 동물들과도 함께 살아가는 삶을 위해 노력하고 있다. 인문학협동조합 강좌개발위원회에서 활동 중이다.

4. 구자준: 캠퍼스 인 더 트랩 — 조별 과제는 어떻게 고통이 되었는가

1985년 창원에서 태어났다. 국문과에서 2000년대 이후의 대학을 배경으로 하는 웹툰에 관한 논문으로 석사학위를 받았다. 항상 즐기던 것들로 논문을 쓸 수 있어서 행운이었다고 생각한다. 2000년대 이후 등장한 뉴미디어에 대해 관심이 많다.

5. 송치혁: 청춘의 드라마 — 세계의 절망, 청춘의 응답

1984년 대전에서 태어나 90년대를 직접 바라보며 자랐다. 학부, 대학원 모두 국문과를 나왔지만 문학보다는 대중문화를 좋아해서 최대한 잡다하면서도 얕게 공부하고 있다. 공저로는『신데렐라 최진실, 신화의 탄생과 비극』(2014),『야누스의 여신 이은주』(2015) 등이 있다.

6. 최은혜: 청춘 이데올로기에 균열을 가하라! — 절망의 윤리학, 병맛의 미학, 놀이의 정치학

문학 연구자이다. 식민지 조선에서 사회주의 문예에 마음을 빼앗겼던 문인들에게 관심을 가지고 공부하고 있다. 사회주의자는 아니다. 다만 특정 시기마다 사회의 진보를 믿었던 사람들의 정신적 풍경이 궁금하다. 그것이 어릴 적 IMF를 지나 경쟁을 체화하면서 각자도생의 시대를 살게 된 본인에게도 유효한 참조점이 되기를 기대한다. 인문학협동조합 연구복지위원회에서 활동 중이다.

7. 허민: 잉여들의 '웃픈' 수다 — 한국 청년들의 '의지적 체념'과 언어유희

문화 연구자이자 인문학협동조합 연구복지위원장, 인문학 연구모임 '온수의 발견'에서 활동 중이다. 근현대 문학 · 문화론을 공부하고 있다. 공저로『내가 연애를 못하는 건 아무리 생각해도 인문학 탓이야』(2014)가 있다.

8. 김희원: 잃어버린 시간의 헬조선 — 머물러 있는 청년들을 붙잡는 중독적 국가

서양철학을 전공했다. 현대 독일 철학 중에서도 소수파인 현상학을 주재료로 삼아 '인간에 있어 학문의 의미', '양적, 질적 연구 체계의 한계' 등을 연구하고 있다.
한국 연구 재단에서 Global Ph. D Fellowship 수혜를 받는 등 학문적으로 금수저의 길을 걸어 왔으나, 철학을 통해 '어떻게 하면 남의 말을 안 듣고, 내 멋대로 살 것인가?'라는 실존적 질문을 해결하기 위한 흙수저의 삶을 영위하려 노력 중이다.

9. 최병구: 청년 세대(론), '일자리 전쟁'의 프레임 — 대학이라는 제도와 취업 전쟁의 구조

한국 근대문학, 주로 식민지기 사회주의 문화정치에 대한 공부를 해 왔다. 2013년

초 박사학위를 취득할 무렵, 인문학 연구자로서의 자립(불)가능한 삶에 대한 의문과 분노를 느끼고, 대학이라는 제도에 관심을 가지기 시작했다. 인문학협동조합 창립에 함께하며 신자유주의 체제 하 대학제도의 여러 가지 문제를 고찰하는 작업을 해 오고 있다. 최근에는 사회주의 문화정치의 현재적 맥락, 특히 행복과 욕망의 문제에 관심을 가지고 살펴보고 있다.

10. 한영인: 우리 시대의 청년론 — 세대론적 동정투쟁에서 세대론적 연대투쟁으로

1984년 진해에서 태어났다. 연세대학교 정치외교학과 졸업 후 동대학원 국어국문학과에서 석사학위를 받았다. 산업화 이후 한국 사회의 지성사의 흐름에 관심이 있으며 이따금 문학 평론도 쓴다. 계간 《창작과 비평》 편집위원으로 일하고 있다.